REINADO IMORTAL

A QUEDA DOS REINOS VOL. 6

REINADO IMORTAL

MORGAN RHODES

Tradução
FLÁVIA SOUTO MAIOR

O selo jovem da Companhia das Letras

Copyright © 2018 by Penguin Random House LLC.

Todos os direitos reservados, inclusive o de reprodução total ou parcial em qualquer meio.
Publicado mediante acordo com Razorbill, um selo do Penguin Young Readers Group, uma divisão da Penguin Randon House LLC.

O selo Seguinte pertence à Editora Schwarcz S.A.

Grafia atualizada segundo o Acordo Ortográfico da Língua Portuguesa de 1990, que entrou em vigor no Brasil em 2009.

TÍTULO ORIGINAL Immortal Reign
CAPA Corina Lupp
ARTE DA CAPA Shane Rebenschied
PREPARAÇÃO Alyne Azuma
REVISÃO Érica Borges Correa e Renato Potenza Rodrigues

Dados Internacionais de Catalogação na Publicação (CIP)
(Câmara Brasileira do Livro, SP, Brasil)

Rhodes, Morgan
   Reinado imortal / Morgan Rhodes ; tradução Flávia Souto Maior. — 1ª ed. — São Paulo : Seguinte, 2018.

   Título original: Immortal Reign.
   ISBN 978-85-5534-053-6

   1. Ficção — Literatura juvenil I. Título. II. Série.

18-13831   CDD-028.5

   Índice para catálogo sistemático:
1. Ficção : Literatura juvenil 028.5

[2018]
Todos os direitos desta edição reservados à
EDITORA SCHWARCZ S.A.
Rua Bandeira Paulista, 702, cj. 32
04532-002 — São Paulo — SP
Telefone: (11) 3707-3500
www.seguinte.com.br
contato@seguinte.com.br

/editoraseguinte
@editoraseguinte
Editora Seguinte
editoraseguinte
editoraseguinteoficial

Nem todo poder pode ser controlado...

IMPÉRIO
KRAESHIANO

JOIA
DO
IMPÉRIO

M

PRAT

MAR

DE

AMARANTO

VENEAS

IMPÉRIO
KRAESHIANO

MAR DO NORTE
Mítica
LIMEROS
Costa do Ferro
Costa do Granito
Glaciares
Pico do Corvo
Templo de Valoria
Palácio limeriano
Scalia
Estrada Imperial
Porto Negro
PAELSIA
Basilia
Complexo do chefe Basilius
Montanhas Proibidas
Porto do Comércio
Terras Selvagens
Porto Real
Templo de Cleiona
AURANOS
Castelo Bellos/ Cidade de Ouro
Pico do Falcão
Encosta dos Anciãos
Costa Radiante
MAR DE TINGUE
DO
ILHA DE LUKAS
TERREA

PERSONAGENS

LIMEROS

Magnus Lukas Damora	Príncipe
Lucia Eva Damora	Princesa e feiticeira
Gaius Damora	Rei de Mítica
Felix Graebas	Ex-assassino
Kurtis Cirillo	Filho de lorde Gareth, ex-grão-vassalo do rei
Lorde Gareth Cirillo	Grão-vassalo do rei
Enzo	Guarda do palácio
Lyssa	Filha de Lucia

PAELSIA

Jonas Agallon	Líder rebelde
Tarus Vasco	Rebelde

AURANOS

Cleiona (Cleo) Aurora Bellos	Princesa de Auranos
Nicolo (Nic) Cassian	Melhor amigo de Cleo
Nerissa Florens	Criada de Cleo
Taran Ranus	Rebelde
Bruno	Dono da taverna
Valia	Bruxa

KRAESHIA

Amara Cortas — Princesa
Ashur Cortas — Príncipe
Carlos — Capitão da guarda
Neela — Avó de Amara e Ashur
Mikah Kasro — Revolucionário

SANTUÁRIO

Timotheus — Vigilante ancião
Mia — Vigilante
Olivia — Vigilante e deusa da terra
Kyan — Deus do fogo

PRÓLOGO

Cem anos antes

Era seu sonho favorito.

A adaga dourada estava diante de Valia, sobre uma almofada de veludo. Bela. Poderosa. Fatal. Ela a pegou e sentiu o cabo dourado frio como gelo junto à pele. Pensar na magia negra de sangue contida nela, contida apenas pelos símbolos dos *elementia* gravados na superfície da lâmina, provocava-lhe um arrepio na espinha.

Aquela arma continha magia que podia ser utilizada para moldar o mundo como ela quisesse. Sem conflito, sem disputa, sem dor. Suas decisões, seu reino... — tudo.

Com aquela lâmina nas mãos, todos a idolatrariam e a amariam.

Sim, era seu sonho favorito — uma pedra preciosa brilhando em uma caverna profunda e escura de pesadelos. E ela se permitiu desfrutar cada momento.

Pelo menos até Timotheus decidir interromper.

O imortal levou a mente inconsciente de Valia para um campo de grama verde e flores silvestres — uma mudança brusca em relação ao gelo e à neve ao redor de seu pequeno chalé isolado nas montanhas ao norte de Limeros.

No sonho, ela podia sentir o cheiro doce de pólen e o calor do sol na pele.

Ela encarou os olhos dourados de Timotheus. Ele tinha mais de mil anos, mas conservava o rosto e o corpo de um belo homem de vinte e poucos. Tinha a mesma aparência desde seu surgimento, criado a partir dos próprios elementos, um dos primeiros seis imortais cuja missão era proteger a Tétrade e vigiar o mundo dos mortais.

Vê-lo a deixava igualmente irritada e apavorada.

— O fim está chegando — Timotheus disse.

As palavras dele suscitaram um arrepio no meio da espinha de Valia.

— Quando? — ela perguntou com o máximo de calma que conseguiu. Timotheus estava a apenas dois passos dela no campo de flores coloridas.

— Não sei ao certo — ele respondeu. — Pode ser amanhã. Pode ser daqui a algumas décadas.

A irritação se sobrepôs ao pavor.

— Sua cronologia não é nada confiável. Por que está me perturbando com essa bobagem? Não me importa o que vai acontecer nem quando.

Ele franziu os lábios, analisando-a com cuidado antes de responder.

— Porque sei que você se importa. Que sempre se importou.

O imortal a conhecia muito melhor do que ela gostaria.

— Você está errado, Timotheus. Como sempre.

Ele balançou a cabeça.

— Mentir nunca foi sua melhor habilidade, minha velha amiga.

O maxilar de Valia ficou tenso.

— Eu estava tendo um sonho maravilhoso antes de ser interrompida por você. Diga logo o que veio dizer, pois eu gostaria de voltar a ele.

Ele franziu a testa enquanto a estudava. Sempre analisando, sempre observando. O imortal era irritante. Mais do que os outros.

— As linhas cada vez mais profundas em seu rosto a levaram a alguma epifania sobre a vida? — ele perguntou.

Valia se ofendeu com a menção à sua juventude perdida. Ela tinha quebrado o último espelho em seu chalé no dia anterior, odiando a mulher envelhecida que ele refletira.

— Sua tendência a falar por meio de enigmas nunca foi sua característica mais cativante, Timotheus.

— E a falta de empatia nunca foi a sua.

Ela deu uma risada fria e irritadiça como um metal atingindo o chão congelado.

— Você me culpa por isso?

Ele arqueou uma sobrancelha enquanto caminhava vagarosamente em círculos ao redor dela. Em vez de acompanhar seus movimentos, ela se concentrou em observar um aglomerado de margaridas amarelas à sua esquerda.

— Você tem outro nome agora — ele disse. — Valia.

Ela ficou tensa.

— Sim.

— Um nome novo não muda nada.

— Eu discordo.

— Eu devia ter visitado seus sonhos anos atrás. Peço desculpas pela minha negligência. — O olhar dele foi parar na mão esquerda dela. — Acredito que *isso* a perturbe mais do que as rugas em seu rosto.

O rosto dela ficou quente diante daquela observação indelicada, e ela enfiou a mão estranhamente deformada dentro do bolso do manto.

— Uma leve magia do ar pode fazer maravilhas para ocultar isso durante o dia.

— De quem ainda se esconde? Você escolheu uma vida de solidão.

— Isso mesmo — Valia sibilou. — A vida é minha, a escolha é minha. E nada disso é da sua conta. E o que importa? Se o fim está próximo, como você diz, amanhã ou daqui a um século, que seja. Que o mundo acabe. Ele todo! Agora vá embora. Meus sonhos são privados. Minha vida é privada, e gosto dela assim.

A voz vacilou no final, e Valia torceu para que ele não tivesse notado.

— Trouxe um presente para você — ele disse depois de um longo momento de silêncio. — Uma coisa que achei que pudesse querer.

Timotheus segurava um fragmento achatado e irregular de rocha preta e brilhante.

Valia observou o objeto, em choque. Era a Adaga Obsidiana — uma arma mágica ancestral de possibilidades de uso ilimitadas.

— Você sabe o tipo de magia que isso lhe possibilitaria exercer — ele disse. — E como pode ajudar.

Sem fôlego, ela só conseguiu assentir com a cabeça.

Valia tentou pegá-la, primeiro com a mão amaldiçoada e depois com a boa. Tinha medo de tocá-la, de ceder à esperança que aquilo lhe dava depois de tantos anos de um desespero crescente.

Então veio a hesitação.

— O que você quer em troca? — ela perguntou em voz baixa.

— Um favor — Timotheus respondeu. — Que você vai fazer sem exigir explicações quando chegar o dia.

Ela franziu a testa.

— Se o fim está chegando, você tem um plano? Já contou aos outros? E Melenia? Sei que ela pode ser terrivelmente vaidosa e egoísta, mas também é poderosa, esperta e implacável.

— Ela é. Todo dia ela me faz lembrar de uma outra pessoa. Alguém perdido para nós há muitos anos.

Valia se concentrou nas margaridas de novo, não querendo encarar os olhos inquisidores do imortal.

— Melenia é mais útil para você do que eu jamais serei.

Quando ela se obrigou a olhar para Timotheus, não encontrou respostas em seus olhos dourado-escuros.

— Um favor — ele repetiu. — Aceita ou não?

Sua necessidade de respostas imediatas diminuiu quando uma ganância familiar surgiu dentro dela, forte demais para ser deixada de lado. Ela precisava daquele presente, precisava dele para fortalecer sua magia, que estava desaparecendo, e recuperar a juventude e a beleza. Para ajudá-la a controlar o que ainda podia na existência que parecia incontrolável.

A Adaga Obsidiana tinha apenas uma fração do poder da adaga dourada com que Valia sonhava e que desejava mais do que tudo. Mas ela sabia que precisava daquilo. Desesperadamente.

Talvez o passado não importasse mais.

Apenas a magia importava. Apenas a sobrevivência importava.

Apenas o *poder* importava, não interessava como ela o conseguiria.

Finalmente, Valia pegou a Adaga Obsidiana das mãos de Timotheus. Sentir o peso dela foi um grande conforto depois de tantos anos de dor e luta.

— Sim, Timotheus — ela disse sem hesitar. — Eu aceito.

Ele assentiu.

— Sou grato a você. Sempre.

Em seguida, o imortal e o mundo de sonho para o qual ele a havia trazido viraram escuridão. Quando Valia acordou, deitada em seu pequeno chalé com o fogo da lareira reduzido a brasas incandescentes, o cabo irregular da lâmina ainda estava em sua mão.

1
JONAS

PAELSIA

"Você não pode fugir do seu destino."

Jonas levantou tão rápido do chão de madeira que se sentiu tonto. Desorientado, mas com a adaga em punho, ele analisou o pequeno cômodo para localizar exatamente o que o havia acordado de seu sono profundo.

Mas não havia nada além de uma linda princesa com longo cabelo preto dormindo no pequeno chalé. Uma bebezinha estava ao lado dela, enrolada em um pedaço de tecido rasgado do manto de Jonas na noite anterior.

Os olhos da recém-nascida estavam bem abertos e fixos em Jonas. Olhos violeta. Brilhantes... como joias resplandecentes.

Ele recuperou o fôlego. O quê...?

Lucia gemeu baixo enquanto dormia, fazendo-o desviar a atenção da bebê por um instante. Quando Jonas voltou a observá-la, os olhos dela estavam azul-celeste como os da mãe, e não mais violeta.

Jonas balançou a cabeça para organizar as ideias.

Lucia soltou outro gemido durante o sono.

— Pesadelos, princesa? — Jonas murmurou. — Não posso dizer que estou surpreso, depois do que passamos ontem à noite.

A viagem deles para ir até o pai e o irmão de Lucia tinha sido interrompida quando a princesa deu à luz durante uma tempestade.

Jonas logo encontrou um quarto em uma hospedaria paelsiana para que Lucia pudesse se recuperar antes que seguissem viagem.

Ela se mexeu sob as cobertas, franzindo a testa.

— Não... — ela sussurrou. — Por favor, não... não...

A vulnerabilidade inesperada na voz dela o afligiu.

— Princesa... acorde — disse Jonas, dessa vez mais alto.

— Você... não pode... Não... Eu... eu não vou deixar...

Sem pensar, ele se sentou na beira da cama.

— Lucia, acorde.

Quando ela não respondeu, Jonas a segurou pelos ombros e a balançou com cuidado.

No instante seguinte, Jonas já não estava mais no pequeno quarto. Estava parado no meio de um vilarejo, e o mundo estava em chamas.

As labaredas eram altas como as Montanhas Proibidas, e seu calor, instantâneo e abrasador junto à pele de Jonas. As dolorosas chamas não crepitavam como as de uma fogueira, mas guinchavam como uma fera odiosa dos lugares mais obscuros das Terras Selvagens. Através da destruição, Jonas observava aturdido enquanto casas e propriedades rurais pegavam fogo — pessoas pediam ajuda e clemência antes que as chamas as devorassem por inteiro, não deixando nada além de cinzas escuras no lugar.

Jonas ficou paralisado. Ele não podia gritar nem fugir da dor ardente. Só podia observar, em choque, o fogo destruidor começar a formar algo reconhecível: um homem gigantesco, monstruoso. A criatura de fogo observava outra figura, uma garota com um manto, parada diante dele como se o desafiasse.

— Finalmente está vendo a verdade, pequena feiticeira? — a criatura resmungou, cada palavra como o golpe de um chicote de fogo. — Esse mundo é imperfeito e indigno, assim como todos os mortais. Vou acabar com toda essa fraqueza!

— Não! — O capuz do manto da garota caiu, revelando seu cabelo escuro e esvoaçante. Era Lucia. — Não vou deixar você fazer isso. Vou impedi-lo!

— Você vai me impedir? — A criatura começou a rir e abriu os braços flamejantes. — Mas foi você que tornou tudo isso possível! Se não tivesse me despertado depois de todos esses séculos, nada disso estaria acontecendo.

— Eu não despertei você — ela disse, com o tom um pouco incerto. — O ritual com Ioannes... sim, eu despertei os outros. Mas você... você é diferente. É como se tivesse despertado a si mesmo.

— Você subestima o alcance de sua magia, de sua própria existência. Melenia sabia disso. Por isso ela a invejava, assim como invejava Eva. Talvez por isso a quisesse morta depois que você servisse a seu propósito. Assim como sua mãe a queria morta.

Lucia cambaleou para trás, afastando-se dele, como se as palavras fossem golpes físicos.

— Minha mãe temia minha magia. — Ela desviou seu rosto do monstro por tempo suficiente para Jonas ver as lágrimas escorrendo. — Eu devia tê-la deixado me matar!

— Sua vida mortal é a única que ainda valorizo, pequena feiticeira. Assuma seu lugar de direito ao meu lado, e juntos vamos dominar o universo.

Lucia encarou o deus do fogo por um instante, em silêncio.

— Eu não quero isso.

O deus do fogo riu.

— Está mentindo, pequena feiticeira, principalmente para si mesma. O poder supremo é tudo o que qualquer mortal deseja. Você permitiria que sua família, seus amigos e até mesmo sua própria filha fossem destruídos se isso significasse que obteria o poder. Aceite, pequena feiticeira. Pequena deusa.

Trêmula, Lucia cerrou os punhos ao lado do corpo e gritou:

— NUNCA!

O som ensurdecedor paralisou o deus do fogo. No instante seguinte, ele explodiu em um milhão de cacos azuis que, ao cair, revelaram o quarto da hospedaria. E a garota dormindo na pequena cama.

Os cílios escuros de Lucia tremulavam. Ela abriu os olhos e encarou Jonas.

— Que... que droga eu acabei de ver? — Jonas perguntou com a voz grossa. — Foi apenas um sonho? Ou foi uma visão do futuro?

— Você estava dentro da minha cabeça — ela sussurrou. — Como isso é possível?

— Eu... não sei.

Ela arregalou os olhos.

— Como você ousa invadir minha privacidade desse jeito?

— O quê?

De repente Jonas se viu no ar, como se uma grande mão invisível o tivesse jogado para longe da cama. Ele se chocou contra a parede com força e caiu no chão com um gemido.

A bebê começou a chorar.

Lucia pegou a criança nos braços, os olhos brilhantes repletos de indignação.

— Fique longe de mim!

Ele passou a mão na nuca dolorida enquanto se levantava e fez uma careta para ela.

— Você acha que fiz de propósito? Só estava tentando acordar você de um pesadelo. Eu não sabia o que ia acontecer!

— Estou começando a me perguntar quanta magia existe dentro de você.

— É, eu também. — Ele se obrigou a ser paciente. — Eu não sabia que podia entrar em seus sonhos... como... como...

— Como Timotheus — ela sibilou.

Um Vigilante. Um imortal vivo havia milênios. Timotheus vivia no Santuário, um mundo à parte, e Jonas não confiava nele, assim como não confiava no deus do fogo que tinha visto no sonho de Lucia.

— Isso é coisa do Timotheus — Jonas refletiu. — Só pode ser.

— Saia! — ela gritou.

— Ouça, sei que você teve uma noite difícil. Nós dois tivemos. Mas agora você está sendo completamente irracional.

Lucia moveu a mão na direção da porta. Ao seu comando, ela se abriu e bateu contra a parede. Seu rosto estava vermelho e molhado pelas lágrimas.

— Me deixe em paz com a minha filha!

O choro da criança não a interrompeu nem por um instante.

Ele deveria simplesmente ignorar o que tinha visto no sonho de Lucia só porque ela tinha acordado de mau humor?

— Eu estava tentando ajudar!

— Quando você me levar até meu pai e Magnus, não vou mais precisar de sua ajuda, rebelde. — Ela apontou para a porta. — Ficou surdo? Eu disse para você sair!

Antes que se desse conta, Jonas foi empurrado para o corredor por uma rajada de magia do ar. A porta se fechou em sua cara.

Então esse era o agradecimento que ele ia receber por desafiar sua própria profecia e salvar a vida dela na noite anterior, quase perdendo a vida: uma porta batida magicamente em sua cara na manhã seguinte.

— Não importa — ele disse em voz alta entredentes. — Está quase acabando. Não vejo a hora.

Assim que entregasse a princesa limeriana para sua odiosa família, a associação dele com os Damora chegaria oficialmente ao fim.

Com um humor pior do que conseguia se lembrar já ter tido, ele desceu as escadas da hospedaria. E se concentrou em encontrar alguma coisa para encher seu estômago vazio. Um café da manhã tradicional paelsiano, com ovos moles e pão velho, seria perfeito, Jonas pensou. Ele não esperava encontrar as frutas exóticas e os legumes que agraciavam as mesas de jantar dos auranianos radiantes e mimados ou dos austeros limerianos. Tão perto das terras áridas do oeste, ele teria sorte se encontrasse um pedaço de repolho murcho ou um tomate apodrecendo para acompanhar a refeição.

E não precisava de mais nada.

— Jonas.

Ele ficou paralisado por um instante ao ouvir a saudação inesperada na taverna escura e quase vazia. Instintivamente, levou a mão à adaga que trazia presa ao cinto. Mas quando seus olhos recaíram sobre um rosto conhecido, a carranca foi substituída por um sorriso.

— Tarus? — ele perguntou, surpreso. — Estou vendo um fantasma ou é você mesmo?

O jovem de cabelo vermelho despenteado e rosto memorável e sardento abriu um sorriso alegre.

— Sou eu mesmo!

Sem hesitar, Jonas deu um abraço apertado no amigo. O rosto acolhedor de seu passado funcionou como um bálsamo para sua alma ferida.

— É tão bom ver você de novo!

Tarus Vasco tinha dado tudo de si pela causa rebelde depois que seu irmão mais novo tinha sido morto na batalha do rei Gaius para tomar o controle de Auranos. Mais tarde, depois de um motim fracassado em que inúmeros rebeldes foram massacrados, Tarus e Lysandra tinham sido capturados e quase perderam a cabeça em uma execução pública.

Lysandra. A perda da garota que tinha passado a significar muito mais para Jonas do que apenas uma companheira rebelde era recente e dolorida. Lembrar-se dela fazia o coração do rebelde doer de pesar e arrependimento por não ter sido capaz de salvá-la.

Muitas lembranças vinham junto com o rosto de Tarus — boas e ruins. Tudo o que Jonas queria ao acompanhar o garoto de volta ao vilarejo onde morava era que Tarus ficasse em segurança, mas não havia mais segurança em Mítica.

Tarus apertou os braços dele com firmeza.

— Eu fiz o que você me pediu. Aprendi a lutar bem como um soldado. Você ficaria orgulhoso de mim.

— Não tenho dúvida disso.

— Estou aliviado por você ter conseguido escapar.

Jonas franziu a testa.

— Escapar?

Tarus abaixou a voz.

— A feiticeira está dormindo? Foi assim que conseguiu se libertar do controle dela?

Jonas de repente se deu conta de que a taverna estava completamente vazia, à exceção de três homens em silêncio atrás de Tarus, como sombras enormes.

— Vocês estavam me esperando aqui embaixo? — Jonas perguntou devagar e com cuidado.

Tarus assentiu.

— Assim que o dono da hospedaria avisou ontem à noite que você tinha chegado com a feiticeira, viemos o mais rápido possível.

— Vocês são rebeldes — Jonas falou em voz baixa, mas enxergando a verdade bem à sua frente.

— É claro que somos. Soubemos o que aconteceu durante o pronunciamento da imperatriz Amara. A feiticeira conseguiu atingir você com sua magia negra. Mas não vai durar muito tempo. Minha avó disse que a magia de uma feiticeira morre junto com ela.

Aquilo quase fez Jonas gargalhar. Tarus sempre tinha histórias da avó para ajudar a explicar o desconhecido. Jonas sempre considerara as histórias de magia divertidas, mas extremamente inúteis.

Tanta coisa tinha mudado desde então.

— Prometo que vamos ajudar você a se libertar do domínio maligno dela — Tarus disse com seriedade. — Sei que você não estaria com Lucia Damora por livre e espontânea vontade.

Jonas lançou um olhar receoso aos outros homens. Os três não o observavam com preocupação como Tarus. A tocha na parede refletia olhares frios e obscuros. Estavam desconfiados.

— Sei que vocês vão ter dificuldades para acreditar nisso — Jonas disse —, mas a princesa Lucia não é o que estão pensando. Tem uma outra coisa por aí... outra pessoa. A maior ameaça que já foi liberada neste mundo. É ela que precisamos deter.

— Do que está falando? — Tarus perguntou em voz baixa.

Jonas passou a língua pelos lábios ressecados. Qual seria a melhor forma de explicar o inexplicável?

— Imagino que você conheça bem a lenda da Tétrade.

Tarus assentiu.

— Um tesouro mágico que muitos procuraram, achando que pode transformá-los em deuses.

— Certo. Mas a questão é que a magia da Tétrade não é uma magia que alguém pode usar para si mesmo. Na verdade, eles já são deuses do ar, da água, da terra... e do fogo. Aprisionados em quatro esferas de cristal. E o deus do fogo foi libertado. — O sonho terrível de Lucia piscou em sua mente, e Jonas contraiu os músculos involuntariamente ao se lembrar dele. — Ele quer destruir o mundo. A princesa Lucia é a única que detém a magia para impedi-lo.

Com o peito apertado, ele esperou uma reação, mas durante um longo momento houve apenas silêncio.

Então um dos homens parrudos zombou:

— Quanta bobagem.

— Ele com certeza está sob influência da feiticeira — disse o outro. — Demos a chance de você falar com ele, Tarus. Mas nosso tempo está se acabando. O que vamos fazer agora?

Jonas franziu a testa. Tarus era o líder deles? Aqueles homens eram comandados por um garoto de apenas quinze anos?

Tarus encarou Jonas nos olhos.

— Eu quero acreditar em você.

— Você precisa acreditar em mim — Jonas disse apenas, mas sua voz soava tensa. Ele sabia que aquela era a história mais absurda que já havia contado. Se não tivesse visto grande parte dela com os próprios olhos, ele próprio seria o primeiro a negar tamanha insanidade. — Você sempre acreditou na possibilidade da magia, Tarus, e precisa acreditar no que estou dizendo. O destino do nosso mundo depende disso.

— Talvez — Tarus reconheceu. — Ou o domínio da feiticeira sobre você é mais forte do que eu imaginava. — Ele franziu as sobrancelhas, seu olhar distante. — Eu a vi, sabia? A princesa Lucia Damora entrou com um amigo no meio da carnificina em um vilarejo que os dois tinham acabado de destruir como se não passasse de uma fogueira para aquecer seu coração gelado. Lembro que ela sorriu ao passar pelo corpo carbonizado da minha mãe. — A voz dele falhou. — Vi meus pais morrerem queimados bem diante de meus olhos e não pude fazer nada para salvá-los. Estávamos visitando minha tia por uns dias. E... eles se foram.

Jonas não conseguia respirar, não conseguia encontrar palavras para falar. Para explicar que o tal amigo era Kyan, o deus do fogo. Não era desculpa para o comportamento de Lucia nem para as escolhas feitas quando estava aliada a ele. Como poderia explicar algo tão terrível assim?

— Sinto muito. — Foi tudo o que ele conseguiu dizer.

— A filha do Rei Sanguinário pertence às terras sombrias — resmungou um dos rebeldes. — E estamos aqui para mandá-la para lá. Ela e sua cria.

Jonas sentiu o estômago pesar.

— Vocês sabem sobre a criança? E querem machucar uma inocente?

O rebelde pegou uma tocha na parede.

— O dono da hospedaria nos contou. É um demônio nascido de um demônio, e não uma criança inocente nascida de uma mulher.

Jonas observou receoso quando Tarus também pegou uma tocha.

— Você acha que Lucia é má. E talvez ela tenha sido... por um tempo. Talvez todos nós tenhamos feito coisas imperdoáveis na vida. Eu sei que fiz. Mas você não pode ajudá-los a fazer isso.

— Você a defende mesmo depois de ela ter matado Lys. — Quando Jonas se encolheu como se o nome da garota fosse um tapa, a expressão de Tarus ficou mais dura. — Sim, as notícias correm.

— O deus do fogo a matou, não Lucia. A princesa deu o nome de Lyssa a sua filha para demonstrar seu remorso pelo que aconteceu com Lysandra.

— Aquela feiticeira não merece dizer o nome dela — Tarus praguejou. — Se não fosse por ela, Lys ainda estaria viva. E inúmeros paelsianos ainda estariam vivos também!

Era exatamente o que Kyan tinha afirmado no sonho de Lucia. Que tudo era culpa dela.

— Não é tão simples assim — Jonas disse entredentes.

Uma decepção dolorosa surgiu no rosto de Tarus.

— Você é paelsiano. Você é rebelde. Sabe que aquela feiticeira de coração sombrio representa tudo contra o que lutamos! Por que gasta saliva para defendê-la?

Tarus estava certo. Totalmente certo.

A magia de Lucia havia libertado o deus do fogo de sua prisão de cristal. Ela tinha ficado ao lado de Kyan durante meses enquanto ele devastava metade de Mítica, matando inúmeros inocentes. Mesmo antes disso, ela tinha sido criada pelo rei Gaius, um monstro que Jonas queria morto mais do qualquer pessoa.

Até...

Até o quê?, ele pensou com desgosto. Até você se tornar um aliado dos Damora? Até o próprio Rei Sanguinário enviar você para encontrar sua filha e levá-la de volta sã e salva para o seu lado para que ele pudesse utilizar a magia dela e retomar seu poder sádico?

Jonas não sabia o que dizer, sua mente estava agitada. Cada escolha, cada decisão, cada pensamento que tinha tido no decorrer do último — e sofrido — ano o tinha levado a esse momento.

— Seu lugar é ao nosso lado, Jonas. — A voz de Tarus tinha ficado baixa de novo. O garoto estava tão próximo que Jonas podia sentir no rosto o calor da tocha que ele segurava. — Se esse deus do fogo for real, vamos cuidar dele. Primeiro vamos libertar você da magia negra da feiticeira para que possa nos ajudar.

Seu coração parecia um peso de chumbo dentro do peito quando Jonas puxou a adaga cravejada de joias da bainha de couro em seu cinto. Era a mesma adaga que tinha matado seu irmão pelas mãos de um lorde rico e mimado. Jonas podia tê-la vendido por uma pequena fortuna em diversas ocasiões, mas a manteve como um símbolo daquilo por que lutava.

Justiça. O triunfo do bem contra o mal. Um mundo onde tudo fazia sentido e as linhas que separavam amigos de inimigos eram claramente traçadas.

Algum dia tinha existido um mundo assim?

— Não posso deixar vocês matarem a princesa — Jonas disse com firmeza. — Vocês vão me deixar sair desta hospedaria, deste vilarejo, com ela e a bebê, ilesos.

Tarus viu a adaga e arregalou os olhos.

— Impossível.

— Você estaria morto se eu não o tivesse salvado do machado do carrasco — Jonas afirmou. — Você me deve isso.

— Eu só lhe devia o que você me pediu: que eu crescesse e ficasse forte. Fiz isso. Agora sou forte. Forte o bastante para fazer a coisa certa. — Tarus então se dirigiu a seus homens, em tom solene, porém firme: — Queimem a hospedaria. Se Jonas ficar no caminho... — Ele suspirou. — Matem-no também. Ele fez a escolha dele.

Os rebeldes não perderam tempo. Foram na direção das escadas com as tochas em punho. Jonas empurrou um deles e cravou a adaga no outro. Rapidamente, os homens conseguiram imobilizá-lo e desarmá-lo.

Jonas ainda estava fraco por causa da noite anterior. Depois de ter deixado Lucia pegar sua misteriosa magia interior para sobreviver ao parto de Lyssa.

Um dos homens arrastou Jonas pelo chão da taverna, pressionando a adaga em seu pescoço, enquanto os outros jogavam as tochas no piso de madeira. Levou apenas um instante para o material seco pegar fogo, deixando as paredes em chamas.

— Lucia! — Jonas gritou.

O rebelde levou a adaga cravejada de joias na direção do peito de Jonas para silenciá-lo para sempre, mas a arma ficou paralisada pouco antes de encostar nele. O rebelde franziu a testa quando a adaga escapou de sua mão e ficou pairando no ar.

Jonas olhou para a escadaria. As chamas estavam cada vez mais altas, mas agora havia um caminho livre entre eles.

Lucia se aproximou com Lyssa nos braços, com uma expressão furiosa.

— Acharam que poderiam me matar com um pouco de fogo? — ela disse, levantando a mão direita. — Como estavam errados!

Os três rebeldes e Tarus foram lançados para trás, chocando-se com força contra a parede da taverna. Seus olhos ficaram arregalados de surpresa, e eles gemeram com o esforço de tentar se libertar da magia do ar de Lucia que os imobilizava.

A adaga se moveu pelo ar até chegar a Tarus.

— Vá em frente, feiticeira — Tarus gritou. — Mostre a todos nós a assassina de sangue frio que você é.

— Já que você insiste — Lucia respondeu.

— Não! — Jonas se levantou e ficou entre Lucia e os rebeldes. — Ninguém vai morrer aqui hoje.

Lucia olhou para ele, sem acreditar.

— Eles queriam me matar. Eles queriam matar você.

— E não conseguiram.

— Acha que vão parar de tentar?

— Não me interessa o que vão fazer — Jonas respondeu. — Nós estamos indo embora daqui.

— Nós? — Ela franziu a testa. — Mesmo depois de eu ter sido tão cruel lá em cima, você ainda quer me ajudar?

— Deixe esses homens viverem e vamos sair daqui juntos. Tarus me perguntou de que lado estou, então acho que fiz minha escolha. Estou com você, princesa. Você não é o monstro que eles queriam matar aqui. Você é melhor do que isso. — Jonas não tinha acreditado completamente naquelas palavras até dizê-las em voz alta, mas foram sinceras, como ele sempre tinha sido com ela. Ou consigo mesmo.

Lucia o encarou nos olhos por mais um instante e depois moveu o punho. A adaga voou para longe de Tarus e foi cravada na parede oposta.

— Tudo bem — ela disse. — Então vamos.

Jonas assentiu, aliviado por nenhum sangue ter sido derramado. Ele olhou para a adaga.

Lucia tocou o braço dele.

— Deixe-a. Aquela coisa horrorosa faz parte do seu passado.

Ele hesitou por um instante.

— Você tem razão — ele finalmente disse.

Sem olhar para trás, para Tarus, para os rebeldes ou para a adaga que havia tirado a vida de seu irmão e de seu melhor amigo, Jonas saiu da hospedaria com Lucia e a bebê.

2
CLEO

PAELSIA

O guarda conduziu Cleo pelo corredor escuro e estreito até onde a imperatriz de Kraeshia, Amara Cortas, a aguardava.

Amara a recebeu com um sorriso.

Cleo não retribuiu. Em vez disso, seu olhar foi atraído para a tala na perna recém-quebrada da imperatriz e para a bengala em que Amara se apoiava. Cleo se contorceu ao lembrar do pavoroso rompimento do osso na noite anterior, quando Amara foi jogada em um fosso junto com o restante do grupo, realeza e rebeldes juntos esperando para morrer.

Carlos, o capitão da guarda da imperatriz, estava ao lado de Amara, como uma sombra protetora e ameaçadora.

— Como está se sentindo? — Amara perguntou, hesitante. — Não vi você o dia todo.

— Estou bem o suficiente. — Cleo fechou a mão esquerda, que agora tinha o desenho de duas linhas onduladas paralelas, o símbolo da água. A última pessoa que havia compartilhado a marca tinha sido uma deusa.

Mas Cleo não se sentia uma deusa. Ela se sentia uma garota de dezessete anos que não tinha dormido nada na noite anterior depois de acordar assustada de um sono extremamente realista em que estava se afogando. Sua boca, sua garganta e seus pulmões estavam cheios de água do mar. Quanto mais ela lutava, era mais difícil respirar.

Ela acordou pouco antes de se afogar.

Cleo indicou a porta de madeira à direita de Amara.

— Ele está lá dentro?

— Está — Amara respondeu. — Tem certeza de que quer fazer isso?

— Nunca tive tanta certeza. Abra a porta.

Amara fez um sinal para Carlos, e ele abriu a porta que dava para uma pequena sala de oito passos de comprimento por oito de largura.

Havia um prisioneiro lá dentro, as mãos acorrentadas sobre a cabeça, iluminado por duas tochas presas às paredes de pedra. Ele estava sem camisa, com o rosto barbado e o cabelo raspado bem rente ao couro cabeludo.

O coração de Cleo começou a bater mais forte ao ver o homem. Ela o queria morto.

Mas antes precisava de respostas.

— Deixe-nos a sós — Amara disse a Carlos. — Espere no corredor.

Carlos franziu as sobrancelhas grossas.

— Querem ficar sozinhas com o prisioneiro?

— Minha convidada de honra quer conversar com esse ex-guarda que preferiu cumprir as ordens de lorde Kurtis em vez das minhas. — Ela lançou um olhar com desdém para o prisioneiro. — Sim, quero que nos deixe a sós com ele.

Convidada de honra. Que descrição estranha para Amara usar ao se referir a alguém que tinha oferecido em sacrifício ao deus do fogo na noite anterior.

Claro, a noite não tinha sido tão tranquila quanto a imperatriz tinha antecipado.

Muito bem, vou fazer o papel de convidada de honra, Cleo pensou com malícia. *Mas só enquanto for necessário.*

Carlos fez uma reverência e gesticulou para o guarda que havia acompanhado Cleo até ali. Os dois saíram rapidamente e fecharam a porta.

O olhar de Cleo se manteve fixo no homem barbado. Ele tinha usado o mesmo uniforme verde-escuro da guarda, como Carlos e os outros, mas no momento suas calças sujas estavam em farrapos.

A sala fedia a podridão e sujeira.

O símbolo na palma da mão de Cleo queimava.

— Como ele se chama? — ela perguntou com aversão.

— Por que não pergunta para mim? — O homem levantou os olhos vermelhos na direção de Cleo. — Mas duvido que se importe com meu nome, não é?

— Você tem razão, não me importo. — Ela levantou o queixo, ignorando o tremor momentâneo de desgosto e ódio cego em relação àquele estranho. Se não permanecesse calma, não conseguiria as respostas de que precisava. — Sabe quem eu sou?

— É claro que sei. — Os olhos do prisioneiro brilhavam sob a luz da tocha. — Cleiona Bellos. Ex-princesa, cujo trono foi roubado pelo Rei Sanguinário antes de ser forçada a se casar com seu filho e herdeiro. Como o rei perdeu seu precioso reino para o Império Kraeshiano, você não tem mais nada.

Se ele ao menos soubesse a verdade. Na realidade, ela tinha tudo o que sempre pensou que desejava. O símbolo na palma da mão esquerda continuava a arder, como se as linhas do desenho tivessem acabado de ser marcadas em sua pele.

Magia da água fundida com seu próprio ser.

Mas intocável como se uma parede a separasse do poder de uma deusa.

— Ele já foi interrogado, mas sem sucesso — disse Amara. — Isso pode ser uma perda de tempo.

— Você não precisa ficar — Cleo respondeu.

Amara ficou em silêncio por um instante.

— Quero ajudar.

Cleo riu, uma risada baixa vinda do fundo da garganta, sem achar graça.

— Ah, claro, você tem sido muito prestativa, Amara. Prestativa até demais.

— Não esqueça que todos nós sofremos por causa de Kyan — Amara disse desafiadoramente. — Até eu.

Cleo conteve uma resposta — fria, cruel e acusatória. Era um jogo de quem tinha sofrido mais entre as duas.

Mas não havia tempo para mesquinharias.

Amara tinha oferecido tudo, exceto a própria alma, para ajudar Kyan e ganhar poder. Cleo sabia como ele podia ser persuasivo, já que ela própria tinha experimentado a sensação quando o incorpóreo deus do fogo sussurrara promessas em seu ouvido na noite anterior.

Kyan queria seus três irmãos livres das prisões de cristal e em novos veículos de carne e osso, e Amara tinha providenciado uma variedade de sacrifícios.

Kyan teve êxito parcial.

Nic. Olivia.

Os dois se foram.

Não, ela refletiu. *Não posso pensar em Nic agora. Preciso me controlar.*

Cleo se forçou a se concentrar apenas nos ferimentos no rosto e no corpo do ex-guarda. Sim, ele tinha sido interrogado, como dissera Amara. Mas ainda não tinha entregado os pontos.

Ela não demonstrava nem um pouco de empatia por aquele prisioneiro e sua situação.

— Onde está Kurtis Cirillo?

Ela proferiu o nome como se o tivesse cuspido e esmagado com o salto da bota.

O homem nem piscou.

— Não sei.

— Não sabe? — Cleo inclinou a cabeça. — Tem certeza? É aquele cujas ordens você começou a seguir em vez de obedecer à imperatriz, não é?

Ele lançou um olhar depreciativo na direção de Amara.

— Não sigo ordens de nenhuma mulher, não importa quem seja. Nunca segui e nunca seguirei. Você tem um caminho árduo pela frente, princesa.

— *Imperatriz* — Amara o corrigiu.

— É oficial? — ele perguntou. — Mesmo com seu irmão mais velho ainda vivo? Acredito que o título de imperador seja dele por direito.

— Ashur assassinou meu pai e meus irmãos — ela respondeu sem rodeios. — Ele é meu prisioneiro, não meu rival.

Amara tinha uma capacidade de mentir inigualável, Cleo pensava.

— Responda às perguntas da princesa com honestidade — Amara disse —, e prometo que sua execução será rápida. Continue sendo evasivo e sofrerá muito.

— Como eu disse, não sigo ordens de mulheres. — O homem teve a audácia de sorrir para ela. — Tenho muitos amigos entre seus guardas. Acha que vão seguir suas ordens de tortura sem hesitar? Talvez se recusem. Alguns hematomas e cortes são apenas para manter as aparências, para fazer você pensar que está no controle. Talvez eles façam o contrário e me soltem para eu torturá-la. — Ele riu. — Você não passa de uma garotinha que se iludiu com a ideia de que tem poder.

Amara apenas balançou a cabeça.

— Homens. Tão cheios de si, independentemente da posição em que se encontram. Tão cheios pela ideia da própria importância. Não se preocupe. Eu ficaria feliz em deixá-lo aqui acorrentado, sem comida, sem água. Posso facilmente transformar isto aqui em uma sala do esquecimento, como temos na minha terra.

— O que é uma sala do esquecimento? — Cleo perguntou.

— Uma sala onde alguém é deixado no escuro, sozinho e em silêncio — Amara respondeu —, apenas com um pouco de alimento insosso para sustentar a vida.

Sim, Cleo tinha ouvido falar daquela punição. Prisioneiros eram deixados sozinhos até ficarem loucos ou morrerem.

Parte do deboche desapareceu do olhar do prisioneiro com a ameaça quando ele encarou Cleo. Menos deboche, mas ainda sem medo.

— Não sei onde está lorde Kurtis — ele disse devagar. — Então por que não vai embora agora, garotinha?

— Sei que você estava presente quando o príncipe Magnus desapareceu. — Cleo precisou falar devagar para sua voz não tremer com a frustração crescente. — Nerissa Florens confirmou que você estava lá. Que o deixou inconsciente com um golpe e o arrastou. Isso não está aberto a debate; é um fato. Diga para onde o levou.

Nerissa tinha falado para Cleo não ir até lá — para deixar outros procurarem Magnus e Kurtis. Ela queria que Cleo descansasse.

Era um pedido impossível.

Nerissa quis ficar com Cleo, mas a princesa insistiu para ela se juntar ao grupo que procurava por Magnus.

Apesar dos cortes e hematomas no rosto do prisioneiro, seu sorriso odioso voltou.

— Muito bem. Quer mesmo saber? Lorde Kurtis nos mandou trazer o príncipe para esta mesma sala. Bem aqui. — Ele observou as grossas correntes de ferro. — Usando essa mesma contenção. Mas depois lorde Kurtis me dispensou e me mandou voltar ao trabalho. E foi exatamente o que fiz. O que aconteceu depois disso, não sei. Mas sei de uma coisa.

Cleo tinha começado a tremer ao imaginar Magnus naquele lugar, acorrentado bem onde o prisioneiro estava. Seu rosto ensanguentado, machucado. O corpo quebrado.

— O que você sabe? — Cleo resmungou entredentes, se aproximando do prisioneiro. Tão perto que o cheiro azedo dele ficou quase insuportável.

— Lorde Kurtis está obcecado pelo príncipe. Obcecado em *matá-lo*, na verdade. Então, quer meu palpite? Acho que foi exatamente o que ele fez.

Uma dor ardente queimou Cleo por dentro, e ela conteve o ímpeto de chorar. Ela já tinha imaginado mil coisas horríveis que Kurtis poderia ter feito com Magnus.

Mais motivos para continuar acordada. Mais motivos para brigar por respostas, porque ela não estava pronta para desistir.

— Magnus não está morto — ela vociferou. — Não acredito nisso.

— Talvez lorde Kurtis o tenha cortado em pedacinhos e espalhado por Mítica.

— Cale a boca — Cleo rosnou.

De repente, ficou difícil de respirar.

Estou me afogando, ela pensou com um pânico cada vez maior. *Sinto que estou me afogando de novo, mesmo acordada.*

Dentro da prisão do complexo murado, ela ouviu o barulho de um trovão.

— Kurtis prometeu algo em troca de sua lealdade — Amara disse. — O quê? Resgate, talvez? Fortuna?

Ela provavelmente estava certa. Kurtis precisaria de toda ajuda possível depois de se voltar contra Amara.

— Você *deve* saber onde ele está — Cleo disse. Sua voz não passava de um resmungo aflito. Cada respiração era difícil, e a sensação de ardor na palma da mão era impossível de ignorar.

O homem agora a encarava desconcertado.

— Garota idiota, seria melhor para você se aquela família estivesse morta. Você devia agradecer a lorde Kurtis. E a mim. — Ele voltou o olhar brilhante a Amara. — A coisa mais inteligente que você fez foi prender o rei Gaius. Ele teria cortado sua garganta assim que tivesse oportunidade.

— Talvez — Amara reconheceu.

— Ele vai morrer, assim como eu?

— Ainda não decidi.

Depois do desaparecimento de Kyan e Olivia na noite anterior, Amara tinha mandado jogarem o rei Gaius em uma cela assim como Felix e Ashur. Eram os três homens que representavam uma ameaça à imperatriz, de formas diferentes. Três homens que ela preferia manter separados, trancados em celas.

— Você disse que eu deveria... agradecer a você? — Cleo perguntou.

— Disse. E estou falando sério. — Ele riu, mas a risada soou áspera. — Alguns o chamavam de Príncipe Sanguinário, não é? Alguém que seguia os passos do pai? Seu sangue era tão vermelho ao cair sobre esse chão... E o estalo que seus ossos fizeram ao quebrar... foram como música para os meus ouvidos.

— Cale a boca! — Cleo gritou.

De repente, o prisioneiro arregalou os olhos. Sua boca se abriu, e movia os lábios como se quisesse respirar e não conseguisse.

— O quê? — ele disse. — O que... está acontecendo?

Cleo estava tentando manter a calma, mas ficava mais difícil a cada palavra de ódio que o prisioneiro proferia. Nerissa estava certa — tinha sido um erro terrível ir até lá.

Ela precisava encontrar Taran. Ele tinha o deus do ar dentro de si, e lutava pelo domínio de seu corpo mortal. Ela o tinha ignorado desde a noite anterior, perdida na própria angústia, no próprio sofrimento.

Não devia ter feito aquilo. Ela precisava dele. Precisava saber como ele estava lidando com os acontecimentos.

A mão de Cleo queimava. Ela observou o símbolo da água e arregalou os olhos. Pequenas e finas linhas azuis tinham começado a se espalhar a partir do símbolo.

— Você é uma feiticeira! — o prisioneiro exclamou.

Era isso que o homem achava? Que ela tinha desenhado um símbolo elementar na palma da mão, esperando invocar uma pequena parte da magia da água, como uma feiticeira comum?

Não sou nenhuma feiticeira, ela queria dizer.

Não sei mais o que sou.

Cleo analisou a cela pequena e escura. Era a mesma sala onde Magnus tinha sofrido.

— Ele está morto? — ela conseguiu perguntar de um jeito que mal se podia entender. Depois gritou: — Responda!

— A esta altura? — o prisioneiro perguntou. — Não tenho dúvida de que está.

Todo o ar saiu do corpo de Cleo enquanto encarava aquele monstro.

— Você já disse o bastante — Amara vociferou para o prisioneiro.

— Sim, disse — Cleo afirmou.

Então ela permitiu que o ódio e a dor se manifestassem. Em um instante, a sensação de ardência em sua mão esquerda se transformou em gelo.

Os olhos do prisioneiro ficaram esbugalhados, a boca escancarada, e ele soltou um grito de dor que silenciou abruptamente. Ficou paralisado, as mãos presas pelos grilhões de metal, a corrente pesada ligada à parede.

— O que está fazendo com ele? — Amara perguntou.

— Eu... eu não sei.

A dor e a raiva tinham despertado algo dentro dela que não conseguia controlar. Mas, por instinto, ela sabia o que estava acontecendo. Cleo sentiu toda a água do corpo do homem se transformar em gelo.

Um frio recaiu sobre a cela como uma mortalha. Quando Cleo

expirou, o ar formou uma nuvem congelada como acontecia nos dias mais frios de Limeros.

Então o corpo do prisioneiro se partiu em inúmeros pedaços de gelo.

Cleo ficou observando, em choque, o que restou do homem enquanto sua mente voltava ao lugar. Um silêncio espantoso preencheu a cela.

— Você o matou — Amara sussurrou.

Cleo se virou devagar para Amara, esperando ser recebida com um olhar de terror ou medo. Talvez a imperatriz caísse de joelhos e implorasse pela própria vida.

Em vez disso, Amara a encarava com o que parecia... inveja.

— Incrível — Amara disse. — Você mostrou a todos nós um pouco de magia da água ontem à noite, então eu sabia que era possível. Mas assim? Realmente inacreditável. Talvez Gaius estivesse errado. Você... você e Taran podem usar os *elementia* da Tétrade que estão dentro de vocês sem destruir seus corpos mortais.

Cleo caiu de joelhos, apoiando-se nas mãos, como se cada resquício de força tivesse se esvaído às pressas. O chão estava úmido, os fragmentos congelados do prisioneiro já começavam a derreter. Ela tinha desejado aquilo por tanto tempo... possuir a magia da Tétrade.

Mas agora a Tétrade a possuía.

Cleo tocou o bolso do vestido, onde tinha guardado a esfera de água-marinha, a antiga prisão da Tétrade de água. Tinha tentado tocá-la na noite anterior, segurá-la nas mãos, mas fora impossível. A dor tinha sido tão imediata e intensa que ela gritara e derrubara a esfera.

Taran tinha vivenciado o mesmo problema. Não queria a esfera de selenita por perto, chamara-a de "bola de gude maldita" e a tinha arremessado ao outro lado da sala. Ele tinha se juntado ao grupo que procurava Magnus, junto com guardas indicados por Amara, além de

Enzo — um ex-guarda limeriano — e Nerissa, o mais longe possível do complexo.

A selenita de Taran e a esfera de obsidiana que contivera a deusa da terra antes de ela possuir Olivia estavam trancadas em um armário, cuja chave Cleo trazia pendurada no pescoço em uma corrente dourada.

Mas Cleo tinha decidido carregar a esfera de água-marinha consigo, protegida em uma bolsinha de veludo. Resolveu seguir seu instinto ao tomar aquela decisão, e não o cérebro, que lhe dizia para jogar o cristal no Mar Prateado e deixá-lo afundar.

Amara estendeu a mão para Cleo. Depois de hesitar por um momento, a princesa aceitou a ajuda da imperatriz para se levantar.

— Isso que você acabou de fazer... se pudesse fazer quando quisesse, você seria invencível — Amara disse devagar. — Precisa aprender a controlar essa magia.

Cleo encarou a garota com ceticismo.

— Tome cuidado com seus conselhos, Amara. Sem querer, pode me ajudar a reconquistar meu reino.

Amara ficou pensativa.

— Só queria Mítica porque queria a Tétrade. Agora Kyan está por aí com Olivia. Não sabemos quando vão voltar, mas sabemos que vai acontecer. E quando voltarem, precisamos estar prontas para lutar.

Uma imagem de Nic surgiu na mente de Cleo. Seu cabelo ruivo desgrenhado e seu sorriso torto nunca deixavam de iluminar até mesmo os dias mais obscuros.

Kyan havia tirado Nic dela, como se tivesse cortado sua garganta.

Cleo odiava Kyan. E odiava a magia que havia dentro de si.

Amara encostou na parede, fazendo uma careta ao passar cuidadosamente a mão na perna quebrada.

— Tivemos nossos problemas, não vou negar. E você sem dúvida tem muitos motivos para me odiar. Mas agora temos um inimigo em comum, capaz de destruir tudo o que é importante para nós. Concorda?

Cleo assentiu devagar.

— Concordo.

— Tanto você quanto Taran precisam encontrar uma forma de usar a magia que existe dentro de vocês para derrotar Kyan e Olivia. — Amara parou para respirar. — Se conseguir, devolvo Mítica a você, e apenas a você.

Cleo não podia acreditar no que ouvia. Era a última coisa que esperava da imperatriz de Kraeshia.

— Você faria isso?

— Faria. Juro pela alma da minha mãe. — Amara assentiu com firmeza. — Pense no que eu disse. Em tudo.

Ela bateu na porta e Carlos a abriu. Ele analisou a sala e franziu a testa, confuso, ao ver pequenos pedaços de gelo derretendo sobre o chão de terra.

Amara o pegou pelo braço.

— Carlos, me ajude a sair. Terminamos por aqui.

Carlos encarou Cleo, estreitando os olhos, suspeitando da garota.

Cleo levantou o queixo e manteve o contato visual até o guarda desviar o olhar. Ela não confiava nele. Não confiava em nenhum kraeshiano — principalmente os que lhe faziam grandes promessas.

Derrotar Kyan e retomar seu reino.

Eram apenas palavras.

Se ela usasse a magia de uma forma que pudesse derrotar Kyan sem se destruir no processo, não seria necessário que Amara lhe devolvesse o reino. Ela simplesmente o tomaria.

Cleo deu uma última olhada na cela antes de sair. Seu coração pesava no peito.

Vou encontrar você, Magnus, ela prometeu em silêncio. *Juro que vou.*

Ela seguiu Amara e Carlos pelo corredor, subiu um pequeno lance de escadas de pedra, e os três acabaram dentro do complexo que tinha sido lar de Hugo Basilius, líder de Paelsia. O complexo era como uma réplica pequena e humilde da Cidade de Ouro auraniana — mas com muito mais pedra e lama em sua construção do que joias e mármore branco imaculado importado.

A tempestade tinha lavado qualquer rastro de sangue das dezenas de cadáveres — guardas que Selia Damora tinha assassinado com sua magia para ajudar o deus do fogo — em volta do grande fosso de quase dez metros de profundidade bem no centro do complexo.

A chuva tinha parado, mas as nuvens estavam carregadas e escuras, fazendo o meio-dia parecer o crepúsculo.

Cleo não podia simplesmente voltar para os aposentos que Amara havia lhe cedido e não fazer nada. A espera por notícias de Magnus a deixaria louca.

Se havia tanta magia dentro dela, por que se sentia tão impotente?

Então ela escutou um som. Uma batida alta.

Vinha dos portões fechados na entrada, que tinham seis metros de altura e demandavam o esforço de seis guardas para serem abertos e fechados.

Um guarda se aproximou correndo de Carlos.

— Temos um problema, capitão — disse, sem fôlego.

— O que foi? — Amara questionou antes que Carlos pudesse responder.

— Tem alguém nos portões, exigindo entrar. — O homem se contorceu quando ouviu a batida de novo. O chão tremeu com o estrondo.

— É Kyan, não é? — a imperatriz perguntou com a voz repleta de medo. — Ele voltou.

Pela deusa, Cleo pensou enquanto o pânico fechava sua garganta. *Ainda não. Não estou pronta.*

— Não é ele, imperatriz — o guarda respondeu.

O temor de Amara desapareceu em um instante.

— Bem, então quem é? Um ataque rebelde? Nossos sentinelas não teriam nos avisado?

— Não são rebeldes. — O guarda endireitou os ombros, mas aquilo não disfarçou seu nervosismo. — É... pior do que isso.

— Pior?

Mais duas batidas fizeram o chão tremer sob os pés de Cleo. O ar se encheu de sons de guardas gritando ordens. Centenas de homens, armas em punho, enfileiraram-se dos dois lados do portão quando seu centro se rompeu.

Intocado, o portão foi aberto por uma força invisível.

Guardas avançaram correndo, mas todos eles foram jogados para trás, abrindo caminho para os intrusos.

Duas figuras cobertas por mantos, uma armada com uma espada, entraram e caminharam diretamente na direção de Cleo, tensa, com Amara e Carlos ao lado direito.

Cleo percebeu, chocada, que um dos intrusos carregava um bebê. A pessoa tirou o capuz do manto preto e revelou um rosto familiar.

Lucia Damora.

— Onde está meu irmão? — ela quis saber.

3
LUCIA

PAELSIA

Jonas tocou o braço de Lucia.

— Tente ficar calma.

Ela virou para trás e lançou uma olhar tenso para ele. O que Jonas achava que ela ia fazer? Matar Cleo e Amara ali mesmo?

Era provável que fosse *exatamente* o que ele achava.

— Preciso de respostas — ela disse entredentes.

Ser recebida com portões fechados naquele complexo real por um enxame de soldados de Amara, todos de arma em punho, tinha acabado com o pouco de "calma" que ainda tinha guardada. Lucia se perguntou se o rebelde estava mais preocupado com a vida dela ou das dezenas de guardas armados que os cercavam.

— Lucia — Amara disse, desviando a atenção da feiticeira de seu companheiro bem mais desconfiado. A princesa kraeshiana estava apoiada em uma bengala de madeira. — Bem-vinda. Faz muito tempo que não a vejo. Muita coisa mudou para nós duas.

Lucia franziu o cenho ao olhar para a imperatriz ardilosa e sedenta por poder que, para todos os efeitos, era agora sua madrasta.

— Meu irmão e meu pai. Onde estão?

O grupo de guardas se aproximou, acotovelando-se para se posicionar, espadas apontadas na direção de Lucia.

Jonas finalmente abaixou o capuz do manto.

— Imperatriz Amara, dispense seus guardas. Isso não é necessário.

— Jonas! — Cleo exclamou. — É você!

A princesa auraniana sempre faz observações tão brilhantes, Lucia pensou com ironia.

— É bom vê-la de novo, princesa — Jonas disse, esboçando um sorriso.

— Digo o mesmo — Cleo respondeu com certa tensão na voz.

Jonas parecia muito mais feliz com o reencontro do que Lucia. Ver Amara e Cleo lado a lado fez a ira de Lucia se multiplicar. Ela esperava encontrar Cleo como prisioneira, à mercê da nova imperatriz, cujo exército ocupava toda Mítica. Mas claramente não era o caso.

— Seu pai se voltou contra mim. Ele tentou me matar — Amara disse com calma. — Mas garanto que não foi ferido. Tenho certeza de que você entende por que optei por mantê-lo trancafiado. É um homem perigoso.

Era mesmo, Lucia não negava.

— Você com certeza está satisfeita com isso — ela disse a Cleo.

O olhar de Cleo se tornou tão penetrante que seria capaz de cortar alguém.

— Você não tem ideia de como me sinto em relação a nada que aconteceu aqui.

Lucia tentou ao máximo manter a paciência.

— Onde ele está? — ela perguntou a Amara.

— Eu mesma vou levá-la para vê-lo — Amara respondeu com um tom leve e casual, como se não estivessem discutindo nada além do clima. — Minha nossa, Lucia, que criança linda. De quem é?

Lucia olhou para Lyssa em seus braços. Seu semblante doce não demonstrava nenhum sinal de aflição depois que sua mãe tinha mandado os portões pelos ares com magia do ar. Na verdade, a bebê dormia um sono profundo.

Ela encarou Amara nos olhos.

— Me leve até ele agora.

Amara hesitou, lançando um olhar para o guarda corpulento a seu lado, depois voltou a encarar Lucia.

— Com prazer. Por favor, me acompanhe.

— Espere aqui — Lucia disse a Jonas.

Ele recebeu a ordem com uma careta.

— Sim, vossa alteza — ele disse com falsa sinceridade.

Lucia sabia que Jonas ficava irritado com sua tendência a lhe dar ordens como se fosse um criado. Era mais um hábito do que uma decisão consciente.

A ideia de que ele, de alguma forma, tinha entrado em seu pesadelo naquela manhã ainda a perturbava. Jonas era um mistério para ela em vários aspectos, mas, apesar disso, Lucia tinha começado a confiar nele e a valorizá-lo.

No entanto, se ele esperava que ela seria doce e educada o tempo todo, estava viajando com a princesa errada.

A jornada dos dois juntos terminava ali. Jonas não teria mais que lidar com seu mau humor.

Não havia motivo para sentir remorso.

Que seja.

Lucia sentiu algo... *diferente* em relação a Cleo quando passou pela princesa, mas preferiu ignorar e acompanhar Amara até a prisão do complexo. A imperatriz se apoiava no guarda e na bengala, mancando ao caminhar. Lucia se concentrou e enviou um sussurro de magia da terra que a ajudou a sentir o ferimento de Amara.

Uma perna quebrada.

Conquistar o poder supremo sobre uma terra recém-conquistada não vinha sem prejuízos, ao que parecia.

Ao passar pelas vilas e pelos chalés cinzentos que compunham o complexo real, Lucia esperou sentir algum tipo de familiaridade com aquelas terras. Seu pai biológico tinha governado a região — um louco que acreditava ser um deus. Ela não sabia nada sobre sua mãe biológica, apenas que também tinha morrido.

Sua irmã de sangue, Laelia, trabalhava como dançarina em uma taverna na cidade de Basilia, na costa oeste de Paelsia. Talvez um dia Lucia pudesse perguntar a Laelia sobre sua família biológica. Naquele momento, ela pensou, seu passado era insignificante.

Lucia estava concentrada em apenas três objetivos.

Reencontrar Magnus e seu pai.

Garantir o futuro de Lyssa.

E fazer o que fosse necessário para aprisionar Kyan na esfera de âmbar que ela guardava no bolso do manto.

Qualquer coisa além daqueles objetivos era uma distração indesejada.

Quando entraram na prisão, Amara conduziu Lucia pelos corredores estreitos. A imperatriz ferida não reclamou nenhuma vez — o que Lucia, de má vontade, respeitava.

Elas passaram por muitas portas de ferro trancadas, até que Amara finalmente parou diante de uma no fim do corredor e apoiou a mão nela.

— Se quiser falar com Gaius — Amara disse. — Precisa obedecer algumas regras.

Lucia arqueou as sobrancelhas.

— Ah, é? — Ela apontou para a porta, que se abriu no mesmo instante.

O guarda imenso ao lado de Amara levou a mão à espada imediatamente.

— Me poupe dessas demonstrações. — Lucia usou outra onda de magia do ar para jogar a espada para o fim do corredor, onde se fincou à parede de pedra, mas não tão fundo quanto ela gostaria.

Amara não perdeu a compostura da realeza. No entanto, sua expressão ficou séria.

— Sua magia do ar é incrível.

Não tão incrível como Lucia gostaria. Depois de roubar na noite anterior a reserva forte e peculiar de *elementia* de Jonas para sobreviver ao parto de Lyssa, Lucia estava sentindo que a magia do ar estava se esvaindo aos poucos.

Mas Amara não precisava saber.

— Quero falar com meu pai em particular — Lucia disse. — É bom que ele de fato não esteja ferido, como você disse.

— Não está. — Amara meneou a cabeça para o guarda, que a levou para longe da porta sem dizer nada.

Prendendo a respiração, sem saber o que encontraria lá dentro, Lucia virou para o interior da cela, sem conseguir enxergar nada além de sombras e escuridão.

Amara tinha mantido seu pai no escuro.

Uma fúria cresceu dentro dela.

— Minha bela filha. Mais poderosa e magnífica do que antes.

O som da voz grave do rei foi um alívio tão grande que lágrimas começaram a escorrer dos olhos da princesa. Ela mexeu a mão e acendeu as tochas das paredes com magia do fogo.

O rei Gaius piscou diante do brilho repentino de luz, protegendo os olhos com o dorso da mão.

— Pai. — A voz dela falhou ao falar. Ela entrou na cela, fechando a porta para protegê-los de ouvidos curiosos.

Ele estava com uma barba curta e olheiras escuras, como se não dormisse por dias.

— Peço desculpas por minha aparência, filha — ele disse. — Você me encontrou em um estado vergonhosamente infeliz.

Lucia não conseguia lembrar da última vez que tinha se permitido chorar. Não se permitiu dessa vez, mas, ainda assim, lágrimas quentes correram por seu rosto. Sua garganta estava tão apertada que era difícil falar, mas ela se esforçou.

— Sou eu que devo pedir desculpas. Eu abandonei você... você e

Magnus. Eu estava errada. E por causa do meu egoísmo, muita coisa aconteceu... Não posso consertar tudo, mas vou tentar consertar o que puder. Por favor, me perdoe.

— Perdoar você? Não há nada para perdoar. Estou grato por você estar viva e bem. — Ele franziu as sobrancelhas escuras e se aproximou como se fosse abraçá-la, mas ficou paralisado ao ver o pequeno embrulho em seus braços. — De quem é essa criança, Lucia?

De novo, uma onda constrangedora de emoção dificultou sua fala.

— É minha... minha filha. O nome dela é Lyssa.

Ela esperava que a expressão gentil dele se tornasse dura, que o pai ficasse sério, que a repreendesse por ter sido tão descuidada.

Ele afastou o tecido macio do rosto de Lyssa e observou a neta.

— É linda como a mãe.

Lucia o encarou.

— Não está zangado?

— Por que estaria? — Ainda assim, havia seriedade em suas palavras. — É filha de Ioannes?

Ela assentiu.

— A filha de uma feiticeira e de um Vigilante exilado — ele refletiu. — Você vai precisar protegê-la.

— É o que farei, com sua ajuda — ela respondeu.

— Foi um nascimento rápido. Parece que não a vejo há uma eternidade, mas foram apenas alguns meses.

— Eu visitei o Santuário — ela disse. — O fato de eu ter estado lá... Tenho certeza de que acelerou o processo.

— Ela é recém-nascida.

— Nasceu ontem à noite — Lucia confirmou.

Ele a encarou, em choque.

— Você parece tão bem, considerando que acabou de dar à luz.

— Não foi um parto comum — Lucia confessou, sentindo necessidade de compartilhar o ocorrido com alguém de confiança.

Aquele homem — aquele Rei Sanguinário que tinha dado ordens para roubá-la do berço, que a tinha criado como filha por causa da profecia —, apesar de suas escolhas, de sua reputação e da forma como tratava os outros, jamais tinha sido cruel com Lucia. Apenas gentil. Apenas complacente.

Gaius Damora era seu pai. E ela o amava.

— O que está querendo dizer? — ele perguntou.

Ela explicou da melhor maneira possível — falou sobre a profecia de Timotheus de que ela morreria no parto. Falou que encontrou magia dentro de si para sobreviver.

Achou melhor não mencionar a conexão misteriosa de Jonas com os Vigilantes e a magia que ele permitiu que ela usasse.

Lucia contou ao pai que, depois de uma onda de agonia em que tinha certeza de que perderia a consciência, Lyssa simplesmente... apareceu. Deitada sobre o chão encharcado pela chuva, com os olhos de um violeta vivo, brilhando na escuridão.

O mesmo tom de violeta do anel de Lucia.

Seu pai ouviu com atenção, sem interrompê-la nenhuma vez.

— Apenas mais uma prova de que Lyssa é muito especial — ele disse. — Especial como você.

— Eu concordo, ela é especial. — Uma sensação pesada em seu peito, que ela carregava fazia meses, finalmente se aliviou. — Onde está Magnus? — Lucia perguntou. — Ele está em outra cela?

Quando o rei a encarou, Lucia viu dor em seus olhos escuros.

Ela respirou fundo.

— O que aconteceu? Me conte.

E o pai contou. Falou sobre o encontro com a avó dela — uma mulher que Lucia acreditava ter morrido doze anos antes. Sobre ter sido capturado, junto com Magnus, por soldados de Amara. Sobre a associação de Amara com o deus do fogo e das pessoas oferecidas em sacrifício que ela havia aprisionado no fundo de um fosso. Sobre Kyan ter tomado posse do corpo de Nicolo Cassian e sobre o ritual ter sido interrompido de repente pela morte da avó dela, mas não antes de outros três deuses da Tétrade terem escolhido veículos de carne e osso — uma Vigilante que Lucia não conhecia, um amigo de Jonas que ela também não conhecia, e Cleo.

— E Magnus? — ela perguntou quando conseguiu recuperar o fôlego.

— Lorde Kurtis Cirillo o levou... para algum lugar. Sei que uma expedição de busca foi organizada. Não sei de mais nada porque fui trancafiado nesta maldita prisão. Sem poder fazer nada. — Havia fúria no olhar do rei, misturada com arrependimento. — Ele me odeia por tudo o que fiz, e não o culpo. Tentei ajudá-lo da única forma que podia... — Ele respirava com dificuldade e fez uma pausa como se tentasse se recompor. — Mas receio que não tenha sido suficiente.

Lucia estava prestes a perguntar como o pai achava que poderia ajudar, mas seus pensamentos foram levados para outro lugar ao ouvir o nome de um garoto de seu passado. Alguém odioso, cruel e incapaz de sentir remorso.

Kurtis Cirillo.

Lucia se lembrou de quando encontrara um gatinho moribundo se contorcendo nos corredores do palácio limeriano. Lorde Kurtis estava por perto, rindo de sua reação horrorizada. Ela teve pesadelos com o pobre filhote de gato por várias semanas depois do ocorrido.

Magnus odiava Kurtis, mas o tolerava por ser filho de lorde Gareth, amigo e conselheiro do rei.

— Onde Kurtis está agora? — ela perguntou.

— Não sei. Que eu saiba, não foi localizado. Só sei que ele tinha motivos para querer se vingar de Magnus.

Todo o resto que ela tinha ouvido do rei ficou em segundo plano. Tudo aquilo podia esperar.

— Precisamos encontrá-lo juntos — ela disse.

— Sou prisioneiro de Amara.

— Não é mais.

Ela lançou magia do ar na direção da porta, que se soltou das dobradiças. Amara estava do outro lado com seu guarda. Ela ficou alarmada quando Lucia deixou a cela com o pai a seu lado.

— E a busca por meu irmão? — Lucia perguntou. — Quais são as notícias?

Amara ficou pálida.

— Receio que não tenhamos nenhuma notícia ainda. Há um grupo de busca formado por trinta e quatro homens. Ainda podem encontrá-lo.

A imperatriz a temia. Todos a temiam. Sua reputação não apenas como feiticeira da profecia, mas também como uma feiticeira que não tinha nenhuma dificuldade em massacrar vilarejos inteiros, poderia lhe beneficiar por um tempo.

Lucia não podia esperar a expedição de busca.

Sua magia ainda era forte o bastante para derrubar portões e portas. Talvez pudesse canalizá-la de outra forma.

— Preciso de um cômodo privado — ela disse. — E de alguma coisa que pertenceu a Magnus, alguma coisa em que eu possa senti-lo.

Com a orientação de Ioannes, ela tinha realizado um feitiço de localização especial para encontrar e despertar a Tétrade. E já tinha ouvido falar de bruxas comuns capazes de encontrar pessoas ou coisas perdidas com sua magia, aprimoradas com sangue.

Lucia nunca tinha tentado antes, mas era uma feiticeira, não uma bruxa comum. Mesmo que sua magia estivesse enfraquecendo e não fosse confiável, tinha que ser possível.

Amara não tentou impedi-la nem exigiu que Gaius fosse preso novamente. Ela se tornou a anfitriã perfeita, atendendo aos pedidos de Lucia em um instante.

— Venham comigo — ela disse.

Lucia entregou Lyssa a seu pai quando chegaram à sala aonde Amara os levou.

— Quero ajudar, se puder — Amara ofereceu.

— Você não pode ajudar — Lucia vociferou. — Saia.

Amara semicerrou os olhos, depois lançou um olhar obscuro na direção de Gaius, mas não disse nada. Ela meneou a cabeça para o guarda, e os dois saíram da sala.

Lucia recebeu algo que pertencia a seu irmão. Seu manto preto tinha sido encontrado em um corredor. O rei o reconheceu e confirmou que pertencia a Magnus.

Estava rasgado e ensanguentado.

Ver aquilo encheu o peito de Lucia de medo. Seu irmão tinha sofrido na mão de Kurtis.

Sinto muito, ela pensou, apertando o tecido áspero. *Eu culpei você, odiei você, duvidei de você. Eu o deixei quando você foi uma das melhores partes de minha vida. Me perdoe, por favor.*

Ela o encontraria.

Com o pai a seu lado com a bebê, Lucia sentou no chão em uma área sem móveis, fechou os olhos e se concentrou.

A magia da terra parecia a ideal a invocar. Ela sentiu o peso do manto nas mãos. Imaginou Magnus — sua estatura alta, o cabelo escuro quase sempre sobre os olhos, já que ele odiava cortá-lo. Seu queixo quadrado, os olhos castanho-escuros que a olhavam com seriedade ou malícia, dependendo da situação e do dia. A cicatriz do lado direito do rosto devido a um ferimento que ele dizia não se lembrar com clareza.

A imagem do irmão logo se transformou em outra coisa.

Sangue em seu rosto, pingando de um corte recente sob o olho. Fúria no olhar.

Ele pendurado em correntes que prendiam os braços sobre a cabeça.

— Posso vê-lo — Lucia sussurrou.

— Onde? Onde ele está? — Gaius perguntou.

— Acho que estou vendo algo que já aconteceu... — Ela apertou o manto com mais força.

O rosto de fuinha de Kurtis apareceu em sua visão, com um sorriso cruel nos lábios.

Lucia respirou fundo.

— Sinto o ódio de Magnus por Kurtis. Ele não teve medo, mesmo quando o covarde precisou acorrentá-lo.

— Vou matá-lo — o rei vociferou.

Lucia tentou ignorar o pai, tentou se concentrar apenas na visão em sua mente. Outra visão do passado já tinha vindo até ela — a morte de Eva, a feiticeira original, nas mãos de Melenia. O momento em que a Tétrade transformara Cleiona e Valoria em deusas, um milênio antes.

Ela mergulhou mais em sua magia da terra e a forçou a sair. Mesmo naquele momento ela podia sentir suas limitações crescentes, e isso a frustrava tanto que tinha vontade de gritar.

Timotheus lhe disse que a magia de Eva também tinha diminuído quando ela engravidara. E a perda de força e poder deu à sua irmã imortal a chance de acabar com sua vida.

Lucia fechou bem os olhos e se concentrou em Magnus. Apenas Magnus. Ela abraçou o manto junto ao peito e seguiu o rastro dos *elementia* da terra... o rastro de sua vida, seu sangue, sua dor...

Terra.

Terra profunda.

Várias pás de terra, uma após a outra, batendo em uma caixa de madeira fechada.

— Não... — ela sussurrou.

— O que você está vendo? — o pai perguntou.

— Não é o que estou vendo, é o que estou sentindo. É o que Kurtis fez com Magnus depois de torturá-lo. — A voz dela falhou. — Ele... ele enterrou Magnus vivo.

— O quê? — Gaius rugiu. — Onde? Onde meu filho está?

Lucia tentou se agarrar às terríveis sensações, aos pensamentos e às imagens aleatórias que se moviam em sua cabeça, mas eram tão difíceis de reunir quanto folhas secas em uma tempestade de vento.

— Está desaparecendo rápido demais para eu sentir! — ela gritou. — Não... ah, deusa, não. Eu senti o coração de Magnus batendo na escuridão... mas agora...

— Lucia! O que você está sentindo? — Gaius perguntou.

Lucia soltou um soluço de choro trêmulo e finalmente abriu os olhos. Tinha terminado — a magia tinha terminado, e o feitiço de localização que ela tinha tentado criar tinha acabado.

— Senti apenas morte. — Uma lágrima correu por seu rosto, mas ela não teve forças para contê-la. — Ele está morto... Magnus está morto.

4
MAGNUS

PAELSIA

Para aqueles que tinham escolhido o caminho da maldade na vida mortal, as terras sombrias deviam ser exatamente assim.

Escuridão infinita.

Asfixia lenta e tortuosa.

E dor. Muita dor.

Os ossos quebrados de Magnus o deixaram inútil, incapaz de lutar, de golpear a placa de madeira a centímetros de seu rosto.

Pareceu uma eternidade, mas não havia como saber quanto tempo ele estava lá. Aprisionado debaixo da terra, em um caixão de madeira pequeno e sufocante. Lutar só piorava as coisas. Sua garganta estava arranhada de tanto gritar na esperança de que alguém, qualquer um, encontrasse aquela cova recém-cavada.

Toda vez que pegava no sono, tinha certeza de que não acordaria mais.

Mas acordava.

Várias vezes.

Limerianos não eram enterrados em caixas de madeira como aquela. Como adoradores da deusa da terra e da água, seus corpos eram deixados em contato direto com a terra em túmulos gelados, ou lançados nas águas do Mar Prateado, de acordo com a decisão da família.

Paelsianos cremavam seus mortos.

Auranianos cultuavam a deusa do fogo e do ar, então era de se imaginar que seriam adeptos do ritual de cremação paelsiano. Mas auranianos ricos preferiam caixões esculpidos em mármore, enquanto os menos abastados optavam por caixões de madeira.

— Kurtis me enterrou como um camponês auraniano — Magnus murmurou.

Com certeza, aquilo era um último insulto do antigo grão-vassalo do rei.

Para desviar a mente do horror de ser enterrado vivo e estar extremamente indefeso, Magnus ficou imaginando como mataria lorde Kurtis Cirillo. Depois de muitas considerações, o príncipe achou que uma técnica de tortura kraeshiana de que havia ouvido falar, que esfolava lentamente o prisioneiro, parecia bastante satisfatória.

Ele também tinha ouvido falar de uma técnica que consistia em enterrar a vítima até o pescoço, cobrir sua cabeça com melado e deixar besouros famintos consumirem-na bem devagar.

Seria ótimo.

Ou talvez Magnus arrancasse a outra mão de Kurtis. Pouco a pouco, com uma faca cega. Ou uma colher.

Isso, com uma colher.

Imaginar o som dos gritos de Kurtis ajudava Magnus a não pensar na própria situação. Mas aqueles momentos de distração raramente duravam muito.

Magnus pensou ter ouvido um eco distante de trovão. Os únicos outros sons eram seus próprios batimentos cardíacos — acelerados no início, mas muito mais lentos no momento. E sua respiração — ofegante e forçada no início, quando estava lutando, mas que se tornou silenciosa. Curta.

Eu vou morrer.

Kurtis finalmente teria sua vingança. E que bela morte havia escolhido para seu pior inimigo. Uma em que Magnus teria tempo de sobra para pensar na própria vida, em suas escolhas, seus erros, seus arrependimentos.

Lembranças de labirintos de gelo e esculturas feitas em neve à sombra do palácio limeriano.

De uma irmã mais nova que ele tinha desejado de maneira insensata, que então o encarou com horror e aversão e fugiu com belos imortais e monstros de fogo.

De uma bela princesa dourada que o desprezava com razão. Cujos olhos verde-azulados carregaram apenas ódio por tanto tempo que ele não se lembrava exatamente quando seu olhar tinha se suavizado.

Aquela princesa que não o afastara quando ele a beijara. Em vez disso, tinha retribuído o beijo com uma paixão quase igual à dele.

Talvez eu esteja apenas fantasiando tudo isso, ele pensou. *Ajudei meu pai a destruir a vida dela. Ela deveria comemorar minha morte.*

Ainda assim, ele se permitiu fantasiar a respeito de Cleo.

Sua luz. Sua esperança. Sua esposa. Seu amor.

Em uma fantasia, Magnus se casava de novo com ela, não nas ruínas de um templo e nem sob pressão, mas em um campo repleto de belas árvores floridas, com um gramado viçoso.

Belas árvores floridas e um gramado viçoso?, ele pensou. *Que tipo de bobagem irrelevante está tomando conta da minha mente?*

Ele preferia o gelo e a neve de Limeros.

Não preferia?

Magnus se permitiu lembrar dos raros sorrisos da princesa, de seu riso alegre e, a coisa mais divertida, do olhar cortante que Cleo lançava quando ele constantemente dizia algo para perturbá-la.

Ele pensou no cabelo dela — sempre uma distração quando estava solto, com ondas longas e douradas sobre os ombros, descendo até a cintura. Magnus se lembrou de seu toque sedoso quando, durante a excursão de casamento, ele a beijou, o que aconteceu apenas a pedido da multidão que vibrava. Um beijo que ele desprezou apenas por ter gostado demais.

O beijo seguinte, na quinta de lady Sophia, em Limeros, o atingira como um raio. Aquilo o tinha assustado, embora ele nunca fosse admitir em voz alta. Foi naquele momento que Magnus descobrira que, se permitisse, aquela garota o destruiria.

E então, quando a encontrara naquele pequeno chalé no meio de uma tempestade de neve, depois de pensar que Cleo estava morta... Magnus tinha se dado conta do quanto ela significava para ele.

Aquele beijo não tinha sido tão rápido quanto os outros.

Aquele beijo tinha marcado o fim da vida que ele conhecia e o início de uma outra.

Quando ele descobrira que Cleo, assim como a mãe, tinha sido amaldiçoada por uma bruxa vingativa para morrer no parto, seus desejos egoístas foram interrompidos. Ele não colocaria a vida dela em risco por nenhum motivo. E, juntos, os dois encontrariam uma forma de quebrar a detestável maldição.

Mas lorde Kurtis tinha sido outra maldição lançada sobre eles.

Magnus se lembrou das ameaças feitas por Kurtis quando estava acorrentado, incapaz de acabar com o ex-grão-vassalo. Ameaças do que ele faria com Cleo quando Magnus não pudesse mais protegê-la.

Atrocidades sombrias e apavorantes que Magnus não desejaria nem a seu pior inimigo.

O pânico cresceu dentro dele quando aqueles pensamentos o trouxeram de volta à dura realidade. Seu coração disparou, e Magnus se esforçou de novo para se libertar daquela prisão pequena e sufocante embaixo da terra.

— Estou aqui! — ele gritou. — Estou aqui embaixo!

Ele gritou repetidas vezes até parecer que tinha engolido dezenas de facas, mas nada aconteceu. Ninguém veio resgatá-lo.

Depois de amaldiçoar a deusa em que tinha deixado de acreditar havia muito tempo, ele começou a negociar com ela.

— Atrase minha morte, Valoria — ele resmungou. — Me deixe sair daqui, e me deixe matar Kurtis antes que ele machuque Cleo. Depois pode tirar minha vida como desejar.

Mas, assim como os pedidos de ajuda, suas preces não foram atendidas.

— Maldição! — Ele golpeou a parte superior do caixão com tanta força que uma farpa de madeira entrou em sua pele.

Ele soltou um rugido repleto de dor, frustração e medo.

Magnus nunca tinha se sentido tão impotente. Tão inútil. Tão incrivelmente...

Espere...

Ele franziu a testa enquanto tirava a farpa da pele com os dentes.

— Meu braço — ele sussurrou na escuridão. — O que tem de errado com ele?

Na verdade, não era o que havia de *errado*, mas o que havia de *certo*.

Seus dois braços tinham sido quebrados por ordens de Kurtis. Ele conseguia movimentá-los muito pouco sem sentir uma dor imediata e excruciante.

Ele fechou a mão direita, depois mexeu o punho e o braço.

Não sentiu dor.

Impossível.

Tentou movimentar o braço esquerdo de novo, e obteve o mesmo resultado. E a perna... o estalo que fez quando quebrou e a dor estonteante que veio em seguida ainda estava muito fresca em sua memória.

Ele movimentou os dedos do pé dentro da bota.

Nenhuma dor.

Uma gota de lama escorreu pelas fendas estreitas do caixão e caiu em seu olho. Ele estremeceu e limpou o rosto.

Trovejou acima dele. O som era constante desde que Magnus tinha sido enterrado. Se ele se concentrasse, poderia ouvir a chuva caindo sobre seu túmulo, encharcando a terra que cobria seu caixão.

Ele pressionou a palma das duas mãos contra o tampo de madeira sobre seu corpo.

— O que estou pensando? — ele refletiu. — Que meus ossos se curaram magicamente? Não tenho magia da terra como Lucia. Estou alucinando.

Será que estava?

Afinal, *havia* um modo de manter alguém vivo e bem por muito tempo depois do momento em que deveria ter morrido. Ele tinha acabado de aprender aquilo.

Magnus franziu a testa ao pensar naquilo.

— Impossível. Ele não teria dado aquilo para mim.

Ainda assim, Magnus começou a tatear o próprio corpo com os braços que passaram a funcionar e mãos que até então eram inúteis. Deslizou a palma das mãos nas laterais, sobre o peito, sentindo a pressão sufocante da madeira de ambos os lados.

Ele ficou paralisado ao sentir algo pequeno e duro no bolso da camisa, algo que não havia notado até aquele momento.

Com os dedos trêmulos, pegou o objeto.

Não podia ver na completa escuridão, mas podia sentir a forma conhecida.

Um anel. Mas não qualquer anel.

A pedra sanguínea.

Magnus colocou o anel no dedo médio da mão esquerda, arfando quando um calafrio se espalhou imediatamente por todo seu corpo.

— Pai, o que você fez? — ele sussurrou.

Outra gota de lama escorreu por seu rosto, incomodando-o mais.

Magnus pressionou as mãos contra as tábuas de madeira sobre seu corpo, úmidas por causa da chuva que tinha penetrado na terra.

Seu coração disparou. Madeira úmida poderia ceder com mais facilidade do que seca, se ele tentasse com afinco.

Ninguém vai salvar você, ele imaginou a voz esganiçada de Kurtis zombando dele. *Nenhuma magia vai mantê-lo vivo para sempre.*

— É o que você pensa — Magnus resmungou.

Junto com o calafrio que sentiu vindo da magia da pedra sanguínea na ponta dos dedos, ele também se sentiu fortalecido.

Magnus cerrou o punho e deu um golpe para cima, apenas enchendo a mão com mais farpas da madeira úmida. Ele fez uma careta, fechou a mão de novo e deu mais um golpe.

Aquilo ia demorar.

Ele imaginou que a barreira sobre seu corpo era o rosto de Kurtis Cirillo.

— Besouros — Magnus disse entredentes enquanto socava a madeira mais uma vez. — Acho que vou matar você com besouros famintos devoradores de carne humana.

5
AMARA

PAELSIA

Amara apertou na mão a mensagem que tinha chegado de Kraeshia enquanto mancava pela prisão do complexo real pela segunda vez em dois dias.

Carlos continuava sendo uma presença sólida, porém silenciosa, e ela apreciava seu guarda mais do que estava disposta a reconhecer. De todos os homens que a cercavam naquele momento, era nele em quem mais confiava. E confiança, devido aos acontecimentos recentes, estava em falta.

Ela detestava aquela prisão. Odiava o cheiro de umidade e mofo, como se o odor de décadas de prisioneiros tivesse impregnado para sempre as paredes de pedra.

— Ora, ora, se não é a prepotente destruidora de reinos agraciando a nós, criaturas desprezíveis e patéticas, com sua presença.

A voz dolorosamente familiar de Felix Gaebras fez Amara tencionar os ombros. A imperatriz virou para a esquerda e viu que ele tinha sido aprisionado em uma cela com uma pequena janela na porta de ferro que mostrava parte de seu rosto, inclusive o tapa-olho preto que cobria seu olho esquerdo.

Ela se lembrava com muita clareza de quando ele tinha dois olhos que a miravam com desejo.

— Eu até responderia, mas não vou gastar saliva com você.

Felix riu.

— No entanto, isso me pareceu uma resposta. E para alguém desprezível e patético como eu. A sorte deve sorrir para mim hoje.

Seu tom sarcástico, não muito tempo atrás, era uma de suas características mais cativantes. Agora não passava de um lembrete das decisões que ela havia tomado no passado e do ódio que o ex-assassino nutria por ela.

Ele não deveria mais ser sarcástico com ninguém. Se tudo tivesse corrido como planejado, ele já estaria morto há muito tempo e não seria mais um problema para Amara resolver.

— Respeite a imperatriz — Carlos gritou, cruzando os braços grandes. — Você só não foi executado pela bondade dela.

— Pela *bondade dela?* — Felix pressionou a testa contra as barras de sua janela e abriu um sorriso frio. — Ah, talvez ela ache que podemos ficar juntos de novo. Mas sinto muito, não compartilho minha cama com víboras.

— Vamos mudar de assunto — Amara disse com firmeza.

Felix deu um sorriso amarelo.

— Teve notícias de seu bom amigo Kyan? Sobre quando ele pretende terminar de reduzir este mundo a cinzas com sua ajuda? Um sinal de fumaça? Qualquer coisa?

— É só dizer, imperatriz — Carlos disse —, e eu mesmo acabo com a vida desse assassino.

Felix lançou um olhar rápido para o guarda.

— Se servir de parâmetro, foi ela que envenenou o pai e os irmãos sem nenhum pingo de arrependimento nesses olhos com longos cílios. Mas sei que não vai acreditar em mim. Diga, princesa, é Carlos que está aquecendo sua cama ultimamente? Você vai mandá-lo para a câmara de tortura para desviar a atenção de seu próximo crime?

As palavras eram a única arma que lhe restava, mas ele era um assassino talentoso. Cada uma delas provocava uma ferida.

— Talvez seja melhor que sua execução seja rápida — Amara disse devagar. — Não sei por que estou prolongando o inevitável.

— Ah, eu não sei. Culpa?

Ela o ignorou e, apoiando-se na bengala, começou a mancar pelo corredor rumo a seu destino, querendo deixar Felix Gaebras e suas acusações para trás.

— Sabe o que vou fazer com você quando sair daqui? — Felix gritou para ela. — Eu ia contar, mas não quero que tenha pesadelos.

Felix tinha se transformado em um caco de vidro, que machucava quanto mais entrava na pele.

Carlos falou em seguida, rompendo o silêncio:

— Ele está causando muitas dificuldades com os guardas. É violento e imprevisível.

— Concordo.

— Querem saber o que deseja fazer com ele.

Amara resolveu reservar seus pesadelos para alguém muito mais merecedor.

— Deixo essa decisão para você, Carlos.

— Sim, vossa graça.

Era hora de remover aquele caco de vidro e descartá-lo para sempre.

O humor de Amara tinha ficado bem mais sombrio quando eles chegaram ao destino. A prisão do complexo estava, em grande parte, ocupada por rebeldes. Ao contrário de muitos paelsianos que tinham aceitado o domínio de Amara depois de sofrerem nas mãos do rei Gaius, aqueles rebeldes não queriam ser governados por ninguém.

Tolos ingratos.

Ela estava pronta para dar fim a vários deles. E com a chegada da feiticeira e a libertação de Gaius, quanto antes, melhor.

Carlos parou no fim do corredor e meneou a cabeça para o guarda mais próximo, indicando que destrancasse a porta de ferro.

— Imperatriz... — ele começou a dizer.

— Quero falar com meu irmão sozinha.

A expressão dele era de incerteza.

— Não sei se isso é prudente, vossa graça. Mesmo desarmado, seu irmão é perigoso. Tão perigoso quanto o assassino.

— Eu também sou.

Ela abriu a parte da frente do manto e revelou a lâmina que trazia em uma bainha presa a um cinto de couro. Sua avó tinha lhe dado a arma no dia em que ela se casara com Gaius Damora. A adaga nupcial tradicional kraeshiana devia ser passada de mãe para filha no dia do casamento como símbolo da luta feminina em um mundo dominado pelos homens.

Carlos hesitou.

— Como quiser, vossa graça.

O guarda abriu a porta — que não tinha janela como a de Felix —, e ela entrou. A porta foi fechada e trancada.

O olhar de Amara encontrou o do irmão no mesmo instante. Ashur não se levantou da cadeira em que estava sentado, em frente à porta. A cela era pelo menos três vezes maior que a de Felix, e mobiliada com peças tão belas quanto as de um quarto na residência real. Tinha sido usada, claramente, para prisioneiros importantes de status elevado.

— Minha irmã — Ashur disse apenas.

Ela demorou um pouco para encontrar a voz.

— Sei que está surpreso em me ver.

Ele demorou para responder.

— Como está sua perna?

Amara fez uma careta ao ser lembrada do ferimento. Não que precisasse do lembrete.

— Quebrada.

— Logo vai se curar.

— Você parece tão calmo. Eu esperava...

— O quê? Raiva? Revolta? Choque por você ter me prendido por um crime cruel de que não participei? — Ele elevou a voz. — O que é isso? Uma última visita da imperatriz antes que eu seja executado em segredo?

Ela balançou a cabeça.

— Longe disso. Pretendo libertar você.

O olhar do irmão foi de total descrença.

— Verdade?

— Muitas coisas aconteceram desde que Kyan roubou o corpo de seu amigo.

Uma dor repentina surgiu em seus olhos azul-acinzentados.

— Dois dias, Amara. Esperei aqui por dois longos dias, querendo informações, mas ninguém me disse nada. — Ele respirou fundo. — Nicolo está bem?

— Não faço ideia.

Ele se levantou, e Amara segurou a adaga com mais força por instinto. Ashur olhou para ela, franzindo a testa.

— Você quer me libertar, mas está claro que também está com medo de mim.

— Não tenho medo de você. Mas sua soltura depende de chegarmos a um acordo. Um acordo bem específico.

— Você não entende. Não há tempo para negociações — ele disse. — Tenho que ser solto para encontrar as respostas de que preciso. Há magia lá fora, minha irmã, que possivelmente pode ajudar Nicolo. Mas não posso encontrá-la enquanto estiver preso aqui.

Uma frustração familiar surgiu em Amara. Seu irmão — rico, belo e influente — tinha se apaixonado por um ruivo insignificante, um ex-escudeiro do rei de Auranos.

Amara era uma das poucas pessoas que sabia — e aceitava completamente — as preferências românticas de Ashur no decorrer dos anos, mas Nicolo Cassian não era digno das afeições de seu irmão.

— Você acha que pode salvá-lo? — ela perguntou.

Ashur cerrou os punhos.

— Não trancado atrás de uma porta.

— Espere mais uma semana e vai se esquecer dele. — Amara ignorou a escuridão que tomou conta do olhar de Ashur ao dizer aquilo. — Conheço você, meu irmão. Alguma coisa ou alguém novo vai atrair seu interesse. Na verdade, tenho algo bem aqui que pode ajudar.

Amara mostrou o pergaminho para o irmão.

Ele o arrancou das mãos dela e lançou um olhar intenso antes de ler a mensagem.

— Uma mensagem da nossa avó — ele disse. — A revolução foi exterminada em sua raiz, e ela diz que está tudo bem.

Amara assentiu.

— Pode ver que ela pede que eu retorne imediatamente a Joia para minha Ascensão.

— Sim, até agora você foi imperatriz só no nome, não é? É necessário realizar a cerimônia de Ascensão para oficializar por toda a eternidade. — Ele amassou a mensagem e a deixou cair no chão. — Por que está me contando isso, Amara? Quer os parabéns?

— Não. — Ela tirou a mão da adaga e começou a mancar a passos curtos e agitados, considerando a dor em sua perna uma distração providencial. — Vim aqui para dizer que eu... eu me arrependo das poucas decisões que tomei nesses últimos meses, mas me arrependo profundamente da maneira como tratei você. Fui péssima.

Ashur ficou boquiaberto.

— Péssima? Você me apunhalou no coração.

— Você me traiu! — A exclamação foi quase um grito, mas ela

conseguiu controlar as emoções inúteis. — Você preferiu se aliar a Nicolo... Cleo e Magnus... e não à sua própria irmã!

— Você chegou a conclusões precipitadas, como sempre — Ashur resmungou. — Não me deu a oportunidade de me explicar. Se eu não tivesse tomado a poção de ressurreição, teria morrido permanentemente. — Ele parou de falar, respirando fundo para se recompor. — Assim que soube que eu estava vivo, você colocou a culpa do assassinato de nossa família em mim e me jogou em um fosso para servir de comida para um monstro. Por favor, minha irmã, diga como posso perdoar e esquecer?

— O futuro é mais importante que o passado. Sou imperatriz de Kraeshia, e isso será um fato gravado para sempre na história depois da minha Ascensão. Eu faço as regras agora.

— E que regras gostaria que eu seguisse, vossa graça?

Amara se contorceu diante do tom afiado dele.

— Desejo consertar as coisas entre nós. Quero mostrar que me arrependi do que fiz com você. Eu estava errada. — As palavras tinham um gosto amargo, o que não as tornava menos verdadeiras. — Preciso de você, Ashur. Isso me foi provado várias vezes nos últimos meses. Preciso de você ao meu lado. Quero que volte comigo para Kraeshia, onde vou perdoá-lo oficialmente dos crimes de que foi acusado.

Amara levantou o queixo e se obrigou a encará-lo nos olhos. Ele a olhou, extremamente chocado.

— Foi você que me acusou desses crimes — ele disse.

— Vou dizer para todo mundo que foi um plano estabelecido por Gaius. Fui obrigada a libertá-lo, então não me importa se houver um alvo nas costas dele.

— Por que foi obrigada a libertá-lo?

— Lucia Damora chegou — ela respondeu. — Achei melhor não contradizer uma feiticeira.

Amara detestava ter tanto medo de Lucia, mas sua magia era realmente incrível como diziam. Em Auranos, Amara teve apenas um vislumbre do poder de Lucia, que tinha se fortalecido desde então.

Ela sabia que não podia derrotá-la.

E a criança...

Lucia não tinha fornecido nenhuma informação sobre a bebê que tinha nos braços, mas os boatos se espalhavam rapidamente.

O próprio Carlos tinha escutado o jovem com que Lucia havia chegado conversando com um amigo sobre a bebê, dizendo que era filha legítima de Lucia. Filha dela com um imortal.

Se fosse verdade, aquela informação seria incrivelmente útil.

Entre Lucia, Gaius e a ideia de que Kyan estava em algum lugar esperando para voltar e queimar tudo à sua volta, Amara já estava farta daquele reino que só tinha lhe trazido tormento.

— Só quero ficar longe daqui, longe de Mítica — ela disse a Ashur. — Não vou me colocar nem colocar você em risco por mais um instante sequer. Vou para casa para a cerimônia de Ascensão, como pediu nossa avó. Talvez não acredite, tendo em vista tudo o que eu fiz, mas você é o único membro da nossa família que eu valorizo.

A expressão de Ashur se tornou melancólica.

— Nunca nos encaixamos, não é, minha irmã?

— Não como nosso pai gostaria. — Amara ficou observando o irmão, com a guarda baixa, enquanto se lembrava de como era bom acreditar em alguém por inteiro, confiar sem restrições. — Deixe os problemas do passado para trás. Venha comigo, Ashur. Vou dividir meu poder com você, e apenas com você.

Ele a encarou por um longo instante.

— Não.

Ela tinha certeza de que havia escutado mal.

— O quê?

Ashur riu com frieza.

— Você se pergunta por que me aliei a Nicolo conhecendo-o por apenas algumas semanas? Porque ele tem o coração mais puro que já conheci. Seu coração, minha irmã, é negro como a própria morte. Nossa avó lançou mão de um tipo particular de magia para manipular você de acordo com os desejos dela, não é? E você ainda nem se deu conta.

O rosto de Amara ficou quente.

— Você não sabe do que está falando.

— Vou ser o mais direto possível para não deixar margem para mal-entendidos — Ashur afirmou. — Eu nunca, nem em um milhão de anos, vou voltar a confiar em você, Amara. As escolhas que você fez são imperdoáveis. Prefiro viver como um camponês a aceitar qualquer poder que queira compartilhar comigo, sabendo que a qualquer momento você pode enfiar uma adaga em minhas costas se lhe convier.

Amara tentou conter as lágrimas que fizeram seus olhos arderem.

— Você é tolo a ponto de abrir mão da oportunidade que lhe ofereci hoje?

— Não quero mais fazer parte da sua vida. Você escolheu seu caminho, minha irmã. E ele a levará à destruição.

— Então você tomou sua decisão. — As palavras saíram como um grito abafado. — Carlos! Me deixe sair daqui!

Um momento depois, a porta se abriu.

Como se as palavras fossem adagas em sua garganta, ela olhou para Ashur uma última vez.

— Adeus, meu irmão.

Fora da prisão, o céu estava escuro e carregado de nuvens de chuva. Amara encostou na parede de pedra, tentando se recompor.

Ela se perguntou o quanto a magia da água de Cleo tinha a ver com o clima imprevisível dos últimos dois dias. A princesa estava de luto pelo marido perdido.

Magnus Damora estava morto.

Mais um que você traiu em benefício próprio, ela pensou.

Amara fechou bem os olhos, desejando ignorar o mundo.

A imperatriz sabia que deveria comemorar a morte de Magnus — deveria agradecer a lorde Kurtis, se ele algum dia voltasse a aparecer, por remover mais um inimigo de sua lista.

Após um instante, Amara abriu os olhos. Seu estômago se revirou. Nerissa Florens estava caminhando em sua direção.

A ex-criada da imperatriz e espiã secreta rebelde em tempo integral — *secreta*, pelo menos até muito recentemente — parou diante dela.

Mais uma pessoa que Amara preferia evitar.

— Voltou da busca? — Amara perguntou com firmeza.

Nerissa assentiu.

— Os outros vão voltar ao anoitecer, mas eu queria ver como a princesa Cleo está.

— É muita gentileza sua.

— Você estava chorando.

Amara conteve o ímpeto de secar os olhos.

— Tem muita poeira no complexo, só isso.

— Foi visitar seu irmão, não foi?

Amara abriu um sorriso sarcástico.

— Sim, fui mesmo. Na mesma prisão onde você estaria presa por traição se Cleo não tivesse intercedido a seu favor. Não me dê motivos para mudar de ideia.

Nerissa não reagiu à rispidez no tom de voz de Amara.

— Sei que a magoei.

— Você me magoou? — Amara riu daquela afirmação. — Isso é um tanto quanto improvável.

Nerissa distraidamente ajeitou uma mecha do cabelo curto e preto atrás da orelha.

— Preciso que saiba, vossa graça, que fiquei contra você apenas porque não tive outra escolha. Sou e sempre serei leal à princesa Cleo.

Amara apertou a bengala com força.

— Sim, isso ficou bem claro, Nerissa.

A traição a tinha machucado mais do que Amara era capaz de admitir. Nerissa logo se tornara mais do que uma criada para ela, mais ainda do que uma amiga.

Nerissa piscou.

— Eu vi, sabia?

— Viu o quê?

— Seu verdadeiro *eu*. Uma parte sua que não é dura, cruel nem ávida apenas por poder.

A dor na perna de Amara passou para o coração por um instante. Mas apenas por um instante.

Ela forçou um pequeno sorriso de novo.

— Você estava apenas vendo coisas. Foi um erro seu.

— Talvez — Nerissa disse com calma.

Amara olhou para a garota com desdém.

— Eu já tinha ouvido histórias sobre você. Achei que a maior parte não passasse de boato. Parece que sua habilidade de seduzir e se infiltrar em camas influentes não tem comparação. A perfeita espiãzinha rebelde, não é?

— Seduzo apenas aqueles que estão dispostos a serem seduzidos. — Nerissa a encarou nos olhos por uma pequena eternidade antes de abaixar a cabeça. — Se me der licença, vossa graça, preciso ver a princesa.

Amara observou a garota caminhar na direção da residência real. Seu coração era um nó apertado dentro do peito.

Ela estava decidida. Estava na hora de deixar Mítica.

Estava na hora de planejar seus próximos passos.

6
JONAS

PAELSIA

Jonas tinha ficado no complexo real por muito mais tempo do que pretendia.

Ele ficou por Cleo, Taran, Enzo e Nerissa. E por Felix, que tinha conseguido ser preso mais uma vez.

Ao que parecia, ficou para ajudar a procurar seu ex-inimigo.

Lucia acreditava que o príncipe Magnus estava morto, mas a busca ainda continuava. Quando ela pediu a ajuda dele, Jonas percebeu que não poderia recusar.

Depois de um dia longo, extenuante e infrutífero de buscas pelas terras áridas de Paelsia e para além dos portões do ex-complexo de Basilius, Jonas caiu no sono mais profundo de que conseguia se lembrar. Felizmente, sem nenhum pesadelo.

Mas então aconteceu. Como se arrancado de um mundo e lançado em outro, ele se viu no meio de um campo gramado, diante de um homem que vestia uma longa túnica branca cintilante. Um homem que ele reconhecia bem demais.

Timotheus não era velho — ou, pelo menos, não *parecia* velho. Seu rosto não tinha mais rugas do que o irmão de Jonas, Thomas, teria aos vinte e dois anos, se estivesse vivo.

Seus olhos, no entanto, entregavam sua verdadeira idade. Eram antigos.

— Bem-vindo, Jonas — disse Timotheus.

Jonas observou ao redor e não viu nada além do campo gramado em todas as direções.

— Achei que não tivesse mais nada para falar comigo.

— Ainda não.

Jonas virou e encarou Timotheus nos olhos, recusando-se a ser intimidado pelo imortal.

— Desafiei sua profecia. Lucia ainda está viva.

— Sim, está. E teve uma criança, uma filha chamada Lyssa cujos olhos brilham com uma luz violeta de vez em quando. — Timotheus balançou a cabeça ao ver o olhar chocado de Jonas. — Tenho meios de saber muitas coisas, então não vamos perder tempo recontando o que já aconteceu. Tenho muito interesse pela criança, mas não foi por isso que precisei falar com você agora.

Uma indignação tomou conta de Jonas. Aqueles imortais místicos tinham passado séculos vigiando os mortais pelos olhos de falcões, mas ofereciam pouca ajuda. Ele preferia quando os Vigilantes eram apenas mitos que podia ignorar a seu bel-prazer, e não uma realidade irritante.

Jonas começou a andar nervoso de um lado para o outro. Aquilo não parecia um sonho. Nos sonhos, tudo era indistinto, difícil de definir.

Ali, podia sentir o solo coberto de musgo sob os pés, o calor do sol no rosto. Podia sentir o cheiro das flores que o cercavam, tão perfumadas quanto as do pequeno jardim de sua irmã Felícia.

Rosas, ele pensou. Mas um pouco mais doces. Mais parecido com os biscoitos açucarados que comia em ocasiões raras quando criança, feitos por uma mulher gentil de seu vilarejo.

Ele balançou a cabeça para se livrar das sensações que o distraíam.

— Então você sabe que os deuses da Tétrade estão livres — ele afirmou. — Dois deles, pelo menos. E Cleo e Taran... estão com problemas. Problemas sérios. — Ele parou e esfregou a testa. — Por que deixou isso acontecer?

Timotheus desviou o rosto do olhar acusatório de Jonas. Não havia nada ao longe em que pudesse se concentrar; o campo verde e viçoso parecia infinito por todas as direções.

— Lucia está com todas as esferas de cristal?

— Por que eu deveria lhe contar, se parece saber de tudo?

— *Diga* — Timotheus falou da forma mais dura possível.

Algo se mexeu dentro do peito de Jonas, algo estranho e desagradável que o fez lembrar da capacidade que Lucia tinha de arrancar a verdade independentemente de ele querer ou não contá-la.

— Ela está com três — ele revelou. — Âmbar, selenita e obsidiana. A esfera de obsidiana estava rachada, me disseram. Mas não está mais.

— Ela se regenerou — Timotheus disse.

— Não sei. Imagino que sim.

Timotheus franziu as sobrancelhas.

— E a esfera de água-marinha?

Mais uma vez, Jonas sentiu uma estranha compulsão de responder a verdade.

— Está com Cleo.

— Ela consegue tocar o cristal sem grandes dificuldades?

— Não, ela... o carrega dentro de uma bolsa — Jonas respondeu.

Timotheus assentiu com uma expressão contemplativa.

— Muito bem.

A magia estranha que agia sobre a garganta de Jonas deu uma trégua.

— Tem ideia de como é irritante ouvir mentiras e ser manipulado?

— Sim. Na verdade, eu sei. — Timotheus, os braços cruzados diante do peito, começou a caminhar devagar em círculos ao redor de Jonas, espiando o rebelde com olhos estreitos.

— Se sabe de tudo — Jonas disse —, sabe que Lucia está de luto pelo irmão. Se você quer a ajuda dela para deter Kyan, pode nos dizer onde está Magnus, ou se existe alguma chance de ele ainda estar vivo.

— Está preocupado com alguém cuja morte desejava há pouco?

Era uma pergunta mais complicada do que ele gostaria.

— Me preocupo com o sofrimento de Lucia. E Magnus... mesmo com todos os defeitos... pode ser útil na guerra que se aproxima.

— A guerra contra a Tétrade.

Ele assentiu.

— Contra a Tétrade e contra a imperatriz. Contra tudo o que cruzar nosso caminho no futuro.

— Não estou aqui para isso.

Jonas soltou um suspiro de frustração.

— Então está aqui para quê?

Timotheus ficou em silêncio por um instante. Jonas percebeu que, apesar da juventude eterna, o imortal parecia cansado e abatido, como se não dormisse havia semanas.

Será que imortais precisavam dormir?, ele se perguntou.

— Já está quase no fim — Timotheus disse finalmente, e Jonas podia jurar que percebeu dor em suas palavras.

— O que já está quase no fim?

— Meu período de vigilância. — Timotheus suspirou e, com as mãos nas costas, começou a se mover pela grama alta. Levantou os olhos para o céu desprovido de sol, porém azul. — Fui criado para proteger a Tétrade, zelar pelos mortais, zelar por meu próprio povo... Falhei em todas as frentes. Herdei as visões de Eva, e elas não me servem de nada além de me mostrar versões do que poderia acontecer. E agora tudo se resume a isso.

— A quê? — Jonas questionou.

— Um punhado de aliados que convoquei para lutar estupidamente contra o destino. Eu o vi em minhas visões anos atrás, Jonas.

Vi que você seria útil. E cheguei à conclusão de que é um dos poucos mortais em que posso confiar.

— Por que eu? — Jonas perguntou, estupefato. — Eu... eu não sou ninguém. Sou o filho de um vendedor de vinhos paelsiano. Fiz a besteira de entrar em uma guerra contra um bom rei e ajudei a colocar Mítica nas mãos do Rei Sanguinário. Levei amigos à morte por causa das minhas escolhas idiotas de me rebelar contra aquele rei. Perdi tudo o que já amei. E agora tenho essa magia estranha dentro de mim... — Ele passou a mão pelo peito, onde a marca em espiral tinha aparecido fazia apenas um mês. — E ela é inútil. Não consigo canalizá-la direito para ajudar ninguém. Nem eu mesmo!

— Você pensa demais, Jonas Agallon.

Jonas deu uma gargalhada nervosa.

— Ninguém nunca me acusou disso antes.

Um pequeno sorriso apareceu nos lábios de Timotheus.

— Você é corajoso. É forte. E é digno disso.

Das dobras da túnica, Timotheus tirou um objeto. Era uma adaga dourada, linda, diferente de tudo o que Jonas já tinha visto. A lâmina estava coberta de gravuras. Símbolos — alguns dos quais pareciam representar a magia elementar.

Algo cintilou na lâmina. Jonas não conseguiu ver direito, mas sentiu.

Magia. Mas não qualquer magia — *magia ancestral*.

Timotheus colocou o cabo dourado e pesado na mão dele. Jonas respirou fundo quando um tremor frio causado pela magia ancestral subiu por seu braço.

— O que é isso? — ele conseguiu perguntar.

— Uma adaga — Timotheus respondeu apenas.

— Posso ver. Mas que tipo de adaga? O que ela faz?

— Ela pode matar.

Jonas lançou um olhar irritado para o imortal.

— Pode ser claro comigo pelo menos dessa vez?

O sorriso de Timotheus aumentou, mas seu olhar permaneceu extremamente sério.

— Essa adaga foi empunhada por vários imortais no decorrer de milênios. Ela contém magia que pode escravizar e controlar mentes e desejos. É capaz de matar um imortal. Pode absorver magia. E pode destruir magia.

— Destruir magia? — Jonas franziu a testa e olhou fixamente para a lâmina dourada. A luz bateu no metal e refletiu um prisma de cores sobre o gramado. — Lucia disse que a Tétrade não pode ser destruída. Mesmo que eu tivesse a oportunidade de chegar perto o suficiente para cravar a adaga no peito de Kyan, só estaria matando Nic.

A expressão de Timotheus ficou tensa.

— Não posso lhe dizer exatamente o que precisa fazer.

A frustração ardia no peito de Jonas.

— Por que não?

— Não funciona assim. Meu envolvimento direto, para além do que já fiz, não é permitido. Sou um Vigilante. Eu vigio. Só tenho permissão para isso. Estou impossibilitado de dizer qualquer outra coisa. Mas ouça, Jonas Agallon. Lucia é e sempre será a chave disso tudo. Kyan ainda precisa dela.

Jonas balançou a cabeça.

— Lucia não o ajudaria. Ela está diferente. Faria qualquer coisa para detê-lo.

O maxilar de Timotheus ficou tenso, e seu olhar se fixou na adaga.

— Essa arma pode detê-la também, mesmo no auge de seu poder.

Jonas piscou, entendendo perfeitamente o que o imortal queria dizer.

— Não vou matar Lucia — ele vociferou.

— Eu vi a morte dela, Jonas. Vi o momento exato no futuro em que essa mesma lâmina está no peito dela, e você está sobre o corpo. — A expressão dele se fechou. — Já falei demais. Já encerramos por aqui. O restante de minha magia está quase no fim, e não posso desperdiçá-la entrando nos sonhos de mortais. Você deve prosseguir sozinho agora.

— Espere. Não! — O pânico surgiu no rosto de Jonas. — Você precisa me contar mais. Não pode parar agora!

Timotheus virou para a direita do campo colorido, sem parecer olhar para nada.

— Estão precisando de você em outro lugar.

Jonas franziu a testa.

— O quê? O que você...?

O extenso campo verde se espatifou, caindo como cacos de vidro. Jonas percebeu que alguém sacudia seu corpo para acordá-lo.

— Jonas, acorde — ele dizia.

— O que foi?

— Felix vai ser executado.

A bruma do sono desapareceu em um instante.

— Quando?

— Agora.

Jonas sentou tão rápido que foi atingido por uma onda de tontura. Ele notou algo frio e pesado na mão e olhou com espanto quando percebeu que segurava a mesma adaga dourada que Timotheus havia lhe entregado no sonho.

Mas... como?

Ele a soltou como se estivesse coberta de animais peçonhentos. A arma ficou sobre o cobertor, cintilando sob a pouca luz do quarto.

— Rápido — Taran gritou enquanto ele vestia uma camisa.

Por um instante, a mente de Jonas ficou vazia, como se não conseguisse tomar nenhuma decisão, se mexer nem racionalizar o que havia acontecido.

Mas então ele se deu conta do que Taran tinha dito. Seu amigo estava em perigo.

Nada mais importava naquele momento.

Jonas pegou a estranha adaga nova, enfiou-a na bainha vazia do cinto e saiu com Taran do pequeno quarto que a imperatriz havia cedido para eles durante sua estadia no complexo.

— Achei que você detestasse Felix — Jonas disse enquanto os dois corriam na direção da prisão.

— Apenas no início. Ele agora é meu amigo, assim como você.

— Como você ficou sabendo?

Taran franziu bem a testa.

— Ouvi vozes... no ar. Guardas discutindo dar fim a um prisioneiro difícil. Estavam falando alto o bastante para me acordar.

Jonas não soube como responder. Ele sabia que o deus do ar estava dentro de Taran, assim como a deusa da água estava dentro de Cleo, mas seu amigo mal tinha tocado no assunto desde que chegara.

Eles chegaram a uma pequena clareira bem diante da prisão do complexo justo quando guardas arrastavam Felix acorrentado. Uma pequena multidão de guardas e criados tinha se reunido para assistir, enquanto Felix era obrigado a se ajoelhar e tinha sua cabeça imobilizada sobre um cepo.

Jonas abriu caminho pela multidão enquanto o carrasco levantava o machado.

Felix o encarou nos olhos.

A derrota no único olho de Felix dizia tudo.

Amara tinha vencido.

Eles tinham chegado tarde demais. Não havia tempo para gritar, lutar nem tentar impedir a execução. Jonas só podia observar, horrorizado, quando o machado desceu com tudo...

... e parou a um milímetro da pele de Felix. Os músculos do guarda se contraíam na tentativa de empurrar o machado contra a barreira invisível.

Jonas se virou para Taran e viu que sua testa estava coberta de suor. Seus olhos irradiavam uma luz branca. Linhas parecidas com teias de aranha apareceram sobre suas mãos, envolvendo seus punhos.

— É você que está fazendo isso — Jonas disse.

— Eu... eu não sei como — Taran respondeu com dificuldade.

O machado saiu voando, acertando a lateral de um prédio com tanta força que a lâmina se enterrou por completo na superfície de pedra. Então o guarda foi arremessado para trás como se tivesse sido empurrado por uma mão invisível.

— Magia do ar! — uma mulher exclamou por perto. Todos os presentes começaram a falar, gritar, e todos os olhares se voltaram a Taran.

Ele estava com os olhos arregalados diante da marca em espiral que brilhava sobre sua mão direita. Estava cercada de linhas brancas, se espalhando e enroscando em sua pele.

— Não fique aí parado de boca aberta olhando para mim — Taran disse entredentes. — Pegue o Felix.

Jonas fez o que Taran disse e correu até a plataforma de execução, cortando rapidamente as cordas que atavam Felix com sua nova adaga. Ele estendeu a mão para ajudar Felix a se levantar, que o rebelde aceitou sem hesitar.

— Duas vezes — Felix disse a Jonas com a voz áspera. — Você salvou minha pele duas vezes.

— Pode agradecer Taran dessa vez. — Jonas abraçou o amigo, dando um tapinha em suas costas.

Os guardas, que deviam ter intervido àquela altura, recuaram quando Taran se aproximou. Jonas notou que o rosto de Taran estava pálido; sua pele bronzeada estava totalmente branca. Olheiras escuras como hematomas tinham surgido sob seus olhos.

— Não me olhem assim — Taran disse, recuando. — Odeio isso.

— Eu, não — Felix respondeu sem hesitar. — É muito bom ter um deus ao meu lado.

— Não sou deus nenhum.

Ainda assim, quando Taran olhou para as dezenas de espectadores, todos deram um passo para trás, tanto guardas quanto criados.

— Não posso ficar aqui — Taran resmungou.

— Você tem razão — Jonas disse. Aquele não era lugar para nenhum deles.

Ele precisava falar com Cleo, com Lucia. Tinha que convencê-las a seguir em frente, a se afastar dos olhos da imperatriz.

Amara não as impediria. Tinha medo delas.

Ele avistou o capitão da guarda, Carlos, se aproximando, destemido, espada em punho.

— Não vamos lutar com você hoje — Jonas disse, mostrando as mãos. — Mas não vai executar meu amigo. Nem agora, nem nunca.

— Foram ordens da imperatriz — Carlos disse.

Felix murmurou algo muito sombrio sobre a imponente imperatriz. Depois repetiu mais alto:

— Se a imperatriz deseja minha morte, que saia e cuide disso pessoalmente.

Jonas olhou feio para ele.

— Faça-me o favor de calar a boca.

Felix também olhou feio para Jonas.

— Odeio ela.

— Eu sei. — Jonas se virou para Carlos de novo. — Você está vendo que temos poder, temos força. Não vamos ficar parados e deixar vocês aprisionarem nossos amigos por mais tempo. Estamos indo embora, e o príncipe Ashur vai conosco.

Jonas tinha feito um grupo estranho de amigos nos últimos meses. Tarus tinha lhe contado que o príncipe Ashur não os tinha traído, afinal, quando deixou o grupo em Basilia sem dizer nada. Ele tinha procurado a irmã para convencê-la a dar um basta em suas maldades. Claramente, Amara o ignorara.

O príncipe Ashur Cortas era tão rebelde quanto o próprio Jonas.

— Tenho certeza de que a imperatriz não vai ter problemas com sua partida — Carlos disse, os olhos semicerrados e cruéis. — Mas o príncipe Ashur não vai com vocês.

— Talvez não tenha escutado direito o que ele falou — Felix disse, cerrando os punhos. — Vá buscá-lo agora, ou meu amigo Taran vai reduzir esse complexo a uma pilha de pedras. Certo, Taran?

Jonas lançou um olhar para Taran, que também parecia pronto para lutar.

Seus olhos ainda brilhavam.

— Certo — ele respondeu.

Jonas ponderou por um instante se Taran de fato conseguia controlar o poder que havia dentro dele, se tinha acabado de utilizar para salvar Felix ou se estava blefando.

— Vou falar mais uma vez — Jonas disse, encarando o guarda corpulento e armado. — Liberte o príncipe Ashur imediatamente.

Carlos se recusou.

— É um pedido impossível.

— Por quê?

— Porque o príncipe — Carlos começou a dizer, carrancudo — escapou da cela na noite passada.

7
MAGNUS

PAELSIA

Pelo que pareceu uma eternidade, Magnus arranhou a madeira na escuridão total de sua prisão minúscula. Havia sangue em seu rosto, que pingava da ponta dos dedos machucados, mas ele continuou até a dor se tornar insuportável. E se esforçou para não perder a consciência até ser inevitável.

Quando acordou, seus dedos estavam curados.

Sem a pedra sanguínea, ele estaria morto, quebrado e inútil.

Com ela, ainda tinha uma chance.

Para salvar a vida de seu pai, a avó de Magnus tinha literalmente cortado o dedo de um Vigilante exilado que estava com o anel. O príncipe não conhecia as origens da pedra sanguínea. Para ser sincero, não se importava.

Tudo o que importava era que ela existia. E que, de alguma forma, em algum momento em que ele não notara, seu pai havia colocado esse anel inestimável em seu bolso.

Mas por que o homem que o atormentara a vida toda, que tinha tentado matar Magnus pouco tempo atrás, faria algo assim? Por que abriria mão de um objeto mágico tão incrível?

— Que jogo está fazendo comigo agora, pai? — ele murmurou.

Atormentado por milhares de respostas para essa pergunta, Magnus começou a arranhar a tampa do caixão, auxiliado pela terra molhada que deixava a madeira mais flexível. Mais fraca.

Coisas fracas são muito fáceis de quebrar.

Era uma lição dura aprendida com seu pai. Uma entre muitas.

Ele tentou se concentrar apenas em sua tarefa aparentemente insuperável.

E em lorde Kurtis.

Magnus não fazia ideia de quantos dias tinham se passado e se ainda havia tempo de impedir que Kurtis levasse a cabo seus terríveis planos. A ideia o fazia tremer de raiva, frustração e medo.

Cleo precisava ser esperta e não confiar no ex-grão-vassalo do rei. Não podia ficar a sós com ele.

Não importa, observou outra voz em sua cabeça. Kurtis poderia deixá-la inconsciente e arrastá-la para algum lugar onde ninguém nunca mais a encontraria.

Um grito de raiva emergiu de sua garganta quando ele quebrou uma parte maior da madeira, e a lama entrou pelo buraco na tampa, cobrindo seu rosto. Ele gritou e afastou a terra. Mas entrou muito mais, como um cobertor frio, úmido e demoníaco pronto para sufocá-lo. A lama encheu sua boca, sua garganta. Ele engasgou, apegando-se a um único pensamento que lhe dava forças.

Nada pode me matar enquanto eu estiver com esse anel no dedo.

Ele empurrou, fez força e cavou a lama e a terra depositadas sobre o túmulo.

Lento, aquilo era tão dolorosamente lento.

Mas Magnus não desistiu. A escuridão tinha se tornado seu mundo. Então ele manteve os olhos bem fechados para protegê-los da lama.

Centímetro a centímetro, ele fez força para cima. Um punhado de cada vez.

Devagar.

Devagar.

Até que, finalmente, com um golpe do punho, a sensação do ar frio o tomou de surpresa. Ele ficou paralisado por um instante e depois abriu os dedos para sentir qualquer barreira que houvesse mais adiante. Mas não havia nada.

Apesar da força que fluiu pelo corpo dele após colocar o anel, ele queria descansar apenas por alguns instantes. Precisava de tempo para se curar.

Mas então o rosto de Cleo apareceu em sua mente.

Desistindo com tanta facilidade?, ela perguntou, arqueando uma sobrancelha. *Que decepção.*

Estou fazendo o possível, ele resmungou em resposta, apenas em sua imaginação.

Tente com mais afinco.

Parecia mesmo ela — mais cruel do que gentil em um momento de grande importância. E ajudou.

Gentileza, na experiência de Magnus, nunca tinha trazido ninguém de volta da morte.

Só a magia era capaz de fazer isso.

Com os músculos queimando pelo esforço, ele empurrou mais, até livrar o outro braço da terra ávida. Ele se apoiou no solo lamacento e levantou o corpo.

Era como se a própria terra o parisse de volta para o mundo real.

Ele ficou ali deitado, com o braço jogado no peito, e se obrigou a respirar fundo enquanto seu coração batia com força contra a caixa torácica.

As estrelas estavam visíveis, brilhando no céu escuro.

Estrelas. Ele podia ver estrelas depois de uma eternidade de profunda escuridão. Eram as coisas mais belas que já tinha visto na vida.

Quando riu alto com aquele pensamento, soou levemente histérico.

Magnus passou os dedos cobertos de terra sobre o grosso anel de ouro na mão esquerda.

— Não compreendo — ele sussurrou. — Mas obrigado, pai.

Ele limpou o rosto coberto de lama e, com cuidado, se levantou e ficou sobre membros que tinham sido estraçalhados muito recentemente.

Ele se sentia forte.

Mais forte do que já havia se sentido, ele sabia.

Magicamente forte.

E pronto para encontrar e matar Kurtis Cirillo.

Ou... talvez ainda estivesse enterrado, a poucos momentos da morte, e aquilo fosse apenas um sonho vívido antes de as terras sombrias finalmente o levarem.

Pela primeira vez na vida, Magnus Damora decidiu ser positivo.

Onde estava? Observou ao redor, vendo apenas uma pequena clareira sem nada que marcasse sua localização ou indicasse como voltar ao complexo de Amara. Ele estava inconsciente quando Kurtis e seus subordinados o levaram até ali.

Poderia estar em qualquer lugar.

Sem olhar de novo para o túmulo onde estava, Magnus escolheu uma direção aleatória e começou a andar.

Ele precisava de comida. De água.

De *vingança*.

Mas primeiro e mais importante, precisava saber se Cleo estava em segurança.

Ele tropeçou em um emaranhado de raízes de uma árvore seca quando entrou em uma área arborizada.

— Maldita Paelsia — ele murmurou irritado. — Detestável durante o dia, ainda pior na calada da noite.

A lua brilhava, iluminando seu caminho, agora flanqueado por árvores altas e sem folhas, a pouca distância de onde ele havia sido enterrado.

Ele girou o anel no dedo, precisando sentir sua presença de novo, com inúmeras questões sobre de onde ele tinha vindo e como sua magia funcionava. O que mais a joia poderia fazer?

Então algo chamou sua atenção — uma fogueira. Ele não estava sozinho. Por instinto, levou a mão ao coldre, mas, claro, não estava armado. Mesmo antes de Kurtis acorrentá-lo, Magnus tinha sido prisioneiro de Amara.

Quase sem conseguir respirar, ele se aproximou em silêncio para ver quem era, com inveja do calor da fogueira depois de passar tanto tempo molhado e com frio.

— Saudações, príncipe Magnus. Aproxime-se. Estava esperando por você.

Ele ficou paralisado.

A voz lhe parecia familiar, mas não era Kurtis, como ele imaginara. Magnus cerrou os punhos. Se era uma ameaça, estava pronto para matar com as próprias mãos quem quer que a tivesse feito, sem hesitação.

Ao ver cabelos ruivos iluminados pela luz da fogueira, Magnus foi tomado por um alívio e relaxou os punhos.

— Nic! — A vergonha tomou conta dele quando seus olhos começaram a arder por causa das lágrimas. — Você está aqui! Você está bem!

Nic sorriu e se levantou.

— Estou.

— Achei que Kurtis tivesse matado você.

— Parece que nós dois sobrevivemos, não é?

Magnus soltou uma risada rouca.

— Não leve para o lado pessoal, mas estou muito feliz em ver você.

— O sentimento é mútuo. — Nic o estudou de cima a baixo. — Você está coberto de terra.

Magnus olhou para si mesmo, fazendo uma careta.

— Acabei de sair do meu próprio túmulo.

Nic assentiu pensativo.

— Olivia pressentiu que você estava embaixo da terra.

Olivia. A garota que viajava com Jonas. Magnus não a conhecia bem, mas sabia que existiam rumores de que era uma bruxa.

— Onde está Cleo?

— No complexo, da última vez que a vi. Pegue, você parece com sede. — Nic lhe ofereceu uma garrafinha. — Sei que gosta do vinho paelsiano.

Magnus agarrou o recipiente e verteu seu conteúdo. O vinho era como vida em sua língua, o mais puro prazer existente ao descer por sua garganta.

— Obrigado. Obrigado por isso. Por... por estar aqui. Agora precisamos voltar ao complexo. — Ele lançou um olhar na direção da floresta que os cercava, mas, à exceção da fogueira, tudo estava escuro. — Kurtis pretende machucar Cleo, e vou matá-lo antes disso.

Nic se sentou de frente para Magnus, do outro lado da fogueira, inclinando a cabeça.

— É verdade. Você não sabe o que aconteceu, sabe?

Como ele podia reagir com tanta indiferença a uma ameaça a sua amiga de infância?

Havia algo estranho em Nic. Incrivelmente estranho.

— Do que está falando? — Magnus perguntou, agora com mais cautela.

— Na noite em que você desapareceu, sua avó fez um ritual.

— Minha avó? — Magnus piscou. A última vez que a vira tinha sido antes de seu pai mandá-la embora num acesso de raiva. — Onde ela está?

— Seu pai a matou. — A expressão de Nic ficou mais sombria. — Quebrou seu pescoço antes do fim do ritual, e agora tudo está dando errado.

Magnus ficou boquiaberto.

— O quê? Do que você está falando? Ele a matou?

Nic pegou um graveto e o jogou na fogueira com muito mais força do que necessário.

— Apenas a feiticeira poderia ter executado o ritual da maneira adequada. Agora percebo isso. Fui impaciente demais.

O efeito do vinho logo diminuiu um pouco a tensão de Magnus, mas anuviou seus pensamentos. Nada do que Nic estava dizendo fazia sentido.

— Que absurdos está falando? Seja claro. Preciso saber o que aconteceu, Nic!

Nic jogou o graveto de lado.

— Você fica me chamando assim, mas não é o meu nome.

Magnus soltou um suspiro de frustração.

— Ah, é? E o que você prefere? Nicolo? Lorde Nicolo, talvez? Você acabou de me dizer que a minha avó foi morta pelo meu pai!

— Isso não deveria surpreendê-lo. Seu pai é um assassino sem escrúpulos, assim como você tem a tendência de ser. — Nic o observou por um instante. — Está na hora de ir direto ao ponto, eu acho.

Havia algo em seus olhos castanhos, antes familiares, que Magnus não reconhecia.

O olhar de um predador.

— Cleo está em perigo — Magnus disse, com mais cuidado. — Precisamos voltar ao complexo de Amara.

— Você tem razão. Ela está em perigo. E preciso que você entregue uma mensagem minha a ela.

O coração de Magnus disparou enquanto analisava Nic, tentando entender por que estava tão estranho.

— Você não vem comigo?

— Ainda não.

— Que droga está acontecendo?

— Apenas isso. — Nic levantou o braço, e uma labareda apareceu na palma de sua mão. — Entendeu? Ou ainda quer me chamar de Nic?

Magnus ficou olhando para a chama como se estivesse hipnotizado. Depois encarou Nic nos olhos. Não estavam castanhos como antes. Estavam azuis. E brilhavam.

Não podia ser.

— Kyan — disse.

Ele assentiu.

— Bem melhor. Conhecimento é poder, dizem. Mas acho que o fogo é o único poder que importa. — Ele chegou mais perto de Magnus. — Sua princesinha dourada foi o veículo escolhido pela Tétrade da água, mas o ritual deu errado, graças à magia fraca de sua avó e a escolha idiota de seu pai de acabar com a vida dela. Você vai dizer a Cleiona que ela precisa vir comigo e com Olivia quando chegarmos. Sem resistir. Sem discutir.

Magnus se esforçou para entender tudo aquilo. Que Nic era Kyan. Que Cleo estava em perigo, mas não por causa de Kurtis.

— Chegue perto dela, e você morre — Magnus ameaçou.

— Está resistindo? — O deus do fogo piscou, esboçando um sorriso na boca roubada de seu hospedeiro. — Vou marcá-lo com meu fogo para facilitar as coisas. E então você não será capaz de resistir a nenhum comando meu.

O punho inteiro dele acendeu com chamas azuis, o mesmo azul de seus olhos. Magnus já tinha visto aquele azul antes, no campo de trabalho da estrada durante a batalha com os rebeldes. Corpos tocados por esse fogo se estilhaçaram como vidro.

Magnus cambaleou para trás quando Kyan tentou encostar nele, olhando desesperadamente para a escuridão em busca de uma forma de escapar.

— Por que escolheu Nic? — Magnus perguntou, tentando distrair Kyan de algum jeito. — Não tinha ninguém melhor?

Kyan riu.

— Nicolo tem uma alma de fogo.

— Por causa do cabelo? A cor parece mais as cenouras jogadas no cocho dos cavalos do que fogo, na minha opinião.

— A aparência exterior não significa nada. Todos os mortais tendem a um elemento. Nicolo é fogo. — Kyan arqueou uma sobrancelha ruiva. — Assim como você.

— Nunca soube que tínhamos algo em comum. — Magnus recuava conforme Kyan se aproximava. — Toque em mim e vai perder essa mão.

— É uma ameaça bem vazia para uma pessoa desarmada. — Quando Kyan tentou encostar nele de novo, Magnus agarrou seu punho, empurrando-o para trás, para longe.

A mão em chamas de Kyan se extinguiu em um instante, e o deus do fogo franziu a testa.

— Como fez isso? — ele perguntou.

— Como fiz o quê? — Magnus quis saber.

O brilho azul nos olhos de Kyan ficou mais forte.

— Me solte ou morra — ele afirmou.

— Com prazer. — Magnus empurrou Kyan com toda força que tinha. Com fúria faiscando no olhar, Kyan cambaleou para trás e tropeçou na fogueira.

Magnus não esperou. Aproveitou a oportunidade para virar e correr para a floresta, mergulhando imediatamente na escuridão. Ele tinha certeza de que Kyan estava bem atrás dele, esperando para agarrá-lo, queimá-lo...

Então trombou em algo sólido — algo ou *alguém* que o segurou pelos ombros.

— Magnus! Sou eu, Ashur. Eu estava observando você... você e Nic.

— Ashur. — Magnus procurou o rosto familiar do príncipe kraeshiano pouco visível, até que as nuvens se abriram o suficiente para deixar passar um raio de luz. — Precisamos sair daqui. Aquele não é o Nic.

— Eu sei.

— Como me encontrou?

Ashur fez uma careta.

— Eu não estava procurando você.

Magnus tinha muitas perguntas, mas não havia tempo para respostas.

— Preciso encontrar Cleo.

Ashur pôs o capuz do manto sobre a cabeça.

— Vou levá-lo de volta para o complexo. Venha comigo.

8
NIC

PAELSIA

Nic se lembrava de estar no fundo de um fosso.

Com Cleo.

Com Ashur.

Preso e incapaz de escapar, mas pelo menos estavam juntos.

O instante de esperança em um futuro — *qualquer* futuro — foi logo extinto quando o incorpóreo deus do fogo se apoderou de seu corpo, fazendo a consciência de Nic cair em espiral por um abismo sem fim.

Ele ainda podia ver, ainda podia ouvir, mas não conseguia pensar. Não conseguia processar o que tinha acontecido com ele ou entender o que significava. Era como estar perdido em um sonho eterno.

Mas quando Magnus segurou o punho de Kyan, algo muito estranho aconteceu.

Nic despertou.

A primeira coisa que Nic viu com clareza foi Magnus, coberto de terra da cabeça aos pés, encarando-o como se fosse um monstro.

A segunda coisa que achou ter visto foi o príncipe Ashur Cortas, escondido nas sombras, atrás do príncipe limeriano.

"Ashur!", ele quis gritar, mas não conseguiu formar as palavras.

Kyan ainda estava no controle.

Ainda assim, Nic sentiu a confusão de Kyan com o repentino choque da magia fria e desconhecida. Tanto que o deus do fogo não foi atrás de Magnus nem notou a presença de Ashur.

O que tinha acontecido?

Nic sabia de uma coisa: o príncipe Ashur tinha muito interesse em magia. Ele havia explorado o mundo, muito além de Kraeshia e Mítica, em busca de qualquer rastro de magia.

Em um navio kraeshiano, durante a viagem de Auranos a Limeros, antes do confronto no Templo de Valoria pela Tétrade da água, Ashur tinha contado a Nic sobre os muitos tesouros que havia procurado e desejado adquirir, antes de colocar os olhos — junto com sua irmã — na Tétrade.

"Existe um amuleto que supostamente permite que alguém fale com felinos", o príncipe tinha lhe contado um dia durante uma breve visita. Seu leve sotaque era como vinho doce.

Nic, prisioneiro dos Cortas na época, não estava totalmente sob a influência do charme palpável do príncipe, mas nunca conseguia resistir a uma boa história.

"Que tipo de felino? Gatos domésticos? Gatos selvagens?"

"Imagino que ambos."

"Por que apenas felinos? Por que não cães ou lobos das neves? Ou mesmo roedeiros?"

Ashur franzira a testa.

"O que vem a ser um roedeiro?"

"É uma espécie de coelho... rato... tudo misturado. Mas não é coelho nem rato. São bem saborosos, com o molho apropriado."

"Um coelho misturado com rato", Ashur repetira devagar.

"Exato."

"Por que desejaria se comunicar com ele se vai comê-lo?"

"Eu não disse que queria me comunicar com ele, só estava tentando esclarecer..." Nic suspirara. "Deixe para lá."

"Não, não. Por favor, me explique. A lógica de Nicolo Cassian é fascinante." Ashur tinha ficado olhando para ele nas sombras da pequena cabine fechada de Nic, onde Amara acreditava que ele estivesse inconsciente ou amarrado. "Você diria a esse roedor que pretendia devorá-lo? Ou apenas perguntaria como foi o dia dele?"

"Bem...", Nic tinha ponderado com cuidado. "Se eu pudesse me comunicar com ele, não iria querer comê-lo. Então, sim, acho que perguntaria como foi o dia dele." Depois ele tinha feito uma careta para Ashur, o rosto vermelho. "Está rindo de mim? Sou um divertimento para você, é isso?"

O sorriso de Ashur apenas ficara maior.

"Cada vez mais."

A questão era que Ashur conhecia magia. E foi só quando apareceu na floresta, depois da fogueira, que Nic conseguiu pensar com clareza, mesmo que apenas para se lembrar de uma conversa trivial com o príncipe.

Ashur tinha feito alguma coisa para ajudar Nic. Algum feitiço, talvez.

Nic não tinha certeza.

Nem Kyan. O deus do fogo deixou a fogueira e voltou ao chalé onde estava desde o ritual fracassado.

Olivia esperava por ele. Estava sentada no chão, do lado de fora, perto da porta, as mãos entrelaçadas com mudas de ervas que estariam verdes e viçosas durante o dia. Sob a pouca luz da lua, pareciam desagradáveis, como uma aranha gigantesca.

A deusa da terra tinha passado os últimos dois dias cercando a casa temporária deles — um simples chalé de pedra — com uma vegetação exuberante.

Kyan observou aquilo com aversão.

— Você vai chamar atenção com toda essa vida nova. Paelsia é uma terra seca.

— Não por muito tempo. Vou restaurar essa terra ao que era muito antes. — Ela virou para Kyan, incapaz de disfarçar o frio em seu olhar. — Não consegui restaurá-los.

Nic sabia que ela estava falando dos antigos donos do chalé — um casal de idosos que havia resistido à expulsão de sua casa. Os cadáveres estavam próximos o bastante para o cheiro da carne incinerada ainda se fazer sentir no ar frio da noite.

— Você não tem esse poder, querida irmã. — A frase soou mais dura do que Kyan pretendia. — A magia da terra requer uma fagulha de vida para funcionar.

— Ah, muito obrigada por me explicar, Kyan. Como eu poderia saber, não é?

Seu tom sarcástico quase o fez recuar.

— Peço desculpas.

— De qualquer modo, todos os mortais serão eliminados logo mais. Teremos uma tela em branco para começar tudo de novo. — Olivia levantou e limpou as mãos na parte da frente do vestido. — Encontrou o príncipe Magnus?

— Não — Kyan mentiu. — Seria conveniente tê-lo como escravo, mas não importa.

— Tudo bem. — O rosto da deusa da terra se contorceu de irritação, alterando as feições imortalmente belas de Olivia. — Então você precisa se concentrar em encontrar a feiticeira e trazê-la para o nosso lado de novo. Não podemos terminar isso sem ela.

Kyan reuniu paciência.

— Eu sei.

Nic não conseguia ouvir os pensamentos do deus do fogo, mas podia senti-los com clareza. Lucia era vital para eles, mais do que Kyan tinha acreditado.

O fato de precisar ir até ela, aquela simples garota que tinha destruído sua antiga carapaça, para implorar sua ajuda...

Kyan preferia incendiar o mundo naquele instante e acabar logo com tudo.

Mas não podia.

Ele precisava desesperadamente se reunir com os outros — água e ar.

Cleo e Taran.

O pânico tomou conta de Nic ao pensar que Cleo corria grande perigo, e ele não podia fazer nada para impedir aquilo.

Ele precisava tentar retomar o controle. Se conseguia pensar, ainda estava lá. Não estava morto.

Foco, disse a si mesmo.

Ele se concentrou na própria mão. Na mão direita. E se concentrou em tentar movê-la, o que antes era fácil e totalmente inconsciente.

Ele tentou movê-la, levantá-la só um pouco, mas não o suficiente para Kyan notar.

Não conseguiu. Mas conseguiu mexer o dedo mindinho — só um pouco.

Não é muito, mas é um começo, ele pensou desanimado.

— Ele ainda está esperando por você — Olivia disse a caminho da porta do chalé. — E estava fazendo tantas perguntas que achei que precisava do silêncio aqui de fora.

Kyan entrou com ela no chalé, passando os olhos pela casa simples. Ele meneou a cabeça na direção da lareira, e o fogo se acendeu. Em seguida, olhou para o jovem que se encolhia no canto.

Eles o tinham encontrado perambulando por ali com dois amigos. Kyan tinha queimado os amigos sem hesitar, mas achou que aquele — lorde Kurtis Cirillo — poderia ser útil.

— Não sei por-por que está fazendo isso, Nicolo — Kurtis gaguejou. — Mas meu pai é um homem muito poderoso. Ele pode lhe dar tanto ouro quanto desejar para me deixar ir embora ileso.

Kyan ficou observando o garoto, finalmente se permitindo sorrir.

Ele gostava mais dos mortais quando suplicavam.

— Meu nome é Kyan. — Ele acendeu a mão com chamas, desfrutando o olhar de terror de Kurtis.

No entanto, Nic sentiu um estranho baque de empatia por Kurtis, mesmo desprezando profundamente o ex-grão-vassalo do rei. Uma morte rápida seria muito mais afável do que o que Kyan tinha em mente.

Kyan inclinou a cabeça.

— Vamos começar?

9

LUCIA

PAELSIA

Magnus a consideraria louca por ficar ali como hóspede de Amara um instante a mais do que o necessário.

Então Lucia aceitou a ideia de sair daquele complexo estranho e empoeirado. Era o local onde nascera, mas não era seu lar.

Limeros era. Ela sentia falta de seus aposentos no palácio, e conhecia várias amas de confiança lá que poderiam ajudá-la com Lyssa.

No entanto, não estavam indo para Limeros.

Seu pai queria ir para o palácio auraniano, onde poderia falar com lorde Gareth Cirillo. Gareth continuava sendo grão-vassalo do rei durante sua longa ausência.

Por meio de lorde Gareth, o rei queria encontrar seu filho, Kurtis.

E Lucia queria ajudá-lo.

Na noite anterior à data definida para sua partida em direção ao palácio auraniano, Lucia procurou Jonas no complexo e o encontrou afiando a espada em seus aposentos.

— Você vem conosco? — ela perguntou. — Ou vai ficar em Paelsia?

Jonas olhou para ela como se estivesse surpreso em vê-la.

— Devo ir com você?

Lucia tinha sido obrigada a passar um tempo com Jonas quando ele recebera a tarefa de devolvê-la ao pai e ao irmão, mas agora — depois de todo aquele tempo juntos — a ideia de se separar do rebelde parecia estranhamente dolorosa.

Mas ela sem dúvida não admitiria em voz alta.

— Cleo precisa de você — ela disse.

Jonas arqueou as sobrancelhas.

— Ela disse isso?

— Quando Kyan voltar, ela vai precisar de toda a ajuda possível. E sei que Taran decidiu ficar com ela até tudo se resolver.

Ele ficou pensativo.

— Você fala como se não passasse de uma pequena inconveniência com uma solução simples.

Longe disso. Lucia precisava de tempo para fortalecer a própria magia, para descobrir a melhor maneira de aprisionar o deus do fogo — e a deusa da terra também — nas respectivas prisões de cristal.

— Sei que não é — ela confessou.

Jonas a observou.

— Para sua informação, já decidi ir com você para Auranos. Sinto uma grande necessidade de ficar de olho em você, princesa. Tanto em você quanto em Lyssa.

Lucia observou com atenção o rosto dele, em busca de algum sinal de fingimento, mas não encontrou nada além de sinceridade.

Jonas Agallon era, possivelmente, a pessoa mais honesta que ela já havia conhecido na vida. Ela tinha aprendido a valorizá-lo.

E a ideia de que não precisaria se despedir dele acalmou algo inominável dentro de Lucia.

Então o grupo deixou o complexo — Lucia e Lyssa, Gaius, Cleo, Jonas, Taran, Felix, uma criada chamada Nerissa e um guarda chamado Enzo. Eles iniciaram a viagem de cinco dias para o sul, com permissão absoluta da imperatriz, pegando um navio do Porto do Comércio rumo a Cidade de Ouro em Auranos.

Lucia não falou com Cleo. A outra princesa tinha se isolado quando ficou sabendo da morte de Magnus.

Ela o amava, Lucia percebeu sem ninguém precisar confirmar.

Aquilo a fez odiar um pouco menos.

As águas ao longo do canal de Porto Real até a cidade onde ficava o palácio eram de um azul-esverdeado que fazia Lucia se lembrar da esfera de água-marinha que Cleo levava consigo em uma pequena bolsa de veludo amarrada com um cordão. Era da mesma cor dos olhos da princesa.

Lucia preferia que aquela esfera estivesse em segurança em suas mãos, junto com as outras três, mas ainda não tinha feito nenhuma exigência.

Pensar que Cleo tinha o poder de uma deusa dentro de si...

Parte dela sentia inveja. Outra parte sentia... solidariedade.

Enquanto observava, do convés do navio, as margens do rio passarem, Lucia girava o anel de ametista no dedo, perdida nos próprios pensamentos.

O anel a protegia de sua magia, instável e praticamente impossível de controlar. E o objeto a havia protegido de Kyan quando ele assumira sua forma monstruosa, algo com que Lucia tinha sonhado muitas vezes, não apenas o sonho que Jonas tinha testemunhado.

Kyan tinha tentado matá-la e teria conseguido, se não fosse pela magia misteriosa do anel.

Um anel que Cleo tinha lhe dado por livre e espontânea vontade.

Era o maior tesouro — à exceção de Lyssa — que Lucia tinha. Ela rezava para que a joia a ajudasse a derrotar Kyan quando chegasse a hora.

E, quando chegasse a hora, rezava para que sua magia também estivesse presente, sem falhas ou dúvidas.

A Cidade de Ouro apareceu ao longe, uma visão deslumbrante sob a luz do sol, cercada pela água azul e colinas verdes que pareciam intermináveis. Lucia ansiava por outra paisagem, um castelo negro como obsidiana no centro de uma terra completamente branca.

Seu lar.

Será que veria seu lar de novo? Talvez ele a fizesse lembrar muito de Magnus, seu irmão e melhor amigo.

Era outra pessoa que ela tinha traído um dia, e lhe partia o coração saber que nunca teria a chance de se desculpar.

Com Lyssa nos braços, Lucia desembarcou do navio e, enquanto caminhavam pelo longo deque de madeira até uma série de carruagens que os levariam até o palácio, ela protegeu os olhos do sol para observar a reluzente Cidade de Ouro e suas muralhas brilhantes. As enormes torres do palácio ficavam bem no centro da cidade murada.

Então sua visão da cidade foi substituída pelo rosto de Cleiona Bellos — a pele pálida e os olhos vermelhos, mas a cabeça estava erguida.

— Pois não? — Lucia perguntou quando a princesa demorou a falar.

— A ama que cuidou de mim e da minha irmã ainda está no palácio — Cleo disse. — Ela era maravilhosa: gentil e doce, mas nada fraca. Eu a recomendaria muito para cuidar da sua filha.

Lucia observou o rosto da bebê por um instante. Lyssa piscou, e seus olhos de um roxo sobrenatural logo ganharam um tom mais normal de azul.

Um tremor percorreu o corpo de Lucia. Ela não sabia por que aquilo aconteceu, nem o que significava.

— Muito obrigada pela sugestão — ela respondeu.

Cleo assentiu e se juntou à sua criada enquanto todos entravam no palácio.

Lá dentro, Lucia perguntou pela ama de Cleo e descobriu que a mulher estava disposta e apta a cuidar de Lyssa. A feiticeira conteve qualquer ameaça que estivesse tentada a fazer em relação ao bem-estar da filha.

Depois de beijar a testa da bebê, que estava no berço que a ama-seca tinha providenciado com rapidez, Lucia foi encontrar o pai para uma audiência com lorde Gareth.

O grão-vassalo do rei preferiu se reunir com eles na sala do trono, que um dia tinha sido decorada à moda auraniana, com muito dourado, faixas bordadas com imagens da deusa Cleiona e o brasão da família Bellos. Mas, no momento, o lugar tinha poucas referências à época do domínio do rei Corvin.

Ela observou as paredes familiares, os vitrais nas janelas. Um amplo piso de mármore e colunas revestiam o corredor, levando a uma plataforma e ao trono dourado.

Lorde Gareth esperava por eles no centro da sala. Sua barba tinha crescido e estava mais cheia, com mais fios brancos do que a última vez em que Lucia o tinha visto.

Ele estendeu as mãos ao rei e a Lucia.

— Bem-vindos, meus caros amigos. Espero que a viagem tenha sido agradável.

O som da voz esganiçada, parecida com a de seu odioso filho, fez o sangue de Lucia ferver.

— Tão agradável quanto pode ser uma viagem a bordo de um navio kraeshiano — o rei respondeu.

Lorde Gareth riu.

— A imperatriz não manteve nenhuma embarcação limeriana para ocasiões como essas?

— Parece que ela mandou queimar a maioria.

— E agora somos todos kraeshianos, de certo modo. Vamos torcer por dias melhores, certo? — Ele observou Lucia. — Você se tornou uma jovem extremamente bela, minha querida.

Ela não correspondeu ao elogio com um sorriso, um meneio de

cabeça nem rubor no rosto, como se esperaria no passado. Em vez disso, a garota perguntou:

— Onde está seu filho, lorde Gareth?

A expressão amigável de lorde Gareth se desfez.

— Kurtis? Não o vejo desde que seu pai ordenou que eu deixasse Limeros para vir para cá.

— Mas trocou muitas mensagens com ele — o rei disse. — Mesmo depois que ele se tornou um dos seguidores mais leais de Amara.

A expressão do lorde ficou mais cautelosa.

— Vossa majestade, a ocupação foi difícil para todos nós, mas estamos tentando nos ajustar da melhor maneira possível às escolhas que fez para o futuro de Mítica. Se algo que meu filho fez parece desleal, posso garantir que ele só tentou se adaptar ao novo regime. Recebi notícias apenas hoje de que muitos dos soldados da imperatriz foram chamados de volta a Kraeshia. Fiquei imaginando se isso não significaria que a ocupação será reduzida aos poucos até chegar a quase nada.

— É possível — o rei respondeu. — Acho que Amara perdeu o interesse em Mítica.

— Ótimo. — Lorde Gareth indicou. — O que significa que podemos voltar ao normal.

— Kurtis contou que perdeu a mão recentemente? — o rei perguntou em tom casual, movimentando-se na direção dos degraus que levavam ao trono. Ele virou para trás. — Que meu filho a cortou na altura do punho?

Lorde Gareth piscou.

— Bem, sim. Ele mencionou isso. Também mencionou que foi resultado de suas ordens, vossa majestade, ele ter acabado com tão infeliz ferimento. Foi pedido que ele lhe entregasse a princesa Cleiona, e parece que o príncipe Magnus...

— Discordou — o rei terminou a frase por ele. — De maneira

bem veemente. Sim, é verdade. Meu filho e eu discordamos em relação a muitas coisas. A princesa Cleiona sem dúvida é uma delas.

Lucia ficou observando, fascinada. Não tinha ouvido falar daquilo até então.

— Magnus cortou a mão de Kurtis... para salvar Cleo — ela disse em voz alta, perplexa.

— Foi uma atitude impulsiva — lorde Gareth respondeu com um quê de aversão. — Mas não pode ser desfeita, então vamos tentar esquecer isso, não é?

— Teve notícias recentes de Kurtis? — o rei perguntou ao sentar e recostar no magnífico trono dourado, olhando para lorde Gareth no patamar de baixo.

— Não recebo notícias dele há mais de uma semana.

— Então não sabe o que ele fez agora?

Lorde Gareth franziu profundamente a testa, olhando para Lucia por um instante com estranhamento.

— Não, não sei.

— Nem mesmo rumores? — Lucia perguntou.

— Ouvi muitos rumores — Lorde Gareth respondeu em voz baixa. — Mas a maioria era sobre você, princesa, e não sobre meu filho.

— Ah, é? Como o quê?

— Não acho necessário dar ouvidos às conversas dos camponeses.

Ela odiava aquele homem. Sempre odiara a maneira afetada como se comportava perto do rei, fingindo ser amigável e prestativo. Mas Lucia enxergava a dissimulação por trás de todas as palavras que dizia e de todos os movimentos que fazia.

— Talvez sejam os mesmos rumores que eu ouvi — o rei comentou. — De que Lucia é uma feiticeira poderosa e que reduziu muitos vilarejos de Mítica a cinzas. De que ela é um demônio que eu invoquei das terras sombrias dezessete anos atrás para ajudar a fortalecer meu domínio.

— Como eu disse — lorde Gareth observou o rei se levantar do trono e começar a descer as escadas —, conversas de camponeses.

— Eu sou um demônio? — Lucia disse em voz baixa, saboreando a palavra, em vez de considerá-la tão desagradável quanto já tinha achado.

As pessoas temiam demônios.

Ela rapidamente havia aprendido que o medo era uma ferramenta muito útil.

— Vossa majestade — lorde Gareth disse, balançando a cabeça. — Sou seu humilde servo, como sempre fui. Sinto que não está feliz com Kurtis, e talvez comigo também. Por favor, diga como posso me redimir.

O rosto do rei era uma máscara, não demonstrava nenhum indício de emoção.

— *Vossa majestade*, você diz. Como se não tivesse jurado devoção a Amara, e apenas a Amara.

— Apenas palavras, vossa alteza. Acha que ela teria me deixado ficar aqui sem tal promessa? Mas não tenho dúvida de que seu poder será restaurado agora que ela foi embora de nossa terra.

— Então admite que é mentiroso — Lucia disse.

Lorde Gareth franziu a testa para ela.

— Não admito nada disso.

— Onde está Kurtis? — ela perguntou, perdendo a paciência.

— Neste momento? Não sei.

Lucia lançou um olhar para o pai, que assentiu. Ela voltou sua atenção ao lorde evasivo.

— Olhe para mim, lorde Gareth.

O homem a encarou nos olhos.

Lucia se concentrou, mas achou difícil evocar sua magia. Difícil, mas não impossível.

— Diga a verdade. Você viu seu filho?

— Sim — lorde Gareth respondeu. A palavra escapou de sua boca com a velocidade e o peso de uma bola de canhão. Ele franziu a testa. — O que eu...? Eu não queria dizer isso.

Lucia continuou encarando-o enquanto se esforçava para manter a própria magia ativa, que parecia areia escorrendo por seus dedos.

— Quando o viu?

— Hoje mais cedo. Ele suplicou por minha ajuda. Disse que tinha sido torturado, que Nicolo Cassian o tinha queimado. E confessou o que tinha feito com o príncipe Magnus.

Gareth fechou a boca com tanta força que parecia que seus dentes estavam sendo triturados. Sangue começou a escorrer de seu nariz.

O sangue ajudou.

Até mesmo uma feiticeira profetizada podia usar sangue para fortalecer sua magia.

— Não tente resistir — Lucia disse. Ela não podia se concentrar na menção desagradável a Nic Cassian naquele momento. Aquilo podia esperar. — O que Kurtis confessou?

— Ele... ele... — O rosto de Gareth ficou vermelho, quase roxo, enquanto ele resistia à magia de Lucia. — Ele... matou... o príncipe Magnus.

A confirmação foi um golpe que lhe roubou o fôlego. Ela se esforçou para manter a magia que estava usando para arrancar a verdade da boca do lorde.

— Como?

— Ele o enterrou vivo... em uma caixa de madeira. Para que ele... sofresse antes de morrer.

A garganta de Lucia se fechou, e seus olhos começaram a arder. Era exatamente o que tinha visto no feitiço de localização.

— Onde Kurtis está agora?

Seus olhos ficaram vidrados, e o sangue de seu nariz pingou no chão de mármore branco.

— Eu mandei o imbecil fugir. Se esconder. Se proteger como fosse necessário. O herdeiro do rei não era alguém para ser descartado como o conteúdo de um penico, e seu ato teria consequências.

— Sim — Lucia afirmou, tomada pelo ódio. — Com certeza haverá consequências.

Com isso, ela libertou o homem do tênue controle de sua magia. Ele tirou um lenço do bolso do sobretudo e limpou o sangue do nariz, voltando o olhar desesperado para Gaius, que tinha ouvido sua confissão em silêncio.

Tremendo de revolta, Lucia precisou se controlar para não matar lorde Gareth ali mesmo.

— Fico feliz por ter dito a verdade, mesmo que tenha sido sob pressão — Gaius finalmente disse quando todos ficaram em silêncio.

Lorde Gareth exclamou:

— Vossa alteza, ele é meu filho! Meu garoto. Temo por sua segurança mesmo sabendo que fez coisas tão horríveis e imperdoáveis.

O rei concordou.

— Eu entendo. Sinto o mesmo... — um pequeno músculo se contorceu em seu rosto — *Sentia* o mesmo em relação a Magnus. Conheço minha reputação de implacável. Não ignoro o temor que provoco nos outros e o quanto eles desejariam evitar a punição.

— E eu fiquei ao seu lado na distribuição dessas punições. Aprovei tudo... até agora. E agora devo suplicar por sua clemência.

— Entendo por que fez isso, por que quis ajudar seu filho. O que está feito está feito.

Lorde Gareth endireitou os ombros.

— Estou tão aliviado por entender minha posição nessa situação infeliz.

— Sim, eu entendo. Teria feito exatamente a mesma coisa.

Lorde Gareth soltou um suspiro trêmulo e apoiou a mão sobre o ombro do rei.

— Sou muito grato, meu amigo.

— No entanto, não posso perdoá-lo. — Em um movimento rápido, Gaius puxou uma faca do sobretudo e cortou o pescoço do lorde.

As mãos do lorde Gareth voaram para estancar o fluxo imediato de sangue.

— Quando eu encontrar Kurtis — o rei continuou —, prometo que ele vai morrer bem, bem devagar. Talvez até grite para você salvá-lo. Espero ansiosamente pelo momento de contar a ele que você já está morto.

Lucia não podia dizer que estava surpresa com as atitudes do pai. Na verdade, era totalmente a favor delas.

Lorde Gareth caiu no chão a seus pés sobre uma poça cada vez maior do próprio sangue, enquanto Lucia e Gaius iam na direção da saída.

Gaius limpou a lâmina ensanguentada da faca com um lenço.

— Queria fazer isso desde que éramos crianças.

— Vamos encontrar Kurtis sem ele — Lucia disse com calma.

Ele olhou para a filha.

— Você não está surpresa com o que acabei de fazer?

Gaius esperava que ela sentisse o mesmo horror de uma garotinha ao encontrar um gato moribundo?

— Se você não o tivesse matado — Lucia disse —, eu o faria.

O olhar do Rei Sanguinário ao ouvir a filha admitir o desejo de matar não foi de aprovação, ela notou.

Havia uma ponta de arrependimento.

— Então os rumores sobre você são verdadeiros — ele comentou com seriedade.

Ela engoliu o nó que se formou de repente em sua garganta.

— Receio que a maior parte seja.

— Ótimo. — Gaius continuou encarando os olhos dela, mas Lucia desejou que ele desviasse o olhar. — Então seja um demônio, minha bela filha. Seja o que precisar ser para acabar com a Tétrade de uma vez por todas.

10

CLEO

AURANOS

Sua infância. Sua família. Suas esperanças, seus sonhos e seus desejos.

Tudo estava contido naquelas muralhas douradas.

— Se eu fingir bem o bastante, quase posso acreditar que tudo não passou de um pesadelo terrível.

Cleo disse em voz alta para Nerissa enquanto a amiga desembaraçava seu cabelo diante do mesmo espelho em que ela tinha se arrumado para tantas festas e tantos banquetes no passado.

O cabo prateado da escova só servia como um lembrete doloroso do tempo em que Magnus penteava seu cabelo, sem saber se aquele ato tão estranho era digno de um príncipe, mas disposto a tentar porque ela havia pedido.

Magnus amava o cabelo dela. Cleo sabia porque ele nunca deixava de mencionar como era irritante quando ela o usava solto, caindo sobre o rosto, e não preso.

Ela tinha aprendido a interpretar a forma particular de Magnus se comunicar. Era raro ouvi-lo dizer exatamente o que estava pensando.

Mas às vezes acontecia.

Às vezes, quando mais importava, ele dizia *exatamente* o que estava pensando.

Nerissa deixou a escova sobre a penteadeira.

— Quer fingir que tudo não passou de um pesadelo?

— Não — ela respondeu de imediato.

— Estou ao seu lado, princesa. Para o que precisar.

Cleo pegou a mão da amiga, apertando-a, querendo algo que a ajudasse a se ancorar ali.

— Obrigada. Obrigada... por tudo que fez por mim. Mas pode me fazer um enorme favor?

— É claro. O que é?

— Me chame de Cleo.

Um sorriso tocou os lábios de Nerissa, e ela assentiu.

— Posso fazer isso. — A garota virou a mão de Cleo, analisando a marca na palma. — As linhas não mudaram desde que saímos de Paelsia.

— Não usei mais a magia da água.

Não desde o congelamento do guarda, ela pensou, estremecendo ao se lembrar.

— Chegou a tentar?

Cleo negou.

— Amara achava que eu deveria tentar controlar a magia, mas ainda não fiz isso. — Ela estava com medo, embora não admitisse em voz alta. — E o clima... Nem sei se sou responsável por isso. Não conscientemente, pelo menos.

Tempestades os tinham seguido desde Paelsia, aguaceiros repentinos que pareciam corresponder aos momentos mais obscuros do luto de Cleo.

— E quanto a Taran? — Nerissa perguntou. — As linhas que se propagam do símbolo da magia do ar são mais extensas que as suas. Já ocupam quase todo o braço direito dele.

Cleo a encarou nos olhos.

— Sério?

Nerissa assentiu.

— A magia do ar salvou a vida de Felix, mas depois disso... não sei se Taran está tentando controlá-la. Enzo está preocupado com ele. Está preocupado com você também.

Cleo queria se concentrar em outra coisa, qualquer coisa.

— E Enzo está preocupado com *você*?

Nerissa abriu um pequeno sorriso.

— O tempo todo. Ele é do tipo ciumento.

— Ele está apaixonado.

— Infelizmente, não posso dizer o mesmo. — Ela suspirou. — Ele era divertido no início, mas agora ele quer algo de mim que não acho que eu possa oferecer. — Ela fez uma careta. — Compromisso.

— Oh, céus! — Cleo quase gargalhou. — Então está dizendo que não está preparada para se casar e ter dezenas de filhos com ele.

— Basicamente isso — Nerissa respondeu. — Não, infelizmente, outra pessoa está na minha cabeça há um tempo. Alguém com quem passei a me importar mais do que gostaria.

Aquela conversa, apesar do que significava para o pobre Enzo, tinha ajudado a melhorar o humor de Cleo. Ela se lembrou de uma época mais simples, em que fofocava com a irmã sobre a vida amorosa de seu círculo de amigos.

— Quem? — Cleo perguntou. — Eu o conheço?

O sorriso de Nerissa aumentou.

— Por que já está supondo que é "ele"?

— Ah. — Cleo arregalou os olhos. — Bem, de fato é uma boa pergunta, não é? Por que já fui supondo algo assim?

— Na vida, aprendi que amor e atração podem assumir muitas formas. E se alguém está aberto a possibilidades inesperadas, não existem limites.

Aquilo sem dúvida era verdade, Cleo pensou. Foi o que acontecera com ela e Magnus.

— Você não vai me contar quem é, vai?

— Não. Mas não se preocupe, não é você, princesa. — Nerissa

franziu a testa. — Quero dizer, *Cleo*. Vou demorar um pouco para me acostumar a usar seu nome no lugar do título. Agora, vou lhe desejar boa-noite. Você precisa dormir. E amanhã, se quiser começar a canalizar essa magia interior, estarei totalmente disponível para ajudá-la a praticar.

— Talvez — Cleo disse.

Depois que Nerissa saiu, Cleo refletiu sobre a vida amorosa da garota, que parecia excessivamente complicada, enquanto tentava pegar no sono e pensar em outra coisa além de Magnus.

Não conseguiu.

As linhas que saíam do símbolo da magia da água gravado na palma de sua mão brilhavam no escuro, pulsando com as batidas de seu coração. Ela puxou a manga da camisola e passou os dedos sobre as marcas, como as ranhuras de um tronco de árvore... ou veias.

Ou cicatrizes.

Cicatrizes como a no rosto de Magnus.

Cleo se obrigou a afastar da mente o rosto dele. Era muito sofrido pensar em tudo o que havia perdido.

Ela precisava se concentrar no que ainda tinha.

Essa magia... essa deusa da água que residia dentro dela... o que significava?

Será que poderia usá-la para retomar seu poder?

Magnus aprovaria isso, Cleo pensou.

Sem conseguir dormir, ela vestiu um leve manto de seda na calada da noite e resolveu ir até a biblioteca do palácio para ler até o amanhecer. Com certeza conseguiria encontrar mais livros sobre a Tétrade. No passado, ela tinha dado uma olhada em alguns, mas nunca lhes dera atenção suficiente.

No palácio, guardas kraeshianos estavam a postos, mas não tantos quanto no início da ocupação de Amara. Alguns estavam posicionados nos mesmos lugares onde antes ficavam guardas auranianos. Estavam imóveis como estátuas e não pareceram prestar atenção nela nem perguntaram aonde estava indo.

Tudo muito diferente da última vez em que estivera ali, prisioneira de guerra forçada a se casar com o filho do rei que havia tomado o lugar de seu pai, observada de perto a cada movimento.

Eu poderia fugir, ela pensou. *Ir embora e começar uma nova vida, deixar essa para trás.*

Cleo coçou a palma da mão esquerda, sabendo que tais pensamentos estavam repletos de fraqueza, medo e profunda negação.

Ela se recusava a ser fraca ou medrosa.

Entrar na biblioteca, iluminada por tochas mesmo durante a madrugada, lhe deu a sensação de ter voltado para casa de fato. Fazia pouco tempo que ela tinha desenvolvido um amor pelos livros, depois de ignorar os tesouros daquele extenso espaço durante a maior parte da vida.

Graças à deusa, o rei Gaius não tinha mandado queimar tudo.

A biblioteca era maior que a sala do trono, com estantes esculpidas em mogno de nove metros de altura e escadas douradas para alcançar os livros mais altos. Os títulos e registros daqueles milhares e milhares de volumes de histórias inventadas e reais ficavam em outro livro, que ela se lembrava de tentar — sem sucesso — decifrar um dia quando o curador não estava por perto.

Cleo não conseguiu encontrar aquele grosso livro com os registros, então foi passando o indicador pelas centenas de lombadas até encontrar algo que lhe chamou a atenção.

O título era simplesmente: *Deusa*.

Sobre a capa de couro preto, havia dois símbolos dourados — os símbolos da magia da água e da terra.

Ela abriu o livro próximo de uma tocha para conseguir ler com facilidade. Continha relatos do escriba particular de Valoria quando ela estava no poder em Limeros, mil anos antes, e esboços da deusa que Cleo nunca tinha visto.

— A verdade sobre Valoria? — ela murmurou para si mesma. — Ou apenas opiniões de um escriba apaixonado?

Apesar dos rumores de que Valoria tinha uma natureza sádica — competindo apenas com a do rei Gaius —, dizia-se que era tão eternamente bela quanto qualquer imortal.

Ainda assim, o livro parecia valer a pena.

Cleo o colocou debaixo do braço, decidida a levá-lo para seus aposentos para continuar a leitura. Ela e Valoria tinham uma coisa importante em comum, algo que não podia ser ignorado: a Tétrade da água.

O sono ainda não tinha chegado, então ela continuou explorando a biblioteca, e encontrou uma alcova que guardava uma grande surpresa. Na parede, iluminado por duas pequenas lamparinas, havia um retrato de sua mãe.

Fazia anos que Cleo não via aquela pintura. Ela achava que tivesse sido queimada com o restante das imagens da família Bellos.

O fato de não ter sido destruída encheu seu coração com uma onda repentina de alegria e alívio.

A rainha Elena Bellos se parecia muito com Emilia. Cleo desejava tê-la conhecido.

Sob o retrato havia um expositor de vidro, parecido com os que seu pai enchia de presentes de outras famílias reais que vinham visitá-los e traziam tesouros de seus reinos.

O nicho continha apenas uma peça.

Uma adaga cravejada de joias.

Cleo chegou mais perto, notando que havia alguma coisa no chão.

Um pedaço de pergaminho rasgado.

Sem conseguir conter a curiosidade, ela o pegou e descobriu que era uma carta escrita com caligrafia feminina. Parte tinha sido rasgada, deixando apenas algumas linhas.

Meu querido Gaius,

Sei que deve me odiar. As coisas sempre pareceram ser assim entre nós — amor ou ódio. Mas saiba que entro nesse casamento para cumprir uma obrigação para com minha família. Não posso virar as costas para os desejos de minha mãe. Ela morreria se eu fugisse com você. Mas eu te amo. Eu te amo. Eu te amo. Poderia repetir mil vezes e nunca deixaria de ser verdade. Se houvesse qualquer outra maneira, saiba que eu...

A carta estava rasgada a partir dali, e Cleo sentiu um pesar gigantesco por não poder saber mais.

Sua mãe tinha escrito aquilo.

Tinha escrito para o rei Gaius.

Com a mão trêmula, Cleo alcançou o expositor e pegou a adaga.

O cabo era cravejado de pedras preciosas. Um belo tesouro que lhe pareceu estranhamente familiar.

Aron Lagaris, ex-prometido de Cleo, tinha um adaga cravejada de joias, mas não tão majestosa quanto aquela. Jonas tinha guardado a arma de Aron por meses depois da tragédia no mercado paelsiano, um lembrete do irmão perdido, um lembrete da vingança em seu coração rebelde.

Cleo se lembrou de outra adaga — que o príncipe Ashur lhe dera na noite de seu casamento.

— Isso é uma adaga nupcial kraeshiana — ela sussurrou.

— Sim, é isso mesmo.

Cleo ficou paralisada ao ouvir a voz do rei Gaius. Ela respirou fundo e endireitou a postura.

— Foi você que a guardou aqui — ela disse.

— Dei essa adaga de presente para sua mãe quando ela se casou com seu pai.

Ela demorou um instante para encontrar a própria voz.

— É um presente estranho, vindo de um limeriano.

— É mesmo, não é? Eu queria que ela usasse a adaga para matar Corvin durante o sono.

Cleo virou e olhou feio para ele. O rei vestia um manto preto como seu cabelo, escuro como seus olhos. Por um momento, ficou tão parecido com Magnus que ela perdeu o fôlego.

— Se deu esse presente a ela — Cleo conseguiu dizer —, dá para entender por que ela o odiava.

— Deixei essa carta cair aqui hoje à noite. — Gaius olhou para o pergaminho nas mãos de Cleo e, com um único movimento, arrancou-o dela. — Se você leu o que está escrito, sabe que ódio era apenas uma das coisas que ela sentia por mim. — A atenção do rei se voltou para o retrato. — Elena guardou a adaga. Eu a vi de novo em um expositor quando vim visitar seu pai, doze anos atrás.

Cleo olhou de novo para a arma.

— É a mesma adaga que Magnus viu durante aquela visita? Tão linda que quis roubá-la? E você...

— E eu o cortei com ela — ele disse sem rodeios. — Isso mesmo. Magnus ficou com a cicatriz daquele dia para me lembrar do momento em que perdi o controle, em que me perdi em meu sofrimento.

— Não posso acreditar que minha mãe fosse capaz... — Uma dor apertou seu coração, tanto de pesar quanto de revolta. — Ela amava meu pai.

Gaius virou o rosto, encobrindo-o com sombras.

— Acho que sim, a seu modo. O modo de sua família, extremamente obediente e fiel à sua maldita deusa. — O sorriso do rei se transformou em uma expressão de desprezo. Ele olhou para o retrato com desdém, não com reverência. — Elena foi um tesouro que seu pai quis acrescentar à coleção cada vez maior dele. Seus avós ficaram muito animados com a possibilidade de a família Corso, sem dúvida nobre, mas não importante o bastante para conquistar o direito a uma quinta na Cidade de Ouro, tornar-se parte da família real. Aceitaram o compromisso sem consultar Elena.

Cleo estava tão ávida para saber mais quanto consternada com as ofensas a seu amado pai.

— Sua mãe deu a entender que vocês se apaixonaram muito antes, na Ilha de Lukas. Se for verdade, por que não se casou com ela? Você era um príncipe.

— Quanta esperteza. Por que não pensei nisso? — Seu tom era frio e repleto de sarcasmo. Ela se encolheu. — Infelizmente, desde aquela época já existiam rumores sobre mim, e os pais dela não aprovaram. Eu estava... maculado, por assim dizer. Sombrio e imprevisível, perigoso e violento. Eles ficaram preocupados com a segurança da preciosa filha.

— E com razão.

— Eu nunca machucaria Elena. Eu a adorava. — Os olhos dele brilharam ao se concentrar em Cleo. — Ela sabia disso. E quase fugiu comigo um mês antes de se casar com ele.

Cleo negaria aquela possibilidade se já não tivesse lido a carta.

— Mas não fugiu.

— Não. Em vez disso, recebi essa carta. Não fiquei feliz quando li o conteúdo.

Isso explicava por que estava rasgada ao meio.

Cleo tentou compreender.

— Meus avós interferiram...

— Minha *mãe* interferiu. — Ele fez uma careta. — Agora enxergo tudo com muito mais clareza do que antes. O quanto ela era controladora quando se tratava dos planos feitos para mim. Ela tinha controle sobre mim.

— Selia falou com meus avós? Ela os alertou?

— Não. Depois que recebi isso — ele segurou o pergaminho com mais força —, minha mãe viu como fiquei perturbado. Como estava distraído e obcecado. Ela sabia que eu nunca abriria mão de Elena. Então mandou matar seus avós.

— O quê? — Cleo ficou boquiaberta. — Sei que os dois morreram anos antes de eu nascer, mas... nunca me disseram como.

— Alguns acreditam que é melhor manter as histórias dolorosas longe de ouvidos inocentes. Eles foram mortos por um assassino contratado pela própria rainha Selia Damora. Até aquele momento, eu acreditava que ainda havia alguma chance de Elena desistir do casamento para ficar comigo. Mas em seu luto, ela acreditou nos rumores de que eu estava por trás daquilo. Elena se casou com Corvin e deixou claro que me odiava. Não aceitei muito bem a rejeição e fiz o que qualquer tolo faria: me tornei tudo o que ela pensava que eu era.

A mente de Cleo começou a girar.

— Então você nem sempre foi...

— Cruel e sádico? — O sorriso frio retornou. — Nunca fui gentil, pelo menos não com aqueles que não mereciam. E muito poucos mereciam. No entanto, isso... funcionou exatamente como minha mãe queria. Tentei não me importar quando soube do nascimento de sua irmã. Tentei não ligar para nada que fosse relacionado a Elena. — Gaius bufou de leve. — Então, um dia, recebi outra carta. Ela queria me ver de novo, mesmo já grávida de uma segunda criança. Ela me pediu para visitá-la no mês seguinte. Mas, no mês seguinte, soube que estava morta.

A garganta de Cleo pareceu se fechar. Por um instante, ela não conseguiu nem tentar falar.

O rei encarou os olhos pintados da rainha Elena Bellos.

— Minha mãe descobriu os meus planos de ver Elena de novo e... interferiu. Durante anos, acreditei em suas mentiras sobre a maldição de uma bruxa e sobre você ter sido responsável pela morte dela. Acho que quis acreditar. — Ele soltou um resmungo pesaroso. — Minha mãe destruiu a minha vida toda, e eu deixei.

— Ela... ela queria que o deus do fogo usasse seu corpo como hospedeiro, e não o de Nic. — Cleo estava tentando racionalizar aquilo desde que acontecera. — Se queria o poder supremo para você, se tinha planejado isso a vida toda, não faz o mínimo sentido.

O rei Gaius assentiu.

— Concordo. O que aconteceu não estava de acordo com o plano de Selia Damora. Mas conheço minha mãe bem o bastante para saber que ela daria um jeito de fazer o controle voltar para mim. Voltar para *ela*.

A mente de Cleo estava confusa com tudo o que o rei tinha compartilhado. Ela refletiu sobre o que ele havia acabado de dizer.

— Se acredita nisso, acha que existe uma forma de trazer Nic de volta?

Ele riu.

— Não sei, nem me importo com o destino daquele garoto.

— *Eu* me importo — ela disse. — Minha mãe está morta. Meu pai e minha irmã estão mortos. Minha querida amiga Mira está morta. E agora Magnus está *morto*. — A voz dela falhou, e uma camada de gelo começou a se espalhar pelas paredes da alcova. — Mas Nic não está. Ainda não. E se houver alguma coisa que eu possa fazer para ajudá-lo, preciso tentar!

O rei Gaius olhou com desconforto para as paredes cobertas de gelo.

— Está fazendo isso com magia da água?

As mãos de Cleo tremiam, mas ela as estendeu diante do corpo. As linhas azuis e brilhantes tinham começado a se espalhar como teias de aranha sobre seus punhos.

— Eu... eu não consigo controlá-la.

— Não tente — ele disse. — Ou ela vai matar você.

— E por que se importa? — ela disparou.

Gaius franziu as sobrancelhas. Ele parecia sofrer.

— Magnus amava você. Ele lutou por você. Ele me desafiou repetidas vezes para salvá-la, mesmo que isso significasse sua própria destruição. Ele era digno de você como nunca fui digno de Elena. Agora enxergo isso. E isso prova que você deve sobreviver, Cleiona Bellos. — Depois Gaius olhou feio para ela. — Mas saiba que eu a mataria pessoalmente em um instante se isso trouxesse meu filho de volta à vida.

Cleo nem teve a chance de responder antes que o rei se retirasse, engolido pela escuridão da biblioteca.

11
MAGNUS

PAELSIA

Quando voltaram ao complexo real pela Estrada Imperial, Magnus e Ashur encontraram tudo deserto.

Amara e metade de seus soldados tinham ido para Kraeshia.

O rei Gaius e alguns outros — incluindo Cleo — foram para o palácio auraniano.

— Acha que podemos confiar no que ele diz? — Ashur perguntou.

— Ah, não sei. — Magnus pressionou a lâmina roubada com mais força contra o pescoço do guarda kraeshiano. O guarda estava patrulhando a área externa dos portões quando Magnus e Ashur o agarraram e o arrastaram para trás de arbustos espinhosos, longe dos outros guardas. — Ele pareceu bem sincero.

Os olhos do guarda se alternavam desesperadamente entre eles.

— Eu não mentiria. Não para o senhor, vossa alteza. Não acredito nas acusações de sua irmã.

Magnus lançou um olhar para o companheiro.

— Acho que ele não está falando comigo.

— Amara me acusou de crimes terríveis contra minha família e contra o próprio império.

— E muitos se recusam a acreditar nela. Sua irmã não merece ascender à imperatriz. O senhor é o imperador legítimo de Kraeshia. Basta ordenar, e troco minha vida pela sua.

— Não — Ashur disse, e uma nuvem atravessou seus olhos azul-acinzentados. — Não quero que mais ninguém se sacrifique por mim. Não quero o cetro real que minha irmã deseja mais do que tudo. Nunca o quis.

— Fale mais sobre a princesa Cleiona — Magnus rosnou para o guarda. — Kurtis Cirillo voltou para cá? Ela está em segurança?

— Só a vi rapidamente quando saiu com a comitiva do rei. Há dias não se tem notícias do lorde Kurtis.

Magnus já sabia o que tinha acontecido durante o ritual. Depois da chocante constatação de que o deus do fogo residia no corpo de Nic Cassian, Ashur o atualizara sobre o que tinha acontecido com Cleo.

Ele precisava encontrá-la. Ver com os próprios olhos se a princesa estava sofrendo com aquela inesperada aflição.

Magnus sempre acreditara que ela era uma deusa, mas nunca pensara que poderia ser no sentido literal.

— Não temos mais nada para fazer aqui — Magnus resmungou, afastando a lâmina do pescoço do guarda. — Vamos embora.

— Vossa alteza? — o guarda arriscou dizer. — Poderia ficar? Poderia nos liderar contra sua irmã?

Ashur não respondeu. Apenas virou as costas e acompanhou Magnus, que saía do complexo.

Ninguém os seguiu.

— Tolo — Magnus murmurou.

Ashur olhou para ele.

— Está falando de mim?

— Você tem muito poder ao alcance das mãos e escolhe ignorá-lo conscientemente.

O príncipe kraeshiano rangeu os dentes por um instante antes de responder.

— Não quero ser imperador.

— Só porque não deseja uma maçã, não quer dizer que precisa

derrubar uma carroça cheia delas por despeito. — Por que se dava ao trabalho de comentar? Amara e sua sede de poder não eram tão importantes naquele momento.

Ele só queria chegar ao palácio de Auranos.

Era o máximo de futuro em que conseguia pensar.

Os dois caminharam pela Estrada Imperial durante horas em silêncio. Ela os levaria para Auranos pelas Terras Selvagens, sem o risco de serem vistos nas docas do Porto do Comércio. Para cada guarda que alegasse lealdade ao príncipe Ashur, Magnus sabia que dezenas deles tinham recebido ordens de Amara para matá-lo sem hesitar.

Magnus limpou o resto que sobrara de terra no primeiro córrego de água que encontraram. Como estavam em Paelsia, era um rio escasso e lamacento.

Ele odiava aquele lugar.

Finalmente, Ashur voltou a falar.

— Tem alguma curiosidade de saber o que *eu* quero?

— Espero que diga que é um par de cavalos — Magnus respondeu. — Ou, melhor ainda, uma carruagem puxada por cavalos.

— Quero encontrar uma bruxa.

Magnus o encarou.

— Uma bruxa.

Ashur assentiu.

— Perguntei por aí se tem alguma por aqui com poder suficiente para nos ajudar. E tem. Os rumores dizem que é uma Vigilante exilada que conservou sua magia. Ela vive isolada, escondendo do mundo a extensão de seus poderes.

— Rumores e penas — Magnus murmurou.

— O quê?

— Ambos costumam ser muito leves. — Ele balançou a cabeça. — É um antigo ditado limeriano.

— Uma paelsiana que conheci quando estávamos em Basília me

contou que há uma taverna em Auranos onde posso encontrar mais informações e descobrir como entrar em contato com Valia. Vamos passar por essa taverna a caminho da cidade.

— Valia — Magnus repetiu. — Você sabe até o nome.

— Vou procurá-la sozinho se for preciso.

— E depois? O que espera se você a encontrar e ela não passar de uma bruxa comum que mal consegue acender uma vela com seus *elementia* fracos? Acha que ela pode ter mais efeito sobre Kyan do que Lucia?

— Lucia não vai ter efeito nenhum sobre Kyan. Sua irmã é tão útil para ajudar a salvar Nicolo quanto Amara seria.

Magnus parou de andar e virou para Ashur.

— Eu acredito em Lucia. Nunca vou deixar de acreditar que ela vai voltar para nós e fazer o que é certo.

Ashur inclinou a cabeça.

— Você prefere viver em um sonho quando se trata de sua irmã. Lucia mostrou a todos o que quer fazer, e o que ela quer é ajudar Kyan.

Em um instante, a fúria tomou conta de Magnus.

— Você está errado.

Ashur o observou, cheio de frustração nos olhos azul-acinzentados.

— Onde estava sua irmã ontem à noite, quando Kyan estava prestes a incendiá-lo? A transformá-lo em escravo? Ela apareceu magicamente para salvá-lo? Ela não dá mais a mínima para você, Magnus. Talvez nunca tenha dado.

Magnus não planejava acertar Ashur com tanta força.

Mas acertou mesmo assim.

Ashur cobriu o nariz, que jorrava sangue, com uma das mãos e empurrou Magnus com a outra.

— Acho que você quebrou meu nariz, seu *basanuug*.

— Ótimo. Seu rosto estava muito perfeitinho antes. Vai lhe dar um pouco de personalidade. — Magnus saiu andando. — Imagino que *basanuug* não quer dizer "bom amigo".

— É a palavra em kraeshiano para bunda de porco.

Ele assentiu.

— Muito apropriado.

— Nunca mais ouse me bater — Ashur vociferou.

— Não fale mal da minha irmã e não vai ser preciso — ele respondeu. — Lucia vai voltar. Vai nos ajudar. Não vai se aliar a Kyan novamente, não depois que ela souber o que ele fez.

Quando se tratava da irmã, Magnus precisava acreditar naquilo mais do que em qualquer outra coisa.

O progresso pela Estada Imperial estava lento demais e desafiando a paciência de Magnus, mas os dois finalmente entraram em Auranos.

As histórias de Ashur sobre aquela bruxa chamada Valia tinham atraído seu interesse, embora Magnus jamais fosse admitir.

Não muito longe do Templo de Cleiona e do fim da Estrada Imperial, eles encontraram o vilarejo e a taverna que Ashur procurava. Magnus não se importava com o nome, contanto que servisse vinho e boa comida, junto com as respostas que Ashur desejava.

Os dois entraram na taverna movimentada e se sentaram a uma mesa em um canto escuro. Pediram comida e bebida para uma atendente.

Ashur puxou a menina mais para perto.

— Estou procurando uma pessoa — ele disse.

A garota abriu um sorriso sedutor para ele e enrolou uma mecha de cabelo escuro no dedo.

— Então a encontrou.

— Não é exatamente o que quis dizer, querida garota. — Ele sussurrou algo em seu ouvido.

A atendente assentiu.

— Vou ver se ele está aqui, bonitão.

Quando ela se afastou, Magnus encarou Ashur, perplexo.

— O príncipe solteiro mais cobiçado do mundo, que pode ter quem quiser... só tem olhos para Nicolo Cassian.

Ashur encarou Magnus nos olhos sem recuar.

— Você não entenderia.

— Provavelmente, não — ele concordou.

Pouco depois, a garota trouxe frango assado e uma garrafa de vinho das Vinícolas Agallon. Por um instante, Magnus fez uma careta diante da marca gravada antes de tirar a rolha e tomar um bom gole, fechando bem os olhos e permitindo que o líquido doce passasse por sua língua e descesse pela garganta.

— Achei que limerianos não tomassem bebidas inebriantes — Ashur disse.

— E não tomam — Magnus respondeu. — Exceto aqueles que tomam.

Ele observou a taverna com impaciência e desconfiança, esperando que um dos clientes se aproximasse, pronto para brigar ou matar. Mas todos estavam apenas cuidando da própria vida, cheios de comida e bebida.

— É engraçado — Magnus disse com desdém.

— O quê? — Ashur perguntou.

— Os auranianos sobreviveram muito bem, considerando tudo o que aconteceu em Mítica no ano passado. Ainda são hedonistas em todos os sentidos.

— As pessoas têm formas diferentes de lidar com as adversidades. Não significa que estejam felizes.

— A ignorância é uma bênção.

— Então vamos brindar à ignorância. — Ashur levantou o cálice. Depois de um instante, Magnus levantou a garrafa. — E à minha irmã Amara — ele continuou —, que pode apodrecer no que os habitantes de Mítica chamam de terras sombrias, se é que esse lugar de fato existe. Com certeza ela já tem lugar reservado por deixar uma bagunça tão grande para resolvermos.

Magnus assentiu.

— Vou beber a isso.

Um homem atravessou a taverna movimentada e se aproximou da mesa deles. Tinha cabelo branco, rosto enrugado e um sorriso impossivelmente largo.

— Vocês pediram para falar comigo — o homem disse.

— Você é o Bruno? — Ashur perguntou.

Bruno assentiu, abrindo ainda mais o sorriso.

— Não apenas um, mas dois príncipes em minha taverna esta noite! Que maravilha. Queria que meu filho estivesse aqui para ver isso!

— Quieto, seu tolo — Magnus resmungou, passando os olhos pela taverna para checar se alguém tinha escutado.

— Por que eu deveria ficar quieto diante de tamanha honra?

— Por favor, abaixe a voz — Ashur pediu.

— Ah, seu sotaque é tão adorável quanto dizem, vossa graça. Minha deusa, sim! Adorável, simplesmente adorável!

Magnus encostou a lateral da lâmina junto ao punho do homem.

— Eu disse para *ficar quieto*.

Bruno baixou os olhos, arqueando as sobrancelhas brancas.

— É claro, vossa alteza.

— Ouvi dizer que você poderia ter informações — Ashur disse — sobre como entrar em contato com uma mulher chamada Valia.

— Valia — Bruno disse, assentindo. — Sim, eu a conheço.

— Preciso falar com ela.

— Valia não fala com ninguém. Ela gosta de privacidade.

— Ela é uma Vigilante exilada? Que conservou sua magia? — Magnus perguntou em voz baixa, ainda resistente àquela possibilidade.

A expressão agradável de Bruno se tornou cautelosa.

— Que interesse vocês têm em falar com Valia?

— Preciso saber se a magia dela pode ajudar a salvar um amigo meu — Ashur respondeu.

— Salvar de quê?

— Do deus do fogo.

Bruno torceu as mãos, empalidecendo.

— Não se deve falar dessas lendas em voz alta. Os falcões podem nos ouvir. — Ele espiou pela janela ao lado, para o sol do meio-dia. — Valia detesta os falcões. São seu prato preferido, assados com frutinhas azedas. Acho que é por causa do que aconteceu com sua mão, mas ela jamais admitiria.

Ashur soltou um pequeno resmungo de frustração.

— Como entro em contato com ela? Por você?

— Se está procurando Valia, ela vai saber. — Bruno deu de ombros. — Mas ela também responde a um sacrifício de sangue junto com uma invocação recitada.

Magnus afastou a garrafa de vinho vazia.

— Acho que não temos mais nada para fazer aqui.

— Que tipo de invocação? — Ashur insistiu. — Ela mora neste vilarejo? Pode avisá-la que preciso da ajuda dela?

— Não a vejo há anos. Sinceramente, não tenho ideia de onde Valia está agora. Mas se fizerem o ritual de sangue e a invocação da maneira correta e ela ficar curiosa, vai se apresentar. — Bruno virou para Magnus, retomando o sorriso, especialmente quando Magnus guardou a lâmina. — Eu o vi em sua excursão de casamento. Você e a princesa formam um belo par, um retrato de luz e escuridão, noite e dia. O Príncipe Sanguinário e a bela Princesa Dourada. Um casal impressionante, de verdade. — Ele balançou a cabeça. — É uma lembrança que aprecio até hoje, apesar do desprezo que sinto por seu terrível pai.

— Ashur — Magnus chamou com um suspiro impaciente —,

estou indo para o palácio. Você vai comigo ou deseja invocar nomes enquanto sacrifica criaturas na floresta?

— Você não acredita — Ashur disse.

— Se acredito ou não, é irrelevante. Mas *preciso* encontrar Cleo.

— Ouvi rumores recentes sobre você, príncipe Magnus — Bruno disse. — Estou muito contente em ver que não são verdade.

— Ah? O quê?

— Que está morto. — Bruno inclinou a cabeça. — Você me parece muito bem para um homem morto.

Magnus passou os dedos sobre o anel na mão esquerda.

— Ashur?

Ashur levantou com uma expressão cheia de dúvida.

— Sim, vou com você. Não posso perder tempo correndo atrás de histórias inúteis, e é isso que está me parecendo.

Magnus sentiu a decepção dolorosa na voz do príncipe.

E foi impossível não sentir o mesmo.

Não haveria solução simples para aquele quebra-cabeça, que tinha se tornado um labirinto de gelo gigantesco e complicado onde era possível morrer congelado antes de encontrar a saída.

Mas Magnus ainda acreditava em Lucia.

E acreditava em Cleo.

Tinha que bastar.

12
LUCIA

AURANOS

Desde que arrancara a verdade da boca mentirosa de lorde Gareth no dia anterior, Lucia sentia sua magia se esvaindo cada vez mais.

Ela quase não dormira pensando em como resolver esse enorme problema.

Além de drenar mais da estranha magia de Jonas — o que possivelmente o mataria —, ela não tinha nenhuma resposta palpável.

Até a ama de Lyssa notou a preocupação no rosto de Lucia e lhe disse para sair e tomar um pouco de sol e ar fresco.

Em vez de ignorá-la, Lucia decidiu seguir a sugestão.

Ela havia gostado do pátio do palácio da última vez em que estivera ali, e tinha desfrutado de caminhadas em suas trilhas de mosaico por entre oliveiras e salgueiros, e pelos belos jardins de flores que recebiam cuidados diários de um rol de jardineiros talentosos.

O som das abelhas, o canto dos pássaros e o calor do sol auraniano em seu rosto a acalmaram.

Não era seu lar, mas teria de servir por enquanto.

O rei dissera que o grupo ficaria no palácio até ele encontrar Kurtis, que, talvez, voltasse em busca do auxílio de seu pai.

Que assim fosse.

Do bolso do vestido, ela tirou a esfera de âmbar que tinha sido a prisão de Kyan. Depois de assumir uma forma corpórea, ele a mantivera consigo até a magia do anel de Lucia destruir aquele corpo.

A esfera tinha muito valor para o deus do fogo.

E era uma ameaça para ele. Mas apenas se Lucia conseguisse invocar toda a força de sua magia para aprisioná-lo de novo.

Sentada em um banco de pedra no centro do pátio, ela segurou a pequena esfera de cristal na palma da mão e tentou fazê-la levitar com magia do ar.

Lucia se concentrou, rangendo os dentes com o esforço, mas nada aconteceu.

Ela tentou diversas vezes, mas não conseguiu mover o objeto nem um milímetro.

Ah, deusa!, ela pensou, sentindo o pânico crescer. *Minha magia se esvaiu por completo.*

— Lucia.

O som da voz de Cleo a sobressaltou, e ela rapidamente guardou a esfera de âmbar no bolso.

— Peço desculpas se a assustei — Cleo disse, apertando as mãos.

— Não me assustou — Lucia mentiu, abrindo um pequeno sorriso. — Bom dia.

Cleo não respondeu. Apenas ficou parada ali, analisando Lucia, nervosa.

Ela usava um adorável vestido azul, com flores laranja e amarelas bordadas na barra da saia. Lucia a teria invejado no passado. Era raro limerianos, até mesmo membros da realeza, usarem cores vivas. A mãe de Lucia sempre insistira em uma aparência adequada, refinada e elegante — e as cores que mais usavam eram cinza, preto ou verde-oliva.

Mas Lucia sempre gostou de cores vivas. Ela odiava lady Sabina Mallius, ex-amante de seu pai, mas invejava sua capacidade de usar vermelho. Embora fosse a cor oficial de Limeros, raramente era vista nas roupas das pessoas, à exceção dos guardas do palácio.

Talvez eu devesse ter confiscado o guarda-roupa de Sabina antes de matá-la, Lucia pensou.

Parecia fazer tanto tempo, sua primeira onda de magia incontrolável que tinha resultado em uma morte. Ela se sentira péssima na época.

Mas aquilo era passado, e Lucia estava vivendo no presente.

— Que vestido lindo — ela comentou.

Cleo olhou para si mesma como se tivesse acabado de notar o que estava vestindo.

— É obra de Lorenzo Tavera. Ele tem uma loja de vestidos em Pico do Falcão.

Lucia percebeu que, na verdade, não se importava mais com aquelas coisas.

Não, agora que Cleo estava bem na sua frente, ela tinha questões muito mais importantes na cabeça. Lucia olhou para a mão esquerda de Cleo, para o símbolo da magia da água. Ela já tinha visto o mesmo símbolo milhares de vezes em estátuas da deusa Valoria.

Vê-lo ao vivo, na palma da mão da princesa auraniana, parecia um tanto quanto surreal.

Havia outras marcas na pele de Cleo — finas linhas azuis que saíam do símbolo da água. À primeira vista, pareciam veias visíveis pela pele translúcida, mas eram muito mais sinistras.

— Preciso da sua ajuda — Cleo disse sem rodeios.

Algo se apertou no peito de Lucia, algo frio, duro e firme.

— Precisa? — ela respondeu.

Cleo mordeu o lábio e olhou para baixo.

— Sei que me odeia pelo que fiz. Eu a convenci de que éramos amigas, e você me deixou participar do ritual do despertar. Quando você me confrontou sobre ter dito a Jonas onde encontrar os cristais, eu neguei.

Lucia a observou com cuidado, surpresa com as palavras que saíam de sua boca.

Cleo piscou e cruzou os braços.

— Só fiz o que achei que tinha que fazer para sobreviver. Mas saiba de uma coisa: passei a considerá-la uma amiga, Lucia. Se estivéssemos em outro mundo, em outra vida, talvez pudéssemos ter sido, sem nenhuma dificuldade. Mas, em vez disso, traí sua confiança e pensei apenas em mim. Peço desculpas por ter magoado você.

Lucia ficou sem palavras por um instante.

— Está falando sério?

Cleo assentiu.

— De todo coração.

Lucia tinha ficado muito magoada com a traição. E tinha reagido da única forma que conhecia: com raiva e violência. Ela quase matou Cleo naquele dia, pouco antes de fugir com Ioannes.

Cleo sempre pareceu tão perfeita, tão naturalmente bela e segura de si... Uma garota que chamava a atenção de todos e que todos apreciavam. Muito diferente de Lucia.

Uma parte dela quisera destruir aquela pequena figura de perfeição dourada.

Principalmente quando tinha ficado claro que Magnus começara a se interessar por ela.

Seria ciúme o que Lucia sentira? Não ciúme romântico, sem dúvida.

O amor de Lucia por Magnus sempre tinha sido apenas fraterno. Mas durante toda a vida ela detivera a atenção total e todo o espaço de seu coração.

Magnus pertencera apenas a ela até Cleo entrar na vida dos dois.

Não a odiei à toa todo esse tempo, Lucia percebeu, perplexa.

Ela estendeu a mão para a outra princesa.

— Deixe-me ver sua marca.

Cleo hesitou por um instante antes de sentar ao lado da feiticeira e mostrar a mão esquerda. Lucia analisou o símbolo da magia da água e as linhas que saíam dele, franzindo as sobrancelhas ao se concentrar.

— A magia é imprevisível — Cleo disse com a voz abafada. — E muito poderosa. Ela pode controlar o clima. É capaz de criar camadas de gelo do nada. Pode matar um homem congelado...

Lucia rapidamente lançou um olhar para Cleo, buscando a verdade no rosto da outra princesa.

— Você matou alguém com essa magia da água — ela disse.

Cleo confirmou.

— Um guarda que ajudou a torturar Magnus.

Lucia segurou a mão de Cleo com mais força.

— Espero que o tenha feito sofrer.

— Essa é a questão... não tentei fazer nada. Apenas aconteceu. A magia se manifesta quando estou zangada, triste ou sofrendo. Posso senti-la fria e inesgotável dentro da pele. Mas não consigo controlá-la.

— Quando ela se manifesta, essas linhas são o único efeito colateral?

— Meu nariz sangrou da primeira vez, mas não aconteceu mais. Essas linhas apareceram. E também tenho pesadelos, mas não tenho certeza se estão relacionados a isso. Sonho que estou me afogando. E não só quando estou dormindo... Às vezes sinto que estou me afogando no meio do dia.

Lucia refletiu por um instante. No início, sua magia era opressora, manifestando-se quando suas emoções estavam instáveis.

— Então você quer minha ajuda — ela começou a falar — para se livrar dessa aflição.

— Não — Cleo respondeu sem hesitar. — Quero sua ajuda para aprender a controlá-la.

Lucia assentiu.

— Cleo, você compreende o que é isso? Não se trata de um pouco de magia da água, simples e acessível, que poderia ser contida por uma bruxa comum ou mesmo por mim. — Ou, pelo menos, pela Lucia de antes da gravidez. — Você tem a *deusa da água* dentro de si, uma entidade que pensa, sente e quer controlar totalmente o seu corpo, como Kyan controla o de Nic. A deusa da água quer viver, existir, ter experiências... E você é a única pessoa em seu caminho no momento.

Cleo assumiu uma expressão de teimosia.

— Andei lendo mais sobre Valoria em um livro que encontrei na biblioteca do palácio. Ela também tinha as deusas da água e da terra em seu corpo, mas era capaz de controlar sua magia.

— Valoria era uma imortal, criada a partir da própria magia — Lucia explicou. — Você é mortal, de carne e osso, e vulnerável a dor e lesões.

Os olhos de Cleo marejaram, e ela apertou a mão de Lucia com mais força.

— Você não entende. — Ela olhou para o símbolo da água. — Preciso descobrir como usar isso. Preciso salvar Nic e meu reino. Minha irmã, meu pai... eles me pediram para ser forte, mas eu... — Ela respirou com dificuldade. — Não sei se consigo ser forte por muito mais tempo. O que sempre acreditei sobre minha família, sobre minha mãe e meu pai e o amor de um pelo outro... — A voz dela falhou. — Tudo está desmoronando, e estou perdida. Sem essa magia, não tenho nada. Sem essa magia... não *sou* nada.

Fazia tanto tempo que Lucia odiava Cleo, por motivos que não tinham sido esquecidos, mas o sofrimento da princesa tocou um coração que ela acreditava ter endurecido e obscurecido meses atrás.

— Você está longe de não ser nada — ela disse com firmeza. — Você é Cleiona Aurora Bellos. E vai sobreviver a isso. Vai sobreviver porque sei que meu irmão desejaria isso.

Lágrimas correram pelo rosto de Cleo, e ela encarou os olhos de Lucia por um bom tempo antes de finalmente assentir.

— Vou tentar — ela disse.

— Faça mais do que tentar.

Cleo ficou em silêncio por um instante, as sobrancelhas franzidas.

— Taran quer se livrar da magia do ar. Ele deve ter ainda menos controle sobre as próprias emoções do que eu, porque as linhas já avançaram mais por seu braço do que as minhas. — A princesa olhou para as linhas azuis, tocando-as cuidadosamente com a outra mão. — Ele... ele disse que prefere morrer a virar apenas um veículo para o deus do ar.

Lucia não culpava Taran. Ter o corpo e a vida roubados por um deus ganancioso...

A morte seria mais agradável.

— Juro que vou dar um jeito de aprisionar Kyan de novo e acabar com isso. Com tudo isso. Não vou deixá-lo vencer. — Lucia levantou do banco. — Agora preciso ver como minha filha está.

— Claro — Cleo sussurrou.

Enquanto caminhava pela trilha de pedra até o palácio, a mente de Lucia girava com milhares de possibilidades diferentes para deter Kyan e ajudar Cleo. Pouco tempo antes, ela não teria se preocupado com o destino da princesa.

A ama a encontrou no meio do caminho até o quarto que tinha sido designado para Lyssa.

— Deixou minha filha sozinha? — Lucia perguntou, alarmada.

— Ela está bem — a ama garantiu. — Está dormindo profundamente. Nicolo passou no quarto e disse que ficaria com ela enquanto eu almoçava.

Lucia ficou paralisada.

— Nicolo Cassian?

Ela assentiu.

— É tão bom vê-lo de novo. Praticamente criei esse garoto e a irmã dele, assim como as princesas. É um rapaz tão doce...

Lucia não ouviu mais nada. Só tirou a velha senhora do caminho, correu para seus aposentos e escancarou a porta.

Ele estava diante do berço, de costas para Lucia. A luz da varanda desenhava a silhueta do cabelo ruivo e do corpo magro.

— Fique longe dela — Lucia alertou, tentando desesperadamente invocar magia, qualquer magia.

— Ela é tão adorável quanto a mãe — ele murmurou, virando para mostrar que tinha Lyssa nos braços. O olhar da bebê estava fixo em seu cabelo ruivo, como se estivesse fascinada pela cor viva.

O coração de Lucia parou ao ver sua filha nas mãos do monstro.

— Solte-a, *Kyan*.

Kyan virou e arqueou uma sobrancelha, finalmente fixando os olhos castanhos em Lucia. Por mais que tivesse a aparência de Nic, inclusive com as sardas no rosto pálido, ela podia ver o deus ancestral do fogo que agora estava atrás daquele olhar.

— Então ficou sabendo que encontrei uma casa nova — ele disse.

— Juro que vou acabar com você aqui e agora. — Lucia tirou a esfera de âmbar do bolso, sabendo que não tinha magia para cumprir a ameaça, não naquele momento, mas rezou para que ele não percebesse.

— Só vim aqui para conversar — Kyan disse. — Esse encontro não precisa ser desagradável.

— Solte minha filha.

— Eu me sinto como o tio dessa pequenina. É como se Lyssa fosse da minha família. — Ele observou o rosto da bebê. — Não é? Pode me chamar de tio Kyan. Ah, vamos nos divertir muito juntos se sua mãe algum dia me perdoar pelo meu péssimo comportamento.

Lucia ficou boquiaberta e depois começou a rir. Pareceu mais um soluço.

— Quer que eu o perdoe?

— Esse corpo jovem e saudável me deu uma nova perspectiva sobre a vida. — Ele deu um beijo na testa de Lyssa e a deixou no berço com cuidado. — Sua gravidez foi incrivelmente rápida, não foi? Mágica, eu diria.

Quando virou para Lucia mais uma vez, ela acertou um golpe em seu rosto.

Tão forte que a mão dela doeu.

Os olhos castanhos de Kyan piscaram com uma luz azul, e ele limpou o filete de sangue no canto da boca com o polegar.

— Nunca mais faça isso — ele murmurou.

Lucia cerrou o punho, chocada com a própria falta de controle. Mas ela precisava atacá-lo, precisava tentar machucá-lo.

E o fez sangrar.

Ele não sangrava. Em seu corpo anterior — o que a imortal Melenia tinha escolhido para ser sua carapaça original uma pequena eternidade antes —, ela tinha visto a mão de Kyan ser atravessada por uma adaga. O ferimento não sangrou e foi curado em instantes.

Se estava sangrando, estava vulnerável.

Kyan semicerrou os olhos e se concentrou na esfera de âmbar que ela ainda tinha na mão.

— Você sabe do que sou capaz — Lucia disse, com o máximo de calma que conseguiu. — Sabe que minha magia pode aprisioná-lo, assim como a de Timotheus.

Era o maior blefe de sua vida, e ela torceu para que Kyan não conseguisse sentir seus *elementia* esvaindo.

— Não vim aqui em busca de confronto — ele disse apenas.

— Engraçado... ver você com minha filha nos braços depois de entrar escondido no palácio me parece um confronto.

Kyan balançou a cabeça.

— É uma pena que tenhamos chegado a isso, pequena feiticeira. Nos demos muito bem por um tempo. Você me ajudou, e eu a ajudei de volta, até nosso infeliz desentendimento.

— Você se transformou em um monstro feito de fogo e tentou me matar.

— Um monstro, não, pequena feiticeira. Um deus. E você deveria saber que a magia de sua avó era mínima se comparada à sua. Ela não conseguiu fazer o que eu precisava que fizesse.

Lucia respirou fundo, tentou manter o controle sobre suas emoções instáveis.

— Fiquei sabendo.

Kyan olhou mais uma vez para a esfera.

— Olivia está por perto. Se alguma coisa acontecer comigo, qualquer coisa, ela vai invocar um terremoto grande o bastante para mandar este reino e todos que estão nele para dentro do mar, como se não passasse de um pedregulho jogado em um lago profundo.

Lucia se perguntou se ele também não estava blefando. Se estava fraco e vulnerável, a deusa da terra também podia estar, apesar de viver no corpo de uma Vigilante imortal.

Por fim, ela guardou a esfera no bolso.

— Diga logo o que veio dizer.

Ele assentiu, depois passou a mão pelo cabelo ruivo desgrenhado.

— Preciso me desculpar pela maneira como a tratei, pequena feiticeira. E depois preciso pedir sua ajuda.

Lucia quase gargalhou.

Primeiro Cleo, e agora Kyan.

O dia estava bem agitado.

— Prossiga — ela disse.

Kyan franziu a testa e virou para a varanda.

— Eu só queria me reunir com meus irmãos em carne e osso, como nunca existimos antes. Livres de nossas prisões para vivenciar o que é existir de verdade. E, sim, ainda acredito que este mundo é falho. E ainda incendiaria tudo até virar cinzas e o começaria de novo. — Ele lançou um olhar para ela. — Mas ficaria satisfeito em reinar neste mundo com problemas. E você poderia ser minha conselheira de confiança.

Ah, então ele tinha resolvido ser o Kyan "charmoso" de novo. O mesmo que a fizera pensar que podia ser amiga de um deus.

— Só isso? — ela respondeu sem rodeios. — Você apenas quer dominar o mundo.

— Sim.

— E, para isso, precisa da minha magia.

— Mesmo que sua avó não estivesse morta, o ritual que ela executou parcialmente ainda não estava certo. — Ele olhou para as próprias mãos. O símbolo triangular da magia do fogo estava visível na palma, mas pálido como uma cicatriz antiga.

Ela franziu a testa.

— O que não estava certo?

— Nada está certo desde que despertei. Melenia interferiu, como sempre fez. Ela me ajudou a ganhar forma mais de um milênio atrás, e acho que se sentiu versada o suficiente para fazer de novo quando chegou a hora. Acordei em meu antigo corpo sem sua intervenção direta. Tenho certeza de que ela mandou um de seus escravos para me despertar com sangue, fortalecido pelo massacre da batalha em que acordei, muito mais fraco do que deveria. Muito mais fraco do que se você tivesse feito, como era para ser.

Lucia ficou em silêncio e o deixou falar. Era algo que ela desejava saber desde o princípio, por que tinha sido capaz de enxergar onde Kyan estava no mapa brilhante de Mítica durante o feitiço de localização que fez com Ioannes, mas sentindo que ele já tinha despertado.

Melenia idiota, que permitiu a própria impaciência de reuni-la com seu amante e corromper suas decisões.

Mas talvez Lucia devesse agradecer pela impaciência da imortal. Isso tinha impedido que o deus do fogo acordasse tão poderoso quanto poderia ter acontecido.

— Diga, como estão Cleiona e Taran? — Kyan perguntou depois de um momento de silêncio, em que pareceu perdido nos próprios pensamentos.

— Bem — ela mentiu.

Kyan olhou para ela, achando graça.

— Acho difícil de acreditar.

— Eles me parecem bem. Com controle total de si mesmos, dos corpos... ao contrário de Nic e Olivia. Mais um sinal de que minha avó fracassou com vocês.

— Com certeza — ele concordou.

— Talvez aprendam a canalizar a magia que existe dentro deles tão bem quanto eu.

— Acha mesmo?

— É claro. — Era o que Cleo disse que queria: controlar a magia.

Kyan balançou a cabeça.

— Cleiona e Taran não podem controlar o que não lhes pertence. E se tentarem, vão fracassar e morrer. — Ele encarou a feiticeira bem nos olhos. — Mas acho que você já sabe disso.

Lucia tentou ao máximo não reagir, mas sentiu a verdade do que Kyan tinha dito em seu âmago.

— Como posso salvá-los?

— Você não pode. A vida deles está perdida. Seus corpos já foram reivindicados por meus irmãos.

— Então encontre outros corpos, se for preciso. — O coração dela batia forte enquanto resistia ao que tinha sido dito. — É possível?

A impaciência brilhou nos olhos castanhos dele.

— Você não está me ouvindo, pequena feiticeira. Estou lhe oferecendo a chance de salvar o que resta do seu mundo, de se juntar a mim e aos meus irmãos quando nos tornarmos onipotentes.

— Com minha ajuda — ela o lembrou. — Com minha magia.

Magia de que ela não possuía nem uma fração da força necessária. Ela não poderia ajudá-lo nem se quisesse.

— Tudo estava perfeitamente alinhado naquela noite — ele disse irritado. — Os sacrifícios, a tempestade, a localização... Devia ter funcionado. Mas as coisas que importam não vêm fácil, não é? Preciso que você execute o ritual de novo, pequena feiticeira, com seu sangue e sua magia. Conserte o que sua avó começou.

É claro que era por isso que Kyan precisava dela. Não para se desculpar e tentar consertar as coisas, mas para conquistar o poder supremo.

— Quando? — ela sussurrou. — Quer que eu execute o ritual agora? Vai ameaçar matar todos no palácio se eu me recusar?

— Você me despreza, não é? — Ele cerrou os dentes. — Não, não vou fazer mais nenhuma ameaça hoje. Não quero mais que as coisas sejam assim entre nós. No momento, só preciso de uma promessa de que vai nos ajudar.

— E se eu recusar?

Ele lançou um olhar sombrio para ela.

— Se recusar, Cleiona e Taran vão sofrer muito antes de finalmente perderem a briga contra meus irmãos. Os deuses da água e do ar vão assumir o controle de suas novas carapaças. É uma questão de dias. Então, mesmo que em um grau um pouco menor do que planejei, a Tétrade será reunida. E vamos causar muita dor e muitos estragos neste mundo que você tanto valoriza, pequena feiticeira. Você viu do que sou capaz, mesmo com apenas uma fração de minha verdadeira força, não viu?

De repente, Lucia mal podia respirar, lembrando os diversos vilarejos que ele tinha incendiado. O grito das vítimas dele.

Os gritos das vítimas *dela*.

— Quando? — a princesa perguntou mais uma vez em um tom de voz quase inaudível.

Um sorriso apareceu nos lábios dele, apagando o olhar sério de um segundo antes.

— Me perdoe por ser vago, pequena feiticeira, mas vai saber quando chegar a hora. Você faz parte disso... sua magia, a magia de Eva. É parte disso desde o começo.

Lucia fechou bem os olhos, desejando bloqueá-lo de qualquer forma possível.

— Já disse o que veio dizer — ela sussurrou. — Agora, por favor, saia.

— Muito bem. Ah, e não culpe a ama por sair do quarto. Ela confia nesse rosto. Muitos confiam. É um bom rosto, não acha? Nicolo não é tão alto e nem tem a beleza convencional da minha forma anterior, mas gosto muito das sardas. — Houve uma pausa, como se esperasse uma resposta. Como Lucia não disse nada, ele continuou: — Vejo você em breve, pequena feiticeira.

Kyan deixou o quarto sem dizer mais nada, e ela só conseguiu observá-lo sair. Quando desapareceu de seu campo de visão, Lucia correu para o berço.

Lyssa dormia profundamente.

13
MAGNUS

AURANOS

— Acho que você não entendeu — Magnus disse ao guarda kraeshiano de uniforme verde nos portões do palácio. — Sou o príncipe Magnus Damora.

O guarda franziu os lábios, analisando-o de cima a baixo.

— Preciso admitir, a semelhança com os retratos que vi dele é impressionante — respondeu o homem. — Mas o verdadeiro príncipe Magnus está morto.

— Você sem dúvida é novo por aqui — Magnus lançou um olhar para Ashur, que usava o capuz do manto cinza para cobrir o rosto.

Ashur apenas deu de ombros.

Nenhuma ajuda viria dele.

— Exijo uma audiência com o rei Gaius — Magnus declarou com o que lhe restava da dignidade real. — Que é meu *pai*. Deixaremos a determinação do status da minha existência para ele, que tal?

O guarda suspirou e deixou a dupla entrar.

— É provável que ele não se importe de ter deixado um possível assassino entrar nas dependências do palácio — Ashur murmurou para Magnus.

Provavelmente não.

Depois de entrarem no palácio, os dois foram parar em um vasto corredor que parecia infinito. Cada coluna ao longo de sua extensão era esculpida com perfeição.

Alguns diziam que o palácio já existia naquele mesmo lugar quando a deusa Cleiona dominava a região. Alguém tinha que levar a culpa por importar todo aquele mármore irritantemente branco para Mítica.

— Para ser sincero, estou surpreso por sua irmã não ter tirado a vida do meu pai quando teve a chance — Magnus comentou. Sua voz ecoava nas paredes de mármore.

— Também fiquei surpreso — Ashur respondeu. — Não é do feitio dela.

Os dois encontraram um guarda de vermelho pelo caminho.

— Onde está o rei? — Magnus perguntou.

O guarda arregalou os olhos.

— Vossa alteza! Ouvi dizer que estava...

— Morto? — Magnus terminou a frase por ele. — Sim, parece o consenso geral. Onde está meu pai?

O guarda fez uma reverência.

— Na sala do trono, vossa alteza.

Ele sentiu o olhar surpreso do guarda enquanto seguiu pelo corredor ao lado de Ashur.

— Limerianos e kraeshianos trabalhando lado a lado — ele comentou em voz baixa. — Que amigável.

— Amara não tem mais nenhum interesse em Mítica — Ashur disse. — Eu ficaria surpreso se essa ocupação durar mais um mês antes que ela exija que toda a força do exército se dirija ao próximo local que planeja conquistar.

— Não vamos contar com a vitória antes da hora.

— Não, com certeza não.

Ashur achou que seria melhor Magnus falar com seu pai sozinho.

Magnus concordou. Os dois se separaram quando o corredor se bifurcou.

As portas altas da sala do trono apareceram diante de Magnus, que parou e respirou fundo. Nervoso, ele girou o pesado anel dourado na mão esquerda enquanto criava a coragem que não achou que precisaria para fazer aquilo.

Finalmente, deu um passo à frente e abriu as portas.

O rei estava no trono, onde Magnus já o havia visto — ali e em Limeros — milhares de vezes. Havia seis homens na base dos degraus que levavam à plataforma do trono, cada um com um pedaço de pergaminho.

Os negócios do reino devem continuar, ele pensou. *Nos bons e nos maus tempos.*

O rei levantou os olhos e viu Magnus. Ele se levantou tão rápido que o cálice de prata que segurava caiu no chão.

Depois virou para os homens.

— Saiam — ele ordenou. — Agora.

Eles não discutiram. Passaram por Magnus em fila e saíram da sala.

— Não quero interromper — Magnus disse com o coração acelerado.

— Você está aqui — o rei disse com a voz abafada. — Está aqui de verdade.

— Estou.

— Então funcionou.

Magnus sabia exatamente do que o pai estava falando. Tocou o anel e em seguida o tirou do dedo.

— Funcionou.

O pai se aproximou com o rosto pálido enquanto inspecionava Magnus, andando ao redor dele.

— Por muito tempo, tive esperança de que a magia da pedra sanguínea pudesse salvá-lo, mas a esperança já tinha desaparecido por completo.

— Parece que todos acreditam que estou morto — Magnus comentou.

— Sim. — O rei soltou um suspiro trêmulo. — Sabemos que Kurtis o enterrou vivo. E que o torturou antes. Mas você está bem aqui na minha frente. Não é um espírito nem um sonho. Está aqui, e está vivo.

A garganta de Magnus ficou apertada, e o príncipe não soube o que dizer nem o que pensar. Ele não tinha se dado conta de que seria tão difícil.

— Estou surpreso que você se importe. Afinal, já tentou me mandar para o túmulo bem antes de Kurtis.

— Eu mereço sua desconfiança.

Magnus estendeu a mão com o anel.

— Isso pertence a você.

O rei não pegou o anel. Em vez disso, abraçou o filho com tanta força que Magnus teve dificuldade para respirar.

— Inesperado — Magnus disse. — Um tanto quanto inesperado.

— Falhei como pai com você tantas vezes que perdi a conta. — Gaius segurou o rosto dele com as duas mãos. — Mas você está aqui. Vivo. E agora tenho a oportunidade de tentar me redimir.

— Isso com certeza ajudou. — Magnus apontou de novo para o anel. — Pegue-o de volta. Pertence a você.

O rei Gaius se recusou.

— Não. Ele agora é seu.

Magnus franziu a testa.

— Não precisa dele?

— Olhe para mim — o rei pediu. — Já me recuperei de minhas aflições. Não preciso mais da magia da pedra sanguínea. Me sinto forte, mais forte do que em muitos anos, e pronto para voltar a reinar... com sua assistência, se você concordar.

Magnus engoliu em seco.

— É claro que sim.

— Fico muito feliz em ouvir isso.

— Fiquei sabendo o que aconteceu com o ritual — Magnus comentou quando reencontrou a própria voz. — Cleo está bem? Ela está sofrendo?

O rei Gaius franziu os lábios em uma expressão azeda.

— Ela parece bem na medida do possível, tendo em vista a situação. Já ficou sabendo de tudo? Soube o que aconteceu com sua avó?

Ele assentiu de novo.

— Ashur me encontrou e me contou o que aconteceu. Onde está Cleo?

— Provavelmente metendo o nariz importuno nos assuntos particulares de alguém — o rei murmurou.

Depois de passar dias preocupado com a segurança dela, era um alívio.

— E Kurtis?

— Mandei uma expedição de busca atrás dele — o rei afirmou. — Ele não é visto há dias, mas sinto que vai voltar ao palácio para ver o pai.

— Lorde Gareth está aqui?

— Estava. — Gaius fez uma pausa. — Lucia voltou para nós. Se não tivesse voltado, duvido que Amara nos teria deixado sair com tanta facilidade.

A mente de Magnus se esvaziou por um instante.

— Lucia... está aqui?

— Sim. — Gaius olhou para além de Magnus. — Na verdade, está parada bem atrás de você.

Sem fôlego, Magnus se virou devagar.

Lucia estava emoldurada pelas portas da sala do trono, os olhos bem arregalados.

— Magnus? — ela sussurrou. — Eu... eu vi você morto. Eu *senti* no fundo da alma. Mas você está aqui. Vivo.

Da última vez em que a vira, ela estava aliada ao deus do fogo, procurando rodas de pedra mágicas nas dependências do palácio limeriano. Lucia tinha sido cruel e violenta, e usado o amor do irmão por ela como arma para manipulá-lo e feri-lo.

Mas quando Kyan tentara matá-lo, Lucia tinha salvado sua vida.

Apesar de jurar que a irmã voltaria, que não continuaria a ajudar Kyan, no fundo Magnus achava que nunca mais a veria.

Mas lá estava ela.

Hesitante, Magnus se aproximou de Lucia, preparado para algo horrível. Mas nada aconteceu.

Os olhos dela estavam cheios de lágrimas quando o encararam.

— Estou vivo — ele confirmou.

— Eu... sinto muito — ela disse, lágrimas escorrendo pelo rosto. — Sinto muito por tudo o que fiz!

Ele quase gargalhou diante daquela explosão surpreendente e pouco característica.

— Não... Sem desculpas, por favor. Hoje, não, minha bela irmã. O fato de você estar aqui conosco de novo depois de tudo o que... — Ele parou de falar de repente quando percebeu que havia um volume estranho nos braços dela.

Um bebê.

— Quem é? — ele perguntou, perplexo.

Lucia olhou para a criança e esboçou um sorriso.

— É minha filha — ela disse, tirando o cobertor do rosto da bebê. — Sua sobrinha.

Sobrinha.

Lucia teve um bebê.

Uma menininha.

Quanto tempo ele tinha ficado preso naquele túmulo?

— Como? — Foi tudo o que conseguiu perguntar.

— Como? — Ela fez uma careta. — Espero que eu não precise explicar essas coisas a você.

— Ioannes.

Ela confirmou.

Magnus fechou bem os olhos, tentando conter a onda quente de raiva que ameaçava tomar conta dele.

— Eu o mataria se já não estivesse morto — ele vociferou.

— Eu sei.

Magnus olhou para o pai.

— Lyssa vai ser uma jovem muito especial um dia — Gaius disse.

Estava claro que o rei tinha tido muito mais tempo para aceitar aquela revelação surpreendente.

— Ela se chama Lyssa? — Magnus tocou o cobertor macio e encarou os olhos azuis da bebê. Azuis como os olhos de Lucia. — Bem, ela é linda, mas como poderia ser diferente?

Lucia tocou a mão dele.

— Magnus, como você sobreviveu?

Antes que ele pudesse responder, notou que ela estava olhando para o anel.

— Que magia é essa? — ela perguntou, ofegante. — Nunca senti nada assim antes.

— É a pedra sanguínea — o rei disse.

— Essa é a pedra sanguínea? É magia negra, a mais obscura que já senti.

— Sim, sem dúvida é. E foi a única coisa capaz de salvar a vida do seu irmão e a minha. Por isso, e apenas por isso, podemos agradecer à sua avó.

— Deve ter sido o que senti — Lucia sussurrou. — Essa escuridão, a sensação de morte que cerca esse anel... Não gosto disso.

— Talvez não, mas sem esse artefato de magia negra, seu irmão e eu estaríamos mortos — o rei disse com seriedade. — Magnus, estou muito feliz que você tenha chegado hoje. Pretendo fazer um discurso amanhã ao meio-dia para mostrar que estou de volta ao poder aqui e que Amara abandonou seu novo reino. Preciso que os cidadãos acreditem em mim.

— Existe uma primeira vez para tudo — Magnus comentou.

— Quero você ao meu lado. Lucia também.

— É claro — Magnus disse sem hesitar. Ele se virou para a irmã. — Vamos conversar mais em breve.

— Por que não agora? — ela perguntou.

— Preciso encontrar Cleo. Onde ela está?

— Agora? Não faço ideia. Mas não pode estar muito longe. — Lucia pareceu querer protestar, mas apenas fechou a boca e assentiu. — Vá encontrá-la.

Magnus já estava quase na porta.

14
CLEO

AURANOS

Se Lucia não podia — nem queria — ajudá-la, ela teria que ajudar a si mesma.

Cleo resolveu explorar a biblioteca em busca de mais livros sobre a magia da Tétrade e qualquer registro sobre a deusa Valoria. A deusa tivera magia da água dentro de si. Tinha sido considerada a personificação dessa magia.

Cleo tinha aprendido que Valoria fora uma Vigilante gananciosa, e que tinha roubado as esferas de cristal do Santuário. Ao tocá-las, tinha sido corrompida por elas.

Corrompida, Cleo pensou ao analisar as linhas retorcidas na palma da mão esquerda. Que palavra estranha para se referir a alguém possuído por um deus elemental.

Valoria e Cleiona eram inimigas e, em um último confronto pelo poder supremo, tinham se destruído. Pelo menos era o que dizia a lenda.

Ela analisou uma ilustração da deusa feita pelo escriba do primeiro livro sobre Valoria encontrado na biblioteca.

Tinha os símbolos da magia da terra e da água na palma das mãos. Tinha cabelo escuro e longo, um belo rosto em forma de coração e uma coroa brilhante na cabeça. O vestido que usava na imagem era decotado na frente, revelando metade da marca em espiral em seu peito. Não era a mesma espiral que Taran tinha e o ligava à Tétrade do ar. Era diferente, uma forma mais complexa. Cleo agora sabia que aquilo marcava Valoria como Vigilante, antes de se tornar deusa.

Enquanto virava as páginas, ela olhou para o cálice de sidra de pêssego trazido por Nerissa.

— Eu congelei o guarda, posso fazer chover e posso cobrir paredes de gelo — Cleo sussurrou para si mesma. — Com certeza posso fazer algo com essa sidra. Magia simples. Algo que me mostre que tenho uma chance de controlar isso.

Com o coração acelerado, ela segurou o cálice e se concentrou no líquido. Queria congelá-lo dentro do recipiente.

Cleo se concentrou até começar a transpirar, mas nada aconteceu.

Por fim, ela bateu o cálice sobre a mesa e soltou um pequeno grito de frustração quando o conteúdo espirrou pelas laterais. Mas seu grito foi interrompido por uma sensação que já havia se tornado familiar.

A de uma onda de água passando sobre seu corpo, cobrindo seus olhos, seu nariz, sua boca.

Ela estava se afogando.

— Não... — Ela cambaleou para trás até sentir a parede fria de pedra nas costas. A pressionou com as mãos enquanto se forçava a respirar devagar e com calma.

Aquilo não era real. Ela estava bem, não estava se afogando, não estava morrendo.

Cleo olhou para a mão e viu que o símbolo da magia da água brilhava com uma luz azul, e mais linhas parecidas com veias saíam das que já estavam lá. A marca agora envolvia sua mão e seu antebraço inteiros.

Um arrepio de temor passou por ela ao ver aquilo, e a princesa teve uma constatação repentina e dolorosa do que poderia ser.

A deusa da água, abrindo caminho aos poucos até assumir o controle de sua consciência.

Lutando com ela pelo controle de seu próprio corpo.

Cleo saiu correndo do quarto, sentindo necessidade de estar em outro lugar, qualquer lugar. Ela caminhou pelos corredores do palácio com tanta pressa que quase se perdeu tentando encontrar a saída para o pátio.

Quando finalmente estava do lado de fora, conseguiu respirar direito o ar fresco e doce.

Algo se mexeu além das árvores, e ela ouviu som de metal batendo. Alarmada, chegou mais perto para ver o que era.

E soltou um suspiro de alívio.

Jonas e Felix estavam praticando esgrima sob a sombra de uma pavilhão arqueado no centro do pátio.

— Você está ficando enferrujado — Felix comentou. Ele estava sem camisa, e seus músculos se contraíam ao mover a espada. — Faz muito tempo que não luta?

Também sem camisa e de costas para Cleo, Jonas conseguiu bloquear o movimento com um gemido.

— Não com espada.

— Está contando com a magia extravagante de sua nova namorada para salvar sua pele. Está ficando mole.

— A princesa Lucia não é minha namorada — Jonas resmungou.

Felix sorriu para ele.

— Não se preocupe, não vou desafiá-lo por ela. Estou farto de mulheres complicadas e com muito poder. Ela é toda sua.

— Eu não a quero.

— Se está dizendo... — Felix riu. — Acho que já chega por hoje. É melhor você vestir a camisa antes que alguém veja seu segredo.

— É verdade. — Jonas pegou uma camisa branca no chão e a passou pelos braços. Quando virou, Cleo entendeu exatamente do que Felix estava falando.

O segredo de Jonas era uma marca no peito.

A marca em espiral de um Vigilante.

Por um instante, ela não conseguiu se mexer, não conseguiu pensar. Mas então Cleo os seguiu quando saíram do pátio e voltaram ao palácio, ainda fora de vista.

Os dois se separaram em uma bifurcação no corredor.

Ela seguiu Jonas, correndo para acompanhar seus passos largos. Cleo saiu do palácio atrás dele e entrou na Cidade de Ouro.

Para onde estava indo?

Enquanto o seguia pelas ruas sinuosas, ela vasculhou a mente, tentando lembrar se já tinha visto aquela marca antes — ou se já o tinha visto sem camisa.

Tinha — nas Terras Selvagens, quando ele a sequestrara em uma conspiração rebelde para forçar o rei Gaius a parar de construir a Estrada Imperial. Em vez disso, o rei tinha mandado os soldados procurarem a princesa prometida a seu filho, na esperança de integrar a família Damora aos novos cidadãos auranianos.

Jonas fora ferido por uma flecha. E precisara da ajuda de Cleo para fazer um curativo.

Não havia marca em seu peito.

O rebelde saiu da cidade murada com um arco e uma aljava de flechas no ombro.

Cleo vestiu o capuz do manto, mantendo certa distância para não ser notada.

Ele pegou um caminho na direção da enseada pela qual o navio os trouxera a Auranos, rumo ao cais do palácio. Como se soubesse exatamente aonde estava indo. Como se tivesse estado lá antes.

Era um vale pequeno e isolado que Cleo e a irmã visitavam sempre em outros tempos, protegido por um penhasco íngreme. Da pequena praia, elas costumavam ver os navios passando, indo e voltando do cais do palácio.

Ondas arrebentavam na margem do amplo canal, tão largo que

Cleo mal conseguia enxergar o outro lado. Aves marinhas vagavam pelas águas rasas da orla, procurando comida.

Percorrendo com cuidado a trilha que descia para a orla, ela viu Jonas parar, apontar o arco e flecha, e disparar. Jonas praguejou em voz baixa quando um coelho gordo fugiu.

Ele era convidado do rei Gaius, com um banquete a postos do amanhecer até o anoitecer... e estava caçando coelhos.

— Olhe onde pisa, princesa — Jonas disse sem olhar para ela.

Cleo ficou paralisada.

— Sim, eu sei que você está me seguindo desde que saí do palácio — ele disse.

Sentindo-se estranhamente exposta, Cleo foi até Jonas na pequena praia com a cabeça erguida.

— Por que está caçando coelhos?

— Porque caçar coelhos faz eu me sentir normal — ele respondeu. — Não seria ótimo? Nos sentirmos normais de novo?

— Talvez. — Ela coçou o braço esquerdo, com as linhas azuladas e sinuosas como veias. — Por favor, não mate nada. Não hoje. Não há necessidade.

Jonas fez um pausa, lançando um olhar para a princesa.

— Preciso explicar de onde vem a carne que aparece em seu prato?

Cleo respirou fundo e soltou o ar devagar.

— Por que você tem a marca dos Vigilantes no peito?

Ele não disse nada por um instante, mas deixou o arco e flecha sobre a areia e observou as águas calmas.

— Você viu — ele disse.

Cleo confirmou.

— Vi você e Felix no pátio.

— Certo. E agora tem perguntas — disse Jonas, virando-se para ela.

— Só essa — ela admitiu.

Jonas passou a mão sobre o peito distraidamente.

— Não sou um Vigilante, se é o que está pensando. Mas parece que tenho essa fonte de magia dentro de mim, e não consigo acessá-la com facilidade, não importa o quanto tente.

— Sei mais ou menos como é isso.

— Sim, com certeza sabe. — Jonas virou para a água cristalina. — Uma imortal chamada Phaedra deu a vida para salvar a minha há um tempo, logo depois que me curou e me salvou da morte por pouco. Disseram que eu... absorvi a magia dela. Não compreendo. Não sei o motivo, só sei que aconteceu. E depois Olivia me curou também, e... — Ele sacudiu a cabeça. — E aquela magia original foi como uma esponja, absorvendo cada vez mais. Logo depois disso, a marca apareceu.

— Ah — Cleo disse. — Até que faz sentido.

Ele riu.

— Talvez faça para você.

— Mas você está dizendo que não consegue usar a magia.

— Não. — Jonas olhou para as marcas no braço dela. — Qual é o plano, princesa?

Cleo o encarou, surpresa.

— Plano?

— O plano para consertar tudo isso.

— Sinceramente não sei. — Ela o observou por um momento, em silêncio. — Mostre sua marca.

Ele hesitou a princípio, mas desabotoou a frente da camisa devagar. Ela chegou mais perto, encostando a mão sobre sua pele e sentindo seus batimentos cardíacos.

— Minha marca brilha às vezes — ela disse.

Jonas observou a mão dela e a encarou nos olhos.

— Sorte a sua.

Ela esboçou um sorriso. Jonas sempre conseguia fazê-la sorrir.

— Ah, sim, é muita sorte.

— Não tenho mais ilusões sobre seus sentimentos por mim, princesa — ele comentou. — Sei que o amava e que está de luto por ele. E sinto muito por sua perda. Vai demorar muito para essa dor desaparecer.

A garganta de Cleo ficou tão apertada que foi impossível responder com qualquer outra coisa além de um meneio de cabeça.

Jonas tentou pegar na mão dela, hesitante. Quando viu que ela não a afastou, a apertou.

— Pode contar comigo, princesa. Hoje e sempre. Você precisa dar um jeito de controlar sua magia, de qualquer maneira possível.

— Eu sei — ela respondeu. — Pedi para Lucia me ajudar.

Jonas voltou a encará-la.

— E o que ela disse?

— Que ia tentar.

Ele franziu a testa.

— É melhor eu checar como ela está. Ainda não a vi hoje.

— É estranho pensar que vocês ficaram amigos.

— Muito estranho — Jonas concordou. Seu olhar tinha uma intensidade, e, por um instante, Cleo teve certeza de que ele ia lhe dizer mais alguma coisa. Ele levou a mão à bainha que trazia na cintura, e ela viu o cabo dourado de uma adaga.

— Você ainda carrega aquela adaga horrível de Aron? — ela perguntou. — Depois de todo esse tempo?

Jonas afastou a mão da arma.

— Preciso voltar para o palácio agora. Você vem?

Cleo virou para o canal e viu um navio passando ao longe, saindo do palácio em direção ao Mar Prateado.

— Agora não. Vou daqui a pouco. Vá e veja como está Lucia. Mas me prometa uma coisa.

— O quê?

— Não mate nenhum coelho.

— Prometo — ele disse com seriedade. — Nenhum mal será feito aos coelhos auranianos hoje.

Olhando mais uma vez para a princesa, Jonas deixou Cleo na orla.

Sozinha na praia, ela caminhou na direção da água, que bateu em suas sandálias douradas. A princesa concentrou toda a sua atenção no mar, tentando sentir algum tipo de afinidade com ele, já que era feito da magia que havia dentro de seu corpo.

Mas não sentiu nada. Nenhuma sensação de afogamento. Nenhum desejo de entrar na água salgada até ficar coberta da cabeça aos pés.

Hesitante, ela observou a marca em sua mão e as linhas azuis que se ramificavam a partir dela.

Cleo não queria ser insegura ou temerosa. Queria ser forte.

Ele gostaria que ela fosse forte.

Sinto tanta falta dele, pensou quando seus olhos começaram a arder. *Por favor, por favor, me deixe pensar nele e permita que essa lembrança me fortaleça.*

Cleo não sabia mais ao certo para quem rezava, mas ainda rezava.

— Ora, essa é uma vista bem romântica, não é? O rebelde e a princesa, juntos de novo e se admirando mutuamente.

— E agora estou imaginando a voz dele — ela sussurrou.

Sua voz ciumenta e zangada.

— Vou deixar a escolha para você, princesa. Devo matá-lo devagar ou rápido?

Dessa vez Cleo franziu a testa.

A voz parecia tão real — muito mais real do que qualquer fantasia.

Cleo virou devagar e viu o produto de sua imaginação, alto, de ombros largos, parado a menos de três passos de distância dela. Fazendo uma careta.

— Sei que deveria estar preocupado com sua situação. — Magnus apontou para ela. — Minha esposa, a deusa da água. E antes mesmo de saber o que havia acontecido, fiquei desesperado para voltar para você, pensando que podia ter sido aprisionada por Kurtis.

Ela ficou boquiaberta.

— Magnus?

— E estou profunda e dolorosamente preocupado, não pense que não. Mas depois que a segui do palácio até aqui e a vi com Jonas Agallon — ele resmungou. — Não gostei nada daquilo.

Ela mal conseguiu raciocinar, quanto menos falar.

— Não aconteceu nada.

— Não foi o que pareceu.

Lágrimas escorreram pelo rosto dela.

— Você está vivo.

O restante da fúria desapareceu de seus olhos castanhos.

— Estou.

— E está bem aqui, na minha frente.

— Sim. — Os olhos de Magnus foram parar na mão esquerda dela e nas marcas deixadas pela batalha interna com a Tétrade de água. — Ah, Cleo...

Com um soluço de choro, ela se jogou nos braços dele. Magnus a levantou do chão e a apertou forte junto ao peito.

— Achei que estivesse morto — Cleo disse, chorando. — Lucia... ela viu. Ela fez um feitiço de localização e sentiu que você estava morto, e eu... — Ela apoiou a cabeça de novo no ombro dele. — Ah, Magnus, eu amo você. E senti tanto a sua falta que pensei que fosse morrer. Mas você está aqui.

— Eu também amo você — ele sussurrou. — Amo muito você.

— Eu sei.

— Que bom.

Então ele apertou os lábios contra os dela, beijando-a com firmeza, roubando-lhe o fôlego e lhe dando vida ao mesmo tempo.

— Sabia que você ficaria bem, de algum jeito — Magnus disse a ela quando seus lábios se afastaram. — Você é a garota mais corajosa e forte que já conheci.

Cleo passou as mãos pelo rosto dele, o queixo, o pescoço, querendo provar para si mesma que aquilo era real, e não apenas um sonho.

— Sinto muito, Magnus.

Ele finalmente a deixou de volta no chão, encarando-a com intensidade.

— Por quê?

— Parece que estou me desculpando bastante hoje, mas é necessário. Sinto muito por ter mentido para você. Sinto muito por ter culpado você por tudo de horrível que aconteceu. Sinto muito por não enxergar o quanto amava você desde o início. — Ela secou os olhos cheios de lágrimas. — Bem... não *tão* do início.

— Não — ele admitiu com um tremor. — Com certeza não.

— O passado já está esquecido. — Ela colocou as mãos no peito dele, feliz em senti-lo sólido e vivo. E presente. — Saiba apenas disto: amo você de todo o coração e do fundo da alma. — A voz dela falhou ao ouvir a verdade bruta de suas palavras. — Perder você me destruiu, e eu nunca, jamais, quero voltar a me sentir assim.

Magnus ficou encarando a princesa como se estivesse chocado com a intensidade daquelas palavras.

— Cleo...

Cleo puxou o rosto dele para baixo, para que os lábios dele pudessem encontrar os seus novamente. E foi como se o peso de quinhentos quilos preso ao seu tornozelo fazia mais de uma semana, puxando-a para as profundezas do oceano, fazendo-a se afogar de maneira lenta e dolorosa, finalmente se soltasse.

O beijo dele era tudo. Profundo, verdadeiro e perfeito.

Magnus a levantou de novo. Seus braços fortes suportavam o peso dela com facilidade enquanto se afastavam da beirada da água.

— Senti tanto a sua falta — Magnus sussurrou nos lábios dela enquanto a pressionava contra a lateral do penhasco para fazê-la sentir cada linha, cada contorno de seu corpo no dela. — Juro que vou me redimir com você por todas as coisas horríveis que disse e que fiz. Minha bela Cleiona... Diga de novo o que acabou de dizer.

Ela quase sorriu.

— Acho que você me ouviu.

— Não me provoque — ele resmungou com um olhar intenso. — Diga de novo.

— Eu amo você, Magnus. Verdadeira e intensamente. Para todo o sempre — ela sussurrou, ávida por beijá-lo de novo. Desesperada por um beijo. — E preciso de você... Aqui. Agora.

Ela já tinha começado a desfazer as amarras da camisa, desesperada para sentir a pele nua dele, ficar sem barreiras entre os dois.

A boca de Magnus estava junto à dela de novo, desesperada e ávida. Magnus soltou um gemido do fundo da garganta quando Cleo passou as unhas em seu peito, tirando a camisa de seus ombros. Ele deslizou as mãos por baixo da barra de sua saia bordada, mas logo ficou paralisado, afastando os lábios dela.

Uma linha profunda franziu sua testa.

— Droga.

— O que foi? — ela perguntou.

— Não podemos fazer isso — ele sussurrou.

Cleo perdeu o fôlego.

— Por que não?

— A maldição.

Por um instante, Cleo não entendeu do que ele estava falando. Mas então se lembrou, e um pequeno sorriso surgiu em seu rosto.

— Nunca existiu maldição nenhuma.

— O quê?

— Sua avó inventou aquela história para enganar seu pai, para explicar por que minha mãe tinha morrido no parto. Mas não era verdade. Não tenho nenhuma maldição. Era tudo mentira.

Sem se mexer, Magnus a observou por vários minutos enquanto a abraçava, encostada na lateral do penhasco, encarando seus olhos.

— Não tem maldição — ele sussurrou, e seus lábios se curvaram formando um sorriso.

— Nenhuma.

— E a magia da Tétrade dentro de você...

— É um grande problema, mas não nesse exato momento.

— Então podemos lidar com isso depois.

Ela assentiu.

— Sim, depois.

— Tem certeza?

— Certeza absoluta.

— Ótimo.

Dessa vez, quando a beijou, Magnus não se conteve. Não precisou parar nem esperar, não houve dúvida nem medo. Houve apenas aquele momento perfeito que Cleo queria que durasse para sempre, finalmente reunida com seu príncipe sombrio.

15
MAGNUS

AURANOS

Magnus sabia que eles deveriam ter voltado ao palácio horas antes.

Mas não voltaram.

Em vez disso, os dois assistiram ao sol se pôr no horizonte, pintando o céu com tons de roxo, rosa e laranja.

— Gostei daqui — ele disse, passando os dedos pelo longo cabelo dourado de Cleo. — É oficialmente meu lugar preferido em Auranos. E essa rocha atrás de mim... é minha rocha preferida em toda Mítica.

Cleo concordou, se aproximando dele.

— É uma boa rocha.

Magnus segurou a mão esquerda dela, passando os dedos pelas linhas azuis que se espalhavam a partir do símbolo da magia da água sobre a palma.

— Não gosto disso.

— Nem eu.

— Mas você disse que não estava em perigo.

— Eu disse. É verdade. Mas...

— Mas o quê?

— Mas... — ela começou a dizer. — É um problema.

— Mais que um problema, sem dúvida.

— Quero entender como usar a magia da água, mas não consigo. Não funciona assim. Pelo menos, não que eu saiba.

Magnus se lembrou de cambalear pela floresta naquela noite escura e encontrar a fogueira do deus do fogo.

— Vi Kyan — ele revelou.

Cleo ficou boquiaberta e se afastou para poder encará-lo nos olhos.

— Quando?

— Depois... do túmulo. — Ele já havia contado um pouco do que tinha passado, evitando se demorar demais nos piores momentos. Cleo sabia que seu pai havia lhe dado a pedra sanguínea e que, sem aquilo, Magnus não passaria de uma lembrança naquele momento. — Ele me fez acreditar por um tempo que ainda era Nic, como se brincasse comigo. E me pediu para avisar você que, quando ele chegasse, precisaria se juntar a ele. Eu quis matá-lo ali mesmo, mas se parecia tanto com Nic...

— Ele é o Nic — Cleo disse, aflita. — Por um instante, logo antes de acontecer, quase o apunhalei no coração, mesmo sabendo que mataria Nic. Eu não estava raciocinando direito. Ainda bem que Ashur me impediu.

Parecia algo que o príncipe kraeshiano faria.

— É claro que impediu.

— Nunca vou me juntar a Kyan — ela disse, balançando a cabeça. — Por nenhum motivo.

O peito de Magnus ficou apertado ao pensar em perdê-la.

— Ele ia me marcar de alguma forma, me transformar em seu escravo com magia, para que eu fizesse as vontades dele. Ele tentou encostar em mim e... parou. Algo o impediu, e isso me deu a chance de escapar.

— O quê? — ela perguntou, sem fôlego.

Ele tentou se lembrar daquela noite escura cheia de dor e confusão.

— Não sei. Achei que tivesse sido Ashur, que ele tivesse encontrado alguma magia para lutar contra a Tétrade. Mas não foi ele. De qualquer forma, algo me ajudou a escapar.

— Poderia ter sido o próprio Nic? Lutando contra Kyan de alguma forma?

— É possível — ele admitiu. Mas quanto mais pensava nisso, mais se perguntava se não teria algo a ver com a pedra sanguínea. Lucia tinha sido repelida pela magia do anel.

Talvez o mesmo tivesse acontecido com Kyan.

Ainda assim, Cleo, com a magia da água em seu interior, parecia não se importar em estar perto dele com aquele tipo de magia — magia negra, como Lucia tinha dito — no dedo.

Cleo balançou a cabeça.

— E pensar que nossos problemas costumavam se resumir a uma guerra pelo trono. Agora isso parece tão irrelevante.

— Bem, eu não diria que é totalmente irrelevante — ele respondeu. — Será bom quando qualquer rastro de Amara Cortas deixar esse reino.

— Esqueci completamente dela por um momento.

— Eu também. — Magnus deu um beijo na testa dela, passando os dedos por seu cabelo sedoso e aquecido pelo sol. — Vamos encontrar um jeito de salvar Nic, eu prometo. Você, Nic, Olivia e até mesmo Taran. — Ele fez uma careta. — Se for preciso.

Cleo riu nervosa, encostando o rosto no peito de Magnus.

— Taran tem tentado ser forte, mas está aterrorizado ao pensar em perder a vida desse jeito.

— Não tenho dúvida disso. — Magnus sabia que sentiria exatamente a mesma coisa.

Ele observou o sol afundar ainda mais atrás da água. Restava pouca luz do dia. Os dois logo precisariam voltar a encarar a realidade.

— É melhor colocar o vestido antes que Agallon volte para procurar você e acabe vendo mais do que deve da minha linda esposa. — Magnus pegou a própria camisa. — Eu não gostaria de partir ainda mais o coração dele ao ver você assim comigo. Se bem que, pensando bem, eu não me importaria. Seria o último prego no caixão, com o perdão da expressão.

— Jonas é uma boa pessoa — Cleo disse com firmeza enquanto se vestia.

Ele a observou com grande apreciação. Cada movimento, cada gesto.

— Incrível. Claro que é.

— Ele se preocupa muito com Lucia.

Magnus fez uma careta.

— Não insinue que eles possam ser um casal perto de mim. Já tenho pesadelos demais.

Magnus se levantou e segurou o rosto de Cleo com as duas mãos para beijá-la mais uma vez. Ele sabia que nunca se cansaria do sabor dos lábios dela — uma mistura quase mágica de morango, água salgada e do gosto singular e inebriante da própria Cleiona Bellos.

Muito mais deliciosa que a melhor e mais doce safra de vinho paelsiano.

Ela levantou o braço e afastou o cabelo escuro da testa dele, depois passou a ponta dos dedos devagar por sua cicatriz, até chegar aos lábios.

— Case comigo, Magnus.

Ele arregalou os olhos.

— Já somos casados.

— Eu sei.

— Não é possível que tenha esquecido aquele dia no templo. O terremoto? Os gritos, o sangue e a morte? Os votos forçados, sob ameaça de tortura e dor?

Cleo pareceu assustada, e ele se arrependeu de tê-la feito lembrar daquele dia horrível.

— Aquele não foi um casamento adequado — ela disse, balançando a cabeça.

— Concordo. — Um sorriso apareceu nos lábios dele. — Na verdade, era uma de minhas fantasias enquanto estava dentro daquele caixão odioso: casar com você sob o céu azul de Auranos, em um campo cheio de flores.

Ela soltou uma gargalhada.

— Um campo cheio de flores? Com certeza você estava alucinando.

— Com certeza. — Magnus a puxou para mais perto, agora com mais suavidade, como se estivesse com medo de quebrá-la. — Vamos sobreviver a isso, minha princesa. A tudo isso. E depois, sim, vou me casar com você do jeito certo.

— Promete? — Cleo perguntou com a voz trêmula.

— Prometo — ele respondeu com firmeza. — E até lá, acredito que minha irmã vai deter Kyan e encontrar uma solução para essa magia odiosa dentro de você.

Magnus e Cleo voltaram ao palácio um pouco desgrenhados, mas determinados a encontrar uma solução para a longa lista de problemas que os atormentava.

Depois de ouvir a frase "Achei que estivesse morto" pela vigésima vez, Magnus preferiu se recolher a seus aposentos com sua bela esposa.

E lá os dois discutiram tudo o que tinham passado desde a última vez em que se viram.

Cleo passou os dedos pelo anel dourado na mão esquerda de Magnus.

— Odeio seu pai. Sempre vou odiar — ela disse, pouco antes de adormecer nos braços do príncipe. — Mas serei eternamente grata a ele por isso.

Sim. A pedra sanguínea sem dúvida complicava os sentimentos já complicados que ele nutria pelo homem que tornara sua vida mais dolorosa do que deveria ter sido.

Talvez no dia seguinte o discurso do rei marcasse o início de um novo capítulo na vida dos dois como pai e filho.

Magnus sabia que ele próprio tinha mudado muito no decorrer do último ano. Mudanças podiam acontecer — se as pessoas quisessem.

Talvez houvesse espaço para esperança.

Na manhã seguinte, o casal se demorou no quarto por mais tempo e tomou o café da manhã lá, em vez de se juntar ao rei Gaius e a Lucia.

E Lyssa.

Magnus ainda não conseguia acreditar que a irmã tinha uma filha, mas sabia que poderia aceitar isso. Ele já amava Lyssa e sabia que faria tudo para proteger a sobrinha recém-nascida.

Deitado na cama, Magnus se apoiou no cotovelo e ficou observando Cleo vestir a anágua e se ocupar com os cordões, esperando-a pedir ajuda a qualquer momento.

Mas então ela ficou paralisada.

E olhou fixamente para a parede à sua frente, a boca contorcida de dor.

Magnus deu um salto e a segurou pelos ombros.

— O que está acontecendo?

— A-afogando — ela conseguiu dizer. — E-eu sinto que estou... me afogando.

O olhar dele foi parar na mão esquerda de Cleo, no emaranhado de linhas que saía do símbolo da água. Diante de seus olhos, as linhas subiam pela pele, envolvendo o braço dela.

— Não — ele disse enquanto o pânico tomava conta de seu peito. — Você não está se afogando. Está aqui comigo, e está tudo bem. Não se deixe dominar.

— Estou... estou tentando.

— E você, deusa da água — Magnus encarou sério os olhos verde-azulados dela —, se puder me ouvir, precisa libertar Cleo de seu controle, se está mesmo tentando controlá-la. Vou destruí-la. Vou destruir todos vocês. Eu juro.

Cleo sucumbiu nos braços dele, recuperando o fôlego como se tivesse acabado de sair das profundezas do oceano.

— Já passou — ela disse um momento depois. — Estou bem.

— Você não está bem. *Isso* não está bem — ele rosnou. A dor de não ser capaz de salvá-la era quase insuportável. — É o mais distante de *bem* que consigo imaginar!

Cleo endireitou o corpo, afastando-se dele e colocando rapidamente o vestido azul-escuro escolhido.

— Precisamos ir. O discurso do seu pai... Ele precisa de você lá.

— Vou chamar Nerissa para ajudá-la. Você não precisa ficar na plataforma conosco.

— Eu quero estar lá. — Cleo encarou seus olhos, e Magnus só enxergou força em seu olhar, junto com a frustração. — Ao seu lado. Para que todos nos vejam juntos.

— Mas...

— Eu insisto, Magnus. Por favor.

O príncipe concordou meio a contragosto e apoiou a mão nas costas dela, conduzindo-a para fora do quarto para se juntarem a seu pai e Lucia na sala do trono.

— Que bom que se juntaram a nós — o rei disse sem sinceridade.

— Estávamos... ocupados — Magnus respondeu.

— Sim, com certeza estavam. — Ele olhou para Cleo. — Você parece bem.

Cleo encarou os olhos dele.

— Estou bem.

— Ótimo.

— Desejo toda sorte com seu discurso — ela disse com um sorriso firme no rosto. — Sei como o povo de Auranos ama um bom discurso de seu amado rei. As... decisões recentes que tomou com Amara não vão ser esquecidas, tenho certeza disso.

Magnus trocou um olhar irônico com Lucia, que o fez lembrar

muito dos olhares trocados durante anos, sempre que viam o rei dizer algo desagradável a um convidado. Mas ele sempre conseguia dizer de um modo que quase parecia um elogio.

Quase.

— De fato — o rei respondeu.

Parecia que o rei e Cleo tinham muito mais em comum do que Magnus jamais poderia imaginar.

Ao sair da sala do trono, acompanhados por guardas, os quatro subiram por uma escadaria sinuosa atrás da plataforma até chegar ao terceiro andar e à ampla sacada que dava para a praça do palácio.

Da última vez que presenciaram um discurso do rei naquela mesma sacada, Magnus e Cleo ficaram noivos, para surpresa e pavor de ambos.

O belo rosto de Lucia estava tomado de sofrimento, e seus olhos azuis transmitiam uma seriedade que Magnus jamais tinha visto.

— Algo errado? — Magnus perguntou para a irmã quando saíram na sacada e ouviram a vibração dos milhares de pessoas reunidos.

— O que não está errado? — ela respondeu em voz baixa. — Preciso fazer uma lista, com Kyan em primeiro lugar?

— Não é necessário.

— Fiquem quietos, vocês dois — o rei sussurrou antes de se agarrar ao parapeito de mármore e se dirigir aos auranianos que se amontoavam na praça do palácio, observando-o com uma mistura de interesse e ceticismo.

Então Gaius começou a falar com uma voz forte e poderosa que viajava com facilidade.

— Em Limeros, nossa doutrina é "força, fé e sabedoria" — ele começou. — Três valores que acreditamos serem capazes de combater qualquer adversidade. Mas hoje quero falar sobre a verdade. Passei a acreditar que é o tesouro mais valioso do mundo.

Magnus observava o pai, sem saber o que esperar daquele discurso. Seria incomum o rei falar a verdade em uma aparição pública. Normalmente, ele projetava a ilusão de um rei que se importava mais com seu povo do que com poder. Não eram todos os que conheciam os verdadeiros motivos por trás de seu apelido, Rei Sanguinário.

O feitiço lançado sobre Gaius Damora pela mãe, dezessete anos antes, o tinha ajudado a se concentrar na busca pelo poder, com a brutalidade e o ardil necessários para manter sua coroa e, depois de um tempo, ludibriar o chefe Basilius e acabar com o rei Corvin em um único dia.

Aquele era o único pai que Magnus conhecia.

— Hoje também peço que todos olhem para o futuro — o rei continuou. — Pois acredito que será mais brilhante do que o passado. Acredito nisso por causa dos jovens que estão aqui comigo nesta sacada. Eles são o futuro, assim como os filhos e as filhas de vocês. São nossa verdade.

O rei olhou para Magnus.

Um futuro brilhante, Magnus pensou. *Ele está falando sério?*

O rei Gaius virou de novo para a multidão.

— Talvez vocês sintam que não possam confiar em mim. Talvez me odeiem e odeiem tudo o que representei no passado. Não os culpo, nenhum de vocês, por se sentirem assim. Eu havia chegado a uma encruzilhada inevitável quando optei me aliar a Kraeshia, o que levou à ocupação de Mítica nos últimos meses. Se não tivesse tomado essa difícil decisão, uma guerra teria acontecido. Morte. E, no final, muitas perdas.

Magnus concordava, até certo ponto. Ainda assim, acreditava que seu pai tinha sido imperdoavelmente precipitado na decisão de se aliar ao imperador de Kraeshia e sua filha enganadora.

Mas também tivera um tempo, não muito distante, em que seu pai tinha sugerido que Magnus se casasse com Amara para ajudar a forjar uma aliança entre Mítica e o império.

Pelo que se lembrava, Magnus tinha rido na frente do rei com aquela ideia.

— Meu arrependimento seria ter permitido que isso continuasse um dia a mais do que o necessário — o rei disse. — Alguns acreditam que Amara Cortas representa o futuro de Mítica. Mas estão errados. Ela preferiu deixar Mítica e voltar para casa, onde estará a salvo dos efeitos adversos de suas escolhas mesquinhas. Mais da metade de seu exército foi junto, sem aviso, sem promessas para o futuro. A verdade sobre Amara Cortas é que ela não dá a mínima para o futuro de Mítica ou de seu povo. Mas eu, sim.

Murmúrios de descrença se ouviram na multidão. Magnus olhou para Cleo, que mantinha um sorriso agradável e cortês nos lábios desde o início do discurso, como se acreditasse em todas as palavras ditas pelo rei e as endossasse.

Um talento invejável, de fato.

— Mítica não é apenas meu reino — o rei Gaius disse. — É meu lar. É minha responsabilidade. E não consegui cumprir minhas promessas, viver à altura de minha posição como seu líder, desde que assumi o trono de Limeros. Minhas escolhas por mais de duas décadas foram alimentadas por minha própria ganância e meu desejo de poder. Mas hoje começa uma nova era nesse reino, uma era de verdades.

Cleo apertou a mão de Magnus. Ele se deu conta de que estava prendendo a respiração. As palavras do pai eram inesperadas e pontuadas com uma sinceridade que ele nunca havia testemunhado antes.

O rei Gaius continuou.

— Minha filha Lucia está aqui comigo hoje. Existem rumores de que ela é uma bruxa, uma das poucas que permiti viver durante meu reinado. Alguns dizem que isso faz de mim um hipócrita, já que ela é perigosa, muito mais perigosa do que qualquer bruxa comum da história.

Magnus tentou olhar para Lucia, mas a expressão da irmã estava vazia. Sua atenção se concentrava em algo distante, além dos muros dourados da cidade. Ela não compartilhava o talento de Cleo de estar presente e controlada em situações como aquela.

Lucia nunca gostou de ser analisada de perto. Ela e Magnus podiam não ter o mesmo sangue, mas compartilhavam essa característica.

— Minha filha detém uma magia grandiosa e, sim, muito provavelmente é perigosa. Para aqueles que quiserem nos fazer mal.

Pelo jeito, o segredo de Lucia não era mais um segredo.

Magnus se perguntou como a irmã se sentia com aquela revelação.

— Alguns não vão acreditar em mim. Outros vão pensar que sou um homem amargo, cuja nova esposa virou as costas para ele e voltou para sua terra natal. Esses também estão errados. — O rei tirou um pedaço de pergaminho do bolso do sobretudo, segurando-o para que todos pudessem ver. — Esse é meu acordo com o imperador Cortas, antes de sua morte, para tornar Mítica parte do Império Kraeshiano. Está assinado com sangue. Com o *meu* sangue. Foi assinado antes do meu casamento com Amara.

O rei rasgou o contrato e deixou os pedaços de pergaminho caírem da sacada.

A multidão ficou surpresa.

Magnus não sabia ao certo quanto peso aquele gesto tinha. Era, afinal, apenas um pedaço de papel. Mas a multidão parecia devorar cada palavra, cada gesto.

— Hoje vou começar a corrigir o que deu terrivelmente errado durante meu reinado — o rei prometeu. — A imperatriz não é bem-vinda em meu reino, nem seu exército. De hoje em diante, vamos ficar juntos, unidos contra...

O rei ficou em silêncio.

Do canto da sacada, Magnus esperou que ele continuasse, certo de que tudo não passava de um sonho. Um discurso repleto de união, esperança e determinação — e uma boa dose de sentimento anti-Amara, o que Magnus com certeza aprovava.

Mas então Cleo começou a apertar a mão de Magnus com tanta força que chegou a doer.

Ouviu-se um único grito na multidão, depois outro. Logo, muitos estavam gritando, berrando e apontando para a sacada.

— Pai! — Lucia gritou.

Magnus soltou a mão de Cleo e correu para o lado do pai.

Havia uma flecha no peito do rei. Ele olhou para a arma e franziu a testa. Então, com toda sua força, arrancou-a com um gemido alto de dor.

Mas logo outra flecha o atingiu.

E depois outra.

E mais uma.

16
LUCIA

AURANOS

Quatro flechas. Todas atingiram o coração de seu pai com precisão.

O rei Gaius caiu de joelhos e despencou para o lado com um estrondo forte.

A vida tinha se esvaído de seus olhos castanhos.

Lucia se viu paralisada com o choque, incapaz de pensar ou se mover.

Magnus arrancou desesperadamente as flechas do corpo do rei e pressionou os ferimentos, mas aquilo não ajudava a estancar o fluxo de sangue carmesim.

— Não, você não vai morrer. Hoje, não. — As mãos de Magnus estavam escorregadias com o sangue do pai quando colocou o anel de pedra sanguínea no dedo do rei.

Magnus então respirou várias vezes antes de lançar um olhar sofrido para Lucia.

— Não está funcionando. Faça alguma coisa! — ele gritou para a princesa. — Cure-o!

Lucia cambaleou até chegar ao rei e caiu de joelhos. Ela podia sentir a magia negra do anel, a mesma magia que já tinha salvado a vida de seu pai e de seu irmão. A frieza dessa magia a repelia. Ela teve que se forçar a chegar mais perto.

— O que está esperando? — Magnus gritou.

Lucia fechou bem os olhos e tentou invocar magia da terra para suas mãos — a magia de cura que tinha preservado Magnus durante a batalha para conquistar Auranos, quando ele ficara tão perto da morte. Desde então, ela já tinha consertado uma perna quebrada dele e inúmeros cortes e arranhões. Tal magia havia se tornado quase instintiva para ela.

Ela sentiu um vestígio daquela magia valiosa, mas muito menor do que uma feiticeira profetizada deveria possuir.

E muito menor do que o necessário para curar um ferimento tão profundo.

Lucia já sabia da terrível verdade: mesmo que tivesse toda magia do universo, não ia adiantar.

Ela olhou para Cleo, que tinha coberto a boca com a mão ao ver todo aquele sangue, os olhos arregalados e repletos de horror. A princesa deu um passo à frente e colocou a mão trêmula sobre o ombro de Magnus. As linhas azuis finas e sinuosas estavam visíveis atrás da manga de renda de seu vestido azul-escuro.

Magnus não a afastou; sua atenção estava totalmente em Lucia.

— E então? — ele perguntou.

Lágrimas quentes correram pelo rosto de Lucia.

— Eu... eu sinto muito.

— O que quer dizer com *sinto muito?* — Magnus encarou o rosto do pai, os olhos vidrados. — Dê um jeito. — A voz dele falhou. — *Por favor.*

— Não posso — ela sussurrou.

O rei estava morto.

Lucia se esforçou para se levantar. Lágrimas escorriam por seu rosto quando ela saiu correndo para seus aposentos.

— Saia! — ela gritou para a ama.

A mulher correu para a porta.

Lucia foi até o berço e olhou para o rosto de Lyssa, não com o amor de uma mãe, mas com uma fúria cega.

Os olhos da criança piscaram com uma luz violeta.

— Você roubou minha magia, não é? — ela disse nervosa.

Se seus *elementia* tivessem próximos à superfície, fáceis de acessar com um simples pensamento, Lucia poderia ter reagido com mais rapidez, depois que a primeira flecha atingiu seu pai.

Mas seus sentidos estavam entorpecidos, inúteis.

E agora seu pai estava morto por causa disso.

— Você destruiu tudo! — ela resmungou para a criança.

Os olhos de Lyssa voltaram a ficar azuis; a bebê encarou a mãe por um instante para em seguida começar a chorar.

O som partiu o coração de Lucia, e a culpa tomou conta dela.

— Eu sou má — ela sussurrou enquanto se sentava no chão, dobrando as pernas e abraçando-as junto ao corpo. — É minha culpa, é tudo minha culpa. Sou eu que devia ter morrido hoje, e não o meu pai.

Ela ficou naquela posição pelo que pareceu um longo tempo enquanto Lyssa chorava perto. Depois de um tempo, Magnus entrou no quarto.

Os olhos de Lucia estavam secos, e seu coração estava vazio quando olhou para o irmão.

— O assassino foi capturado antes de conseguir escapar — Magnus disse. — Pedi para interrogá-lo pessoalmente.

Ela esperou, sem dizer nada.

— Gostaria muito de sua ajuda, se estiver disposta — ele disse.

Sim, Lucia com certeza estava disposta a interrogar o assassino de seu pai.

Ela levantou e saiu do quarto com Magnus. A ama aguardava pacientemente do lado de fora, olhando com nervosismo para Lucia.

— Peço desculpas pela grosseria — Lucia lhe disse.

A ama abaixou a cabeça.

— Não é necessário, vossa graça. Minhas profundas condolências por sua perda.

Em silêncio, com o coração pesado como chumbo dentro do peito, Lucia acompanhou Magnus pelos corredores do palácio, sem enxergar o que havia à sua esquerda ou à direita, apenas colocando um pé na frente do outro para sair do edifício e descer para o calabouço.

O prisioneiro era jovem, devia ter vinte e poucos anos. E tinha sido deixado em uma cela pequena, com punhos e tornozelos algemados a correntes de ferro presas à parede de pedra.

— Qual é o seu nome? — Magnus perguntou com frieza. Ele usava o anel de pedra sanguínea de novo e as mãos já estavam limpas do sangue do rei.

O homem não respondeu.

Lucia tinha muitas coisas a dizer ao pai que ficariam guardadas para sempre.

Aquele assassino havia lhe roubado isso.

Lucia lançou um olhar de puro ódio para ele.

— Você vai morrer pelo que fez hoje — ela gritou.

O homem observou a princesa por tempo suficiente para demonstrar seu desdém.

— Você é a filha bruxa de que ele falou — ele disse. — Vai usar sua magia contra mim?

— Você não parece com medo.

— Não tenho medo de nenhuma bruxa comum.

— Ah, eu sou muito mais do que isso. — Lucia chegou perto o bastante para agarrá-lo pela garganta, cravando as unhas em sua carne e o obrigando encará-la. — Quem é você? Um rebelde? Ou um assassino?

Ela tentou arrancar a verdade da boca do homem como havia feito com lorde Gareth, mas ele apenas a encarou com desobediência.

— Fiz o que fiz por Kraeshia — ele disse. — Pela imperatriz. Pode fazer o pior comigo, já cumpri meu destino.

— Pela imperatriz — Magnus repetiu com os olhos escuros semicerrados. — Amara ordenou a morte do rei ou você tomou essa decisão por conta própria?

— E se ordenou? Vocês não têm nenhuma chance de vingança. Ela está muito acima de vocês neste reino minúsculo. — O assassino franziu a testa para olhar para o príncipe. — Seu pai era um covarde e um mentiroso, um mísero verme na presença da magnificência, e desperdiçou a chance de atingir a verdadeira grandeza quando se posicionou contra a imperatriz. Recebi ordens de matá-lo em público para que todos soubessem que está morto.

— É mesmo? — Magnus disse tão baixo que Lucia mal conseguiu ouvir suas palavras.

Os punhos dela tremiam com a necessidade incontrolável de reduzir aquele homem a cinzas.

Seu irmão chegou mais perto do assassino.

— Creio que devo cumprimentá-lo, pois sua pontaria é incomparável. Nunca vi alguém tão bom com arco e flecha. Os guardas me disseram que você estava no fundo da multidão quando mirou o rei. Quatro flechas, e nenhuma errou o alvo. Amara deve valorizá-lo muito.

O assassino riu.

— Esses elogios não significam nada, a menos que viessem da própria impera...

A lâmina da adaga brilhou sob a luz da tocha logo antes de Magnus cravá-la no queixo do homem, chegando até o cérebro.

Com a respiração curta, Lucia viu o homem se contorcer e sucumbir, totalmente imóvel.

Magnus olhou para Lucia.

— O que há de errado com seus *elementia*? — ele perguntou em um tom frio e controlado.

O primeiro instinto dela foi mentir, mas o tempo de mentiras já havia passado.

— Eles estão falhando — Lucia admitiu. As palavras pareceram cacos de vidro passando por sua garganta. — Lyssa... eu não entendo, mas ela está roubando minha magia desde antes de nascer.

Magnus assentiu devagar. Ele limpou a lâmina com um lenço. O sangue vermelho parecia preto nas sombras da cela do calabouço.

— Então você não pode ajudar Cleo — ele disse. — E não pode fazer nada para derrotar Kyan.

Uma fagulha de raiva se acendeu dentro dela diante daquela falta de consideração.

— Eu não disse isso.

— Foi o que eu ouvi.

— Estou tentando encontrar uma solução — ela disse. — Não vou decepcioná-lo de novo.

A expressão do irmão era indecifrável, desprovida de emoções. Ela não sabia dizer se Magnus estava chateado, zangado ou decepcionado.

Provavelmente, as três coisas.

— Espero mesmo que não — ele respondeu depois de um tempo.

Magnus não disse mais nada quando Lucia saiu do calabouço e voltou devagar para o palácio.

A primeira coisa que ela notou quando entrou em seus aposentos foi o cheiro de carne queimada.

Seus olhos se encheram de terror ao ver o cadáver carbonizado e fumegante da ama no centro do cômodo.

Um grito escapou da garganta de Lucia, um chiado sofrido que mal parecia humano.

Ela correu para o berço e o encontrou vazio.

Lyssa não estava lá.

17
JONAS

AURANOS

Jonas não compareceu ao discurso do rei. Ele já sabia muito bem o que esperar.

Falsas promessas. Mentiras. Mais mentiras.

As típicas baboseiras políticas.

Em vez disso, ele e Felix percorreram a Cidade de Ouro procurando Ashur. Desde sua chegada à cidade murada onde ficava o palácio, com o príncipe Magnus, que não estava *nada morto*, o príncipe kraeshiano estava visitando tavernas locais onde, ele dizia, os clientes soltavam a língua e se dispunham a revelar segredos que provavelmente não diriam sóbrios.

Segredos sobre magia.

Segredos sobre bruxas locais.

Segredos sobre alguém, qualquer um, que pudesse usar suas habilidades para ajudar a exterminar Kyan assim que aparecesse em seu corpo roubado.

Jonas tinha seu próprio meio secreto para acabar com Kyan, preso na bainha de seu cinto. Pelo pouco que Timotheus havia compartilhado sobre a adaga dourada, Jonas achava que ela funcionaria muito bem para acabar com o deus do fogo.

No entanto, ela acabaria também com Nic. Então estavam procurando outras possibilidades.

Jonas desceu uma rua movimentada com Felix, cheia de lojas, padarias e locais onde os auranianos podiam comprar bugigangas brilhantes para pendurar nas orelhas e enrolar no pescoço.

Muitas pessoas caminhavam na direção do palácio, dispostas a se amontoar na praça no calor ardente do meio-dia para ouvir as mentiras mais recentes do rei Gaius.

Um homem que vestia um sobretudo azul-escuro bordado com o que pareciam diamantes brilhantes, esbarrou em Felix. Ele o encarou feio e o empurrou para conseguir passar.

— Você já quis começar a matar pessoas aleatoriamente só por serem um bando de ricos pomposos? — Felix murmurou para Jonas, vendo o homem se afastar.

— Eu costumava ser assim — Jonas admitiu. — Odiava membros da família real. Odiava auranianos só por terem os privilégios que eram negados aos paelsianos.

— E agora?

— O ímpeto ainda existe, mas sei que seria errado.

Felix resmungou.

— Talvez seja, mas a sensação seria muito boa. Não? Liberar um pouco da frustração reprimida. — Ele indicou uma dupla de soldados kraeshianos uniformizados que observava o fluxo de cidadãos que passava. — Poderíamos começar com eles?

Ver a ocupação de Amara que diminuía, mas ainda existia, era um lembrete de mais opressão.

— Para ser sincero, eu não o impediria.

— Você viu Enzo com o uniforme de guarda hoje de manhã? — Felix torceu o nariz como se estivesse sentindo um cheiro ruim. — Ele finalmente voltou ao trabalho em seu posto... e disse que era uma honra.

— Ele é limeriano até o último fio de cabelo. Não consegue eliminar sua ligação com o dever e a honra, mesmo que isso signifique aceitar ordens do próprio rei Gaius. — Jonas lançou um olhar irônico para seu amigo. — Às vezes eu esqueço que você também é limeriano. Você não tem nada a ver com os outros, não é?

Felix abriu um sorriso forçado.

— Parte do meu charme é a capacidade de me adaptar ao local onde estiver. Sou um camaleão.

Não havia nada em Felix Gaebras, com seu tapa-olho e sua presença hostil e intimidadora, que se adaptasse a qualquer lugar onde estivesse. Mas Jonas preferiu não discutir.

— Você é mesmo um camaleão — ele concordou, assentindo.

— Talvez seja por isso que Enzo está de mau humor nos últimos dias — Felix comentou quando os dois pararam na frente de uma loja com vitrines extremamente limpas, mostrando uma seleção de bolos e doces decorados. — Ele está insuportável.

Jonas conhecia bem demais os humores de Enzo.

— Ele pediu Nerissa em casamento.

— O quê? — Felix o encarou chocado. — E o que Nerissa respondeu?

— Ela não aceitou.

Felix assentiu e ficou pensativo.

— Com certeza é porque ela se apaixonou perdidamente por mim.

— Não é verdade.

— Dê um tempo a ela.

— Você pode acreditar no que quiser.

— Posso mesmo.

Jonas olhou para trás, na direção do palácio, que ficava bem no centro da cidade. Dava para ver a torre dourada mais alta sobre as lojas que o cercavam.

— Por quanto tempo será que o rei vai falar?

— Por horas, provavelmente. Ele gosta do som da própria voz mais do que qualquer um. — Felix olhou para o labirinto de fachadas de lojas e construções à sua volta. — Nunca vamos encontrar Ashur se ele não quiser ser encontrado. Lembra quando estávamos em Basilia e, *puft*, ele apenas desapareceu? Foi embora e não contou a ninguém? Os kraeshianos são muito furtivos.

— Ashur só está fazendo o que precisa fazer.

— Então... ele e Nic, hein? — Felix disse, arqueando uma sobrancelha sobre o tapa-olho. — Eu sabia que tinha algo ali, mas só me dei conta quando estávamos no fosso. Daí pensei "Eu sabia!", porque eu realmente sabia. Dá para perceber essas coisas.

Jonas franziu a testa e virou para ele.

— Do que você está falando?

— Ashur e... Nic. — Felix estendeu as mãos. — Eles...

O som de um grito chamou a atenção deles. Mais gritos se seguiram, e uma comoção se fez na região do palácio.

Felix lançou um olhar sério para Jonas.

— Deve ter sido um discurso e tanto.

— Precisamos voltar — Jonas afirmou.

Eles correram para o palácio sem dizer mais nada. O coração de Jonas batia rápido e forte quando segurou um homem que passava pelo ombro.

— O que está acontecendo? — ele perguntou.

— O rei! — o homem exclamou com o rosto pálido e os olhos arregalados. — O rei está morto!

Jonas ficou olhando para o homem, que saiu correndo.

Quando chegaram ao palácio, encontraram um caos. Todos os guardas estavam de espada em punho, prontos para a batalha.

— Não pode ser verdade — Jonas disse enquanto a dupla se apressava pelos corredores. — Não acredito.

Eles encontraram Nerissa andando rapidamente pelo corredor que levava aos aposentos deles.

— Nerissa! — Jonas gritou para ela. — O que está acontecendo? Estão dizendo que o rei Gaius está morto.

— Ele está — ela confirmou em voz baixa. — Aconteceu durante o discurso... um arqueiro no meio do público. Ele foi capturado antes de fugir.

Ainda parecia um tanto quanto surreal para Jonas aceitar.

— Você viu?

Ela confirmou.

— Vi tudo. Foi horrível. Lucia, Magnus e Cleo estavam com ele na sacada.

— Lucia está...? — ele tentou perguntar. — Cleo está...?

— Estão bem... até onde é possível, dadas as circunstâncias. Suponho que o rei tenha morrido no mesmo instante, ou a princesa Lucia conseguiria curá-lo com sua magia.

— Um rebelde — Jonas disse, balançando a cabeça. — Um rebelde finalmente acabou com o rei.

— Sim. — A expressão de Nerissa não guardava nenhum luto, mas seus olhos estavam repletos de preocupação. — Acho que o assassino será executado publicamente depois de ser interrogado.

Felix cruzou os braços grossos diante do peito largo.

— É errado eu estar com uma leve inveja por não ter sido o responsável por isso?

Nerissa olhou feio para ele.

— Sério, Felix?

— Ele me deixou em Kraeshia para levar a culpa pelo assassinato do imperador. Não é algo que se possa esquecer e perdoar. Estou feliz com a morte dele!

— Aconselho que guarde essa opinião para si mesmo — Nerissa disse. — Principalmente perto do príncipe Magnus e da princesa Lucia.

Jonas mal conseguiu registrar aquela conversa. Estava absorto em seus pensamentos, lembrando a vez em que enfiou uma adaga no coração do rei, certo de que finalmente tinha feito o que ninguém nunca tinha conseguido fazer. Mas foi um ferimento a que o rei sobreviveu, graças a algum feitiço lançado por sua mãe bruxa.

— Não acredito que ele está morto — Jonas disse, sacudindo a cabeça. — O Rei Sanguinário finalmente está morto.

Jonas tinha que concordar com Felix. Aquele assassinato tinha trazido mais bem do que mal. Talvez o rebelde estivesse trabalhando com Tarus Vasco.

Talvez tivesse sido o próprio Tarus.

Ele estava prestes a perguntar a Nerissa mais sobre o arqueiro, mas sua atenção se desviou para alguém que apareceu no fim do corredor.

A princesa Lucia caminhava rapidamente na direção deles.

Apesar do próprio ódio pelo rei, Lucia era filha dele — e tinha testemunhado sua morte. Certamente, estava de luto e sofrendo por ele.

Jonas jurou que não tornaria aquela dor pior.

— Princesa — ele disse em voz baixa. — Soube o que aconteceu.

Seus olhos azul-celeste encararam os dele, e Lucia franziu a testa.

— Eu falei que era tudo culpa dela... e ela chorou tanto, mais do que jamais a ouvi chorar antes. O que aconteceu é culpa *minha*. Talvez eu devesse ter concordado desde o início e ele não teria feito isso. Sou tão idiota. Sou uma tola.

— Lucia — Jonas franziu a testa. — Do que você está falando?

Então ele olhou, horrorizado, para a adaga que ela segurava. Da outra mão, pingava sangue sobre o piso de mármore.

— O que você fez? — ele perguntou. — Você se cortou?

Lucia olhou para o ferimento: um corte profundo na palma de sua mão direita.

— Eu queria curar isso, mas não consigo.

— Princesa, por que fez isso? — Nerissa perguntou enquanto tirava um lenço do bolso e o enrolava na mão da princesa.

Lucia ficou olhando sem expressão para a atadura.

— Naquela noite, não faz muito tempo, eu o invoquei com o

símbolo da magia do fogo desenhado na neve com meu próprio sangue. Ioannes me ensinou como fazer isso antes de morrer. Mas dessa vez nada aconteceu. Eu... eu não sei como encontrá-lo e trazê-la de volta.

— De quem está falando? — A voz de Felix saiu bem mais dura do que a de Jonas ou de Nerissa quando se dirigiu à princesa. — Não está dizendo que tentou invocar Kyan aqui, está?

O olhar de Lucia se fixou no único olho de Felix.

— Ele levou Lyssa.

— O quê? — Jonas ficou ofegante. — Não, isso é impossível.

— A ama virou cinzas. Aconteceu quando eu estava com Magnus e o assassino do meu pai no calabouço. Quando voltei para meus aposentos... Lyssa não estava mais lá! — Lucia respirava com dificuldade e começou a chorar. — Preciso ir.

Lucia tentou passar por eles, mas Jonas a segurou pelo punho.

— Aonde está indo? — ele perguntou.

— Preciso encontrar Timotheus. Preciso de respostas. E preciso da ajuda dele. — A expressão dela se tornou dura e fria como aço. — Se ele se recusar, juro pelo coração de Valoria que o mato. Agora, solte meu braço.

— Não — ele respondeu. — Você está falando coisas sem sentido. Sei que seu pai acabou de morrer e que foi terrível testemunhar isso. Talvez esteja imaginando coisas. Você precisa descansar.

— Eu preciso — o tom de voz dela foi frio e cortante — é que você me solte.

Ela puxou o braço, e Jonas de repente começou a levitar e foi arremessado no meio do corredor. Quando atingiu o piso duro de mármore, o ar saiu de seus pulmões.

— Lucia, pare!

Ela não parou. Jonas viu apenas a barra de sua saia cinza-escuro quando ela virou em outro corredor e desapareceu.

A mão de Felix surgiu diante de seu rosto. Ele aceitou o auxílio e deixou o amigo ajudá-lo a se levantar.

— Quem é Timotheus? — Felix perguntou.

Apenas um imortal que viu um futuro que incluía a mesma adaga dourada que Jonas agora possuía enfiada no peito de Lucia.

Antes que pudesse responder à pergunta de Felix em voz alta, outra pessoa apareceu no corredor e foi na direção do trio.

— Preciso falar com você, Agallon — Magnus resmungou.

Os irmãos Damora eram igualmente diretos e insuportáveis.

— Sobre Lucia? — ele perguntou.

— Não.

Jonas queria seguir a princesa, queria tentar impedir qualquer carnificina que ela estivesse prestes a causar em seu estado de confusão e sofrimento.

Mas o melhor a fazer era se acalmar e elaborar um plano.

Ele tinha mudado muito desde seus dias de líder rebelde, e não sabia ao certo se a hesitação era uma vantagem ou não.

— Então, o que foi? — Jonas perguntou, sem paciência.

— Preciso que vá para Kraeshia.

Ele encarou o príncipe.

— Por quê?

— Porque Amara Cortas precisa morrer.

— O quê?

Magnus acariciou distraidamente a cicatriz que tinha do lado direito do rosto.

— Ela é responsável pelo assassinato do meu pai. Não vou deixar que se safe disso sem pagar. Ela é uma ameaça a tudo e a todos.

Jonas se obrigou a respirar fundo. Tanto Lucia quanto Magnus estavam de luto, o que os fazia agir de modo irracional e imprudente.

— Seu desejo de vingança é compreensível — Jonas disse, mantendo a voz firme. — Mas é um pedido impossível. Mesmo que eu concordasse, não poderia chegar perto dela sem ninguém saber, muito menos escapar depois de uma tentativa de assassinato... — Ele balançou a cabeça. — É impossível.

— Eu vou — Felix disse apenas.

Jonas olhou para ele, surpreso.

— Péssima ideia, Felix.

— Não acho — ele respondeu. — É uma ótima ideia.

— Vossa alteza — Nerissa chamou. — Com todo respeito, preciso perguntar: é a coisa certa a fazer no momento? Achei que sua ideia fosse nos concentrarmos na Tétrade e em ajudar Cleo e Taran.

Magnus lançou um olhar sombrio para a garota.

— Esse ainda é meu foco. Mas também é a coisa certa a fazer, que eu devia ter feito meses atrás. Amara é responsável por inúmeras atrocidades cometidas contra inocentes.

— Assim como seu pai — Nerissa afirmou, sem recuar quando o olhar de Magnus ficou mais sombrio. — Sinto muito, mas é verdade.

— Posso partir imediatamente — Felix disse. — Fico feliz em servi-lo. Estava esperando essa oportunidade.

— Que oportunidade? — Jonas perguntou, olhando feio para o amigo. — De ser morto?

— É um risco que estou disposto a correr. — Felix deu de ombros e estendeu as mãos. — É o que faço, e sou muito bom no meu trabalho, vossa alteza. Jonas talvez tenha uma ética importuna quando se trata de matar uma mulher. Mas eu? A mulher certa, na hora certa, com a lâmina certa... ou, que se dane, com minhas próprias mãos. Ela não vai mais ser um problema para ninguém.

— Ótimo — Magnus disse com um maneio de cabeça. — Vá hoje e leve quem quiser para ajudar.

— Não vou precisar de ninguém.

— Eu vou com você — Nerissa disse.

Felix revirou os olhos.

— O quê? Para tentar me impedir? Para me lembrar de que todo mundo merece uma chance de redenção? Pode economizar sua saliva.

— Não. Vou para garantir que você não seja massacrado sem necessidade. Acabei conhecendo Amara muito bem durante o curto período que passei como sua criada. E acho que ela confia em mim, apesar de eu ter escolhido ficar ao lado da princesa Cleo.

Felix a encarou com desconfiança.

— Você não vai tentar me impedir?

— Não, vou ajudar você.

— Está bem — Magnus disse. — Você vai com Felix. E façam o favor de avisar Amara, antes de seu último suspiro, que estão seguindo ordens minhas.

Felix abaixou a cabeça.

— Será um prazer, vossa alteza.

Magnus deu meia-volta como se fosse sair, mas Jonas sabia que não podia deixá-lo ir.

— Lucia foi embora — ele disse.

Os ombros de Magnus ficaram tensos. Ele virou lentamente e encarou Jonas com um olhar tão ameaçador que quase o fez recuar.

— O quê? — ele gritou.

— Ela acredita que Kyan esteve aqui, que sequestrou Lyssa. E foi atrás dele.

Magnus xingou em voz baixa.

— É verdade? Kyan esteve aqui e não suscitou nenhum alarde?

— Não tenho certeza. Mas Lucia com certeza acha que sim.

— Não posso partir. Não com Cleo aqui, não com tudo o que aconteceu hoje. — Um fio de pânico tinha surgido na voz grave de Magnus. Então ele praguejou mais uma vez e olhou para Jonas. — Você.

Jonas franziu a testa.

— Eu?

— Vá atrás da minha irmã. Traga-a de volta. Não é minha primeira opção, mas você já fez isso antes, e pode muito bem fazer de novo. É uma ordem.

Jonas fez uma careta.

— Uma ordem?

A ferocidade desapareceu dos olhos escuros de Magnus e foi substituída pela preocupação.

— Tudo bem. Não vou dar ordens. Vou pedir... *por favor*. Confio mais em você do que em qualquer outro. Por favor, encontre minha irmã e a traga de volta. Se ela estiver certa, se Kyan fez isso, vamos procurar minha sobrinha juntos.

Jonas não conseguiu falar. Apenas assentiu.

Ele faria o que Magnus tinha pedido.

Mas não arrastaria Lucia de volta a contragosto. Nem achava que conseguiria, mesmo se quisesse. Em vez disso, ele a seguiria. E a ajudaria.

E, ele pensou com uma determinação dolorosa, *se Timotheus estiver certo e ela acabar usando sua magia para auxiliar Kyan, condenando o resto do mundo e todos os que vivem nele...*

Ele passou a mão pela adaga dourada em sua cintura.

Então vou matá-la.

18
AMARA

KRAESHIA

Amara sabia que, por sua culpa, um monstro estava livre — um monstro que destruiria o mundo a menos que fosse detido. E ela tinha deixado a bagunça para trás, para os outros arrumarem.

Ela esperava se sentir mais livre quanto mais longe da costa de Mítica estivesse, mas as correntes invisíveis que a amarravam ao que tinha feito não se romperam quando a Joia do Império finalmente surgiu diante dela.

Seu belo lar também seria destruído se Kyan não fosse preso de novo.

Ela precisaria ter fé em Lucia. E em Cleo.

Por enquanto, a fé teria que ser suficiente.

Costas, o único membro de sua guarda em que Amara confiava, permaneceu em Mítica para ficar de olho na família real. Ela lhe ordenara que enviasse uma mensagem se tivesse alguma notícia, por menor ou mais insignificante que parecesse.

Uma festa a esperava quando o navio atracou, uma multidão de kraeshianos eufóricos segurando placas proclamando seu amor e sua devoção pela nova imperatriz.

— Bem-vinda de volta, imperatriz Amara! — gritavam para ela.

Quando desembarcou, crianças e mães a olhavam com esperança, uma esperança que não era a mesma que tinham com seu pai — um imperador que sempre se concentrou apenas em poder, conquistas e fortuna ilimitada.

Amara seria diferente, aquelas mulheres acreditavam naquilo.

Melhor. Mais humana. Mais benevolente e focada em união e paz como os governantes homens do passado não tinham sido.

Amara sorriu para todos, mas descobriu que o aperto em seu peito não cessava.

Todas aquelas pessoas... morreriam nas mãos dos deuses da Tétrade se Lucia falhasse.

Lucia não podia falhar.

Amara confiava na magia da feiticeira, em sua profecia, na determinação que tinha visto nos olhos dela quando entrara no complexo pela primeira vez, procurando o irmão e o pai. Por um instante, apenas um instante antes do cortejo do rei partir para Auranos, Amara quis perguntar se Lucia poderia curar sua perna fraturada com magia da terra, como um favor.

Mas ela tinha controlado a língua, duvidando que a resposta seria positiva.

— Eu mereci esse ferimento — ela sussurrou para si mesma, apoiada na bengala. A dor havia diminuído, mas caminhar era difícil. Ela recusou o auxílio dos guardas que a cercavam, preferindo mancar sem ajuda.

Amara apreciou a paisagem de Joia durante o trajeto de carruagem até a Lança de Esmeralda, a residência real onde vivera desde seu nascimento. Às vezes, ela esquecia como Joia era uma cidade bela. O nome não tinha sido escolhido por acaso.

Para onde quer que olhasse, seu entorno transbordava vida. Árvores verdes e exuberantes tinham folhas lisas e viçosas e eram muito mais altas que qualquer uma que ela tivesse visto em Mítica. As flores — a maioria em tons de roxo, a cor favorita do imperador — eram grandes como travessas.

O ar era fresco e perfumado, com o cheiro das flores e do mar salgado que cercava a pequena ilha. Amara fechou os olhos e tentou se concentrar apenas na sensação do ar úmido sobre seus braços, nos perfumes inebriantes de Joia, na vibração do povo por onde passassem.

Quando abriu os olhos de novo, viu o palácio que se estendia até as nuvens, como um fragmento inestimável de esmeralda brilhante. O projeto era de seu pai, construído anos antes do nascimento dela. O antigo rei nunca havia ficado satisfeito, não achava que tivesse ficado alto o bastante, distinto o bastante, impressionante o bastante.

Mas Amara amava aquele lugar.

Que agora pertencia a ela e a mais ninguém.

Por um instante, ela deixou de lado suas dúvidas, seus medos, sua culpa, e se permitiu se deleitar na própria vitória — a maior vitória de uma mulher na história.

O futuro de todas as pessoas que a tinham recebido seria brilhante como o cetro ancestral que ela levantaria em sua Ascensão pública.

Seria uma cerimônia grandiosa, muito parecida com a de seu pai muitos anos atrás, bem antes de seu nascimento, imortalizada em pinturas e esculturas para documentar tudo.

E então todos — gostando ou não — teriam que adorar e obedecer à primeira imperatriz na história dos mortais.

Usando túnicas cor-de-rosa, o cabelo preso em um coque grande e elegante na nuca, Neela esperava por ela na grande e reluzente entrada da Lança. A velha senhora abriu os braços na direção da neta. Guardas se enfileiravam na circunferência das dependências do palácio.

A bengala fez barulho ao tocar o piso verde-metálico enquanto Amara diminuía a distância entre as duas, então a imperatriz permitiu que a avó lhe desse um abraço caloroso.

— Minha linda *dhosha* voltou para mim — Neela disse.

A garganta de Amara ficou apertada, e seus olhos arderam.

— Senti sua falta, *madhosha* — ela sussurrou.

— E eu senti a sua.

Amara não conseguia tirar os olhos da avó. A senhora não parecia velha naquele dia. Estava vibrante. A pele brilhava, os olhos cintilavam. Até o cabelo grisalho parecia mais sedoso e volumoso.

— Está maravilhosa, *madhosha* — Amara lhe disse. — Claramente, acabar com uma revolução faz maravilhas para a pele.

Neela riu com leveza, tocando as próprias bochechas lisas e bronzeadas.

— Não foi bem assim. Meu boticário criou um elixir especial para mim, que sem dúvida contribuiu para renovar minhas forças. Durante o período que você passou em Mítica, eu sabia que não poderia deixar minha idade e minhas doenças me atrasarem.

O boticário era um homem misterioso que trabalhava em segredo para a família Cortas fazia muitos anos. Amara fez uma anotação mental para se lembrar de encontrá-lo em breve. Ela sabia que o homem também era responsável pela poção mágica que a tinha trazido de volta à vida quando era bebê, a mesma poção que tornara possível a ressurreição de Ashur.

Era um homem que ela precisava conhecer. Um homem sobre o qual precisava ter controle.

— Tenho muita coisa para contar — Amara disse.

— Talvez não tanto. Fui informada de tudo o que se passou na pequena Mítica, apesar das mensagens um tanto quanto curtas e enigmáticas que recebi de você. Venha, vamos conversar a sós, longe de ouvidos curiosos.

Um tanto surpresa, Amara acompanhou a avó pelos longos e estreitos corredores da Lança até a ala leste, saindo no jardim de pedras em seu pátio particular.

Ela observou seu lugar preferido no palácio — um lugar que seu pai odiava, pois considerava feio e banal. Mas Amara tinha adquirido cada uma das dezenas de milhares de rochas — brilhantes, feias, belas, de todos os tamanhos e todas as cores — ao longo da vida, e considerava cada uma delas um tesouro.

— Senti falta desse lugar — ela comentou.

— Tenho certeza disso.

Um criado trouxe uma bandeja com vinho e uma seleção de frutas exóticas, diferente de qualquer uma disponível em Mítica. Amara salivou ao vê-las.

Neela serviu um cálice de vinho para cada uma, e Amara deu um grande gole.

Vinho paelsiano.

O mesmo que ela tinha usado para envenenar a própria família.

Ela engoliu a bebida, embora estivesse com o estômago revirado pela lembrança.

— Ashur ainda está vivo — Neela comentou depois de também beber de seu cálice.

Amara ficou paralisada no meio do gole e demorou um instante para se recompor.

— Está. Ele adquiriu a poção de ressurreição de seu boticário.

— Também me disseram que, depois que o capturou, ele conseguiu fugir.

De novo, Amara soltou o ar lenta e calmamente antes de responder.

— Ele não será um problema.

— Sua Ascensão ainda deve levar quase uma semana. Se seu irmão aparecer por aqui, se reivindicar o direito ao título de imperador...

— Ele não vai fazer isso.

— Como pode ter certeza disso?

— Eu tenho. Meu irmão está... preocupado com outras questões.

— O jovem com quem passou a se importar até demais. Que atualmente é o veículo do deus do fogo.

Amara ficou olhando para a avó, perplexa.

— Quem lhe contou tudo isso?

Neela arqueou uma sobrancelha, pegando uma uva vermelha e redonda da bandeja, inspecionando-a com cuidado antes de jogá-la na boca e mastigar lentamente.

— Você nega alguma dessas coisas?

Um desconforto tomou conta de Amara. A avó não confiava nela. Se confiasse, não teria sentido a necessidade de ter um espião.

Um espião muito bem informado, inclusive.

— Não nego nada — Amara respondeu, afastando as próprias incertezas. — Fiz o que achei que devia. Tentei encontrar uma forma de controlar a Tétrade. Foi impossível. E agora... bem, deixei uma bela confusão para trás. — A voz de Amara estava trêmula. — Kyan pode destruir o mundo, *madhosha*. E a culpa seria toda minha.

Neela balançou a cabeça com o rosto sereno.

— Aprendi, no decorrer da vida, a controlar apenas o possível. Quando algo está fora de meu alcance, eu o deixo livre. O que está feito está feito. Os problemas em Mítica são problemas de Mítica, não nossos. Acha que existe alguma chance daqueles deuses elementares vencerem a feiticeira?

Amara segurou o cálice com mais força.

— Não sei.

— Existe alguma coisa que você possa fazer para auxiliá-la?

— Eu só pioraria as coisas, acho. É melhor eu ficar por aqui agora.

— Então está resolvido. O que tiver que acontecer vai acontecer. — Neela se serviu de mais vinho. — Acho que você deve saber que o rei Gaius Damora está morto.

— O quê? — Amara ficou sem palavras por um instante. — Ele está... morto? Como?

— Morreu com uma flecha no coração. Foi atingido no meio de um discurso sobre como pretendia derrotar você e tomar seu precioso reino de volta.

Amara permitiu que o choque daquela notícia incrível tomasse conta.

Gaius estava morto.

Seu inimigo. Seu marido. O homem que tinha se casado com ela por uma chance de se aliar a seu pai. O homem que Amara acreditara, por um breve período, ser uma vantagem para seu reino, até que ele a traíra na primeira oportunidade que tivera.

Ela sabia que deveria ficar satisfeita com a notícia. Se não temesse a ira de Lucia, ela mesma teria ordenado a execução do rei.

Ainda assim, parecia-lhe muito estranho que um homem tão poderoso e implacável quanto Gaius Damora pudesse ser retirado do mundo por uma simples flecha.

— Inacreditável — ela sussurrou.

— Escolhi bem o assassino, *dhosha* — Neela disse.

Amara tirou os olhos do cálice, chocada com as palavras da avó.

— Foi um plano seu?

Neela confirmou com o olhar firme.

— O rei Gaius representava um possível obstáculo ao seu futuro. Agora você é viúva, e está livre para casar com alguém de sua escolha.

Amara balançou a cabeça. Talvez a avó esperasse gratidão, e não choque, por ter tomado aquela medida extrema.

Será que cabia a ela fazer tal escolha?

Gaius sem dúvida era um problema, mas era um problema — assim como tudo o que ela havia deixado para trás — com que Amara tinha resolvido lidar após sua Ascensão, quando seu poder fosse absoluto e inabalável.

— É claro, a senhora fez bem em tomar essa decisão — Amara finalmente disse. — No entanto, gostaria que tivesse me consultado antes.

— O resultado teria sido o mesmo, apenas demoraria mais. Alguns problemas requerem atenção imediata.

Amara deu mais uns passos mancos, segurando a bengala com força.

— Estou curiosa para saber quem em meu complexo está enviando mensagens tão detalhadas.

Neela abriu um pequeno sorriso.

— Alguém que deve chegar logo, com um presente muito especial que adquiri para você.

— Fascinante. Poderia me dar mais detalhes?

— Ainda não. Mas acredito que esse presente será incrivelmente útil para nós duas durante muitos anos. Não vou dizer mais nada, pois quero que seja uma surpresa.

Amara se forçou a relaxar. Apesar da notícia chocante do assassinato de Gaius, ela sabia que precisava agradecer pela inteligência, força e perspicácia de sua avó, e não questioná-la.

— Joia está linda e calma de novo — Amara comentou depois que um silêncio pacífico recaiu sobre elas. Ela havia passeado pelo jardim, tocado suas rochas favoritas e se lembrado de onde tinha guardado a esfera de água-marinha no curto período em que esteve em poder dela.

— Está — Neela concordou. — A maioria dos rebeldes foi eliminada imediatamente depois da prisão, mas estamos com o líder deles aqui no palácio, aguardando execução. Como ele costumava ser um criado aqui, achei que seria adequado que fosse morto em público, na sua cerimônia de Ascensão. Algo simbólico. — Ela levantou o queixo. — Um símbolo de que precisamos sobreviver apesar das ameaças a nosso poder de direito.

Amara pegou um pedaço de obsidiana irregular. Suas beiradas pretas e reluzentes refletiam a luz do sol.

— Um criado? Alguém que talvez eu conheça?

— Sim, com certeza. Mikah Kasro.

Amara apertou a pedra com mais força.

Mikah era seu guarda preferido e estava no palácio desde que os dois eram crianças.

— Mikah Kasro é o líder da revolução? — ela repetiu, certa de que tinha ouvido mal.

Neela confirmou.

— O líder da facção local, pelo menos. Ele foi responsável pelas fugas da prisão, que mataram quase duzentos guardas depois que você partiu para Mítica. — A expressão da avó era de repulsa. — Pouco tempo depois, fez um ataque direto à minha vida aqui no palácio. Mas não teve sucesso.

— Fico muito feliz que tenha fracassado.

— Eu também.

— Quero falar com ele. — A frase saiu da boca de Amara antes que se desse conta do que estava pedindo.

Neela arregalou os olhos.

— Por que desejaria uma coisa dessas?

Amara tentou refletir. Visitar um prisioneiro, principalmente um que tinha como objetivo derrubar seu governo, parecia absurdo, até mesmo para ela.

— Eu lembro que Mikah era tão leal, tão gentil e tão honesto. Ou pelo menos achei que fosse. Não compreendo isso.

Ele gostava de mim, e eu gostava dele, Amara quis acrescentar. Mas não disse nada.

Parecia que passar tanto tempo em Mítica, com seu povo falso e passivo-agressivo, tinha roubado dela o dom da absoluta franqueza de que os kraeshianos tanto se orgulhavam.

Sua avó franzia a testa profundamente, observando-a com curiosidade.

— Acho que isso pode ser providenciado. Já que insiste.

Amara precisava daquilo. Precisava falar com Mikah e entender o que ele queria, entender por que tinha decidido se rebelar e tentar destruir a família Cortas — mesmo que seu odioso pai e todos os seus herdeiros homens, à exceção de um, estivessem mortos.

Amara olhou para a avó.

— Sim, eu insisto.

Amara tinha feito uma ameaça ao guarda no complexo paelsiano, o que tinha se aliado a lorde Kurtis, de transformar sua cela em uma sala do esquecimento.

Mikah Kasro estava trancado em uma sala do esquecimento na Lança de Esmeralda fazia várias semanas.

Amara se apoiou na bengala e entrou na cela vazia e sem janelas, cercada de guardas, e se deparou com Mikah com as mãos e os pés acorrentados. Ele vestia apenas calças pretas esfarrapadas e tinha uma barba de muitas semanas no rosto.

Havia cortes profundos em seu peito e seus braços, e o olho esquerdo estava machucado e fechado pelo inchaço. O cabelo preto na altura do ombro estava opaco e oleoso e a face estava macilenta.

Mas os olhos...

Os olhos de Mikah ardiam como pedras de carvão. Ele era apenas alguns anos mais velho que Amara, mas seus olhos eram sábios, firmes e repletos de uma força infinita, apesar de tudo o que havia passado.

— Ela voltou — Mikah disse. Sua voz não passava de um resmungo grave. — E está me presenteando com sua luminosa presença.

Ele falava como Felix, e isso a fez recuar.

— Dirija-se à imperatriz com respeito — um dos guardas rosnou.

— Tudo bem — Amara disse. — Mikah pode falar comigo como quiser hoje. Sou forte o bastante para suportar. Não esconda nada, meu velho amigo. Não me importo nem um pouco.

— *Velho amigo* — Mikah repetiu, rindo baixo. — Que engraçado. Já cheguei a pensar que isso fosse possível, que um reles criado e uma princesa pudessem ser amigos. Você era gentil comigo, muito mais gentil do que seu pai. E muito mais gentil do que Dastan e Elan juntos. Quando soube que os matou, comemorei.

Amara franziu os lábios.

— O que foi? Acha que ainda é segredo? — Mikah perguntou, arqueando a sobrancelha escura.

— Não passa de uma mentira venenosa — ela disse.

— Você é uma assassina, assim como seu pai, e um dia vai responder por seus crimes.

Antes que Amara pudesse dizer qualquer coisa, o guarda chutou o peito de Mikah. Ele caiu de costas, tossindo e respirando com dificuldade.

— Dirija-se à imperatriz com respeito ou vou cortar sua língua! — o guarda gritou.

Amara olhou para o guarda.

— Deixe-nos a sós.

— Ele lhe faltou com o respeito.

— Concordo. Mas não foi isso que pedi. Me deixe conversar com Mikah em particular. É uma ordem.

Com visível relutância, os guardas fizeram o que ela pediu. Quando saíram, fechando a porta, Amara virou de novo para Mikah. Ele sentou, protegendo as costelas machucadas com os braços.

— Você tem razão — ela disse. — Matei meu pai e meus irmãos. Eu os matei porque estavam atrapalhando o progresso, o progresso que nós dois queríamos.

— Ah, duvido muito disso — Mikah respondeu.

Ela estava acostumada com criados que a obedeciam sem fazer perguntas, mas Mikah sempre foi contestador e desafiador. Com o passar dos anos, ela tinha começado a esperar por aquilo. E, às vezes, gostava da provocação.

— Achei que você gostasse de mim — ela disse, arrependendo-se em seguida, por soar carente. — Vou me tornar uma boa imperatriz, alguém que coloca as necessidades dos súditos em primeiro lugar, diferente do meu pai.

— Seu pai era cruel, odioso, egoísta e vaidoso. Ele conquistava os outros para se divertir.

— Eu não sou assim.

Mikah riu, um som sombrio e oco ecoou em seu peito.

— Quem está tentando convencer, você mesma ou a mim? É uma pergunta simples. Você vai seguir os passos de seu pai e continuar a conquistar terras que não pertencem a Kraeshia?

Ela franziu a testa.

— É claro que sim. Um dia o mundo todo vai pertencer a Kraeshia. Seremos um só, e meu domínio vai ser absoluto.

Mikah balançou a cabeça.

— Não há necessidade de dominar o mundo todo. Não há necessidade de possuir todas as armas, todos os tesouros, toda a magia possível. É a liberdade que importa. Liberdade para todos, ricos ou pobres. A liberdade para escolhermos nossa própria vida, nosso próprio caminho, sem um governante absoluto nos dizendo o que podemos ou não fazer. É por isso que eu luto.

Amara não compreendia. O mundo que ele propunha seria um caos.

— Existe uma diferença entre aqueles que são fracos e aqueles que são fortes — ela começou a explicar, com cuidado. — Os fracos morrem, e os fortes sobrevivem... e dominam e fazem as escolhas que ajudam tudo a funcionar com tranquilidade. Sei que vou ser uma boa líder. Meu povo vai me amar.

— E se não amar? — ele perguntou. — E se as pessoas se rebelarem e tentarem mudar o que lhes foi imposto sem que pudessem escolher? Vai mandar matar todo mundo? — Amara parecia desconfortável. Mikah arqueou as sobrancelhas. — Pense nisso antes de sua Ascensão, porque é muito importante.

Amara tentou engolir o nó em sua garganta. Precisava bloquear o que ele havia dito, fingir que não a havia atingido.

— Quero perguntar uma coisa, Mikah — ela começou a dizer. — Se seu cerco ao palácio tivesse sido bem-sucedido, se você tivesse matado minha avó e ficasse frente a frente comigo, o que teria feito? Teria me deixado viver?

O olhar dele se manteve firme, ardendo com a inteligência e a intensidade que a tornavam incapaz de considerar bobagem tudo o que Mikah dizia.

— Não, eu a teria matado — ele respondeu.

Amara ficou tensa com aquela confissão franca, surpresa por ele não ter aproveitado a oportunidade para mentir.

— Então você não é melhor do que eu.

— Nunca disse que eu era. No entanto, você é muito perigosa no momento, está muito embriagada com o próprio poder. Mas o poder é como um tapete sob seus pés: pode ser puxado sem aviso.

Ela balançou a cabeça.

— Você está errado.

— Tenha cuidado com sua avó, princesa. As mãos dela estão naquele tapete sob seus pés. Sempre estiveram.

— Do que está falando?

— Ela está no controle aqui — ele explicou. — Você se acha muito esperta por ter conquistado tanto em tão pouco tempo. Nunca duvide de que tudo o que aconteceu, inclusive sua Ascensão, está de acordo com o plano *dela*, e não com o seu.

O coração de Amara acelerou ao ouvir aquelas palavras.

— Como ousa falar assim da minha avó? — ela vociferou. — Ela é a única que acreditou em mim.

— Sua avó só acredita no próprio desejo de poder.

Tinha sido um erro ir até lá. O que ela esperava? Desculpas de alguém de quem já gostou e em quem costumava confiar? Que Mikah se humilhasse diante dela e pedisse perdão?

Mikah achava que ela não era digna de governar o império. Que era imperfeita e cega como seu pai tinha sido.

Estava errado.

— Nosso próximo encontro será em minha Ascensão — Amara disse com firmeza —, quando você será publicamente executado por seus crimes. Todos os presentes vão testemunhar o que acontece com quem se posiciona contra o futuro de Kraeshia. Seu sangue vai marcar o início de uma verdadeira revolução. A *minha* revolução.

19

LUCIA

PAELSIA

Ela tinha saído do palácio apenas com o vestido cinza-escuro e uma bolsa pequena com cêntimos auranianos. Tinha deixado todo o resto para trás, incluindo as esferas de cristal do fogo, da terra e do ar, que estavam trancadas em uma grande caixa de ferro em seus aposentos.

Ela já havia se afastado o suficiente da Cidade de Ouro para a onda de pânico, temor e confusão se dissipar, e seu pensamento racional estava retornando.

— Foi um descuido muito grande deixar as esferas para trás — ela criticava a si mesma em voz baixa, sentada atrás de uma carruagem que contratara para levá-la a seu destino.

Ela devia ter mantido as esferas em seu poder o tempo todo, como Cleo fazia. A princesa tinha recusado a oferta de guardar o cristal de água-marinha no cofre com as outras.

Lucia não tinha contado a ninguém onde elas estavam. Não confiava seu segredo a ninguém.

E rezou para aquela viagem não demorar muito, para que pudesse voltar logo.

Quando ela percebera que Lyssa tinha desaparecido, o pânico tinha tomado conta de seus pensamentos e suas ações.

Desde então, estava concentrada em uma coisa para ajudar a diminuir o medo enlouquecedor por causa do sequestro de sua filha.

O deus do fogo acreditava que ela tinha os meios e a magia para aprisioná-lo.

Se machucasse Lyssa, se queimasse um fio de seu cabelo fino, sem dúvida esperaria que Lucia fosse até os confins da terra para acabar com ele, e não para ajudá-lo.

Ela acreditava que o deus do fogo manteria Lyssa em segurança. A bebê era uma garantia de que ele tinha algo que Lucia valorizava acima de tudo.

Ela levou quase uma semana de viagem para chegar a Shadowrock, um pequeno vilarejo na parte oeste de Paelsia. Era um dos poucos vilarejos naquela área próxima às Montanhas Proibidas, e antes existia um vilarejo vizinho, cerca de oito quilômetros ao sul.

Quando a carruagem passou pelas ruínas desertas e escurecidas daquele vilarejo, Lucia espiou pela pequena janela e estremeceu com a paisagem. Ela com certeza se lembrava dos gritos de terror e dor daqueles que viviam ali, daqueles que viram seu lar queimar ou foram queimados com ele.

Lucia sabia que não podia mudar o passado. Mas se não aprendesse com isso e não melhorasse no futuro, aquelas pessoas teriam sofrido e morrido em vão.

Quando Shadowrock apareceu ao longe, ela olhou para a palma da mão. O corte feito para sangrar, em uma tentativa de invocar Kyan, teria levado um mês para cicatrizar, mas ela tinha encontrado magia da terra dentro de si suficiente para acelerar o processo. Apenas uma cicatriz restava na palma de sua mão, mas se estivesse em seu estado melhor e mais poderoso, não haveria indício nenhum do ferimento.

Cicatrizes eram coisas boas, ela pensou. Eram um excelente lembrete de um passado que não deveria se repetir.

Lucia pagou por um quarto em uma hospedaria onde já tinha ficado. Tinha camas confortáveis e comida decente. Ela descansaria ali à noite e continuaria pelas montanhas no dia seguinte.

E agora, ela imaginou, era hora de lidar com *ele*.

Jonas Agallon a tinha seguido da Cidade de Ouro até Shadowrock, às vezes a pé, outras a cavalo. Ele mantinha certa distância e devia achar que não estava sendo notado.

Mas ela tinha notado.

Lucia tinha optado por não o confrontar e permitiu que ele pensasse que era esquivo como uma sombra na noite.

Ela usou a porta dos fundos da hospedaria para que Jonas não a visse sair pela frente. Então, foi até uma rua lateral estreita para se aproximar dele por trás.

Ele estava na soleira da porta de um sapateiro em frente à hospedaria, apoiado em uma viga de madeira e com o capuz do manto azul-escuro sobre a cabeça para ajudar a esconder sua identidade.

Mas Lucia já conhecia o ex-líder rebelde bem o suficiente para reconhecê-lo independentemente de qualquer disfarce.

Ela reconhecia a silhueta de seu corpo forte que sempre parecia tenso, como um gato selvagem prestes a dar o bote em sua presa. Reconhecia seu modo de caminhar sem hesitação, escolhendo uma direção e rapidamente seguindo por ela, mesmo correndo o risco de se perder no processo.

Ele nunca admitiria nada daquilo, é claro.

Lucia sabia, sem nem olhar para o rosto dele, que sua boca formava uma determinada posição e que seus olhos cor de canela estavam sérios. Eram sempre sérios, mesmo quando ele se divertia com os amigos.

Jonas Agallon tinha perdido muito no ano anterior, mas nada tinha mudado sua essência. Ele era forte, bom e corajoso. E Lucia confiava nele, mesmo que estivesse sendo seguida em segredo. Ela sabia, sem sombra de dúvida, que Jonas estava fazendo isso em uma tentativa equivocada de protegê-la.

Agora, observando-o a uma distância de apenas seis passos, ela sentia a magia de Jonas — uma sensação agradável, calorosa e latejante que tinha passado a associar ao rebelde.

Lucia estava muito mais forte desde que deixara o complexo de Amara, mas precisava admitir que saber que a magia de Jonas tinha ficado mais forte enquanto a dela continuava enfraquecendo a perturbava, especialmente quando mais precisava dela.

Ela se aproximou. Jonas olhava fixamente para a hospedaria.

Ficou perto o bastante para ouvi-lo murmurando para si mesmo:

— Bem, princesa, qual seria o seu plano neste pequeno vilarejo?

— Acho que você poderia perguntar diretamente para mim — ela disse.

Ele deu um salto e logo virou para ela com os olhos arregalados de choque.

— Você... — ele tentou dizer. — Você está bem aqui na minha frente.

— Estou — ela respondeu.

— Você sabia...?

— Que você estava me seguindo como um lobo faminto há dias? Sim, sabia.

— Olha só. — Ele passou a mão pelo cabelo castanho, depois voltou o olhar sério na direção dela. — Você está bem?

— Como assim?

— Você estava tão perturbada no palácio... Com razão, é claro. E sua mão...

Lucia mostrou a ele a palma de sua mão que tinha sido ferida.

— Já estou melhor. Raciocinando com mais clareza. E tenho um plano.

— Quer falar com Timotheus.

— Sim, esse é o plano.

Seria muito mais fácil continuar sozinha, sem ter que dar satisfação nem se preocupar com ninguém. Mas se aquela fosse sua decisão, teria confrontado Jonas antes e pedido para ele voltar a Auranos.

— Está com fome? — ela perguntou.

Ele franziu a testa.

— O quê?

— Fome. Viajamos muitas horas hoje, e você não tirou os olhos de mim o tempo todo. Imagino que esteja com fome.

— Eu... acho que sim.

— Venha. — Lucia saiu andando na direção da hospedaria. — Vou pagar seu jantar.

Jonas não discutiu. Entrou com ela na taverna ao lado da hospedaria. Era um salão pequeno com uma dúzia de mesas de madeira. Apenas três estavam ocupadas. Em uma delas, havia uma dupla de soldados kraeshianos.

— A ocupação continua, mesmo aqui — Jonas disse em voz baixa.

— Não me incomoda. — Lucia o viu retirar o manto e deixá-lo no encosto da cadeira. Algo dourado em seu cinto refletiu a luz do sol do fim da tarde que entrava pela grande janela. — Não me diga que voltou àquela hospedaria durante nossa viagem e recuperou aquela adaga horrível.

Jonas levou as mãos à arma embainhada, cobrindo-a. Ele franziu as sobrancelhas. Então sentou e esboçou um sorriso.

— Você acertou. Sou um idiota, o que posso fazer?

Ela balançou a cabeça.

— Eu não usaria essa palavra para descrevê-lo.

— Ah, não? E que palavra usaria?

— Sentimental.

Jonas a ficou encarando por um instante.

— Princesa, eu gostaria de dizer que sinto muito por sua perda. O que eu achava do rei... com certeza não diminui sua dor.

— Meu pai era um homem cruel e ávido por poder que feriu muita gente inocente. Você tem todo o direito de sentir ódio por ele. — Lucia piscou. Seus olhos estavam secos. Ela tinha chorado mais do que o suficiente nos últimos dias para perceber que as lágrimas não lhe ajudavam em nada. — Mas, ainda assim, eu o amava, e sinto a falta dele.

Ele estendeu o braço sobre a mesa e apertou a mão dela.

— Eu sei. E saiba que vou ajudar você de todas as formas a encontrar Lyssa.

— Obrigada. — Lucia franziu a testa e olhou para as mãos dadas. — Sinto tanta magia em você, Jonas. Mais do que já senti.

Jonas soltou a mão dela de imediato.

— Peço desculpas.

— Não, não foi isso que eu... — Lucia parou de falar quando uma atendente se aproximou, uma garota com cabelo ruivo e com um sorriso amplo e amigável.

Lucia a reconheceu no mesmo instante e a encarou, chocada.

— Temos sopa de batata hoje — disse a garota ruiva. — E alguns tipos de carne seca e frutas. O cozinheiro pede desculpas pela falta de variedade no cardápio do dia, mas nosso carregamento de suprimentos do Porto do Comércio atrasou.

— Mia? — Lucia perguntou com cautela.

A garota inclinou a cabeça.

— Sim, esse é meu nome. Nós nos conhecemos?

Ah, sem dúvida. Depois da batalha com Kyan, quando sua forma inflamada e monstruosa foi destruída perto do misterioso monólito de cristal, Lucia se viu no gramado do santuário, com a Cidade de Cristal visível ao longe.

Assim que ela chegou à cidade e encontrou a gigantesca e reluzente metrópole silenciosa e vazia como uma cidade fantasma, seu caminho se cruzou com o de uma imortal amável e prestativa que a levou até Timotheus.

— Você não lembra? — Lucia perguntou. — Não faz tanto tempo.

— Peço desculpas — Mia disse. — Por favor, não pense que sou grosseira, mas recentemente esqueci a maior parte do meu passado. Já visitei vários curandeiros que me disseram que uma amnésia como essa pode ser resultado de uma pancada forte na cabeça.

— Amnésia? — Lucia repetiu com o coração disparado. — Impossível.

— Não é impossível. — Mia negou. — Espero recobrar minha memória logo, mas, até lá, o dono dessa hospedaria prometeu cuidar de mim.

Jonas se inclinou para a frente.

— Prometeu para quem? — ele perguntou.

O olhar de Mia ficou distante, e ela franziu a testa.

— Lembro como se fosse um sonho, na verdade. Indistinto e distante. Mas havia uma mulher, uma mulher bonita, de cabelo escuro. Ela foi muito gentil comigo e me prometeu que tudo ficaria bem, mas eu teria que confiar nela.

Lucia prestava atenção, mal conseguindo respirar. A garota não estava mentindo; era nisso que acreditava.

— Confiar nela como?

— Não me lembro. — Mia franziu ainda mais a testa. — Sei que ela tinha um pedaço afiado e achatado de rocha preta. — Ela olhou para o próprio braço. — Acho que me cortou com ele, mas não doeu muito. E, depois disso, eu estava aqui. Ah, e a coisa mais estranha... a mão dela... não era bem uma mão. Não sei bem como explicar. — Ela deu de ombros. — Devo ter batido a cabeça com muita força.

Lucia observou o rosto dela.

— É só disso que se lembra?

— Infelizmente sim. Então, se já a encontrei antes, por favor, me perdoe por não reconhecê-la. Espero me lembrar um dia. Agora, posso trazer a sopa de batata para vocês? Garanto que está deliciosa.

Lucia queria levantar, sacudir Mia e fazê-la contar mais, tentar usar sua magia para extrair toda a verdade de seus lábios.

Nada daquilo fazia sentido.

Mia era uma imortal que vivia no santuário com os poucos outros imortais que ainda existiam. Recentemente, Timotheus tinha decidido não deixar nenhum deles sair pelos portais de pedra que davam nesse mundo, nem mesmo em forma de falcão, por medo de que Kyan os matasse.

Como aquilo acontecera? E quem era a mulher de cabelo escuro que cortou o braço de Mia?

— Sim, uma sopa seria ótimo — Lucia disse. — Muito obrigada.

Mia assentiu e seguiu na direção da cozinha.

Lucia ficou em silêncio, perdida em pensamentos sobre o que poderia ter acontecido com ela. Será que havia acontecido com mais alguém?

— Problemas? — Jonas perguntou.

— Acho que sim, mas ainda não sei o que significa.

Ele a observou, e o exame detalhado a distraiu de seus pensamentos.

— Seu irmão quer que volte para casa. Ele está preocupado com você.

— Tenho certeza disso. — Lucia odiava pensar que suas decisões estavam causando ainda mais dor a Magnus. — Mas não vou voltar agora. Preciso falar com Timotheus. Não acredito que ele me abandonou agora, no momento de maior necessidade. Ele quer a Tétrade aprisionada tanto quanto eu. Ainda assim, não tenho nenhum sonho há tempos, e tenho muitas perguntas para ele.

— Timotheus disse que a magia dele está acabando — Jonas disse. — Que não podia usar o que restava para visitar os sonhos dos mortais.

Lucia levou um tempo para absorver o que Jonas tinha acabado de dizer.

Ela arregalou os olhos.

— Como sabe disso?

Jonas ficou tenso.

— O quê?

— O que acabou de dizer, que a magia de Timotheus está acabando. Quando soube disso?

— Ele... visitou meu sonho quando estávamos no complexo.

— Seu sonho? — Uma mistura de raiva e irritação tomou conta dela. — Por que Timotheus visitou seu sonho e não o *meu*?

— Acredite, princesa, eu preferiria que ele tivesse visitado o seu. Ele é um homem muito difícil. Tudo o que diz é como um enigma para decifrar. Ele... queria que eu continuasse cuidando de você, que a mantivesse protegida. E Lyssa também. Ele sabia sobre ela e que você tinha sobrevivido ao parto. E disse que... confia em mim.

Lucia não podia se distrair com as escolhas de Timotheus, que sempre lhe trouxeram dificuldades. Seu relacionamento fora carregado de tensão e desconfiança desde o princípio.

Finalmente, ela assentiu.

— Ele está certo em confiar em você.

— Por que diz isso?

— Porque você é a pessoa mais confiável que conheço — ela disse com total sinceridade. — Até mesmo meu pai e meu irmão mentiram para mim e me manipularam, mas você nunca fez isso. E é algo que eu valorizo mais do que você imagina.

Jonas apenas a encarou em silêncio, com uma expressão aflita.

Talvez ele não se sentisse confortável com seus elogios. Mas aquilo não os tornava menos verdadeiros.

— Você vem comigo — Lucia disse depois que o silêncio recaiu sobre eles.

— Vou? — Jonas arqueou uma sobrancelha. — Para onde?

Ela apontou com a cabeça na direção da janela.

— Para as Montanhas Proibidas. Partimos ao amanhecer.

Jonas olhou para as montanhas pretas e irregulares ali perto.

— O que tem nas montanhas?
— A passagem para o Santuário. — Diante do olhar de perplexidade dele, Lucia esboçou um sorriso. — Você me seguiu até aqui. Vai mesmo me impedir agora?

20
MAGNUS

AURANOS

Uma semana tinha se passado desde o assassinato de seu pai.

A cidade não havia ficado de luto pelo rei morto. Na verdade, o povo estava no meio de uma celebração. Auranianos sempre pareciam estar comemorando alguma coisa.

O último festival tinha sido o Dia das Chamas, e os cidadãos usavam vermelho, laranja e amarelo para representar a magia do fogo da deusa Cleiona. O do momento era para celebrar sua magia do ar e, supostamente, durava quinze dias.

Metade de um mês dedicada a um festival chamado "Sopro de Cleiona".

Ridículo, Magnus pensou.

Cleo tinha lhe explicado que os cidadãos de toda Auranos iam até o palácio nesse período para recitar poesias e cantar músicas em homenagem à deusa. A respiração que usavam para falar e cantar era o tributo à magia do ar de Cleiona.

Mas, na verdade, tudo não passava de uma desculpa para beber grandes quantidades de vinho e para tumultuosas interações sociais que duravam até a madrugada, ela dissera.

Enquanto essas celebrações ocorriam na cidade, além das muralhas do palácio, Magnus estava no cemitério da realeza, encarando o pedaço de terra que marcava o túmulo temporário do rei. Seus restos mortais seriam levados para Limeros e enterrados ao lado do túmulo de sua mãe. Até então, Magnus tinha mandado enterrá-lo ao anoitecer do mesmo dia de sua morte, de acordo com a tradição limeriana.

Ele achava estranho encontrar um tipo peculiar de consolo ao se apoiar nas mesmas tradições que tinha passado a vida toda ignorando.

Havia uma pequena placa de granito preto sobre o solo, com a insígnia limeriana gravada — serpentes entrelaçadas.

Ele tinha sonhado com o pai na noite anterior.

"Não perca tempo de luto por mim", o rei lhe havia dito. "Você precisa se concentrar apenas no que importa agora."

"Hã?", Magnus respondera. "E o que seria isso?"

"Poder e força. Quando a notícia de minha morte se espalhar, muitos vão querer brigar pelo controle de Mítica. Você não pode permitir isso. Mítica lhe pertence agora. Você é meu herdeiro, você é meu legado. E deve prometer que vai aniquilar quem se colocar contra você."

Poder e força. Dois atributos contra os quais Magnus sempre havia lutado, para a decepção de seu pai.

Mas ele faria o que seu pai sugerira no sonho.

Ele lutaria. E aniquilaria quem se opusesse a ele e tentasse tirar o que era seu.

A começar pela Tétrade.

Ele notou a presença de Cleo antes de sentir o leve toque em seu braço.

— É tão estranho para mim — ele comentou antes que a princesa dissesse qualquer coisa.

— O quê?

— Eu odiava meu pai com todas as forças do meu ser, mas ainda sinto essa incrível... perda.

— Eu compreendo.

Ele riu, finalmente lançando um olhar para Cleo. Ela usava um vestido azul-claro com o corpete enfeitado por pequenas flores de seda. O cabelo caía pelos ombros em ondas douradas longas e desarrumadas.

Uma bela visão, como sempre.

— Eu não esperava que você compreendesse — ele respondeu. — Sei o que achava dele. Você o odiava mais do que eu.

Cleo negou.

— Você não o odiava. Você o amava.

Magnus a encarou, sem entender.

— Você está errada.

— Não estou errada. — Ela olhou para o túmulo. — Você o amava porque ele era seu pai. Pelos momentos de gentileza e orientação, mesmo nas piores situações, mesmo quando mal podia perceber. Você o amava porque, no fim, começou a enxergar um vislumbre do relacionamento forte que poderia ter virado realidade entre vocês.

Cleo segurou a mão dele.

— Você o amava — ela disse — porque tinha começado a ter esperança.

Magnus virou o rosto para que Cleo não pudesse ver a dor infinita em seu olhar.

— Se for verdade, foi muito idiota de minha parte.

Cleo segurou o rosto dele com as duas mãos e o fez encarar seus olhos.

— Amar um pai como Gaius Damora significa que você foi corajoso, não idiota.

— Espero que esteja certa. — Magnus se inclinou para beijar a testa dela. A pele de Cleo estava fria. Ele tocou seu rosto.

— Hoje não está sendo fácil.

Cleo sorriu para ele.

— Estou bem.

— Mentira.

O sorriso dela se transformou em uma careta.

— Estou *bem* — ela disse com mais firmeza.

Magnus a encarou por um instante, totalmente em silêncio.

— Seu cabelo, embora esteja lindo como sempre, não parece bem penteado. Sua criada atual não tem muita habilidade?

— Nerissa é a melhor para cuidar do meu cabelo — Cleo respondeu, enrolando uma longa mecha nos dedos. — Sinto muita falta dela. Espero que volte logo.

— Hum.

Antes que ela pudesse impedi-lo, Magnus jogou seu cabelo sedoso atrás dos ombros. Ela se assustou e cobriu a pele exposta com a mão.

Mas ele já tinha visto a dolorosa verdade.

As linhas azuis estavam visíveis do lado esquerdo do pescoço dela.

— Quando isso aconteceu? — ele perguntou. — Quando você teve outro incidente?

Era assim que tinham passado a chamar os acessos de afogamento que tomavam conta dela de repente e a qualquer hora.

— Recentemente. — Cleo olhou feio para ele, como se estivesse zangada por ter descoberto seu segredo.

Magnus praguejou em voz baixa.

— Estava contando com Lucia para ajudar você, mas ela desapareceu.

— Ela está procurando a filha. É a prioridade dela no momento, e não a culpo. Lucia está procurando uma solução para tudo isso, só que não aqui, presa dentro dessas muralhas. Você viu o que Kyan fez com a ama!

A lembrança do corpo carbonizado voltou à sua mente, o cheiro de carne queimada. Pensar em sua sobrinha recém-nascida nas garras do deus do fogo fazia o sangue de Magnus ferver.

Força e poder. As únicas coisas que importavam. Ele encontraria Lyssa e sua irmã. Precisava encontrá-las.

— Preciso encontrar respostas por mim mesmo — ele murmurou.

— Andei lendo — Cleo disse.

— Livros não vão ajudar.

— Não sei se concordo. O livro certo, a lenda certa... há tantos na biblioteca, e parece que os relatos sobre o que aconteceu mil anos atrás variam de escriba para escriba. Podemos encontrar a resposta em um deles, se pesquisarmos.

Magnus balançou a cabeça, sem ter certeza.

— Aprendeu algo tangível nesses livros que andou lendo?

— Bem... — Ela fechou as mãos. — Um dos livros me lembrou do anel de Lucia, o que pertenceu à feiticeira original. Ele controla a magia de Lucia, impede que se descontrole. Eu ia perguntar a ela se poderia experimentá-lo, para ver o que aconteceria agora que tenho magia dentro de mim, mas ela partiu antes que eu pudesse pedir.

Magnus a encarou.

— Não acredito que não pensei nisso antes.

— Se ela voltar a tempo, talvez...

— Não, não o anel dela. O meu. — Ele tirou o anel de pedra sanguínea do dedo, pegou a mão direita de Cleo e o colocou no dedo indicador. Então a encarou nos olhos. — Está sentindo alguma coisa?

— Eu... eu não sei. — Cleo estendeu a mão, balançando a cabeça. Então sua pele ficou extremamente pálida, e ela começou a tremer. — Não... Está doendo. Está doendo! Magnus...

Magia da morte. Lucia tinha sido repelida pela mesma magia que agora machucava Cleo.

Em um instante, Magnus arrancou o anel do dedo dela e assistiu, horrorizado, a mais um incidente, Cleo engasgando e tentando respirar como se estivesse se afogando em um oceano profundo e escuro, sem poder fazer nada para salvá-la. Ele a abraçou, acariciando suas costas e rezando para que tudo terminasse logo.

Um minuto depois, tudo passou, e ela sucumbiu nos braços dele.

A magia daquele anel tinha afetado Kyan na noite em que Magnus saíra do túmulo. E agora tinha provas de que machucava Cleo.

Era a última coisa que ele queria.

— Odeio isso — ela disse, respirando com dificuldade. — Eu queria essa magia. Queria tanto que teria dado tudo por ela. E agora que a tenho, eu a odeio!

— Eu também odeio. — Ele beijou a cabeça dela, cansado de se sentir impotente e fraco ao buscar uma solução para livrá-la daquele destino.

Só tinha certeza absoluta de uma coisa: ele *não* a perderia.

Magnus acompanhou Cleo de volta a seus aposentos e, quando viu que ela estava recuperada e dormia em paz, saiu em busca do príncipe Ashur.

Encontrou o kraeshiano com Taran Ranus no pátio do palácio.

Taran estava sem camisa, e Ashur inspecionava as linhas brancas que cobriam um braço e metade do peito.

Mais linhas do que Cleo tinha.

— O que está sugerindo? — Magnus perguntou quando se aproximou deles. — Que cortemos seu braço fora na esperança de atrasar o progresso? Parece tarde demais para isso, mas estou disposto a tentar.

Taran lançou um olhar sombrio para Magnus, com olheiras escuras.

— Acha que isso é engraçado?

— Nem um pouco.

— Quero esse veneno fora de mim, de qualquer maneira possível. — Taran vestiu a camisa de novo. — Ashur conhece coisas, conhece magia. Achei que ele pudesse ajudar.

Magnus olhou para Ashur.

— E?

Os olhos azul-acinzentados do príncipe estavam revoltos com incerteza e dúvida.

— Estou tentando encontrar uma solução. Mas até agora não deu certo.

Magnus já sabia que a magia do ar de Taran se manifestava em momentos aterrorizantes de asfixia. E, depois de cada incidente, as linhas brancas continuavam seu progresso.

Não era necessário ser especialista em magia para saber que aquele era um sinal de que o deus elementar estava tentando se libertar e assumir o controle do corpo dele.

Taran riu, mas sem humor.

— É engraçado, na verdade.

Ashur olhou para ele.

— O quê?

— Minha mãe... ela era uma Vetusta. Sabia tudo sobre a Tétrade, ou pelo menos todas as histórias passadas de geração a geração. Ela as idolatrava. Minha mãe era a bruxa mais poderosa que qualquer outra que conheci ou de que ouvi falar. Talvez ela pudesse me ajudar agora.

— Onde ela está? — Ashur perguntou.

Taran trocou um olhar com Magnus antes de voltar a encarar Ashur.

— Ela está morta.

Magnus sabia que aquela era apenas uma parte da verdade. Taran tinha matado a própria mãe quando ela tentara sacrificá-lo em um ritual de magia do sangue.

Magnus também sabia, sem sombra de dúvida, que a mãe de Taran não lhes seria útil e apenas ajudaria a Tétrade, mas preferiu não falar nada.

— Se eu tivesse metade dos recursos que tinha antes — Ashur começou a dizer, andando de um lado para o outro a passos curtos e frustrados à sombra de um alto carvalho —, poderia encontrar uma forma de ajudar você. De ajudar Olivia, Cleo... e Nicolo. Mas estou de mãos atadas. Se aparecer em Kraeshia de novo, não duvido que Amara mande me executar de imediato.

Magnus se contorceu ao ouvir aquele nome.

Ele preferiu não compartilhar seu plano de assassinar Amara com Ashur. Não tinha certeza se o príncipe se importaria, mas achou melhor não comentar nada por enquanto. Ele lidaria com o resultado quando — e se — Felix e Nerissa tivessem sucesso.

— Não está disposto a sacrificar tudo para salvar seu namorado? — Magnus perguntou sem rodeios. — Acho que não é amor verdadeiro, no fim das contas. Se fosse, provavelmente saberia que ele está na cidade incendiando amas e roubando bebês.

Magnus virou e encontrou o punho de Ashur em seu rosto. Depois que a dor lancinante passou, ele agarrou o príncipe e o empurrou contra o tronco grosso da árvore.

A expressão de Ashur se fechou para ele.

— Você me bateu antes. Agora estamos quites.

Taran ficou esperando, observando os dois com tensão.

Com um grito, Magnus o soltou, passando a mão sob o nariz ensanguentado.

— Toquei numa questão sensível, não é?

— O que sinto por Nicolo não é da conta de ninguém — Ashur resmungou. Seu cabelo preto na altura do ombro tinha se soltado da tira de couro e caía sobre seu rosto. — E você não faz ideia do que eu estaria disposto a fazer para ajudá-lo. Pode achar que sabe tudo sobre mim, Magnus, mas está errado. Não estou fazendo nada disso pensando que Nicolo gostaria de passar mais um dia em minha companhia.

— Então por que está fazendo?

— Porque me sinto pessoalmente responsável que sua vida tenha sido tirada dele. Se eu não tivesse sido cúmplice nos planos originais de Amara, talvez ele estivesse livre dessa confusão.

— Duvido — Magnus respondeu. — Ele é o melhor amigo de Cleo. Faria parte disso mesmo que você nunca tivesse pisado em Mítica. Não pense que você é tão importante assim.

— Nicolo já foi apaixonado por Cleo — Ashur disse. — Talvez ainda seja. Suas preferências românticas não são as mesmas que as minhas. Talvez nunca haja um futuro para nós. Mas não importa. Não estou fazendo nada disso em benefício próprio. Estou fazendo porque quero que Nicolo viva a vida que deseja, mesmo que eu não faça parte dela.

Magnus o analisou por um longo momento, o nariz latejando.

— Certo, então prove.

— Como?

— Não posso continuar esperando Lucia voltar. Aquela bruxa ou Vigilante exilada de que falou antes...

— Valia — Ashur disse o nome em voz baixa, como uma praga.

— Você conhece alguém assim? — Taran disse, perplexo. — Alguém que pode nos ajudar?

Magnus assentiu.

— Vamos encontrá-la.

Magnus, Ashur e Taran seguiram até o vilarejo de Viridy imediatamente e chegaram pouco antes de anoitecer. Iluminadas por lamparinas e pela luz da lua, as ruas de pedra cintilavam, guiando-os até a Taverna Sapo de Prata.

A taverna estava lotada de fregueses que comemoravam o festival. Uma banda tocava alto no canto, enquanto uma mulher, de cálice na mão, anunciava que cantara uma canção que havia escrito para a deusa, intitulada "Deusa dourada".

Magnus desejou ter algodão para enfiar nos ouvidos quando ela começou a gritar, embriagada, a plenos pulmões.

— Isso me faz lembrar da minha infância — Taran disse com uma careta. — É um dos muitos motivos que me levaram a partir e me juntar à revolução em Kraeshia.

Magnus avistou Bruno e fez sinal para chamar o velho para a mesa deles.

— Pessoal! — Bruno balançou os braços. — Vejam quem temos aqui esta noite! Príncipe Magnus, príncipe Ashur e... um amigo. Não sei quem ele é. Vamos fazer um brinde à saúde deles?

— Se não precisássemos dele, eu o mataria — Magnus disse em voz baixa enquanto todos na taverna batiam os copos em um brinde embriagado, porém amigável.

— Ele é mesmo animado — Ashur respondeu.

— Meu pai cortaria a língua de alguém com metade dessa animação se o estivesse perturbando — ele comentou.

— Não tenho dúvida.

— E eu que queria passar despercebido... — Magnus observou a taverna, preocupado que pudesse haver algum guarda kraeshiano, mas não viu ninguém de uniforme verde.

— Sou Taran, a propósito — o rebelde se apresentou.

Bruno apertou a mão dele.

— É um prazer conhecê-lo, meu jovem. Um grande prazer. Bem-vindo à Taverna Sapo de Prata.

A banda começou a tocar de novo, abafando a conversa dos quatro, e os clientes voltaram a atenção para o voluntário seguinte, um homem que tinha escrito um poema em homenagem à beleza da deusa.

— O que gostariam de beber? — Bruno perguntou. — A primeira rodada é em homenagem ao seu pai, príncipe Magnus. — Ele cuspiu de lado. — Eu não tinha um pingo de respeito por ele, mas o que aconteceu foi uma coisa horrível.

— Obrigado pelas condolências sinceras — Magnus disse com ironia.

— Não viemos aqui para beber — Ashur disse. — Viemos para falar sobre Valia.

Bruno franziu a testa.

— Em uma noite como esta?

— Sim. Precisamos de sua ajuda com o ritual de invocação, a menos que ache que ela não vai responder hoje. Talvez esteja comemorando em outro lugar, um lugar inalcançável.

— Ah, não se preocupem. Nunca vi Valia celebrar nada. — Bruno tirou o avental e o jogou sobre outra mesa. — Muito bem, vamos para os fundos. Fico honrado em auxiliar em uma busca tão empolgante.

Depois de desaparecer em outra parte da taverna por alguns minutos, Bruno voltou com uma lamparina para iluminar o caminho e um pedaço de pergaminho enrolado debaixo do braço. Magnus e os outros o acompanharam até o lado de fora, no ar frio da noite.

— O que é isso? — Magnus perguntou, indicando o pergaminho.

— As instruções, vossa alteza. — Bruno deu de ombros. — Tenho dificuldade de lembrar de algumas coisas na minha idade, então anoto tudo.

Magnus trocou um olhar perplexo com Ashur.

— Espero que não seja uma perda de tempo — Ashur comentou em voz baixa.

— Eu também. — Magnus olhou para trás, para Taran, e viu as linhas brancas aparecendo sobre sua mão e seu pescoço, brilhando de leve na escuridão. Um tremor de medo opressivo percorreu seu corpo. — Acho que não temos muito tempo a perder — o príncipe acrescentou.

Magnus tinha deixado Cleo dormindo no palácio sem dizer nada sobre seu paradeiro. Se voltasse com boas notícias, seria uma coisa. Se aquilo não desse em nada além de decepção, ela não precisaria saber.

Se a princesa tivesse se juntado ao grupo, ele sabia que ficaria distraído demais para se concentrar na tarefa.

Eles seguiram Bruno até uma área de bosque pouco depois da fronteira do vilarejo

O homem deixou a lamparina sobre um pouco de musgo e então desenrolou o pergaminho, analisando-o através das lentes dos óculos redondos.

— Ah, sim. Eu me lembro. Sacrifício de sangue. — Ele olhou para os três. — Vocês por acaso têm uma adaga?

— Claro. — Taran tirou a adaga da bainha no cinto, e a entregou a Bruno.

— Excelente, bem afiada. Vai servir perfeitamente. — Então Bruno olhou para as marcas brilhantes no pescoço de Taran. — Hum. Muito curioso, de fato. Anda mexendo com *elementia*, meu jovem? Ou foi amaldiçoado por uma bruxa?

— Algo do tipo — Taran disse e depois apontou para o pergaminho. — Posso ler?

Bruno o entregou a ele.

— Claro.

Taran olhou para Ashur e Magnus.

— Minha mãe fazia anotações sobre feitiços e suas experiências com magia. Já li esse tipo de coisa antes.

— Parece que vai funcionar? — Ashur perguntou.

Taran passou os olhos pela página.

— É difícil dizer.

— Para o sacrifício de sangue... — Bruno disse, observando ao redor. — Talvez possamos encontrar algo lento para capturar. Pode ser uma tartaruga.

— Me dê isso. — Magnus pegou a lâmina da mão de Bruno e a pressionou contra a palma da mão esquerda, até sentir uma pontada. — Nenhuma tartaruga precisa morrer. Podemos usar o meu sangue.

Bruno assentiu.

— Deve servir.

Magnus estendeu a mão e viu o próprio sangue pingar no chão.

— Ótimo — Taran disse, assentindo. — De acordo com o pergaminho, você precisa espalhar o sangue até formar um círculo.

— Um círculo de que tamanho?

— Não diz aqui.

Com má vontade, Magnus seguiu a instrução, criando um círculo que não devia ter mais de sessenta centímetros de diâmetro.

— E agora?

— Diga o nome dela — Taran disse. — Peça que se junte a nós... — Ele recuou ao tirar os olhos do pergaminho. — E peça com educação.

Magnus deu um suspiro.

— Muito bem. Valia, gostaríamos que se juntasse a nós aqui e agora. — Ele rangeu os dentes. — Por favor.

— Ótimo — Bruno disse, sorrindo. — Agora nós esperamos.

— Minha confiança diminui a cada momento que passamos aqui — Ashur disse, balançando a cabeça enquanto Magnus amarrava uma atadura no ferimento da mão. — Mas vou continuar esperançoso por mais um tempo.

— Minhas expectativas são extremamente baixas — Magnus disse. — Mesmo se conseguirmos entrar em contato com essa tal Valia, não temos ideia se ela vai poder nos ajudar.

— Acho — disse uma voz feminina calma e indiferente — que vocês podem começar pedindo com educação. Eu valorizo boas maneiras, principalmente em rapazes.

Magnus se virou devagar e viu uma bela mulher parada atrás deles, entre as sombras das árvores. Ela usava um longo manto de seda preto, uma cor que combinava com seu cabelo longo. Sua pele era pálida sob a luz da lua, as maçãs do rosto protuberantes, o queixo pontudo. Os lábios estavam pintados de vermelho-escuro.

— Você é Valia? — Magnus perguntou.

— Sou — ela respondeu.

— Prove.

— Príncipe Magnus! — Bruno disse, exasperado. — Precisamos tratar Valia com respeito.

— Ou? — ele perguntou, encarando os olhos da bruxa. — Ela vai me transformar em um sapo?

— Acho que você não seria um bom sapo — Valia disse ao se aproximar, observando um por um.

Ashur fez uma reverência.

— Estamos honrados com sua presença, senhora.

— Está vendo? — Valia arqueou uma sobrancelha e olhou para Magnus. — Esse aqui sabe como se comportar na presença de uma pessoa poderosa.

— É isso que você é? Poderosa? — A paciência de Magnus com uma bruxa comum, pois ainda não tinha motivos para acreditar que ela era mais do que isso, estava rapidamente se dissipando.

— Depende do dia, na verdade — ela disse. — E da razão para me invocar.

— Ou talvez você simplesmente fique escondida nas sombras esperando Bruno trazer suas vítimas. — Magnus a encarou com desprezo. — Está prestes a nos pedir um pagamento para executar sua magia? Se estiver, pode economizar saliva. Guarde-a para recitar poesia ou cantar uma música durante o festival.

— Já tenho riquezas mais do que suficientes. — Valia se aproximou de Taran, franzindo as sobrancelhas finas e escuras ao analisá-lo. Taran permaneceu imóvel como uma estátua quando ela esticou o braço e passou o dedo sobre uma das linhas brancas e brilhantes.

— Muito interessante — ela disse.

— Sabe o que é isso? — ele perguntou.

— Talvez.

— E pode me ajudar?

— Talvez.

Magnus deu uma gargalhada, atraindo o olhar penetrante da bruxa.

— Você sabe, não é? E o que acha que é exatamente?

— Esse jovem está possuído pelo deus do ar. — Valia pegou a mão direita de Taran, virando-a para ver a espiral da magia do ar marcada sobre a palma. — E, ainda assim, tem controle de seu corpo e sua mente. Que interessante.

Magnus descobriu que não tinha uma resposta imediata para aquilo.

Valia era muito mais versada do que ele esperava.

Magnus semicerrou os olhos na escuridão. Algo parecia estranho naquela mulher. A primeira vista, parecia bela e jovem, mas suas feições eram perfeitas *demais*, sua pele era imaculada *demais*, sem falhas.

Se ela fosse uma Vigilante exilada, e não apenas uma bruxa comum, talvez servisse de explicação.

Mas sua mão esquerda... Não era a mão de um mortal, eram as garras afiadas de um falcão.

— Sua mão... — ele disse, respirando fundo ao se dar conta do que estava vendo.

— Minha mão? — Valia abriu as mãos na frente dele. — Está vendo algo estranho aqui?

Magnus balançou a cabeça, vendo apenas duas mãos graciosas com unhas curtas e muito bem cuidadas.

— Nada — ele disse, franzindo a testa. — Peço desculpas.

Valia chegou mais perto dele, segurando a mão de Magnus e desenrolando o lenço enrolado no ferimento ensanguentado.

— Deixe-me ajudar com isso. — Ela pressionou a palma da mão junto à dele. Uma luz brilhante apareceu, e uma dor repentina atingiu sua pele. Ele quis puxar a mão, mas se obrigou a ficar imóvel. Quando Valia se afastou, o ferimento estava curado.

— Certo — ele disse, esforçando-se para manter o tom firme e controlado. Ela tinha magia da terra suficiente para curar, assim como Lucia. — Você é de verdade.

Valia não respondeu, só segurou a mão dele de novo.

— Onde conseguiu isso? — ela perguntou, tocando o anel dourado de pedra sanguínea em seu dedo.

Magnus puxou a mão.

— Foi um presente do meu pai.

— Um presente bem valioso — ela disse, encarando os olhos dele. — Muitos matariam por um anel como este. Muitos *mataram* por ele.

— Você sabe o que é? — ele sussurrou.

— Sei.

— O quê?

— Perigoso — ela respondeu. — Tão perigoso quanto aquele que o criou com sua magia da morte e necromancia, mil anos atrás.

Ele não foi capaz de falar nada por um momento. O silêncio recaiu sobre eles até que Magnus conseguiu encontrar sua voz.

— Quantos anos você tem, Valia? — ele perguntou. Bruno tinha dito que não a via fazia três décadas, mas ela parecia ter apenas alguns anos a mais que Ashur.

Ela sorriu. Seus olhos verdes brilharam satisfeitos.

— Não é uma pergunta que um cavalheiro deveria fazer a uma dama.

— Não sou cavalheiro.

— Cuide desse anel, príncipe Magnus. Não vai querer que alguém o roube de você, não é? — Valia se virou de novo para Taran, passando os olhos sobre as linhas brancas de seu pescoço e de sua mão. — Então você quer minha ajuda. E acha que eu estaria disposta a me envolver com isso?

— Se puder me ajudar de qualquer forma, espero que ajude — Taran disse. — E não sou só eu, a princesa Cleiona também. Ela está em apuros… Nós dois estamos.

— E você precisa ajudar os outros — Ashur disse a Valia. — Um jovem chamado Nicolo e uma imortal chamada Olivia. No entanto, os dois não tiveram a sorte de Taran e Cleiona de ainda ter um pouco de controle.

— Ele estava certo — Valia disse em voz baixa. — Estamos perto agora. Perto demais.

— Quem estava certo? — Magnus perguntou.

— Um amigo meu que gosta de dar conselhos e pedir favores difíceis que demandam tempo. — Ela observou os quatro. — Bruno, foi adorável vê-lo de novo.

Bruno se curvou.

— Você também. Uma bela visão, como sempre.

Valia assentiu.

— Levem-me até a outra... essa tal princesa Cleiona. Quero vê-la.

— E depois? — Magnus perguntou tenso.

Ela encarou bem os olhos dele.

— Depois vou avaliar se posso fazer alguma coisa para ajudar vocês ou se já é tarde demais.

21
CLEO

AURANOS

Cleo acordou na grande cama de dossel com colchão de penas e, sonolenta, estendeu o braço na direção do marido.

Mas não havia ninguém ali.

Ela se apoiou no cotovelo e viu que os lençóis de seda do outro lado da cama não estavam sequer amassados.

Magnus não tinha voltado.

Quando tentara encontrá-lo durante a noite, tinha visto que não era o único que tinha sumido do palácio sem explicações — além dele, não encontrara o príncipe Ashur nem Taran.

Ela não sabia se devia ficar preocupada ou irritada.

Enquanto pensava nisso, a criada chegou, uma jovem auraniana chamada Anya, atenciosa e educada. Ela continuou sorrindo mesmo quando notou a teia de linhas azuis que agora cobriam toda a mão e o braço de Cleo.

Anya não fez nenhuma pergunta, apenas conversou banalidades enquanto ajudava Cleo a vestir um vestido rosa-claro com renda dourada no corpete, um modelo simples, porém belo.

Era um dos vestidos que Cleo tinha pedido para o alfaiate do palácio modificar e incluir um bolso para a esfera de água-marinha.

— Você viu o príncipe Magnus hoje de manhã? — Cleo perguntou.

— Não, vossa graça — Anya respondeu enquanto gentilmente passava uma escova pelo cabelo longo e emaranhado de Cleo.

— Nem ontem à noite?

— Receio que não. Ele deve estar aproveitando o festival como todo mundo.

— Duvido muito — ela murmurou. — Ele está metido em alguma coisa.

— Talvez tenha saído para lhe comprar um presente.

— Talvez — Cleo reconheceu, embora tivesse certeza de que não era o caso. Se Magnus estava com Taran e Ashur, ela duvidava que estivesse fazendo algo fútil. Seria bom se tivesse sido informada de seus planos.

Ele está tentando proteger você, ela pensou.

— Não sou uma criança ingênua que precisa ser mantida longe de penhascos — ela murmurou.

Anya tossiu com nervosismo, mantendo o sorriso fixo em seu belo rosto.

— É claro que não, princesa.

Como Cleo gostaria de ter a companhia de Nerissa de novo. Ela precisava da orientação da amiga, de seu jeito objetivo de enxergar o mundo, principalmente quando ele parecia desmoronar.

Nerissa tinha lhe dito que faria uma viagem importante com Felix e que retornaria assim que pudesse. Quando Cleo a pressionara por mais informações, ela apenas tinha balançado a cabeça.

"Por favor, confie que estou fazendo apenas o necessário", ela dissera.

Cleo confiava em Nerissa; ela tinha mais que conquistado sua confiança no passado.

Ainda assim, parecia que todos a haviam deixado sozinha, imersa em seus pensamentos, suas preocupações e seus temores.

— Ouvi uma canção linda ontem à noite no A Fera — Anya comentou enquanto prendia metade do cabelo de Cleo. A princesa havia pedido que deixasse solto o restante para esconder as linhas.

A Fera era uma taverna popular na cidade, frequentada tanto por nobres quanto por criados.

— É mesmo? — ela perguntou distraída. — Era sobre o quê?

— Era sobre a última luta da deusa Cleiona contra Valoria — Anya explicou. — E como não tinha sido por vingança nem raiva, mas por uma dolorosa necessidade. Que, no fundo, elas se amavam como irmãs.

— Que canção trágica — Cleo disse. — E fantasiosa. Nunca li nada sobre elas que me levasse a acreditar que a batalha não fosse entre duas inimigas que finalmente declararam guerra uma contra a outra.

— Talvez. Mas era muito bonita.

— *Muito bonita. Exatamente como você, minha querida. Que belo veículo... Dá para entender por que está lutando tanto para mantê-lo.*

Cleo perdeu o fôlego enquanto olhava para seu reflexo. Anya estava ocupada com seu cabelo.

Quem tinha dito aquilo?

— *Você deve ceder às ondas* — A voz continuou. Cleo não conseguia discernir se a voz era feminina ou masculina; podia facilmente ser qualquer uma das duas. — *Deixe que a puxem para baixo. Não resista. Resistir é o que provoca mais dor.*

A Tétrade da água.

Cleo levou a ponta dos dedos ao pescoço, até as linhas que tinham subido ainda mais no dia anterior.

— Me deixe sozinha — ela disse de repente para Anya, de uma forma muito mais grosseira do que pretendia.

Anya não discutiu, não disse que ainda não tinha terminado o penteado de Cleo, apenas abaixou a cabeça e saiu do quarto sem falar nada.

— Preciso que saia também — Cleo disse, encarando intensamente os próprios olhos refletidos. — Agora.

— Isso não vai acontecer — a voz respondeu. — *Eu escolhi você, vou ficar com você. Simples assim.*

— Não tem nada simples nisso.

— *O fato de eu conseguir me comunicar com você agora significa que estou perto de assumir o controle totalmente. Nunca assumi uma forma mortal antes. Acho que será maravilhoso finalmente viver nesse plano de existência. Ver tudo o que esse mundo tem a oferecer, saboreá-lo, cheirá-lo, tocá-lo. É algo que me foi negado por tempo demais. Não vai me ajudar?*

— Ajudar você? — Cleo balançou a cabeça. Seu coração estava acelerado. — Ajudar você a me matar?

— *A vida de um mortal é fugaz. Setenta, oitenta anos, se tiver muita sorte. Eu serei eterna.* — Enquanto Cleo observava seu reflexo, seus olhos começaram a brilhar com uma luz azul sobrenatural. — *Você deve procurar Kyan. Ele vai ajudá-la a fazer a transição da forma menos dolorosa possível. Meu irmão não tem muita paciência, pode ser irascível e imprevisível, então você estaria fazendo um grande favor a si mesma ao seguir meus conselhos, e a muitos outros que podem se prejudicar.*

Cleo se inclinou para a frente, analisando o próprio olhar, agora estranho e irreconhecível. Era como olhar para outra pessoa.

— Nunca! — ela gritou. — Vou lutar contra você até meu último suspiro!

Ela pegou a escova de cabelo de cabo prateado que Anya tinha deixado ali e a arremessou no espelho, estilhaçando o vidro.

A Tétrade da água não disse mais nada.

Cleo saiu correndo de seus aposentos, sabendo que, se ficasse mais um minuto sozinha ali, enlouqueceria.

Ela se chocou contra algo sólido e quente. E muito alto.

— Cleo... — Magnus a segurou pelo ombros com gentileza. — O que aconteceu? Outro episódio de afogamento?

— Não — ela respondeu, sem fôlego. Ele ficaria preocupado demais se ela contasse o que tinha acontecido. Ela não estava pronta para isso. Ainda não. — Eu... eu só queria sair. Queria encontrar você. Por onde andou? Estava com Ashur e Taran?

Ele assentiu, com um sorriso amargo.

— Quero que venha comigo.

O pânico apertou seu coração. Será que alguma coisa terrível tinha acontecido com Taran? Será que ele tinha sido dominado completamente pelo deus do ar?

— O que foi?

— Quero que conheça uma pessoa.

Magnus a pegou pela mão e a levou para fora do quarto, pelos corredores do palácio, até a sala do trono.

— Quem?

— Alguém que, espero, tenha poder para ajudar você.

A luz da tarde entrava na sala do trono pelas janelas de vitral e se refletia nos veios dourados das colunas de mármore, fazendo-as cintilar.

Ashur esperava ali com Taran.

A "pessoa" que Magnus tinha mencionado estava entre eles. Uma bela mulher que usava tintura de frutas silvestres nos lábios e nas maçãs do rosto, mesmo não precisando se embelezar. Cleo se perguntou por que se dava ao trabalho.

— Princesa Cleiona Aurora Bellos — Magnus disse com formalidade —, essa é... Valia.

— Apenas Valia? — Cleo perguntou.

— Sim — Valia disse simplesmente, olhos verdes focados em Cleo como se estimasse seu valor. — Então essa é a garota com o nome de deusa?

Cleo não respondeu.

— Soube que talvez você consiga nos ajudar — ela disse.

Valia arqueou uma sobrancelha.

— Posso fazer uma pergunta por mera curiosidade, vossa graça?

— Claro.

— Não tem o sobrenome de seu marido. Por quê? — Ao ver o olhar surpreso de Cleo, Valia concluiu sua pergunta com um sorriso. — Achei interessante.

Não era a primeira vez que Cleo ouvia aquela pergunta em suas viagens por Mítica. Normalmente, era feita por nobres que a encaravam por sobre cálices ou pratos de jantar.

— Sou a última da linhagem da família Bellos — Cleo disse apenas. — Por respeito àqueles que vieram antes de mim, achei melhor não deixar o nome desaparecer.

— Que curioso. — Valia olhou para Magnus. — E você permitiu isso?

Magnus continuou olhando para Cleo e colocou a mão em suas costas.

— Cleo faz suas próprias escolhas. Sempre fez.

Uma excelente resposta, Cleo pensou.

— É um bom nome, Bellos — Valia disse. — Conheci bem o seu pai.

Cleo a encarou, em choque.

— Conheceu?

Valia assentiu, depois se virou e foi até a plataforma de mármore.

— Eu o encontrei bem aqui, neste exato lugar, em várias ocasiões.

Cleo estava ávida por uma resposta àquela informação inesperada.

— Por qual motivo?

— Ele tinha sonhado que este palácio estava sendo atacado. Não acreditava em magia, não como sua mãe, mas, depois da morte da rainha Elena, passou a considerar algumas opções que fortaleceriam seu reinado, e estava disposto a se abrir para mais possibilidades que pudessem ajudá-lo. — Ela subiu os degraus até o alto da plataforma e apoiou a mão no encosto do trono dourado, olhando para ele como se o rei Corvin estivesse sentado ali durante a conversa. — Ele me convenceu a ajudá-lo. Usei minha magia para colocar uma proteção nos portões deste palácio, para manter todos em segurança. Acho que fez aquilo principalmente para proteger você e sua irmã, vossa graça.

Cleo se lembrava da proteção mágica nos portões. Era uma magia que Lucia tinha derrubado com seus *elementia*, causando uma explosão perto do fim da batalha sangrenta que custara centenas de vidas.

— Impossível — Magnus disse, balançando a cabeça. — Meu pai encontrou a bruxa que lançou aquele feitiço. Quando viu que ela não lhe seria útil, ele... — O príncipe hesitou. — Ele a *dispensou*.

— Na verdade, o rei Gaius a matou — Valia o corrigiu. — Ou, pelo menos, matou a mulher que *achou* ter sido responsável. E depois mandou sua cabeça para o rei Corvin em uma caixa. Mas seu pai estava errado. A vítima dele com certeza era uma bruxa, mas não a correta.

Os pensamentos de Cleo giravam enquanto ela ouvia tudo aquilo.

— Se tudo isso for verdade, por que não ajudou meu pai quando ele mais precisou? Se é tão poderosa a ponto de lançar um feitiço de proteção como aquele, por que não o ajudou quando o palácio foi atacado, quando ele estava morrendo em meus braços?

Valia não disse nada por um momento. Cleo procurou resquícios de arrependimento ou dúvida em seus olhos, mas não encontrou nada além de severidade.

— Porque era o destino dele — Valia respondeu finalmente e depois olhou para a mão marcada de Cleo. — Talvez o seu destino também já esteja traçado.

Cleo queria resistir. Queria bater o pé e exigir que aquela bruxa fosse expulsa do palácio para sempre, mas se acalmou.

Sempre que pensava na voz da Tétrade da água em sua cabeça — felizmente em silêncio no momento —, um arrepio mortal se espalhava por sua pele.

Ela não ficaria com medo por algo que ainda não tinha acontecido.

Ainda estava no controle. E lutaria até o fim.

— Muito bem — Cleo disse de cabeça erguida. — O passado já aconteceu e não pode ser mudado. O que você pode fazer por nós agora, neste exato momento?

— É uma excelente pergunta, vossa graça. Deixe-me ver suas marcas de perto.

Valia desceu da plataforma e pegou na mão de Cleo. Ela permitiu, só porque não queria recuar demais diante de alguém que talvez tivesse poder para ajudar.

Valia inspecionou as linhas que saíam do símbolo da água e se espalhavam, depois afastou o cabelo do pescoço de Cleo para ver onde terminavam.

— Está cobrindo seu braço inteiro? — ela perguntou.

Cleo assentiu.

— As marcas de Taran se espalharam muito mais.

Taran se manteve em silêncio, parado com as costas eretas e os ombros firmes como um soldado treinado.

Ashur observava Cleo e Valia, atento a todas as palavras da bruxa.

— Qual é o veredicto? — Ashur perguntou. — Pode ajudá-los?

Valia enfiou a mão nas dobras do manto preto e tirou uma adaga preta e brilhante que parecia ter sido esculpida do mesmo material que a esfera da Tétrade da terra. Obsidiana.

— O que pretende fazer com *isso*? — Magnus perguntou.

— Preciso de sangue — Valia disse.

— Você não vai cortar Cleo com essa arma — ele gritou.

— Mas é necessário — Valia respondeu. — O sangue da princesa vai me dizer mais sobre como posso ajudá-la.

— Precisamos de Lucia — Cleo disse para Magnus.

— Concordo — ele disse, tenso. — Mas Lucia não está aqui, e não temos como saber se, nem quando, ela vai voltar.

— *Lucia* — Valia repetiu. — Princesa Lucia Damora, a feiticeira profetizada. Sim, ela seria muito útil, não é? Eu gostaria de conhecê-la pessoalmente. As histórias que ouvi, em especial sobre suas viagens nos últimos meses, são muito interessantes.

Cleo não gostava daquela mulher. Não gostava da aparência dela, do jeito, do modo de falar. Não gostava do fato de Valia ter conhecido seu pai e virado as costas para ele quando podia ter ajudado durante aquela batalha fatídica e, ainda por cima, parecia não ter nenhum senso de responsabilidade ou remorso pela morte dele.

O comportamento de Valia tinha um quê de arrogância, uma confiança falsa que Cleo achava repulsiva.

Mas Magnus estava certo. Lucia não estava ali. Então teria que engolir o orgulho e torcer para que aquela bruxa pudesse ajudá-los.

— Eu vou primeiro — Taran disse, dando um passo à frente e ficando entre Cleo e a bruxa. Ele puxou a manga da camisa e ofereceu o braço marcado. — Corte-me se for necessário.

— Onde está a esfera de selenita? — Valia perguntou. — Acho que seria de grande ajuda.

Magnus e Cleo trocaram um olhar preocupado. Aquela bruxa sabia muito sobre a Tétrade, muito mais do que a maioria das pessoas.

— Não está comigo — Taran disse. — Entreguei à Lucia quando a princesa pediu. Só ela sabe onde está.

— Entendo. — Valia olhou para Cleo. — E a água-marinha?

— A mesma coisa — Cleo mentiu. — Lucia está com os quatro cristais.

Sua esfera de cristal estava no lugar de sempre: no bolso de seu vestido, dentro de uma bolsinha de veludo para que Cleo não precisasse tocá-la diretamente.

— Muito bem. Vamos tentar sem elas. — Valia meneou a cabeça e, com Cleo, Magnus e Ashur observando, passou a ponta da lâmina pela pele marcada de Taran. Não foi um corte reto; ela girou e virou a lâmina, como se desenhasse símbolos específicos nele.

Taran não recuou quando seu sangue começou a verter.

Valia passou a mão pelo braço dele e olhou para o sangue na palma.

— Você fez algumas escolhas na vida que lhe causaram muita dor — ela disse. — O que fez com sua mãe o assombra até hoje.

— O que é isso? — Taran resmungou. — Não estou aqui para ler minha sorte.

— Seu sangue é a essência de quem você é. Ele contém seu passado, presente e futuro. Não se trata de uma simples adivinhação, meu jovem. — Valia voltou os olhos para o sangue espesso de Taran na própria mão. — Posso ver o ciúme que tinha de seu irmão: o bem-comportado, o que seguia todas as regras. Quando soube de seu assassinato, sua necessidade de vingança não veio apenas do amor fraternal, mas de sua culpa por virar as costas para ele para buscar seu destino bem longe. Verdade?

O rosto de Taran estava pálido, destacando ainda mais suas olheiras escuras.

— Verdade.

Magnus pigarreou.

— Podemos prosseguir? Não é necessário se ater ao passado.

— Ouve a voz dentro de você? — Valia perguntou a Taran, ignorando o príncipe. — A que lhe diz para abrir mão do controle?

Um arrepio subiu pela espinha de Cleo.

— Sim — Taran disse, assentindo. — Estou ouvindo agora mesmo. Ela quer que eu procure Kyan. Diz que vai me levar até ele se eu permitir. Mas não quero. Prefiro morrer a deixar esse demônio tomar conta do meu corpo e da minha vida. Eu quero...

Ele começou a tremer e levou as mãos à garganta enquanto tentava respirar.

— Ele está sufocando — Ashur disse. — Pare com isso, Valia! O que quer que esteja fazendo, pare agora!

— Não estou fazendo nada — Valia disse, balançando a cabeça.

— Agora vejo que não posso fazer nada. É tarde demais para ele. Tarde demais para todos eles.

— Saia! — Magnus gritou. — Você já foi longe demais. Apenas vá embora e não volte mais.

— Acredito que ainda posso ajudar de outras formas — Valia respondeu calmamente.

— Não queremos sua ajuda! Vá agora!

Cleo segurou o rosto de Taran, que estava sendo tomado por um tom azul assustador. Linhas brancas e brilhantes agora se espalhavam por seu queixo e subiam pelo rosto.

— Olhe para mim — ela disse, desesperada. — Por favor, olhe para mim! Está tudo bem. Apenas tente respirar.

Taran a encarou com os olhos castanhos cheios de pânico e medo pouco antes de revirá-los e escorregar das mãos de Cleo. Ashur estava lá para segurá-lo antes que atingisse o chão de mármore. Ele pousou dois dedos sobre o pescoço de Taran para sentir seu pulso e, depois, colocou a mão sob o nariz dele.

— Está inconsciente, mas ainda está respirando — Ashur disse.

— Aquela bruxa fez isso — Magnus disse em tom ameaçador.

Cleo observou ao redor e viu que Valia tinha desaparecido da sala do trono. Era um alívio ver que tinha ido embora. E era um alívio ainda maior saber que Taran ainda estava vivo.

Então ela se concentrou em Magnus.

— Você devia ter me dito aonde estavam indo ontem à noite — ela disse. — Tudo isso poderia ter sido evitado.

Ele apertou os lábios.

— Eu estava tentando proteger você.

— Acha que pode me proteger disso? — Ela afastou os cabelos que cobriam o lado com linhas marcadas em seu pescoço. — Não pode. Como Valia acabou de dizer, é tarde demais.

— Não é tarde demais. Eu me recuso a acreditar nisso.

Cleo não queria brigar com ele, não queria dizer nada de que fosse se arrepender depois.

— Ashur, por favor, cuide de Taran. Eu... eu preciso sair daqui, esfriar a cabeça. Vou levar Enzo para minha proteção.

— Aonde está indo? — Magnus perguntou enquanto ela se aproximava da saída.

Ela não sabia ao certo.

Qualquer lugar que não fosse aquele. Um lugar que a fizesse lembrar de tempos mais felizes, tempos passados, praticamente esquecidos.

Um lugar onde pudesse tentar recobrar as forças e o foco.

— Para o festival — ela respondeu.

22
MAGNUS

AURANOS

Claro, Magnus a seguiu no mesmo instante.

Ele observava Cleo e Enzo sob o pesado capuz preto do manto, o que ajudava a ocultar sua identidade de olhos curiosos por entre o labirinto de ruas repletas de cidadãos que festejavam. Sob o sol forte do meio da tarde, era impossível ignorar as faixas coloridas e gritantes do festival e as pinturas temporárias nas laterais das construções.

A Cleiona original deve ter desfrutado de um estilo de vida hedonista assim como seus atuais adoradores, Magnus acreditava. Diziam que Valoria tinha um comportamento muito mais calmo. Ela valorizava o silêncio, e não as festividades, a calma e a reflexão acima da indulgência embriagada.

Aquilo dava aos limerianos um senso de superioridade em relação aos vizinhos do sul.

Mas Magnus sabia que nem todos eram tão devotados quanto mandava a lei. Ele tinha descoberto uma taverna limeriana que servia vinho em segredo para quem pedisse, e sem dúvida não era a única. Além disso, grande parte do ouro que seu pai tinha obtido, pelo menos até que a dispendiosa guerra contra Auranos o desprovesse do acesso à fortuna, tinha vindo de multas cobradas daqueles que não respeitavam os dois dias de silêncio semanais.

Para ser sincero, Magnus não se lembrava da última vez que ele mesmo tinha respeitado aquela regra.

Ele viu Cleo e Enzo passarem diante de várias lojas: padarias e joalherias, alfaiates e sapateiros. Cleo não usava nenhum disfarce, apenas um par de luvas de seda branca para cobrir as marcas da Tétrade da água. Ela cumprimentava todos que se aproximavam com um sorriso caloroso, permitindo que fizessem reverências ou mesuras antes de pegar nas mãos deles e dizer algo bondoso que os deixava radiante de felicidade.

O povo Auraniano amava sua princesa dourada.

Ela merece todo aquele amor, Magnus pensou com a garganta apertada.

Depois de um tempo, quando Cleo já tinha falado com dezenas e dezenas de pessoas, Magnus a viu indicar um prédio específico a Enzo. Ele balançou a cabeça, mas Cleo insistiu. Finalmente, ele concordou, e os dois desapareceram lá dentro.

Magnus olhou para a placa do lugar.

A Fera.

Ele não a tinha reconhecido devido à luz forte do dia, mas conhecia bem aquela taverna. Resolveu que seria melhor ficar do lado de fora, onde não seria reconhecido e poderia observar de longe.

Um fluxo constante de clientes entrava sóbrio e saía embriagado, cantando a plenos pulmões, mas Cleo e Enzo ainda não tinham aparecido. A impaciência de Magnus crescia conforme a tarde passava.

E a preocupação se instalava.

Por que estavam demorando tanto?

Ele atravessou a rua até a taverna e entrou. Lá dentro, não se via diferença entre dia e noite.

Não havia janelas para deixar a luz entrar, então as paredes eram repletas de lamparinas e havia um lustre carregado de velas pendendo do teto.

O salão estava lotado, todas as mesas ocupadas. Magnus mal podia ouvir os próprios pensamentos com o barulho das conversas misturado com a música da rabeca.

O lugar cheirava a fumaça de cigarrilha, hálito de álcool, e centenas de corpos que não tinham se banhado naquele dia.

Ele ficou se perguntando, consternado, se a taverna sempre tinha sido daquele jeito, e se ele estivera bêbado demais para notar nas visitas anteriores.

Magnus não viu Cleo em lugar nenhum, então puxou mais o capuz sobre o rosto e avançou por entre uma massa de corpos suados que dançavam sobre um chão coberto de serragem. Ele fez cara feia quando um casal pouco vestido, beijando-se apaixonadamente, cruzou seu caminho, derrubando vinho de seus cálices em suas botas de couro.

Por que Cleo desejaria passar mais de um segundo em um lugar como aquele?

Um homem barbudo tropeçou nos próprios pés e caiu na frente de Magnus. Então, rindo, ele se levantou no mesmo instante e seguiu seu caminho.

Auranianos bárbaros, Magnus pensou.

O rabequista terminou a música e recebeu aplausos da multidão embriagada. Ele se levantou e falou em voz alta o suficiente para ser ouvido:

— Temos alguém aqui que deseja fazer um brinde a todos vocês! Silêncio, por favor! Deixem o rapaz falar!

Fez-se silêncio no salão, e Magnus viu de canto de olho o uniforme vermelho de um guarda. Ele se virou devagar quando Enzo, com uma caneca grande de cerveja na mão, subiu em uma longa mesa de madeira.

— Não sei bem se quero fazer isso — Enzo comentou, hesitante. — Acho que bebi demais hoje.

A multidão riu como se ele tivesse contado a piada mais engraçada do mundo.

— Tudo bem! — o músico disse a ele. — Todos nós bebemos! Fale com o coração, em homenagem à deusa e seu sopro mágico e doce. Faça seu brinde!

Enzo não disse nada por um instante, e a multidão iniciou um burburinho quando o silêncio se tornou constrangedor.

Então ele levantou a caneca no ar.

— A Nerissa Florens, a garota que eu amo.

A multidão vibrou e bebeu, mas Enzo ainda não tinha terminado.

— A garota que eu amo — ele repetiu — e que nunca me amou! A garota que roubou meu coração, cortou-o em pedacinhos, e os jogou no Mar Prateado quando partiu com outro homem! Um homem que só tem um olho, devo acrescentar, quando tenho dois olhos perfeitamente bons! Deusa, como eu o odeio. Sabem o que ela me disse? "É o meu dever." O dever dela!

Magnus ficou observando o guarda. Ele sabia que Enzo era muito leal, muito quieto e muito calmo — até então.

Quanta cerveja ele tinha tomado desde que chegaram?

Enzo continuou:

— Se algum de vocês conhecer Felix Gaebras, e sem dúvida muitos conhecem, não devem confiar nele.

Ele com certeza ia parar, Magnus pensou.

Enzo bateu o pé, fazendo vários pratos de metal voarem da superfície da mesa.

— Nerissa não valoriza o compromisso, ela me disse! Disse várias vezes, mas em que devo acreditar? Que suas atenções eram apenas temporárias? Que os beijos não significavam nada? — Ele ficou sem voz. — Será que ela não sabe que meu coração está em pedaços com sua ausência?

O olhar de Magnus passeou sobre a multidão e viu Cleo, com seu cabelo loiro, correndo na direção de Enzo.

— Por favor, desça daí, Enzo — Cleo implorou.

Vê-la aliviou um pouco do aperto em seu peito.

— A princesa dourada deseja fazer um brinde também! — o rabequista anunciou.

Cleo balançou as mãos.

— Não, não. Não quero. Só estou tentando pegar meu amigo antes que ele diga alguma coisa de que possa se arrepender profundamente.

— Se alguém me perguntasse — Enzo disse em voz alta, ignorando totalmente a princesa —, eu diria que algo curioso está acontecendo entre Nerissa e a imperatriz. Sim, vocês me ouviram bem. Algo muito além da relação entre uma criada e uma soberana. — Ele tomou um grande gole da caneca e a levantou mais uma vez. — Vocês sabem o que dizem sobre os kraeshianos.

— O quê? — alguém gritou. — O que dizem sobre os kraeshianos?

— Que o único leito frio para um kraeshiano é seu leito de morte. — Os ombros de Enzo então desabaram, como se ele tivesse esgotado sua última gota de energia. — Muito obrigado a todos por se juntar a mim neste brinde.

A multidão ficou em silêncio absoluto por um instante, mas logo voltou a vibrar, e o rabequista começou a tocar a próxima música.

Magnus se aproximou de Cleo enquanto ela ajudava Enzo a descer da mesa.

— Isso foi... fascinante — ele disse, não mais interessado em esconder sua presença.

Cleo virou para ele.

— Você nos seguiu?

— Segui. Se não tivesse seguido, não teria ouvido essa fofoca intrigante sobre sua criada preferida.

— Enzo está bêbado — Cleo explicou. — Ele não sabe o que está falando.

Magnus olhou para o guarda.

— Vejo que a princesa conseguiu corrompê-lo a seguir seus costumes auranianos em um período vergonhosamente curto de tempo.

Enzo se apoiou em uma parede próxima.

— Vossa alteza, eu não acho...

— Sem dúvida houve uma profunda falta de reflexão aqui. Seu único trabalho é manter Cleo em segurança, e não lamentar embriagado em público por seu amor perdido.

Enzo abriu a boca, talvez para protestar, mas Magnus levantou a mão.

— Você está dispensado pelo resto do dia. Vá beber o quanto quiser. Encontre outra garota para esquecer Nerissa. Tenho certeza de existem muitas sob este teto que estariam dispostas a ajudar. Faça o que quiser, contanto que saia da minha frente.

Enzo olhou para Cleo com incerteza por um instante, depois fez uma reverência profunda, quase perdendo o equilíbrio.

— Sim, vossa alteza.

Magnus o viu desaparecer na multidão antes de Cleo lançar um olhar irritado para o marido.

— Isso foi grosseiro — ela disse.

— O que quer dizer com isso?

— Enzo merece respeito.

— Não, hoje ele não mereceu. — Magnus cruzou os braços. — Agora, o que vamos fazer com você?

Ela arqueou as sobrancelhas claras.

— Sugiro que nem tente me dizer o que fazer.

— Se dissesse, certamente não esperaria que me ouvisse — ele resmungou.

— Ótimo.

Magnus pegou sua mão, e ela não tentou afastá-lo. Ele passou o polegar sobre a luva de seda.

— Esconder não muda o que está acontecendo.

Cleo olhou para o chão.

— Isso me ajuda a esquecer por um momento, para que eu possa tentar me sentir normal de novo.

Magnus estava prestes a responder quando sentiu alguém colocar a mão sobre seu ombro. Ele se virou e viu uma mulher de seios grandes olhando para os dois com um sorriso amplo e cheio de dentes.

— Pois não? — ele disse.

O sorriso aumentou ainda mais.

— Vocês formam um casal tão adorável.

— Muito obrigada — Cleo respondeu.

— Ver vocês aqui, juntos — a mulher disse —, comemorando com todos nós, aquece o coração.

— De fato — Magnus disse com desdém. — Por favor, não nos deixe tomar mais tempo de sua... diversão. — Ele pegou Cleo pelo braço e a puxou até uma distância segura. — Vamos embora.

— Não quero ir ainda. Gosto daqui. — Ela observou a taverna escura.

— Acho difícil de acreditar.

— Nunca estive aqui antes.

— Eu já. — Ele observou ao redor e as lembranças, a maioria pouco nítida, voltaram de uma vez à sua mente. — Logo antes de eu encontrar você no templo aquela noite.

Cleo franziu a testa, e seu olhar ficou distante.

— Quando lhe ofereci uma aliança temporária, mas você estava bêbado demais para me escutar, e depois passou a noite na cama de Amara.

Ele fez cara feia.

— Na verdade, foi na *minha* cama. E eu esperava nunca mais ser lembrado daquele erro infeliz.

A expressão irritada de Cleo se desfez.

— Peço desculpas. Já passou, assim como muitos outros problemas.

— Ótimo — ele disse, e observou o rosto dela. — Quer mesmo ficar aqui?

— Não. — Ela balançou a cabeça. — Vamos voltar para o palácio.

O rabequista acabou de tocar uma canção e anunciou que mais alguém queria propor um brinde.

— Espero que não seja Enzo de novo — Magnus murmurou.

De canto de olho, ele viu alguém subir na mesma mesa que Enzo havia usado como palco improvisado, com um cálice de prata na mão.

— Meu brinde vai para o príncipe Magnus, herdeiro do trono de seu pai! — anunciou a voz dolorosamente familiar. — Um verdadeiro amigo e, acreditem, um verdadeiro sobrevivente.

— Magnus... — Cleo começou a apertar o braço dele com força.

Com o coração acelerado, Magnus virou para lorde Kurtis, cujo olhar frio estava fixo nele.

Kurtis levantou seu cálice.

— Um viva para o príncipe Magnus!

A multidão vibrou e brindou mais uma vez, bebendo muito. Em seguida, o tocador preencheu o ar barulhento com música.

O ex-grão-vassalo do rei desceu da mesa e foi em direção à saída.

— Magnus... — Cleo tentou chamá-lo.

— Fique aqui — ele ordenou.

Sem dizer mais nada, Magnus foi atrás de lorde Kurtis.

Ele saiu d'A Fera, olhando para todos os lados, tentando avistar Kurtis fugindo pelo meio da multidão. Finalmente, seu olhar se estreitou sobre um rosto de fuinha, pálido e familiar, rindo em sua direção.

Magnus empurrou vários homens que estavam em seu caminho.

A bebida fria que caiu em suas botas o distraiu por tempo suficiente para Kurtis desaparecer.

Ele soltou um xingamento de frustração.

— Lá na frente! — Cleo gritou. — Na esquina, ele virou à esquerda.

Magnus ficou nervoso.

— Eu falei para você ficar lá dentro.

O rosto dela estava corado quando parou ao lado dele.

— Sim. E eu ignorei. Vamos logo. Ele está fugindo!

Em vez de discutir, Magnus seguiu a sugestão dela, deixando a área mais agitada e descendo uma rua iluminada por poucas tochas para compensar a noite que começava a cair sobre a Cidade de Ouro.

Magnus tinha sonhado com aquele momento. Fantasiado com ele. Além de imaginar besouros famintos e a morte com uma colher, o tempo infinito que passara naquele caixão extremamente pequeno tinha incluído a imagem das próprias mãos em volta do pescoço de lorde Kurtis Cirillo, estrangulando-o até aquela vida inútil se esvair.

A forma escura de Kurtis deslizou por outra esquina. Magnus estava se aproximando; os passos de Kurtis eram rápidos, mas não o bastante.

A viela era um beco sem saída, que terminava em uma parede de pedra. Kurtis parou de repente. E virou devagar para Magnus.

— Não tem mais para onde fugir? — Magnus comentou. — Que azar.

— Eu não estava fugindo.

— Pois deveria.

Cleo alcançou Magnus e parou ao seu lado, braços cruzados e o longo cabelo loiro atrás das orelhas. Seu rosto era uma magnífica máscara de reprovação fria. Os olhos azuis estavam semicerrados.

Um filete azul se enrolava em sua têmpora esquerda. Magnus poderia tê-lo confundido com uma decoração feita por um talentoso maquiador do festival se não soubesse a verdade.

As marcas da Tétrade da água tinham se espalhado ainda mais.

— Você precisa me contar seu segredo — Kurtis disse.

— Que segredo? — ele resmungou.

— Como conseguiu sobreviver e estar aqui diante de mim esta noite. — Kurtis analisou o corpo dele com atenção. — Ouvi seus ossos se quebrarem, foram ossos demais para você estar em pé e caminhando com tanta facilidade. E ajudei a jogar terra sobre seu túmulo. Você não tinha como sobreviver àquilo.

— Eu mesmo vou matar você — Cleo rosnou para ele.

— Como? Com suas excelentes habilidades com o arco e flecha? — Kurtis abriu um sorriso frio para ela antes de voltar os olhos para Magnus. — Sua doce irmãzinha o curou com seus lendários *elementia*?

— Não — Magnus respondeu apenas.

Kurtis franziu a testa.

— Então como?

— É um mistério, não é? — Magnus olhou para o coto na extremidade do braço direito de Kurtis. — Assim com o paradeiro de sua mão direita.

O rosto de Kurtis começou a tremer, e o ódio tomou conta de seus olhos.

— Você vai se arrepender disso.

— Eu me arrependo de muitas coisas, Kurtis, mas cortar sua mão não é uma delas. — Magnus se arrependeu de ter saído do palácio sem uma espada. Uma tolice. Mas não precisaria de uma para acabar com a vida daquele verme.

Ele deu um passo ameaçador na direção de Kurtis.

— Não quer saber por que estou aqui? — Kurtis perguntou com os olhos cintilando de malícia. — Por que eu correria esse risco?

Magnus olhou para Cleo.

— Queremos saber?

Ela assentiu.

— Preciso admitir, estou vagamente curiosa.

— Eu também — Magnus confirmou. — Talvez ele esteja aqui porque soube que meu pai cortou a garganta do pai dele.

— Pode ser — Cleo concordou. — Talvez devamos ser tolerantes. Afinal, ele está de luto, assim como você.

Kurtis mostrou os dentes como uma fera.

— Sei que meu pai está morto.

— Excelente. — Magnus bateu palmas. — Então podemos continuar sem interrupções. Não seria minha preferência matar você durante um festival tão alegre quanto este, mas vou abrir uma exceção.

A voz de Kurtis se transformou em um sussurro.

— Kyan me mandou aqui.

O estômago de Magnus se revirou. Ele se esforçou para respirar.

— Você está mentindo.

Kurtis abriu a frente da camisa e mostrou uma marca em forma de mão no peito, que parecia muito dolorida.

— Ele me marcou com seu fogo.

Era a mesma marca que Kyan tinha ameaçado fazer em Magnus, que o transformaria em um escravo mortal do deus do fogo.

Kurtis passou a mão sobre a marca, se contorcendo.

— É uma honra, claro, ser marcado por um deus. Mas é como se as presas de um demônio estivessem se cravando cada vez mais fundo dentro de mim a todo momento. A dor é um lembrete constante de onde está minha lealdade.

— Por quê? — Cleo perguntou, a voz tensa. — Por que Kyan quis que você viesse até aqui?

— Porque quer que eu a leve até ele, princesa — Kurtis respondeu.

— Então ele vai ficar decepcionado — Magnus vociferou. — Porque Cleo não vai a lugar nenhum com você.

Kurtis abriu um leve sorriso.

— Preciso admitir, vou lamentar não saber como você escapou de seu túmulo. Mas ninguém pode saber tudo.

— Acha que vou deixar você ir embora? Isso acaba aqui e agora!

— Acaba, sim. — A voz veio de trás deles. Magnus virou de súbito e viu Taran Ranus parado na abertura da viela.

Magnus o encarou, confuso.

— Como você nos encontrou?

Taran abriu a boca para responder, mas, ao mesmo tempo, Cleo soltou um grito agudo.

Magnus virou a cabeça na direção dela e viu que Kurtis a havia agarrado por trás e colocado um pano sobre sua boca.

Um frio explodiu no ar. Uma névoa gelada saía de onde estava a princesa e corria pelas paredes, cobrindo-as com uma fina camada de gelo em um instante.

Então Cleo revirou os olhos.

Magnus tentou correr na direção dela.

Taran moveu a mão, e Magnus ficou paralisado, incapaz de se mover.

— O que está fazendo, seu idiota? — Magnus perguntou. — Ajude Cleo!

Cleo estava desacordada nos braços de Kurtis. O pano devia ter algum tipo de poção para dormir, Magnus se deu conta, consternado.

— Eu *vou* ajudá-la — Taran disse calmamente. — E então nós quatro vamos nos reunir, onipotentes. Invencíveis.

Magnus olhou horrorizado para o rebelde.

— O que você...?

— Mate-o agora! — Kurtis gritou.

Taran moveu o punho mais uma vez. Magnus ficou suspenso no ar por uma fração de segundo e depois atingiu a parede congelada com força o bastante para quebrar um osso. Ele desabou no chão.

— Cuide dela — Kurtis disse para Taran. — Você é mais forte do que eu, e o caminho é longo.

Taran fez o que o outro pediu, levantando o corpo desacordado de Cleo com facilidade.

— Onde estão os outros? Ainda estou recobrando os sentidos. Nada está muito claro. Ainda não consigo senti-los.

— No templo de Cleiona — Kurtis respondeu.

As vozes ficaram mais distantes. Magnus não conseguia se mexer, mal conseguia pensar. Eles acreditavam que o tinham matado, mas... ele não estava morto. O peso frio da pedra sanguínea em seu dedo médio, contra sua pele, era um lembrete constante da magia que ele usava.

Mas ele temia que aquela magia não fosse suficiente daquela vez, principalmente quando o mundo desaparecia à sua volta, restando apenas uma completa escuridão.

Ele foi acordado por um cutucão de leve.

— Ele é um sonho, não é? — Era a voz de uma garota, arrastada e embriagada.

— Ah, minha deusa, *sim*! — respondeu outra garota. — Bem, quando o vi na sacada do palácio, ele parecia tão frio, tão inacessível... Mas de perto assim? Lindo, não é?

— *Muito* lindo — a amiga concordou. — A princesa tem muita sorte.

— Será que é melhor buscarmos um médico para ajudá-lo?

— Acho que ele só está bêbado. Você sabe o que dizem sobre o príncipe Magnus e o vinho.

— É mesmo. — Outro cutucão. — Príncipe Magnus? Vossa alteza?

Magnus piscou, tentando expulsar a escuridão da mente, tentando se concentrar no pouco de luz que havia no mundo consciente. Ele ainda estava na viela onde tinha encurralado Kurtis. O céu estava escuro, o sol tinha ido embora. Já era noite. Seus olhos se focaram nas duas garotas, mais ou menos da idade de Cleo, que o observavam com grande interesse.

— Onde... ela está? — ele conseguiu perguntar. — Onde está Cleo?

Em uníssono, ambas arrulharam com felicidade.

— Estávamos esperando que vocês dois encontrassem a felicidade juntos — disse a primeira garota. — Vocês são tão perfeitos um para o outro!

— Eu não gostava dela no início — a amiga respondeu. — Mas fui mudando de ideia.

A primeira garota assentiu.

— Você é tão misterioso e sombrio, vossa alteza. E ela é como um raio de sol. Tão perfeito!

— *Tão* perfeito — a amiga concordou.

— Eu preciso ir. — Magnus tentou levantar, e as garotas se ajoelharam para ajudá-lo. Como ainda se sentia incrivelmente instável, ele permitiu, depois cambaleou na direção do palácio.

— Adeus, meu príncipe! — as garotas gritaram para ele.

A mente de Magnus estava acelerada quando chegou no palácio.

Ashur, com os braços repletos de livros da biblioteca, foi a primeira pessoa que cruzou seu caminho.

— Magnus... — Ashur o chamou, arregalando os olhos de preocupação.

— Ele a levou.

— Quem?

— Kyan. — Magnus segurou Ashur pelos ombros. — A Tétrade, o deus do ar, ele assumiu completamente o controle do corpo de Taran. Ele e Kurtis Cirillo levaram Cleo.

Ashur largou os livros, que se espalharam pelo chão.

— Taran estava descansando no quarto. Eu o deixei há pouco tempo.

— Acredite, ele não está mais lá.

Magnus desejava não ter mandado Valia embora. Ele precisava de toda a ajuda que pudesse ter, mas não havia tempo para encontrá-la de novo. — Preciso chegar ao Templo de Cleiona — ele disse.

— A princesa foi levada para lá? — Ashur perguntou.

Magnus confirmou.

— Eles saíram faz tempo, então preciso ir agora mesmo.

Ashur assentiu.

— Vou com você.

23

CLEO

AURANOS

A primeira coisa que Cleo viu quando abriu os olhos foi um pilar de mármore branco.

Ainda atordoada, registrou-o como familiar, parecido com os pilares da sala do trono do palácio. Mas era maior e ainda mais adornado, com imagens de rosas esculpidas na superfície.

Ela tinha visto algo exatamente igual no Templo de Cleiona.

Cleo respirou fundo.

É o templo, pensou.

Ela ficou observando o corredor gigante. Tinha três vezes o tamanho da sala do trono do palácio, com um pé-direito alto e arqueado. A última vez em que estivera ali, quando se juntara a Lucia, Ioannes e Magnus para recuperar a Tétrade da terra recém-despertada, o templo tinha sido abandonado e estava em ruínas depois do terremoto elementar durante seu casamento. O chão se abrira em grandes rachaduras que desciam até a escuridão. O teto alto tinha se rompido e se separado, lançando pedaços de pedra no chão.

Mas não estava mais em ruínas. Miraculosamente, tinha sido restaurado à sua glória anterior.

— Dormiu bem, pequena rainha?

O estômago de Cleo revirou ao ouvir aquela voz conhecida. Ela levantou do chão frio de pedra tão rápido que ficou tonta.

Nic.

Nic estava lá, parado na frente dela, com seu sorriso torto, o cabelo cor de cenoura desgrenhado como sempre.

O primeiro instinto de Cleo foi correr para os braços dele.

O segundo foi cerrar os punhos e atacar.

Aquele não era Nic. Não o *seu* Nic. Não mais.

Uma fina camada de gelo começou a sair de baixo dos finos sapatos de couro de Cleo, cobrindo o chão do templo.

— Excelente — Kyan olhou para baixo, arqueando uma das sobrancelhas ruivas. — Estou gostando de ver isso. Significa que estamos muito próximos, a magia dentro de você está bem perto da superfície.

— Seu bastardo — ela gritou.

Ele se movimentou casualmente para a esquerda e sentou sobre um dos longos bancos de madeira que se espalhavam pelo templo, os mesmos que tinham abrigado as centenas de convidados do casamento de Cleo.

— Errado — ele disse. — Não tenho mãe nem pai, então esse rótulo não pode ser aplicado a mim. A menos que você o tenha usado como um insulto. — Ele inclinou a cabeça e ficou pensativo. — Como é triste que os mortais usem essa palavra como xingamento. Até parece que os verdadeiros bastardos podem interferir nas escolhas dos pais, não é?

Ela cerrou os punhos, não querendo lhe dar a satisfação de uma resposta.

— Eu a perdoo, por sinal — Kyan disse.

— Você me perdoa? — Cleo ficou surpresa. — Pelo quê?

— Por tentar cravar uma faca neste peito poucos minutos depois de eu me apropriar dele. — Ele pressionou a mão no coração. — Sei que estava confusa. Foi uma noite difícil para todos.

A vertigem ainda não tinha passado, e toda sua força era necessária simplesmente para permanecer em pé.

Nesse momento, Olivia entrou no templo, caminhando pelo corredor central até parar ao lado de Kyan. Seu rosto era tão belo quanto o de qualquer Vigilante que Cleo pudesse imaginar, sua pele escura e sem falhas contrastava lindamente com o vestido amarelo. Bela, sim, mas Cleo sabia que nunca saberia do segredo de Olivia se Jonas não tivesse lhe contado.

Mas agora ela não era uma Vigilante. Era a deusa da terra.

— Saudações, Cleiona — ela disse.

Cleo passou a ponta da língua nos lábios secos, tentando desesperadamente encontrar a própria voz.

— Imagino que tenha sido responsável pela restauração do templo.

Olivia sorriu, depois balançou a mão. A cem passos de Cleo, perto de uma janela gravada com uma linda espiral, uma coluna caída que ela ainda não tinha visto se reergueu diante de seus olhos.

— É uma honra trazer a beleza de volta para esta magnífica construção — Olivia comentou.

Cleo fez uma careta para aquela demonstração exagerada de magia. Era um lembrete de que precisava tomar muito cuidado com o que dizia para a deusa da terra.

— Muito impressionante.

— Obrigada — Olivia agradeceu com um sorriso. — Você precisa saber que não somos inimigos. Queremos ajudar em sua transição para que não seja tão traumática quanto a de Taran.

Taran. Cleo se lembrou de que ele tinha ido até a viela, aparecido do nada.

Como se tivesse sido invocado, Taran se aproximou pelo lado direito de Cleo. A linhas finas que tinham aparecido em seu rosto durante o acesso de asfixia mais recente haviam desaparecido por completo, assim como todas as demais. Sua pele estava perfeita, à exceção da espiral da magia do ar na palma da mão.

— Taran... — Cleo sussurrou com a boca seca.

— Sim, decidi manter esse nome — ele respondeu. — Como homenagem a este veículo forte e capaz, para mostrar quanto apreço sinto por ele.

Cleo ficou imóvel.

— Então Taran se foi?

Ele assentiu.

— Quando o ritual for completado de modo adequado, todos os resquícios dele não passarão de lembrança.

— E isso vai acontecer logo — Olivia disse com firmeza.

O coração de Cleo ficou apertado. Aquilo significava que Taran *não* tinha desaparecido. Olívia *não* tinha desaparecido. Ainda não. Não completamente. Ainda havia esperança.

De canto de olho, Cleo viu Kurtis Cirillo emergir das sombras do templo cavernoso atrás dela, os braços cruzados diante do peito.

Cleo se virou para ele.

— Onde está Magnus? — ela perguntou.

Kurtis abriu um sorriso forçado.

— Digamos apenas que ele não virá em seu socorro tão cedo, princesa.

O medo cresceu dentro dela, a ponto de sufocá-la. Cleo queria partir para cima dele, arrancar seus olhos odiosos. Mas se forçou a respirar fundo.

— Kurtis... — Kyan começou a falar.

— Pois não?

— Espere lá fora.

— Mas quero ficar aqui — ele respondeu com firmeza. — Quero ver a princesa perder seu corpo para a deusa da água. Você disse que eu poderia ver!

— *Espere lá fora* — Kyan repetiu. Não era uma sugestão, mas uma ordem.

O rosto de Kurtis empalideceu, seu corpo endureceu, e ele assentiu bruscamente.

— Sim, claro.

Com os olhos semicerrados, Cleo observou a fuinha sair do templo.

— Peço desculpas pela grosseira de Kurtis, pequena rainha — Kyan disse com calma. — A presença dele não é necessária, e sei que lhe causa muita ansiedade.

— É um modo de se dizer — ela murmurou, observando Kyan com atenção.

— Como está se sentindo? — Kyan perguntou, analisando-a. — Não está com dor, espero.

— *Você tem muita sorte por Kyan estar de tão bom humor hoje* — a voz da Tétrade de água disse dentro da cabeça de Cleo. — *Seria prudente não deixá-lo irritado.*

Era um conselho surpreendentemente bom, na verdade.

Um conselho que Cleo resolveu seguir. Por ora.

— Não, não sinto dor — Cleo confirmou.

Kyan assentiu.

— Ótimo.

Ela analisou o templo em busca de qualquer sinal de Lyssa, pois sabia que Kyan a havia sequestrado.

— Acha que Lucia virá até aqui? Que vai ajudar você?

— Não tenho dúvida disso — Kyan respondeu.

Ele estava tão confiante... Será que estava certo? Ou estava delirando?

Cleo não podia esquecer que aquele monstro com o rosto de seu melhor amigo tinha incendiado vilarejos e matado milhares, incluindo sua adorada ama.

Ela passou as mãos na saia do vestido para sentir a esfera de água-marinha em seu bolso, aliviada ao constatar que ela continuava lá, e ciente de que era um milagre que ninguém tivesse descoberto o cristal enquanto estivera inconsciente.

Ela precisava usar a oportunidade para reunir informações que pudesse usar. O máximo possível.

Cleo engoliu o medo.

— E então, o que acontece agora?

— Por enquanto é suficiente que nós quatro estejamos juntos — Kyan disse. Ele arrumou o cabelo dela atrás da orelha e passou o dedo pelo filete azul em sua têmpora. Ela se obrigou a não afastá-lo.

— Estamos o mais perto da verdadeira liberdade de que já estivemos como uma família — Olivia acrescentou. — Já sinto o acesso à minha magia mais forte.

— Essa forma mortal é incrível. Posso sentir tudo. — Taran olhou para as mãos, sorrindo. — Gostei.

— Espero que tenha mais do que gostado — Olivia comentou. — Esse será seu veículo por toda a eternidade.

— Seu veículo é perfeito — Taran respondeu com um meneio de cabeça. — Assim como o meu.

Cleo notou um músculo se contrair no rosto de Kyan.

— Está infeliz com o *seu* veículo? — Cleo perguntou com firmeza. — Fique sabendo que eu amo muito esse veículo.

— Eu sei — Kyan disse com severidade. — E ele é bom, de verdade. No entanto, as coisas não estão correndo sem... dificuldades. Todas as almas de fogo são seres desafiadores, difíceis de controlar. Mas depois que minha pequena feiticeira completar o ritual da maneira adequada, tudo vai ficar bem.

Cleo fez muito esforço para não reagir fisicamente àquelas palavras, mas elas a tinham abalado. Ele estava querendo dizer que Nic estava brigando pelo controle?

— Nunca imaginaria que Nic teria uma alma de fogo — ela comentou da forma mais calma possível.

— Ah, não? Havia muitos indícios disso. — Kyan encostou os dedos nas têmporas. — Lembranças de sua valentia, de sua imprudência. A tendência a se apaixonar em um piscar de olhos, ou de alimentar amores não correspondidos ou impossíveis por muitos anos. Tenho as lembranças dele aqui... de você, pequena rainha. Muito mais jovem, muito menor, e já disposta a correr riscos incríveis. Saltar de penhascos altos no mar; sua alma de água se manifestava desde aquela época.

Cleo ficou chocada ao saber que Kyan podia acessar as memórias de Nic.

— Sempre amei a água — ela se forçou a admitir.

— Correndo tão rápido quanto os garotos e disposta a derrubar os mais rápidos do que você para ganhar a corrida, incluindo Nic. Foi por sua causa que ele quebrou o nariz aos doze anos! — Um sorriso esticou suas bochechas sardentas. — E ficou bravo porque seu nariz ficou torto, mas nunca a culpou. Ele a amava muito.

Cleo apertou os lábios. As lembranças de alguém que tinha perdido voltavam puras e dolorosas, como se tivessem acontecido no dia anterior. Boas lembranças de uma época de inocência, agora roubadas por um monstro.

Era irritante reviver lembranças tão queridas pelo rosto do próprio Nic, como se ela fosse amada pelo deus do fogo que tinha roubado a vida de seu melhor amigo.

— *Kyan gosta de você* — a deusa da água disse a ela. — *Isso é muito útil.*

Sim, Cleo pensou. *Pode ser mesmo.*

O olhar de Kyan ficou distante.

— Posso vê-la montada em seu cavalo, rápida e livre, sem sela, pelo menos até seu pai a repreender. "Isso não é jeito de uma jovem princesa se comportar", ele disse. "Tente ser mais como a sua irmã." Você se lembra disso?

— Pare — ela exclamou, incapaz de ouvir aquelas memórias. — Essas lembranças não são suas para sair contando como se não passassem de histórias divertidas.

— Só estou tentando ajudar — ele disse.

— Não está. — Ela sentiu vontade de chorar, mas engoliu desesperadamente.

Cleo respirou fundo, esforçando-se para controlar as emoções antes que tomassem conta dela.

Kyan franziu as sobrancelhas.

— Isso lhe causa sofrimento, e peço desculpas. Mas não existe outro fim, pequena rainha. Permita que minha irmã assuma o controle do seu corpo. Vai acontecer logo, mesmo se continuar resistindo. Vai ser muito mais fácil e menos doloroso se concordar. Suas lembranças também vão continuar vivas por meio dela.

Cleo juntou as mãos e se afastou dele para observar as rosas esculpidas no pilar de mármore. Ela as contou, chegando a vinte, antes de sentir seu coração começar a desacelerar e voltar a um ritmo mais controlado.

Taran e Olivia observavam todos os seus movimentos, todos os gestos. Não com gentileza nem compreensão, mas com curiosidade.

Mais ou menos como deviam observar um filhote de cachorro recém-adestrado, entretidos com suas travessuras.

Cleo tocou uma das flores de mármore. A superfície fria e sólida ajudou a mantê-la presente.

— Deve haver outra maneira. Está me pedindo para abrir mão da minha vida, do meu corpo, do meu futuro, para que a deusa da água possa apenas... assumir o controle? Não posso. Simplesmente não posso.

— Isso é muito maior e mais importante do que a vida de uma única mortal — Taran explicou.

Olivia franziu a testa para ela.

— Está apenas tornando as coisas mais difíceis para si mesma. Não faz sentido, e é um tanto quanto frustrante.

— Não resta nada de Olivia dentro de você? — Cleo perguntou, desesperada para saber como aquilo funcionava.

— Lembranças — Olivia disse, pensativa. — Assim como Kyan guardou as lembranças que Nicolo tinha de Auranos, me lembro da beleza do Santuário. Eu me lembro de voar em forma de falcão e passar por um portal que dava para o mundo mortal. E me lembro de Timotheus, alguém que Olivia respeitava muito mais do que a maioria das outras pessoas, que o achavam misterioso e manipulador. Todos os demais acreditavam em Melenia, mas Olivia a considerava mentirosa e uma ladra.

— Melenia fez algumas coisas certas — Kyan comentou com um sorriso. — Ela adquiriu meu primeiro veículo, que, devo admitir, era superior a esse de muitas formas.

Mais uma vez, Cleo notou um músculo se contrair no rosto dele.

— Lucia sabe onde nos... encontrar? — Cleo perguntou, forçando a última palavra a sair.

— Ela vai saber — ele respondeu.

— Como?

Kyan inclinou a cabeça, observando-a atentamente.

— Posso invocá-la.

— Como você pode invocá-la? — ela perguntou.

— *Tome cuidado* — disse a deusa da água, embora seu tom fosse mais irônico dessa vez. — *Se fizer tantas perguntas, ele vai perder a paciência com você.*

Mas o exterior calmo de Kyan não mudou.

— A magia de Lucia, a magia de toda bruxa comum ou imortal, é a *nossa* magia. Uma parte de cada um de nós dentro dela e dentro de todos tocados pelos *elementia*. Eu não estava forte o bastante antes para usar essa habilidade, mas, agora que nós quatro estamos juntos, me sinto... muito bem. E muito forte. Quando eu souber que é a hora, vou invocá-la, e ela vai assumir seu lugar de direito ao meu lado.

Olivia murmurou algo em voz baixa.

Os olhos de Kyan mudaram de castanhos para azuis em um instante.

— O que foi?

— Ah, nada — ela respondeu. — Nada mesmo.

Kyan voltou a olhar para Cleo. Ele abriu um pequeno sorriso para a princesa, mas qualquer rastro de cordialidade tinha desaparecido de seus olhos. Cleo podia ver que sua paciência estava começando a acabar.

— Meus irmãos não compartilham da mesma confiança que eu na pequena feiticeira. Lucia e eu tivemos momentos difíceis no passado, mas sei que ela vai cumprir seu destino.

Interessante. E assustador. Será que Taran e Olivia não sabiam que Kyan tinha sequestrado Lyssa como garantia de que a feiticeira os ajudaria?

Se Lucia fizesse qualquer coisa para ajudar Kyan, com certeza seria apenas para proteger a filha.

Cleo acreditava nisso quase completamente. Mas a lembrança de Lucia indo ao palácio limeriano como assistente mais do que determinada de Kyan ainda manchava sua confiança na irmã de Magnus.

Ela queria desesperadamente perguntar onde Lyssa estava, se a bebê estava bem, recebendo cuidados adequados, mas se conteve.

Kyan não faria mal à criança. Ela valia muito mais viva.

Pelo menos, não lhe faria mal até que Lucia resistisse às suas exigências.

Cleo precisava continuar falando, arrancar a verdade dos lábios de Kyan para saber se algo poderia impedir tudo aquilo.

— Kyan — ela chamou da maneira mais calma possível.

— Sim, pequena rainha? — ele respondeu.

— No complexo de Amara, você me disse que eu poderia ajudá-lo por ser descendente de uma deusa. Era verdade?

— Claro que sim. — Ele semicerrou os olhos, encarando-a como se a analisasse com atenção. — Sua homônima, a própria Cleiona é sua ancestral.

Ela ficou boquiaberta.

— Mas a deusa não teve filhos.

— Você acha isso? — ele sorriu. — Apenas mais uma prova de que a história escrita não contém todos os segredos do passado.

— Cleiona foi destruída na batalha final com Valoria — Cleo argumentou.

— A palavra *destruída* pode ter muitos significados — ele disse. — Talvez apenas sua magia tenha sido destruída. Talvez ela tenha se tornado livre para viver a vida de uma mortal ao lado do homem por quem havia se apaixonado. Não é possível?

Kyan podia estar mentindo. Na verdade, Cleo tinha quase certeza disso.

Respire, ela disse a si mesma. *Não deixe que ele a distraia.*

— Foi por isso que a deusa da água me escolheu? — ela sussurrou. — Porque já tenho... algum tipo de magia dentro de mim?

Magia que posso usar para combater isso, ela pensou.

Ele balançou a cabeça.

— Não. Você não tem nenhuma magia naturalmente dentro de si, mas não se sinta mal por isso. A maioria dos mortais não tem, nem mesmo os descendentes de imortais.

A decepção tomou conta dela.

Aquele mesmo músculo se contorceu no rosto de Kyan mais uma vez.

— Taran, Olivia, quero falar com Cleo a sós. Podem nos dar um pouco de privacidade por um momento?

— O que tem para dizer a ela que não pode dizer em nossa presença? — Taran perguntou.

— Vou pedir de novo — Kyan disse com firmeza. — Concedam-nos um momento de privacidade. Talvez eu possa convencer Cleo a parar de lutar contra a Tétrade da água e facilitar as coisas para todos nós.

Olivia deu um suspiro irritado.

— Muito bem. Venha, Taran, vamos dar uma volta no templo.

— Tudo bem. — Com um meneio de cabeça, Taran se juntou a Olivia, e os dois saíram do templo.

Kyan ficou em silêncio diante de Cleo.

— E? — Cleo perguntou. — Diga o que quiser, mas garanto que vai precisar de mais do que palavras para me fazer desistir dessa luta.

— É isso que sempre adorei em você, Cleo — ele disse em voz baixa. — Você nunca desiste de lutar.

Ela ficou sem fôlego. E encarou os olhos de Kyan.

Kyan nunca a chamava de Cleo. Apenas de "pequena rainha".

— Nic? — ela arriscou, a garganta apertada.

— Sim — ele respondeu tenso. — Sou eu. Sou eu mesmo.

Cleo cobriu a boca com a mão quando foi tomada pelo choque. Então observou o rosto dele, com medo de se permitir ficar alegre.

— Como isso é possível? Você voltou?

— Não — ele disse. — Ele logo vai retomar o controle, e é por isso que precisamos ser rápidos.

— O que aconteceu? — ela perguntou. — Como é possível?

— Na floresta, não muito longe do complexo de Amara — Nic tocou o próprio braço —, Magnus estava lá, e ele me segurou, ou melhor, segurou Kyan e... Não sei por quê, mas foi como um tapa na cara e me fez acordar. Ashur também estava lá. Eu... eu acho que ele pode ter feito algum tipo de magia, algum feitiço que me fez recobrar um pouco de presença, não sei. Pode ter sido minha imaginação ter visto ele lá.

— Ashur ainda está conosco — Cleo disse. — Ele não quis ir embora de jeito nenhum. Está determinado a ajudar a salvar você, Nic.

Seus olhos castanhos se encheram de esperança.

— Fui uma perturbação para ele desde o momento em que nos conhecemos.

— Que engraçado... — Um pequeno sorriso surgiu nos lábios dela. — Acho que ele acredita exatamente no contrário.

— Desde então, tenho momentos de controle como este, em que o deus do fogo não está consciente. Kyan culpa o ritual interrompido, mas sei que é mais do que isso. Que eu saiba, não acontece com Olivia.

Cleo tocou aquele rosto sardento. Ele apertou a mão dela. Lágrimas quentes começaram a escorrer pelo rosto da princesa.

— Podemos detê-los? — ela perguntou, sentindo a garganta arder.

Nic respirou fundo antes de responder.

— Kyan quer as esferas. Todas as quatro. Depois, precisa que a princesa execute o ritual de novo. Ele realmente acredita que Lucia o fará sem questionar e que vai dar tudo certo, dando aos quatro o poder supremo. Eles ainda não estão tão poderosos. A magia deles tem seus limites.

— Quando ele quer que o ritual aconteça? — ela perguntou.

— Não sei exatamente. Logo. Ele encontrou Lucia no palácio e apresentou seu plano. Deixou a decisão nas mãos dela, mas não tem dúvidas de que vai se juntar a eles. — Ele abaixou a voz: — Cleo, acho que Lucia ainda é má.

Cleo balançou a cabeça.

— Não, não acredito nisso. Kyan está com a bebê dela. Ele roubou Lyssa do berço. Você não se lembra disso? Onde ela está agora?

— Lyssa? Eu... eu não sei. — Com os olhos surpresos diante da notícia, ele balançou a cabeça. — Não estou sempre consciente. Vejo muito pouco, mas lembro todo o pouco que vejo e ouço. Por exemplo, lembro com muita clareza quando Kyan marcou Kurtis, transformando-o em seu escravo. Lembro como ele gritou.

— Não me importo com Kurtis.

A expressão dele era de sofrimento.

— Estou tentando pensar, mas não me lembro de ter visto Lyssa aqui. Lembro que Kyan foi visitar Lucia no palácio, mas... não lembro de ter levado a criança. Ela pode estar em qualquer lugar.

Cleo tentou raciocinar e juntar as peças daquele quebra-cabeça.

— O que acontece se Kyan não estiver com os cristais?

— *Ele vai incendiar o mundo* — a deusa da água respondeu. — *E todos os que vivem nele.*

Um arrepio correu pela espinha de Cleo.

— Nada de bom — Nic disse, e depois xingou em voz baixa. — Não consigo manter o controle por muito mais tempo. Mas você precisa fazer isso. Não pode deixar o que aconteceu com Taran acontecer com você. Não pode deixar a deusa da água assumir o controle.

Cleo tirou uma das luvas de seda e tocou as linhas azuis em sua mão.

— Não sei por quanto tempo vou conseguir resistir. Toda vez que sinto que estou me afogando, tenho certeza de que vou morrer.

— Seja forte — Nic pediu. — Porque você precisa reunir e destruir todas as esferas.

Ela se surpreendeu.

— O quê?

— *Ridículo. Ele não sabe o que está dizendo* — resmungou a deusa da água, embora houvesse um tom estranho em sua voz, uma certa aflição. — *Ignore-o. Ouça apenas Kyan. Ele vai ajudar você.*

— Kyan só ajuda a si mesmo — Cleo murmurou. E depois disse mais alto: — Nic, o que quer dizer com *destruir*? As esferas são as prisões da Tétrade.

Ele balançou a cabeça.

— Não são prisões, não exatamente. As esferas são âncoras, princesa. Âncoras que os mantêm nesse nível de existência. Se destruir todas, não haverá mais nenhum laço entre eles e este mundo.

— Tem certeza disso?

Nic confirmou.

— Tenho.

— *Tolo* — resmungou a deusa da água. — *Ele está proferindo suas últimas palavras, repletas de falsidade e desespero. Tão mortal, tão lamentável...*

Quanto mais a deusa da água protestava, mais Cleo tinha certeza de que Nic estava certo.

— Eu... eu não consigo mais controlar — Nic disse e depois soltou um grito de dor. — Você precisa ir... Vá agora e faça o que eu disse. Não deixe que a capturem!

Uma parede de fogo surgiu em volta dele, formando um círculo de chamas e bloqueando a visão de Cleo.

Ela queria ajudar Nic, queria que ele fugisse junto, mas sabia que aquilo não podia acontecer. Não agora.

Cleo virou e correu para fora do templo, o mais longe e mais rápido que conseguiu.

24

NIC

AURANOS

Ele só conseguia ver labaredas, tão altas quanto ele, cercando-o por todos os lados.

Então Nic teve a sensação de ter levado um soco no estômago, deixando-o imóvel enquanto Kyan voltava a assumir o controle. Tinha sido o período mais longo em que tinha assumido o controle do próprio corpo e da magia de fogo de Kyan.

Ele tinha invocado chamas para proteger a fuga de Cleo. E chamas apareceram.

A dor foi fulminante, mas ele estava orgulhoso das conquistas daquela noite.

Nic não sabia como tinha conseguido. Talvez ter visto Cleo, com linhas azuis assustadoras marcando metade de seu rosto, fazendo caretas para Kyan com tanta coragem e força, fez seu coração se partir.

Ele sabia que precisava fazer alguma coisa para ajudá-la.

Kyan, Taran e Olivia não teriam permitido que ela saísse. Eles a acorrentariam se tentasse fugir.

Com a presença de Cleo, mesmo sem que a deusa da água estivesse no controle de seu corpo, Nic tinha sentido o poder de Kyan se tornar duas vezes mais forte.

Kyan balançou a mão, e o fogo desapareceu. Deixou um círculo preto queimado no mármore branco. Nic sentiu que Kyan considerou aquilo detestável e imperfeito — uma marca física de sua falta de controle sobre o mortal. Ele analisou o templo em busca de Cleo, que já tinha ido embora.

— Você se acha esperto — Kyan disse em voz baixa. — Muito esperto, não, é?

Na verdade, sim. Nic se achava esperto.

E, se tivesse algum controle sobre o próprio corpo naquele momento, faria um gesto bem grosseiro para o deus do fogo.

— Não vai demorar muito para você não passar de uma lembrança — Kyan continuou em tom ameaçador. — Que eu vou jogar fora e esquecer, como se você nunca tivesse existido.

Aquilo foi grosseiro, Nic pensou. E só o fez sentir mais vontade de lutar por sua sobrevivência.

Kyan caminhou em direção à saída, em busca de Kurtis. E o encontrou à espreita do lado de fora, nas sombras.

— Venha aqui — ele vociferou.

Nic tinha rapidamente deixado de lado a empatia que sentira pela dor de Kurtis quando tinha sido marcado. O garoto ruivo já o odiava novamente. Kurtis era um covarde, disposto a fazer qualquer coisa para não sofrer. Sem dúvida, ele ofereceria a alma da própria avó se isso significasse evitar qualquer momento de desconforto.

Ajudava um pouco o fato de que Kyan também detestava profundamente o ex-grão-vassalo.

— Você a viu fugir? — Kyan questionou.

— Quem? — Kurtis perguntou.

A fúria cresceu dentro de Kyan, e seus punhos e antebraços se acenderam com labaredas. Os olhos de Kurtis ficaram tomados pelo medo.

— A princesa — Kyan sibilou.

Kurtis começou a tremer.

— Sinto muito, mestre. Não a vi.

— Vá atrás dela. Encontre-a e a traga de volta imediatamente. Ela não pode ter ido longe.

Kurtis olhou para a floresta.

— Em que direção ela foi?

— Apenas encontre a princesa! — Kyan explodiu. — Se falhar, vai arder em chamas.

Kurtis desceu correndo a escadaria do templo e se embrenhou na floresta.

— Se eu for atrás da pequena rainha, posso acabar queimando-a além da conta — Kyan murmurou. — Nós não queremos que isso aconteça, não é, Nicolo?

Nic desprezava intensamente aquele monstro.

— Viu? Você só piorou as coisas para ela — Kyan continuou. — Não há escapatória para a pequena rainha. A deusa da água vai emergir, quer ela queira quer não. Não há como nos deter. Somos eternos. Somos a própria vida. E vamos fazer de tudo para sobreviver.

Vai se danar, seu pedaço de esterco queimado, Nic pensou.

— Esta noite me provou uma coisa, Nicolo. — Kyan encostou no pilar de mármore, passando a mão distraidamente pelo cabelo ruivo que tinha roubado. — Chegou a hora de abraçar por completo o poder que já é nosso. As peças estão no lugar, os meios para executar o ritual com perfeição estão ao meu alcance. A pequena rainha vai voltar para mim, Olivia e Taran, e tudo vai ficar bem. Por toda a eternidade.

Ele observou o templo com repulsa.

— Mas não aqui. — Kyan ficou em silêncio, pensativo. — Acho que conheço o local perfeito.

25
MAGNUS

AURANOS

O templo estava diante de Magnus, totalmente restaurado à grandeza de antes. À exceção da gigantesca estátua da deusa Cleiona, que ainda estava despedaçada no alto dos trinta degraus esculpidos que levavam à entrada, o templo estava perfeito.

Labaredas de fogo saíam do chão e contornavam as paredes de mármore, iluminando uma área que, sem isso, seria escura.

No limite da floresta, com o templo bem à vista, Magnus e Ashur amarraram os cavalos que tinham pego dos estábulos do palácio. Eles cavalgaram tão rápido que não houve tempo para conversa.

Magnus estava prestes a dizer algo a Ashur, algum comentário sobre a magia da terra ter sido responsável pela aparência restaurada do templo, quando o kraeshiano lhe pediu silêncio.

— Veja — Ashur disse, indicando o templo com a cabeça.

Magnus espiou de trás do tronco de uma árvore e viu Kurtis sair. Ele ficou parado no alto da escadaria de mármore que levava ao santuário do templo por um momento, lançando um olhar irritado para trás antes de descer os degraus até o chão, onde um caminho de pedra longo e sinuoso passava por uma série de jardins abandonados, com diversas estátuas da deusa.

— Vou matá-lo — Magnus resmungou.

— É melhor não denunciar que estamos aqui ainda — Ashur respondeu. — Vamos apenas observar.

— Cleo está lá dentro.

— É bem provável. Assim como três deuses elementares capazes de nos matar com um único pensamento.

Magnus fechou bem os olhos, reunindo uma paciência que não tinha. Mas ele sabia que Ashur estava certo. Os dois precisavam observar, e depois, quando surgisse uma oportunidade, entrar em ação.

Kurtis acendeu uma cigarrilha e desapareceu do lado esquerdo do templo.

Um instante depois, duas outras figuras apareceram.

Olivia e Taran.

Eles andavam lado a lado, despreocupados, como se não houvesse pressa, preocupações ou urgência.

Magnus sabia que não eram quem pareciam. Não eram Olivia, amiga de Jonas, que Magnus tinha achado que era uma bruxa até a chocante descoberta de que era muito mais do que isso, nem Taran, um jovem que, a princípio, desejava a morte de Magnus pelo assassinato de seu irmão gêmeo, pelo menos até chegarem a um acordo sobre erros passados e arrependimentos.

Olívia e Taran se foram. Seus corpos tinham sido roubados.

E Magnus jurou que faria tudo o que pudesse para recuperá-los, derrotando os demônios que tinham sequestrados seus corpos.

Ashur segurou o braço dele, tirando-o de seus pensamentos.

— É a Cleo.

Magnus voltou a olhar para o templo, e ficou surpreso ao ver o cabelo dourado de Cleo brilhando sob a luz do fogo que iluminava o caminho enquanto ela descia correndo as escadas do templo e entrava na floresta, a cem passos de distância.

Ele imediatamente começou a ir atrás dela, mas Ashur segurou seu braço com mais força.

— Não tente me impedir — Magnus vociferou.

Ashur fez uma careta.

— Tem certeza de que ainda é a princesa? Pode ser a deusa da água.

O sangue de Magnus congelou ao pensar naquela possibilidade.

— Vou atrás dela.

— Magnus...

— Vá — ele disse. — Invoque Valia de novo. Se ela puder nos ajudar de qualquer forma, eu imploro por seu perdão, por ter sido tão grosseiro. Me encontre na Sapo de Prata amanhã de manhã. Se eu não estiver lá... bem, você vai saber que Cleo se foi, e provavelmente eu também.

Magnus não esperou uma confirmação do príncipe kraeshiano. Ele deu meia-volta e correu na direção que Cleo tinha seguido, floresta adentro, na lateral direita do templo. Ele correu o mais rápido que conseguia na escuridão quase total, tentando não tropeçar e cair sobre as raízes das árvores.

Por um momento, Magnus temeu tê-la perdido, mas então viu um movimento à frente.

Se for a deusa da água, pode estar tentando me atrair para a morte, ele pensou.

Não era um pensamento esperançoso. Nem um pouco útil.

Seria bom se sua mente ficasse em silêncio.

A floresta se abriu em uma pequena clareira às margens de um rio de seis metros de largura. Magnus parou de repente onde acabavam as árvores e viu Cleo parar também, olhando para a direita e para a esquerda, como se procurasse por uma ponte sob a escassa luz do luar.

Magnus saiu das sombras.

— Não sei se é o melhor momento para nadar — ele disse.

Os ombros de Cleo ficaram tensos.

Magnus estava preparado para qualquer coisa quando ela virou devagar para ele.

Sob a luz da lua, os olhos dela brilharam, mas a cor se perdeu na escuridão — cinza e preto, sem nenhum traço de verde-azulado. As assustadoras linhas que envolviam seu pescoço, subindo pelo queixo até a têmpora esquerda, estavam quase pretas junto à pele pálida.

— Você me encontrou — ela disse em um sussurro.

— Claro que sim. — Magnus ficou com a garganta apertada, sem conseguir engolir. — É você mesma?

Ela o encarou.

— Quem mais seria?

Magnus deu uma gargalhada cortante e nervosa.

— Taran perdeu a batalha contra o deus do ar. E depois eles... levaram você. O que eu poderia pensar?

Um pequeno sorriso apareceu nos lábios dela.

— Ainda sou eu.

O peso no estômago dele aliviou um pouco.

— Ótimo. Você não vai se livrar de mim com tanta facilidade. Eu juro, Cleo, vou lutar por você até meu último...

Então algo o atingiu com força por trás.

Algo afiado e doloroso.

Cleo arregalou os olhos.

— Não! — ela gritou. — Magnus, não!

Ele se forçou a olhar para baixo.

A ponta ensanguentada de uma espada apareceu em seu peito.

Ele piscou e caiu de joelhos quando a arma foi arrancada de seu corpo.

Devagar, ele registrou que o chão estava frio e úmido. Tinha começado a chover muito, embora poucos minutos antes não houvesse nenhuma nuvem no céu.

— Não sei como você fez antes — a voz esganiçada de Kurtis chegou aos ouvidos de Magnus quando o grão-vassalo saiu de trás dele. — Tinha certeza de que a magia de sua irmãzinha o tinha ajudado a sair do túmulo, mas isso não explicaria o beco. Não importa... — Os dentes dele reluziram sob o luar quando sorriu. — Você está morto, Magnus. Finalmente.

A visão embaçada de Magnus encontrou Cleo ainda parada na beira da água, a pele pálida como a própria lua. O cabelo estava molhado pela torrente de chuva que caía.

O solo ao redor dela agora estava coberto por uma camada de gelo.

— Vou matar você — Cleo rosnou.

— Sei que não tem controle consciente sobre isso. — Kurtis apontou para o gelo. — Então pare de atrapalhar e me deixe devolvê-la para sua nova família.

Magnus tentou falar, mas não conseguiu formar palavras.

— O que foi? — Kurtis encostou a mão no ouvido. — Sempre fico intrigado com as últimas palavras de meus inimigos. Mais alto, por favor!

— Você pensou... — Magnus conseguiu dizer — que seria... tão... fácil?

Kurtis revirou os olhos.

— Você pode morrer de uma vez?

Um instante depois, Magnus sentiu o ferimento fechar.

O olhar de choque no rosto do jovem lorde quando Magnus se levantou quase valeu a agonia que ele tinha acabado de sentir.

— Magnus... — Cleo exclamou, lágrimas caindo pelo rosto. — Mais uma vez achei que tinha perdido você. Do mesmo jeito que perdi... — A voz dela falhou.

Ela nem precisou concluir o pensamento.

Do mesmo jeito que perdi Theon.

— Eu sei — ele disse com amargura.

Kurtis não tentou fugir. Ele ficou parado ali, aturdido com o que estava vendo.

— Isso é magia negra.

— Ah, sim. — Magnus foi até ele com os punhos cerrados. — É a magia mais negra, mais escura e mais suja que existe. Se há alguma coisa oposta aos *elementia*, estou em poder dela.

Ele segurou Kurtis pelo pescoço e o bateu com força contra o tronco de uma árvore.

— Misericórdia! — Kurtis gritou. — Tenha misericórdia! Fui marcado pelo fogo de Kyan, não tenho escolha além de fazer o que ele manda!

— Você já conhecia Kyan quando mandou me enterrarem sete palmos abaixo da terra?

Kurtis fez uma careta.

— Imploro seu perdão por todas as ofensas que já cometi contra você. Por favor, tenha misericórdia!

— Você é um covarde, patético e chorão — Magnus disse.

A raiva absoluta que Magnus tinha por aquele pedaço de merda inútil que tinha ameaçado Cleo e tentado matá-lo em três ocasiões transbordou.

Ele nunca tinha desejado tanto matar alguém.

— Ouça — Kurtis resmungou. — Acho que serei muito útil se me deixar ir... — Ele respirava com dificuldade, e um som seco e distorcido saiu do fundo de sua garganta. — O que você... está fazendo... comigo?

Quanto mais Magnus apertava seu pescoço, mais Kurtis ficava cinza e pálido sob a luz da lua. Veias grossas e pretas subiram por seu pescoço e cobriram todo seu rosto em uma teia pavorosa. O cabelo preto ficou totalmente branco da raiz às pontas.

A vida se esvaiu de seus olhos.

Quando Magnus finalmente o soltou, o cadáver ressecado de Kurtis Cirillo desabou no chão, e os ossos frágeis estalaram como galhos secos.

Magnus o encarou, perplexo com o que tinha acabado de fazer.

— Magnus... — Cleo estava atrás dele, e sua voz não passava de um sussurro. — Como isso é possível?

— A pedra sanguínea — ele respondeu em voz baixa, passando a mão direita pelo anel no dedo médio esquerdo.

Cleo virou para ele com os olhos arregalados.

— Você sabia que ela podia fazer isso?

— Não fazia ideia. — Ele ficou esperando sentir horror pelo que havia feito, mas não aconteceu. — Só sei que o queria morto. E agora ele está morto. E me sinto... aliviado.

Cleo estendeu a mão trêmula na direção dele.

— Tome cuidado — ele disse. — Não quero machucar você.

Ela deu uma risada curta e nervosa.

— Imagino que não deseje a minha morte como desejou a de Kurtis.

— Claro que não.

— Ótimo — ela respondeu. — Porque preciso muito que me beije agora mesmo.

E então ele a beijou, respirando-a e a abraçando tão forte que os pés dela se levantaram do chão.

— Eu amo você — Magnus sussurrou junto aos lábios dela. — Tanto que chega a doer.

Cleo segurou o rosto dele com as duas mãos, encarando seus olhos.

— Também amo você.

Ela era sua deusa. Seu amor. Sua vida. E ele faria tudo para salvá-la.

Em seu dedo havia uma pedra de magia negra que já tinha salvado sua vida três vezes. Aquele que o criou, mil anos antes, sem dúvida tinha sido um deus da morte. Aquele anel pertencia a ele na época.

Mas no momento pertencia a Magnus. E ele não hesitaria em usar sua magia da morte horrível, aterrorizante e incrível contra quem se metesse em seu caminho.

26

AMARA

KRAESHIA

Uma semana tinha se passado desde seu retorno à Joia do Império, e o mundo ainda não tinha acabado.

Amara considerou um excelente sinal para esquecer Mítica e desfrutar de todos os momentos de sua Ascensão. O dia em que se tornaria oficialmente — e em todos os sentidos — a governante absoluta do Império Kraeshiano.

Ela esperava que a cerimônia ajudasse a exterminar qualquer resquício de dor, incerteza ou fraqueza incompatíveis com uma imperatriz.

Mas até mesmo uma governante forte, capaz e poderosa precisava de um belo vestido para uma cerimônia formal.

— Ai! — ela gritou ao sentir a espetada de uma agulha manejada por mãos desastradas. — Tenha cuidado!

— Peço desculpas — disse o costureiro, dando um pulo para trás, os olhos cheios de medo.

Amara ficou encarando o homem pelo reflexo no grande espelho de seus aposentos.

Que reação exagerada. Era como se ela fosse matá-lo por ser desajeitado. Amara quase gargalhou.

— Tudo bem. Apenas tome cuidado.

— Sim, minha imperatriz.

Lorenzo Tavera era de Auranos, onde tinha uma famosa loja de vestidos na cidade de Pico do Falcão. A avó de Amara tinha ouvido falar que era o costureiro preferido dos nobres e da realeza. Ele havia feito o vestido de casamento da princesa Cleo, que, segundo relatos, era de tirar o fôlego, até ser manchado pelo sangue dos rebeldes.

O vestido dourado que Lorenzo tinha criado para Amara estava ajustado a suas curvas, a saia era rodada e, a partir do joelho, era enfeitada com o que pareciam penas douradas. O corpete tinha um bordado elaborado, com pequenas contas de cristal e esmeraldas e ametistas maiores.

A cor do vestido fazia Amara pensar na própria princesa dourada, e ela se perguntou como Cleo estava no momento. Estava sofrendo ou já tinha se perdido para a deusa da água?

Culpa minha, ela pensou.

Não. Ela não podia se ater a esses pensamentos. Não podia se ater ao fato de ter ajudado um demônio a ganhar poder e de ter deixado todos, inclusive seu irmão, para trás.

Não podia pensar sobre Kyan ser um deus com uma repulsa extrema pelos mortais imperfeitos que ocupavam o mundo; mortais que ele acreditava serem guiados apenas pela ganância, pela luxúria e pela vaidade, fraquezas que desejava exterminar.

Todos, em todos os lugares, pereceriam.

— *Dhosha*, está tudo bem? — Neela perguntou ao entrar no quarto.

— Sim, claro. Está tudo bem. — Amara forçou as palavras sem se sentir *nada* bem, apesar da glória daquele dia e da beleza de seu vestido.

— Seu belo rosto... — A avó encarou seus olhos pelo reflexo do espelho. — Você pareceu muito aflita e preocupada por um momento.

Ela balançou a cabeça.

— Nem um pouco.

— Ótimo. — Neela se aproximou o bastante para tocar o belo bordado do vestido. — Lorenzo, você criou uma verdadeira obra-prima.

— Muito obrigado, minha rainha — respondeu o costureiro. — Foi por intermédio da senhora que tive a incrível honra de vestir a imperatriz.

— É tudo o que sonhei — Neela disse, suspirando com apreço. — E as asas?

— Sim, sim. É claro. São a parte mais maravilhosa de minha criação. — Lorenzo tirou de uma bolsa de seda uma grande peça dourada, porém delicada, que se encaixava sobre os ombros de Amara, dando a ilusão de asas douradas.

Amara rangeu os dentes, achando o acessório um incômodo um tanto quanto pesado e desnecessário. Mas preferiu não reclamar, já que acrescentava um toque etéreo e místico.

— Perfeito. — Neela suspirou, entrelaçando as mãos. — Hoje você terá tudo o que eu sempre quis para você. Estou honrada por ter sido capaz de tornar tudo isso possível.

Na semana que se passara desde que tinha ido visitar Mikah Kasro em sua sala do esquecimento, onde ele ficaria até ser levado para a execução durante a cerimônia, Amara tinha tentado não pensar na conversa que tiveram. No entanto, parte dela não saía de sua cabeça, como um pedaço teimoso de comida preso nos dentes, quase impossível de tirar.

"Sua avó só acredita no próprio desejo de poder", ele tinha lhe dito.

— Estou muito feliz com sua aprovação — Amara disse em voz baixa. — Veio aqui só para dar uma olhada no vestido, *madhosha?*

Lorenzo a espetou de novo com a agulha, e ela deu um tapa em sua mão.

— Basta — ela o repreendeu. — Chega de consertar coisas que já estão perfeitas.

Lorenzo se afastou dela no mesmo instante, curvando-se.

— Sim, claro. — Mais uma vez, havia medo em seu olhar. Era o mesmo medo que ela se lembrava de ter visto nos que olhavam para seu pai.

Ter tanto poder sobre os outros deveria satisfazê-la.

Em vez disso, provocava-lhe uma sensação fria de vazio.

"Sei que vou ser uma boa líder", ela tinha dito a Mikah. "Meu povo vai me amar".

"E se não amar?", ele questionou. "E se as pessoas se rebelarem e tentarem mudar o que lhes foi imposto sem que pudessem escolher, vai mandar matar todo mundo?"

— *Dhosha* — a avó disse com firmeza, como se tivesse tentado chamar sua atenção mais de uma vez enquanto Amara estava perdida em seus pensamentos.

— Sim?

Amara observou ao redor, emergindo de seus pensamentos. Lorenzo não estava mais no quarto. Ela nem tinha notado quando ele havia saído.

— Você me perguntou se vim aqui apenas para ver o vestido — Neela disse. — Não. Fico feliz em dizer que seu presente finalmente chegou.

Amara balançou a cabeça.

— A senhora não precisava me dar um presente, *madhosha*. Já fez muito por mim.

Neela sorriu.

— Mas esse presente é especial. Venha comigo para recebê-lo.

Amara se trocou e colocou um vestido mais casual e um xale. O resto do dia seria de relaxamento, meditação e descanso. Depois ela seria arrumada dos pés à cabeça, os lábios e olhos seriam pintados, o cabelo escuro seria trançado com joias, e o vestido seria o último toque antes da cerimônia de ascensão.

Apoiada na bengala, Amara seguiu Neela pelos corredores da Lança de Esmeralda. Elas passaram por vários criados, todos olhando para o chão. Encarar um membro da família real kraeshiana diretamente nos olhos não era permitido desde que o pai de Amara tinha considerado o ato uma afronta.

Sacerdotes e profetas também ocupavam os corredores, vestidos com longas túnicas roxas. Eles tinham vindo de vários lugares do império para participar da Ascensão.

Os longos corredores estavam cobertos com tapetes bordados que um artesão contratado tinha levado uma vida para fazer. Amara se deu conta de que nunca tinha prestado muita atenção à beleza do palácio, aos requintados vasos, às esculturas e pinturas que pontuavam todo o palácio, muitos obtidos de reinos que seu pai havia conquistado.

Roubados, não adquiridos, ela lembrou a si mesma.

Eram objetos que pertenciam a reis e rainhas assassinados pelo imperador enquanto ele avançava pelo mundo como uma praga.

O que estou pensando? Ela balançou a cabeça para expulsar aquelas ideias sombrias.

Seu pai não estava mais lá. Nem seus irmãos mais velhos.

Ela não tinha ouvido uma palavra sobre Ashur.

Amara sabia que deveria ser diferente daqueles que tinham governado antes dela.

Ela e a avó subiram a escadaria privada em espiral que levava ao sexto andar e percorreram outro longo corredor. No fim dele havia um rosto familiar, um rosto que fez as preocupações de Amara desaparecerem, e seu sorriso voltar.

— Costas! — Quando se aproximou de seu guarda de confiança, ele se curvou diante dela. — Que bom ter você aqui para me ajudar a celebrar este dia tão importante.

— Imperatriz — Costas disse. — Estou aqui a pedido da rainha Neela.

Rainha Neela. Ela tinha notado que muitos se referiam à sua avó dessa maneira agora.

Claro que fariam isso. Ela era a parente mais próxima e conselheira de confiança da imperatriz.

Sua avó merecia aquele título.

Amara virou para Neela, sorrindo.

— Chamou Costas em segredo como um presente para mim? Se fez isso, agradeço-lhe muito.

Neela balançou a cabeça.

— Não. No entanto, Costas lhe trouxe um presente e o transportou para cá correndo grandes riscos. — Ela apontou para a porta que havia ao lado do guarda alto. — Seu verdadeiro presente está dentro desse quarto.

Que curioso. Que raro tesouro Costas teria lhe trazido a pedido de sua avó no dia de sua Ascensão?

Amara foi até a porta, pressionando a mão sobre a superfície fria e lisa. Apesar de qualquer apreensão ou dúvida, ela jurou que aproveitaria todos os momentos daquele dia. Desfrutaria. Saborearia.

Independentemente do que fosse aquele presente misterioso, ela o merecia.

Amara abriu a porta e entrou no pequeno cômodo. Uma mulher toda vestida de branco virou para ela e então baixou os olhos para o chão. Ela fez uma reverência profunda e se afastou do pequeno móvel que tinha diante de si.

Parecia muito um berço.

Com a respiração acelerada, Amara se aproximou aos poucos e olhou lá dentro.

Um bebê com olhos azul-celeste e cabelo escuro a encarava.

Amara ficou surpresa, cobrindo a boca com a mão.

Neela entrou.

— Gostou do meu presente?

— *Madhosha*, o que a senhora fez? — Amara perguntou, sem fôlego.

— Sabe de quem é essa criança? — Neela perguntou.

Amara mal conseguia pensar, muito menos falar.

— É a filha de Lucia Damora.

— Você não mencionou a existência dela. Tive que saber por Costas. Essa criança é filha de uma feiticeira profetizada com um imortal. Uma criança com pais tão extraordinários deve ter uma magia incrível, uma magia que podemos usar para muitas coisas.

Amara segurou a bengala com mais força.

— *Madhosha*...

Neela se abaixou ao lado do berço e acariciou o rostinho aveludado da bebê.

— Que nome devemos dar a ela?

— Ela já tem um nome. É Lyssa. — Amara virou para Costas. — Você fez isso. Você a tirou do berço, dos braços de uma mãe que vai destruir o mundo para encontrá-la?

A expressão de Costas permaneceu calma.

— Não vai.

— Vai, sim! Assim que Lucia souber que Costas levou a filha dela...

— Eu pensei nisso — ele a interrompeu. — Claro que sim. A rainha Neela me deu instruções explícitas para que eu desse a entender que o deus do fogo a sequestrara. A única testemunha que me viu entrar no palácio está morta. Foi queimada como prova.

— Mais um motivo para a feiticeira concentrar sua atenção nesse deus do fogo que você não conseguiu controlar — Neela disse. — Vamos criar essa criança como sua filha, assim como o rei Gaius criou a própria Lucia. Meu boticário me disse que podemos usar o sangue dela para criar poderosos elixires para fortalecer o império. Elixires para mantê-la jovem e bela por muitos e muitos anos.

— Elixires — Amara repetiu, olhando mais uma vez para o rosto da criança sequestrada — para me manter jovem e bela.

— Sim. — Neela então beijou as bochechas de Amara. — Estou tão feliz por ter podido lhe dar esse presente. Um presente que vai apreciar mais a cada ano que se passar.

A cada ano que se passar com a rainha Neela aconselhando-a sobre como governar seu povo, como controlá-lo e como punir aqueles que se opuserem a elas.

Não quero uma criança sequestrada como presente, Amara pensou com um desespero repentino. *Não quero nada disso.*

O que foi que eu fiz?

Ainda assim, sem saber como sua avó reagiria se dissesse toda a verdade sobre como se sentia, Amara forçou um sorriso nos lábios.

— Muito obrigada, *madhosha*, por sempre cuidar de mim. Por tornar possível o dia de hoje.

Neela apertou as mãos dela.

— Todos vão se curvar diante de você. Todos os homens que já fizeram uma mulher kraeshiana sofrer. E você vai ser a melhor e mais temida governante que este mundo já viu.

Amara manteve o sorriso falso ao sair do quarto da bebê e voltar aos próprios aposentos.

Ela caminhou o mais rápido possível, tentando conter as lágrimas que já se formavam.

Tinha sido ideia da avó envenenar sua família.

Tinha sido ideia da avó matar Ashur se ele se tornasse um problema.

Tinha sido ideia da avó sequestrar a filha da feiticeira.

Amara tinha confiado na avó a vida toda, sempre disposta a fazer o que ela dizia, sabendo que Neela só queria ajudá-la a conquistar o poder.

Poder que Neela poderia utilizar para o próprio bem.

Com os pensamentos confusos e a visão embaçada, Amara não viu a pessoa escondida na curva do corredor que levava à sua gigantesca ala na residência real.

Pelo menos não até ser agarrada.

Sua bengala caiu antes que ela pudesse usá-la para atacar a mão grande que a pegou pela garganta e a imobilizou contra a parede.

A ponta de uma lâmina afiada foi pressionada contra seu rosto.

— Ora, foi mais fácil do que eu imaginei — Felix Gaebras murmurou. — Não há segurança suficiente no palácio verde e pontudo para evitar a aproximação de criminosos fugitivos como eu. Que vergonha.

Vê-lo foi um choque tão grande que Amara não reagiu, não lutou, enquanto ele a arrastava até o quarto vazio. Felix a empurrou, e ela cambaleou para trás e caiu no chão.

A porta foi fechada e trancada.

Amara lançou um olhar para a porta. Felix não tinha entrado na Lança de Esmeralda sozinho.

— Nerissa — Amara suspirou.

Os olhos de sua antiga criada se estreitaram com frieza sobre ela.

— Tão longe de Mítica, pensei que já tivesse esquecido meu nome.

— Claro que não. — Amara tentava engolir, respirar. Tentava não parecer apavorada. — Vai impedir que Felix me mate?

— Não. Na verdade, estou aqui para ajudá-lo.

Amara ficou encarando os dois por um demorado momento. Depois começou a rir, atraindo olhares irritados tanto de Nerissa quanto de Felix. O dia tinha sido tão surreal — das asas douradas, o medo nos olhos do costureiro e o sequestro da bebê com sangue mágico que ela tinha ganhado de presente.

— Pare de rir! — Felix gritou.

— O que foi? — Nerissa perguntou. — Está louca?

— A esta altura? É muito provável. Mas você, Nerissa, como cúmplice no assassinato de uma mulher desarmada? Nunca pensei que pudesse ser tão fria.

Amara foi tomada pela certeza de que a punição que merecia tinha chegado bem antes do esperado.

— Gostaria de poder dizer o mesmo sobre você — Nerissa disse com calma.

Amara relaxou, observando atentamente a antiga criada. Alguém que tinha olhado para ela com bondade e paciência pouco tempo atrás. Alguém que havia compartilhado histórias de seu doloroso passado.

— Você me contou que você e sua mãe passaram maus bocados durante o reinado do meu pai. Sabe como é ser oprimida pelos homens e precisar usá-los para conseguir o quer. Achei que entenderia, pelo menos em parte, por que fiz o que fiz.

— O que contei sobre minha mãe ser uma cortesã era mentira. — Nerissa arqueou uma sobrancelha fina. — Ela fazia o que era necessário para sobreviver. Mas, na maior parte do tempo, minha mãe era uma assassina.

Felix ficou boquiaberto.

— Você nunca me contou isso. Temos muito em comum!

Nerissa olhou feio para ele.

— Sua mãe não era uma assassina.

— Não, mas eu sou. Ah, Nerissa, você fica mais interessante a cada dia que passa. Podíamos ser parceiros depois disso. Justiceiros que assassinam criaturas terríveis e perversas no mundo todo! Mas seria ótimo se pudéssemos evitar viagens marítimas. Ainda estou passando mal por causa da viagem de Mítica até aqui.

Nerissa torceu o nariz.

— Isso, tudo isso, é improvável, Felix.

Ele franziu a testa e passou os dedos pelo tapa-olho.

— É porque eu não tenho um olho? Não posso fazer muita coisa sobre isso. Ah, espere. Também é culpa da imperatriz. Outro motivo pelo qual ela tem que morrer. — Ele observou a faca e estreitou o único olho. — Vou me divertir *tanto* com isso.

Nerissa deu um suspiro cansado.

— Quer parar em outro calabouço?

— Sem dúvida, não. — Felix girava a adaga na mão com a habilidade de alguém que brincava com armas afiadas todo dia. — Antes de finalmente, e com prazer, fazer isso com você, imperatriz, sou obrigado a lhe informar que estou aqui sob ordens do príncipe Magnus. Ele não ficou feliz ao saber que você mandou matar o pai dele.

Amara levantou, equilibrando o peso na perna boa. Apesar de seus problemas, sua vontade de viver continuava forte como sempre.

— Não fui eu. Minha avó contratou aquele assassino. Só fiquei sabendo quando cheguei aqui na semana passada.

Felix deu de ombros.

— Você está dizendo tudo isso como se importasse. Mas não importa. O resultado será o mesmo. Ou seja, você morta.

Amara se virou para Nerissa.

— E você simplesmente vai ficar aí parada vendo ele me matar?

— Vou, sim. — Nerissa cruzou os braços e bateu o pé como se a morte de Amara estivesse demorando demais.

— Antes daquela noite... com Kyan, quando traí todos vocês... achei que tivesse acreditado em mim — Amara disse, horrorizada com a fraqueza que estava deixando transparecer. Mas, ainda assim, era verdade. Ela não tinha mais nenhuma mentira guardada.

— Eu acreditei. Mesmo sabendo que não deveria, acreditei mesmo. — Nerissa suspirou e balançou a cabeça. — Mas você não demonstrou nenhum remorso, nenhum arrependimento. Todas as decisões que tomou foram em benefício próprio, e inúmeras pessoas sofreram por causa disso.

Felix girou a adaga mais uma vez.

— E você diz que *eu* falo demais! Podemos acabar com isso e sair daqui?

Acabar com isso.

Acabar com *ela*.

Felix tinha muitas razões para querer Amara morta. Na verdade, ela não o culpava.

Ela o tinha magoado demais.

Não. Amara tinha tentado *destruí-lo*. Mas ele tinha sobrevivido.

— Admiro isso — Amara disse.

— O quê? — Felix resmungou.

— Você. Vejo agora que teria sido muito melhor tê-lo como aliado do que como inimigo.

Ele franziu a testa.

— Esperava ouvir você suplicar de modo mais satisfatório por sua vida a esta altura. Isso é extremamente decepcionante.

— Acabou — Amara disse.

— Exatamente o que quero dizer. — Felix abriu um sorriso frio e deu um passo à frente.

Ela levantou a mão e ergueu o queixo.

— Mas você não pode me matar. Não agora. Mais tarde, talvez. Mas não agora. Tem muita coisa que precisa fazer primeiro, e vai precisar de muito da minha ajuda.

— Não. Acho que vou apenas matá-la — Felix insistiu e levantou a adaga.

Nerissa segurou o punho dele no ar, os olhos fixos em Amara.

— Do que está falando?

Amara vasculhou a mente, tentando pensar em como começar.

— Certo — ela disse. — Ouçam com atenção...

27
JONAS

PAELSIA

Eles saíram da hospedaria ao amanhecer.

Mia, a atendente com amnésia — que Lucia insistia em dizer que era uma imortal — já estava acordada, servindo o café da manhã, e lhes deu um pouco de pão velho e mel para a viagem.

A caminho das Montanhas Proibidas, Lucia mal falou. Ela se movimentava com rapidez pela trilha precária, claramente determinada a avançar.

Jonas observou os picos pretos e irregulares que se elevavam ao redor deles e puxou o manto sobre os ombros. Estava frio, a temperatura estava muito mais baixa do que no pequeno vilarejo que tinham deixado.

Era um frio que ele sentia mais do que na superfície.

Que chegava fundo, até os ossos.

— Sabe o que me disseram sobre essas montanhas quando eu era criança? — ele perguntou, sentindo necessidade de puxar assunto.

— O quê? — Lucia questionou, ainda com os olhos fixos no caminho.

Jonas tinha se esquecido delas até então — das histórias contadas pelos adultos para as crianças sobre as Montanhas Proibidas. Ele nunca tivera paciência para contos de fantasia ou magia. Ele preferia sair para caçar, mesmo quando mal conseguia levantar um arco.

— Disseram que são bruxas ancestrais, amaldiçoadas por usar sua magia negra contra o primeiro rei de Mítica, logo depois que o mundo foi criado.

— Ouvi outras lendas sobre elas, mas a sua não me surpreende nem um pouco — Lucia afirmou em voz baixa. — Bruxas sempre são culpadas por tudo, quando a maioria não tem magia suficiente nem para acender uma vela.

— Por que acha que isso aconteceu? — ele se perguntou em voz alta.

— O quê?

— Bruxas... Elas com certeza existem. Agora sei disso. Mas a magia delas é inofensiva, ao contrário do que dizem as histórias.

— Eu não diria isso. Até mesmo os mais fracos *elementia* podem ser fortalecidos com sangue. Pelo jeito foi assim que minha avó conseguiu ajudar Kyan com seu ritual. Então, se uma bruxa fortalecer sua magia até um nível perigoso, e se suas intenções forem sombrias, ela com certeza não é inofensiva.

Jonas não sabia quantas bruxas existiam, apenas que, se alguém descendesse de um Vigilante exilado, havia uma chance de ter magia dentro de si.

— Imagino que esteja certa. E devemos agradecer que você seja a única que tem a quantidade de magia que tem.

Lucia não respondeu.

— Princesa? — ele perguntou, franzindo a testa. — Ainda tem sua magia, não é?

Ela hesitou.

— Enfraqueceu de novo. Não sei quanto tempo vai demorar para retornar totalmente a mim. Nem mesmo se é uma possibilidade. — Lucia olhou para trás, para onde ele estava. Seus olhos estavam arregalados e vidrados. Jonas ficou com o coração apertado.

— Você não é apenas uma bruxa comum — ele disse, balançando a cabeça. — É uma feiticeira. *A* feiticeira.

— Eu sei. Mas Lyssa... de algum modo, ela tem roubado minha magia desde a gravidez. Mas juro pela deusa, mesmo que não houver um vestígio de *elementia* dentro de mim, vou salvá-la, não importa o que tiver que fazer.

— E vou ajudar — Jonas disse com firmeza, mesmo assustado com a ideia de a magia dela não ser mais confiável para auxiliá-los na batalha contra Kyan. — Prometo.

— Obrigada. — Lucia o encarou nos olhos por um instante, antes de assentir e virar. — Agora, continue andando. Estamos quase chegando.

Jonas fez o que ela disse, um pé diante do outro.

Ele se obrigou a continuar caminhando mesmo que cada passo fosse um teste de sua coragem. Aquelas montanhas sempre fizeram parte de sua vida — uma imagem apavorante ao longe, visível de qualquer ponto de Paelsia.

Os dois entraram na região montanhosa, e qualquer resquício de vegetação que tivessem visto nos quilômetros anteriores desapareceu por completo. O céu estava nublado, como se uma tempestade se formasse e, mais distante, para além das montanhas, nuvens ainda mais escuras bloqueavam o sol.

Conforme mais se embrenhavam nas montanhas negras, Jonas percebeu que fazia mais frio ali do que em Limeros. Era um frio congelante, que chegava até os ossos e se alojava neles. O tipo de frio que ele sabia que não podia ser afastado com um cobertor e uma fogueira.

Ele esfregou o peito, a marca em espiral dos Vigilantes. O frio parecia tocar mais fundo precisamente naquele ponto, a ponta de uma lâmina procurando seu coração.

— Este lugar — ele disse. — Passa uma sensação de morte.

Lucia concordou.

— Eu sei. Há ausência de magia aqui... Ausência de vida em si.

Pelo pouco que entendo, foi isso que escorreu sobre Paelsia por gerações, fazendo sua terra definhar e morrer.

Jonas observou os terrenos áridos. Ele estremeceu.

— Como um pêssego podre que começa a contaminar toda a cesta.

— Exatamente. Por sorte, no meio de toda essa morte está... aquilo.

Eles chegaram a uma colina cinzenta e rochosa e, do outro lado, para onde Lucia tinha apontado, havia uma paisagem que fez Jonas perder o fôlego.

Um grande fragmento de cristal roxo, da altura de três homens, emergia em meio a uma área de vegetação ao longe. Além daquele pequeno círculo de vida, havia apenas solo preto e queimado.

— Foi onde enfrentei Kyan — Lucia comentou com seriedade enquanto subia a colina íngreme que levava ao monólito. — Ele não estava em sua forma mortal. Estava como você viu no meu sonho.

Um monstro gigantesco feito de fogo.

— Você foi muito corajosa naquele sonho — ele disse, lembrando-se da garota sobre um manto que confrontou o deus de fogo e jurou que o deteria.

— Não posso dizer com sinceridade que fui tão corajosa na vida real. Mas isso... — Ela passou a mão no anel de ametista que sempre usava. — Isso me protegeu como supostamente protegeu Eva quando ela o usava. E Kyan explodiu. Achei que o tinha matado, mas apenas destruí o corpo que estava usando como veículo. Eu desmaiei e, quando acordei, estava no Santuário.

Jonas não conseguia mensurar como aquilo devia ter sido assustador. Enfrentar um monstro de verdade sem recorrer a ninguém, sem ter ajuda. Ele tinha julgado mal aquela garota por tempo demais. Lucia tinha passado por muita coisa; era um milagre continuar viva e sã.

Ele observou o monólito quando se aproximaram.

— Então isso é um portal para outro mundo, como as rodas de pedra?

— Sim — ela confirmou. — Foi daqui que se originou aquela magia, a capacidade de transitar entre os mundos. Só espero que, agora que estamos aqui, a passagem funcione mesmo que minha magia esteja tão instável.

— Tenho fé em você — Jonas disse. — E em sua magia.

Lucia virou para ele com olhos vermelhos, como se esperasse uma reação mais dura, mais crítica àquela declaração.

Em vez disso, Jonas abriu um pequeno sorriso para ela. Estava sendo sincero.

Apesar de qualquer intenção sombria que Timotheus tivesse atribuído a Lucia, a fé de Jonas nela tinha apenas crescido desde que o imortal lhe dera a adaga dourada.

Jonas se lembrou da visão sobre a qual Timotheus tinha lhe contado: Lucia com a adaga no coração e Jonas sobre ela.

Não, Jonas pensou. *É impossível.*

Ou ele estava errado, ou estava mentindo. O próprio Timotheus disse que via muitos futuros possíveis. Aquele era apenas um.

Jonas precisava de respostas do imortal. E exigiria saber a verdade sobre tudo.

Lucia já estava bem à frente, e Jonas deu vários passos para alcançá-la.

— Certo — disse a feiticeira ao virar para ele. — Agora vamos saber se essa jornada não passou de uma imensa perda de tempo.

Quanto mais perto chegava do monólito, melhor Jonas se sentia. O frio tinha se dissipado completamente, e um calor latejante fluía por seu corpo.

— Está sentindo isso? — ele perguntou, olhando para Lucia.

— Sim — ela respondeu.

— Veja — ele disse, apontando para a mão dela. — Seu anel... está brilhando.

Lucia levantou a mão e arregalou os olhos.

— Espero que seja um bom sinal.

O monólito também começou a brilhar, formando uma névoa violeta em volta deles.

— Acho que está me reconhecendo — ela sussurrou.

Jonas imitou Lucia e encostou a palma da mão sobre o cristal frio.

— Espero que não exploda.

Lucia riu, nervosa.

— Por favor, nem pense nisso.

O brilho do monólito logo se tornou tão intenso que Jonas precisou fechar os olhos para protegê-los da luz.

Quando os abriu, poucos instantes depois, não estavam no mesmo lugar de antes. Não mesmo.

Ele deu uma volta para observar o novo entorno. Os dois tinham ido parar em um campo gramado que lembrava a paisagem de fundo de seu último sonho com Timotheus.

— Funcionou? — ele perguntou, arqueando a sobrancelha e virando para a feiticeira a seu lado. — Ou estamos mortos?

— Você parece tão calmo, considerando que acabamos de viajar para outro mundo — ela comentou. Lucia o observou de cima a baixo, analisando-o de todos os ângulos. — Eu não tinha certeza se você poderia vir comigo para cá. Sua magia deve ser mais forte do que eu pensava. O que aconteceu... com certeza não aconteceria com qualquer pessoa.

Jonas teria respondido, mas estava ocupado demais observando a cidade radiante ao longe.

— *Funcionou* — ele respondeu, perplexo. — Este é o Santuário.

— É.

— Vou precisar de um tempo — ele disse. Jonas se abaixou, apoiando as mãos nos joelhos, tentando recuperar o fôlego. Sua mente estava acelerada. Um minuto antes, eles estavam nas Montanhas Proibidas, na frente de uma enorme pedra brilhante.

E agora estavam... no Santuário.

Ele sempre dizia que só acreditava no que podia ver com os próprios olhos. E podia ver aquilo. Tudo aquilo, de uma única vez.

Era real.

— Não temos tempo para descansar. — Lucia saiu andando na direção da cidade. — Precisamos encontrar Timotheus.

À primeira vista, tudo parecia bem normal — céu azul, grama verde, flores coloridas — e, ao longe, uma cidade com construções altas e douradas.

Mas, ao mesmo tempo, nada era normal, Jonas pensou, enquanto passavam por duas rodas de pedra gigantescas sobre o terreno verde entre o campo e a cidade de cristal.

— O que são essas coisas? — ele perguntou.

— São os portais que os imortais usam para adentrar nosso mundo — Lucia explicou. — Em forma de falcão.

Jonas se deu conta de que não via nenhum falcão havia algum tempo. Pelo menos não do tipo grande e dourado como os que sabia serem imortais espiões.

Talvez simplesmente não estivesse prestando muita atenção.

Depois dos portais de pedra, Jonas avistou outras diferenças entre o Santuário e o mundo mortal. As cores ali eram mais vibrantes, como as de pedras preciosas. A grama era de um tom vivo de verde-esmeralda, e as flores vermelhas que pontuavam o campo pareciam rubis.

O céu era bem azul — da cor de um dia de verão, sem nenhuma nuvem.

Mas não havia sol, apenas uma fonte de luz indeterminada.

— Onde está o sol? — ele perguntou.

Lucia observou o céu, protegendo os olhos da claridade.

— Parece que eles não têm sol aqui. Mas é sempre dia.

Jonas balançou a cabeça.

— Como é possível?

— Vamos nos concentrar em chegar à cidade, que tal? Então você vai poder fazer as perguntas que quiser a Timotheus. Espero que tenha mais sorte do que eu em obter respostas.

A cidade tinha altas muralhas de proteção, muito parecidas com as da Cidade de Ouro, mas os portões ficavam abertos e desprotegidos.

Lucia hesitou apenas por um instante antes de atravessá-los e entrar na cidade.

Jonas não sabia lidar com tudo o que estava vendo. Cidade de Ouro e Pico do Falcão eram as duas cidades mais ricas de Auranos. Havia ouro incrustado nas pedras das estradas cintilantes, e ambas eram imaculadamente limpas. Nenhuma das duas, no entanto, chegava aos pés daquela em termos de beleza e fascínio. Parecia totalmente feita de cristal, prata e vidro transparente e delicado. Mosaicos brilhantes e coloridos cobriam o labirinto de estradas que os conduziam por aquele verdadeiro sonho.

Os prédios eram mais altos do que qualquer coisa que Jonas já tivesse visto, ainda mais altos do que os palácios em Auranos e Limeros, com torres que iam até o céu. Ali, cada estrutura individual era estreita, com cantos angulosos e irregulares que o faziam se lembrar do próprio monólito. Eram duas vezes mais altas que uma torre de sentinela, mas Jonas nunca tinha visto uma torre feita de outro material além de pedra e tijolos.

— Incrível — Jonas murmurou. — Mas onde está todo mundo?

Lucia não parecia tão impressionada com a vista; ela estava ocupada demais adentrando a cidade.

— Não há muitos imortais aqui, considerando o tamanho da cidade — ela respondeu. — Talvez uns duzentos, mais ou menos. Faz o lugar parecer completamente vazio.

— Faz mesmo — ele concordou.

— Mas é estranho — ela disse, franzindo a testa. — Achei que já teríamos visto alguém a esta altura.

Jonas notou o desconforto na voz dela e ficou preocupado.

Ele seguiu Lucia até uma clareira que parecia ter cerca de duzentos passos de diâmetro. No centro, havia uma torre três vezes mais alta do que qualquer outra na cidade, que subia na direção do céu como um feixe brilhante de luz.

— Essa torre é o lar dos anciãos — Lucia explicou. — É como um palácio. Quando estive aqui, todos os outros imortais se reuniram nessa praça para ouvir um anúncio de Timotheus.

Jonas observou o local vazio, franzindo a testa.

— Alguma coisa parece errada, princesa — ele disse. — Está sentindo?

Ele não sabia dizer exatamente o quê. Era como o frio no ar que tinha sentido nas Montanhas Proibidas, pouco antes de chegarem ao monólito de cristal. Apesar de toda sua beleza intensa e mística, a cidade passava uma sensação de...

Morte, ele pensou.

Lucia concordou.

— Também estou sentindo. Onde está todo mundo? Isso não está certo.

— Será que estão preocupados por duas pessoas terem passado pelos portões da cidade inesperadamente? — ele perguntou.

— Não me notaram da última vez, não de imediato. Mas então conheci Mia, a garota da taverna.

— Aquela que não se lembra de nada.

Lucia assentiu, muito séria.

Então, de canto de olho, Jonas viu algo cintilar na parede de uma das torres. Claro e escuro, claro e escuro, como um piscar de olhos rápido.

Estava mudando de cor, de um prateado brilhante para...

A imagem de um senhor.

Lucia ficou boquiaberta.

— Timotheus?

Jonas se virou para o que, de fato, parecia um Timotheus muito velho, de cabelo branco e rosto enrugado.

— Sim, sou eu — disse a imagem. — Seus olhos não os estão enganando.

Jonas percebeu que não era apenas uma imagem — era Timotheus, aparecendo de algum modo na lateral daquela torre e observando-os no meio daquela gigantesca praça vazia.

— O que aconteceu? — Lucia perguntou com os olhos arregalados. — Por que você está assim?

— Porque estou morrendo — Timotheus respondeu em voz baixa e distante.

— Como assim, *morrendo*? — Jonas questionou. — Você é imortal. Não pode morrer!

— É claro que imortais podem morrer — ele respondeu. — Só demoramos muito mais que os mortais.

— Timotheus... — Lucia deu um passo à frente, os ombros tensos. — Preciso urgentemente falar com você.

Timotheus balançou a cabeça.

— Você não devia estar aqui. Tive uma visão de que ambos viriam, mas tive esperanças de que mudassem de ideia. Infelizmente, não mudaram. Mas precisam ir embora agora mesmo.

Lucia cerrou os punhos.

— Não posso ir embora! Kyan pegou minha filha, e minha magia... está fraca. Não sei se consigo aprisioná-lo e os outros. — A voz dela estava tremendo. — Preciso salvar minha filha, e não sei como. Vim pedir sua ajuda.

— Não posso ajudá-la — ele respondeu com seriedade. — Não mais.

— Mas você precisa — Jonas disse, dando um passo para a frente. — Precisamos de respostas. Viemos até aqui. Nem sei como é possível eu estar aqui.

— Não sabe? — Timotheus riu. — Meu jovem, você tem tanta magia neste momento que estou surpreso por não estar transbordando por sua pele.

Ele era capaz de sentir aquilo? Jonas não se sentia diferente de antes.

— Como sabe disso?

— Porque eu mesmo coloquei uma boa quantidade de magia dentro de você.

Jonas ficou surpreso.

— Você o quê?

— Alguns mortais, no decorrer dos séculos, se revelaram excelentes portadores de magia. Você é um deles.

Lucia alternou o olhar entre eles.

— Ele é um portador de magia? Como assim?

— Assim como um mortal rico usa um banco para armazenar ouro, e o mesmo banco para pedir empréstimos — Timotheus explicou. — Esse é o propósito de Jonas e parte de seu destino. Achei que ele seria muito útil, e está sendo.

— Espere — Jonas disse. — O que está dizendo? Você colocou a maior parte dessa magia em mim? Como fez isso?

Timotheus olhou para ele pacientemente.

— Você não entenderia nem se eu explicasse. E não há tempo para explicações.

— Arrume tempo — ele resmungou. — Já sei que a magia dentro de mim veio de Phaedra, quando ela morreu depois de salvar minha vida, e de Olivia, da magia que usou para me curar...

— Sim. E foi como eu soube que você era um veículo. Eu lhe dei mais magia no último sonho que lhe visitei, o máximo que pude. Você já sabe que o que é compartilhado em sua mente inconsciente pode virar realidade.

A adaga dourada. Então Timotheus tinha transferido magia para

Jonas, assim como tinha lhe dado a adaga, que havia viajado de um mundo a outro.

Ele ficou observando, perplexo, a gigantesca forma de Timotheus na lateral da torre. O imortal parecia um homem, andava e falava como um homem.

Mas não era um homem. Era um deus.

Todos os imortais eram deuses.

Para alguém que nunca tinha acreditado em ninguém nem nada... aquela era uma revelação impressionante.

— Por que colocou sua magia dentro de mim? — Jonas perguntou, agora mais hesitante. — Porque sabia que ficaria fraco desse jeito?

— Em parte — Timotheus reconheceu.

— E agora? Você a pega de volta, se recarrega, e se recupera?

Timotheus encarou os dois por um instante, os lábios franzidos, pensativo.

— Não.

— Não? — Lucia perguntou, aturdida. — Como assim, *não*? Eu preciso de você, Timotheus. Ninguém mais pode me ajudar. Kyan sequestrou minha filha e tenho medo de não poder salvá-la!

— Eu vi seu futuro, Lucia Damora — Timotheus disse com calma. — Eu a vi ao lado do deus do fogo, com as esferas de cristal, movendo os lábios para completar o ritual que dará poder a ele e aos outros três. Mais poder do que já tiveram. E você o faz de livre e espontânea vontade, assim como ficou ao lado do penhasco naquela noite fatídica, pronta para ajudá-lo a destruir o mundo. Você está aliada a Kyan, e qualquer desculpa relacionada a Lyssa é apenas isto: uma desculpa.

O rosto de Lucia ficou vermelho, os olhos repletos de fúria.

— Como ousa me dizer uma coisa dessas? Não estou aliada a Kyan, eu o odeio!

Timotheus deu de ombros.

— Nós não mudamos. Somos quem somos durante a vida toda. Podemos experimentar outros caminhos, mas nunca funciona. Eu não sou diferente. Fui criado para ser guardião deste lugar — ele moveu a mão enrugada na direção do terreno que ficava além dos portões da cidade — e do mundo mortal. Eu tentei, realmente tentei. E ainda estou tentando neste exato momento, mas estou fracassando, e todos os outros iguais a mim fracassaram. Acabou, Lucia. A luta terminou e nós perdemos. A intenção nunca foi que vencêssemos.

Jonas estava ouvindo em silêncio o que o imortal dizia e prestando atenção na reação de Lucia, compartilhando sua indignação.

— É isso? Você está desistindo? Simples assim?

— Você não sabe por quanto tempo e com tanto afinco eu lutei para chegar a este ponto — Timotheus respondeu, exausto. — Achei que existia uma chance, e fiz o que pude para ajudar. Mas, no final, nada importa. O que tiver que acontecer vai acontecer. E precisamos aceitar.

A fúria de Jonas começou a fervilhar. Ele se aproximou mais da torre como se pudesse alcançar a imagem e puxar Timotheus para fora dela.

— Isso é muito típico de você, falar em enigmas, mesmo agora. Lucia precisa de sua maldita ajuda para consertar essa bagunça, e você está aí em cima com sua... *sei lá que magia* está usando agora, olhando para nós. Afastado de tudo, são e salvo em sua torre gigantesca, enquanto estamos aqui fora, lutando, sangrando e morrendo.

— Lutando, sangrando, morrendo... — Timotheus balançou a cabeça. — É isso que fazem os mortais. Passado, presente e futuro. O pouco futuro que resta, de qualquer modo. Tudo termina. Nada é de fato imortal.

— Timotheus... — O tom de voz de Lucia tinha se acalmado. Ela entrelaçou as mãos diante do corpo e olhou para a imagem na lateral da torre. — Onde estão os outros para ajudar você?

— Os outros se foram — ele respondeu sem rodeios.

— Eu... eu vi Mia. Eu a vi em um vilarejo paelsiano, não muito longe do monólito. — Ela balançou a cabeça. — Não conseguia se lembrar de nada, nem de ser imortal, nem do Santuário, nem de já ter me conhecido.

— Você fez isso com ela — Jonas disse, preenchendo as lacunas sozinho. — Você a machucou, roubou sua memória. E a dos outros também.

— Tirando conclusões precipitadas, como sempre — Timotheus respondeu. — Apressado em suas decisões, precipitado, ousado e, com frequência, errado.

— Então o que aconteceu de verdade? — Lucia perguntou.

Jonas não queria ouvir mais nenhuma mentira. Tinha sido uma perda de tempo ir até lá. Ele estava prestes a dizer aquilo quando Timotheus finalmente respondeu:

— Cobrei um favor de uma velha amiga — ela disse. — Com recursos e magia para apagar memórias. Restaram tão poucos de nós, e ninguém além de mim sabia a verdade sobre o que esse lugar tinha se tornado. Eles só achavam que era uma bela prisão, de onde podiam sair em forma de falcão para observar a vida dos mortais. No decorrer dos séculos, alguns escolheram ficar em seu mundo como exilados, e sua magia foi desaparecendo durante suas limitadas vidas. Descobri que exilados costumam ficar felizes com sua decisão de partir e viver a vida de um mortal, imperfeita, curta e repleta de belas falhas.

— Então deu essa chance a eles — Lucia disse quase num sussurro. — A todos que restaram. Você os exilou e mandou apagar suas memórias para que pudessem viver uma vida mortal sem laços com o Santuário.

Timotheus assentiu.

Jonas queria odiá-lo. Queria puxar a adaga dourada que, de algum modo, Timotheus tinha lhe dado por meio do sonho, e arremessá-la na torre, bem ali, naquele exato momento.

Mas não o fez.

Ele observou o rosto velho e cansado do imortal, que tinha vivido incontáveis séculos, com uma pergunta que precisava fazer desesperadamente.

— Por que não fez o mesmo com você? — Jonas questionou. — Se o que diz é verdade, por que não optou por viver uma vida repleta de belas falhas como um mortal?

— Porque — Timotheus disse com tristeza — eu precisava aguentar um pouco mais. Precisava ter a esperança de que, nos últimos momentos, alguém pudesse me surpreender.

— Surpreendê-lo como? — Lucia perguntou.

— Provando que estou errado.

— Desça até aqui — Lucia lhe pediu. — Me ajude a aprisionar a Tétrade. Tudo vai voltar ao normal, aqui e no mundo mortal. Você vai se recuperar do que aconteceu e... e depois vai poder ser o que quiser, onde quiser.

— Eu tinha esperança de que isso fosse possível, mas é tarde demais. — Ele olhou para baixo, balançando a cabeça. — O fim chegou. Finalmente, depois de todos esses anos. E agora, se tiverem alguma esperança de sobreviver, vocês devem...

Ele hesitou, como se uma onda de dor o tivesse atingido. Quando voltou a encarar os dois, seus olhos brilhavam com uma estranha luz branca quase ofuscante.

— O que foi? — Jonas perguntou quando Lucia agarrou seu braço. — O que devemos fazer?

— Vocês devem correr — Timotheus disse. E depois gritou: — CORRAM!

O brilho em seus olhos era tão forte que a imagem inteira de Timotheus ficou branca, e então ele desapareceu por completo.

Um feixe de luz penetrante explodiu na torre estreita, junto com um som agudo e atormentador. Jonas cambaleou para trás, afastando-se da torre, e tapou os ouvidos com as mãos, encarando os olhos arregalados de Lucia.

Quando o som parou, Lucia virou para a torre.

— Ele está morto. Timotheus está morto!

Jonas a encarou, chocado.

— Morto? Como pode ter certeza disso?

Ela observou desesperada os arredores, como se procurasse algo específico.

— A magia dele se foi. Era a única coisa que impedia que este mundo se destruísse por completo. Por isso ele ficou aqui.

Por isso nunca deixava o lugar em sua forma física.

E então Jonas ouviu um som de rachadura ao longe que parecia um trovão durante uma forte tempestade paelsiana. Mas muito mais alto. Muito maior. Quando olhou para a grande torre prateada, o novo reflexo na superfície fez seu sangue congelar.

Além das muralhas da cidade, o mundo estava desabando. Literalmente desabando. Grandes pedaços de terra desmoronavam da lateral de uma colina. O céu azul e sem nuvens se estilhaçava como vidro e caía, revelando uma noite muito escura. Colinas verdes e campos caíam em um abismo negro sem fim.

Jonas ficou paralisado ao testemunhar todo aquele horror — um pesadelo tornando-se realidade.

— Jonas! — ela gritou. — Jonas!

Ele finalmente olhou para Lucia quando a primeira torre de cristal caiu, despedaçando-se dentro de uma fenda.

— Eu me recuso a morrer aqui — ela disse, agarrando-o pelo punho. — Ainda temos muito a fazer. Vamos!

Ele não discutiu. Só correu ao lado dela na direção da torre. Lucia procurava desesperadamente uma porta, até que uma se abriu, como que do nada.

— Aonde estamos indo? — ele perguntou.

— Tem outro monólito aqui. Foi como Timotheus me mandou de volta para o mundo mortal da última vez.

Os dois percorreram um longo corredor até chegarem a uma pesada porta de metal. Lucia pressionou a palma da mão nela.

Nada aconteceu.

— Vamos! — ela gritou para a porta, tentando de novo, dessa vez pressionando as duas mãos contra o metal frio.

A porta finamente abriu.

— Podemos usar o monólito para escapar? — Jonas perguntou.

— Para ser sincera, não tenho certeza se vai funcionar. Então, se acreditar em algum deus ou deusa que já existiu, é hora de começar a rezar.

Ele quase gargalhou.

— E se eu simplesmente acreditar em você?

Lucia o encarou nos olhos por um instante e logo o puxou para o cômodo seguinte. Lá dentro havia um monólito violeta brilhante — uma versão menor do que estava nas montanhas.

— Ele sabia — Lucia disse, e Jonas mal conseguiu ouvi-la por causa do barulho da destruição do Santuário. — Timotheus garantiu que tivéssemos como sair antes de morrer.

O chão tremeu, e, a cada passo, pedaços do lugar começavam a se desfazer.

— Feche os olhos — Lucia gritou, agarrando a mão de Jonas e tentando encostar na superfície do cristal.

Com o contato, ele começou a brilhar cada vez mais. O barulho que emitia era ensurdecedor, como uma série de trovões.

Jonas sentiu Lucia apertar sua mão com mais força.

Aquele mundo estava acabando, e os estava levando junto...

Mas então o monólito desapareceu. O cômodo desapareceu.

E os dois estavam no meio de outro campo, próximo à roda antiga e desgastada que se projetava do chão.

Jonas observou ao redor, quase sem acreditar no que tinha acabado de acontecer.

— Conseguimos. Nós conseguimos! Você, Lucia Damora, é absolutamente incrível!

— Funcionou — ela disse, exausta. — Não acredito que realmente...

Jonas segurou o rosto de Lucia com as duas mãos e encostou os lábios nos dela, num beijo demorado e intenso. Quando finalmente se afastou, ele cambaleou para trás, aturdido.

Ela vai me matar por isso, pensou.

Lucia o encarou com olhos arregalados e dedos pressionados nos lábios.

— Por que você diria uma coisa dessas?

— O quê? — ele perguntou.

— Que eu mataria você.

Jonas ficou olhando para ela, confuso.

— Eu não disse nada. Eu... eu só *pensei*.

— Você pensou? — Ela o analisou com atenção. — *Está ouvindo isso?*

Os lábios de Lucia não se moveram, mas, ainda assim, ele ouviu claramente sua voz. Cada palavra.

O coração de Jonas disparou.

— *Posso ouvir seus pensamentos. Como isso é possível?*

— *Você tem a magia de Timotheus dentro de si. Deve ser por isso que conseguiu entrar no meu sonho.*

— *Ele sabia que isso ia acontecer?* — Jonas pensou, perturbado e intrigado com as possibilidades ao mesmo tempo.

Então Lucia falou em voz alta.

— Não posso lidar com isso agora. Preciso me concentrar em Lyssa e...

Ela soltou um grito e sucumbiu no chão. Jonas estava ao lado dela em um segundo, ajoelhando-se sobre a grama alta.

— O que foi? — ele perguntou, afastando o cabelo escuro do rosto dela.

— É Kyan... — ela respondeu com um sussurro aflito. — Eu o senti agora mesmo, dentro da minha cabeça.

— O quê? Como?

— Eu não sabia que isso era possível. Eu... eu tentei invocá-lo no palácio, depois que Lyssa foi levada, mas não consegui. Agora acho que ele está... *me* invocando.

Jonas praguejou em voz baixa, depois a ajudou a se levantar.

— O que quer que ele esteja fazendo nesse momento, ignore. Ele não tem poder sobre você.

— Ele está com Lyssa. — A voz dela falhou.

Jonas observou ao redor, avistando a silhueta de uma cidade familiar à distância.

— Acho que estamos em Auranos. Ali está... É Pico do Falcão. Significa que estamos a poucas horas do palácio.

O rosto de Lucia empalideceu, e seus olhos pareceram assombrados.

— É onde ele está.

— O quê?

— Na Cidade de Ouro — ela sussurrou. — Ele está na Cidade de Ouro neste instante. E quer que eu vá até ele. Ele está mais forte... muito mais forte do que antes. — Ela soltou um suspiro trêmulo. — Ah, Jonas... eu sinto muito.

Ele franziu a testa.

— Por quê?

Lucia tocou o rosto dele, encostando as palmas junto às bochechas e puxando-o para perto. Ele não resistiu. Por um instante, um segundo, teve certeza de que ela o beijaria de novo.

Lucia o encarou profundamente.

— Preciso tomar tudo desta vez. Timotheus devia saber que eu precisaria disso. Que eu faria isso. Ele sabia de tudo.

— O quê...?

Então Jonas sentiu uma sensação dolorosa de esvaziamento, como havia sentido na noite da tempestade, na noite em que tinha dado parte de sua magia a Lucia para que sobrevivesse ao parto de Lyssa. Mas era pior — mais profundo, de certa forma, como se a feiticeira estivesse roubando não apenas a magia, mas a própria vida dele, como se o tivesse apunhalado, e seu sangue se esvaísse, não lentamente, mas em um fluxo repentino e volumoso.

Antes que conseguisse processar o que aquilo significava, um frio recaiu sobre ele como um cobertor pesado. Jonas tentou se mexer, tentou se afastar, mas era impossível. Ele caiu em uma escuridão sem fim, da qual não sabia se retornaria.

Mas retornou.

Jonas acordou devagar, sem saber quanto tempo havia se passado. Ainda estava claro, e ele estava deitado ao lado da roda de pedra.

Lucia tinha ido embora.

Ele se levantou com dificuldade, depois abriu a parte da frente da camisa. Restava apenas um pequeno rastro da marca em espiral em seu peito.

Lucia tinha roubado sua magia e, ele sabia, sem sombra de dúvida, que quase tinha levado sua vida no processo.

Jonas tateou o cinto em busca da adaga, a arma que lhe foi dada para supostamente destruir a magia e matar a feiticeira se não houvesse outra opção.

Lucia passou para o lado de Kyan no momento em que ele a invocara. Não importava se havia feito aquilo para salvar a vida da filha. Deviam existir outras soluções, outras opções.

Jonas teria ajudado, bastava que ela pedisse.

Mas ela não tinha mudado, afinal.

Timotheus acreditava que o destino de Lucia era ajudar a Tétrade a destruir o mundo.

E Jonas sabia que o seu destino era impedi-la.

28

MAGNUS

AURANOS

Magnus e Cleo seguiram o curso do rio até o vilarejo mais próximo. Assim que chegaram, roubaram um par de cavalos e foram até Viridy, onde Magnus esperava que Ashur e Valia os encontrassem.

O peso do anel na mão do príncipe parecia maior do que antes. Ele sabia que era poderoso o bastante para salvar a vida de quem o usasse, mas não sabia que também era capaz de tirar uma vida...

O anel também tinha afetado Kyan, dando a Magnus a chance de fugir dele.

O anel tinha causado dor em Cleo quando esteve em seu dedo por um instante.

O que mais ele pode fazer?, Magnus se perguntou, sério.

Quando se aproximaram do destino, Magnus percebeu que Cleo o observava, segurando com firmeza as rédeas do cavalo.

— Você está bem? — ela perguntou. — Depois... depois do que aconteceu com Kurtis?

— Se *eu* estou bem? — Ele arregalou os olhos. — Você está possuída por uma deusa da água maléfica que quer ajudar os irmãos a destruir o mundo, mas está preocupada comigo?

Ela deu de ombros.

— Acho que sim.

— Estou bem — ele garantiu.

— Ótimo.

Cleo tinha lhe contado no caminho que a deusa da água podia falar com ela e que pedia, dentro de sua cabeça, que deixasse as ondas a levarem durante os episódios de afogamento. Que cedesse o controle de seu corpo.

Magnus ficou furioso por não saber como salvá-la daquele demônio que queria roubar sua vida.

Cleo também contara que Nic tinha recobrado a consciência o bastante para deixá-la escapar do templo. Que lhe dissera para destruir as esferas. Que as quatro eram as âncoras físicas da Tétrade no mundo. Que sem elas, os deuses seriam derrotados.

Magnus não acreditara a princípio, convencido de que tinha sido um truque de Kyan para manipulá-la. Mas Cleo tinha certeza de que era Nic.

Tanto que Magnus interrompera a viagem para pegar a esfera de água-marinha que ela levava e tentar quebrá-la com uma pedra. Tinha tentado até as mãos sangrarem e os músculos ficarem doloridos, mas não adiantara. A esfera continuava intacta, sem nem mesmo uma rachadura.

Ele tinha danificado o cristal da terra no passado, jogando-o contra uma parede de pedra do palácio limeriano em um acesso de raiva. Aquilo desencadeara um terremoto.

Mas, Cleo o fez lembrar, que tinha sido quando a deusa da terra estava dentro da esfera de obsidiana. Um cristal que tinha consertado os próprios danos depois que a deusa escapara de dentro dele.

Era mais que obsidiana, ele percebeu. Mais que água-marinha.

As esferas eram elementos de magia.

E, apesar do desejo inicial de encontrar aqueles tesouros inestimáveis e onipotentes, Magnus odiava cada um deles, porque sua mera existência ameaçava a vida da mulher que ele amava mais do que tudo e todos no mundo inteiro.

Ele sabia que Cleo não era uma garota indefesa. Longe disso. Ele a vira se defender tanto verbal quanto fisicamente no passado. Mas a ameaça não era simples como escapar da lâmina de um assassino ou disparar flechas na garganta de inimigos à queima-roupa em uma busca desesperada por sobrevivência.

Eles precisavam de uma feiticeira.

Mas teriam que se contentar com uma bruxa poderosa.

Os dois entraram em Viridy assim que a luz do sol da manhã começou a se mover pelo grande vilarejo. Os cascos dos cavalos batiam nas pedras reluzentes da estrada, cercada por construções e quintas. Era muito parecido com o labirinto da Cidade de Ouro — era possível se perder, se a pessoa não prestasse atenção. Magnus se forçou a se concentrar, a se lembrar do caminho que deveria tomar para chegar a seu destino. Por fim, e felizmente, chegaram à hospedaria e taverna no centro do vilarejo, aquela com o nome gravado em dourado numa placa de madeira: Sapo de Prata.

Deixando os cavalos com um cocheiro, Magnus conduziu Cleo até a entrada da taverna, quase vazia, exceto por uma pessoa sentada à mesa no canto, perto da lareira. Ao vê-los, Ashur se levantou.

— Você conseguiu — ele disse para Cleo, segurando as mãos dela, aliviado.

— Sim — ela respondeu.

— E viu Kyan... — ele arriscou.

Cleo confirmou.

— Vi. E Nic... ele ainda está aqui, e consegui falar com ele por alguns instantes. Ele me ajudou a fugir. Está lutando com todas as forças.

Ashur desabou sobre a cadeira.

— Ele não se foi.

— Não. Ainda há esperança.

— Fico muito feliz em ouvir isso — ele sussurrou.

— Onde está Valia? — Magnus perguntou, observando a taverna escura. — Você reservou um quarto para ela na hospedaria?

— Ela não está aqui — Ashur respondeu.

Magnus encarou o kraeshiano.

— O quê?

Então notou as bandagens ensanguentadas enroladas nas mãos de Ashur.

— Tentei invocá-la — Ashur afirmou. — Várias vezes. Segui as instruções perfeitamente, mas ela não apareceu.

Magnus abaixou a cabeça, pressionando as mãos contra as têmporas.

— Onde está Bruno? — ele perguntou. — Está aqui?

Ashur assentiu.

— Está.

— Quem é Bruno? — Cleo perguntou.

— Bruno! — Magnus gritou a plenos pulmões.

O homem saiu da cozinha, secando as mãos num avental sujo. Linhas profundas saíam do canto de seus olhos quando abriu um sorriso ao vê-los.

— Príncipe Magnus, que prazer em vê-lo de novo! — Ele viu Cleo e arregalou os olhos. — Ah, e trouxe sua bela esposa desta vez. Princesa Cleiona, é uma grande honra.

Bruno fez uma reverência profunda diante da garota.

— É um prazer conhecê-lo também — Cleo disse com gentileza quando ele endireitou o corpo, ajeitando distraidamente uma mecha de cabelo atrás da orelha.

Magnus ficou consternado ao ver que as linhas azuis tinham avançado ainda mais ao longo da lateral esquerda da cabeça.

Ele alternou o olhar de Cleo para Bruno.

— Onde está Valia?

— O príncipe Ashur me fez a mesma pergunta ontem à noite — ele respondeu. — E tenho a mesma resposta: não sei.

— Ashur tentou invocá-la, mas não deu certo — Magnus disse.

— Às vezes não funciona. Valia escolhe quando e onde aparecer. — Ao ver a expressão de fúria no rosto de Magnus, o velho deu um passo para trás. — Peço desculpas, vossa alteza, mas eu não a controlo.

— Nem sabemos se ela poderia ajudar — Ashur disse. — Temos apenas esperança.

— Esperança — Magnus murmurou. — Aquela palavra inútil de novo.

— Não é inútil — Cleo disse. — Esperança é poderosa.

Magnus balançou a cabeça.

— Não, uma feiticeira é poderosa, e é disso que precisamos. Valia também foi inútil, uma perda de tempo. Preciso encontrar Lucia.

— Onde? — Ashur disse em um tom cortante. — Ela partiu há uma semana e não mandou nenhuma mensagem. Está seguindo sua própria jornada, Magnus, que não tem a ver com a nossa.

— Você está errado! — Magnus atirou as palavras em Ashur como armas, esperando machucá-lo. — Minha irmã não vai nos abandonar. Não agora. Não quando mais preciso dela.

Mas ele precisava admitir que, no fundo, não acreditava mais naquilo.

Lucia tinha partido, e Magnus não sabia quando, e nem se, ela voltaria.

E Cleo...

Ele se virou para a esposa. Sua expressão sincera e esperançosa partiu o coração dele.

Magnus soltou um grito de raiva, pegou uma pesada mesa de madeira e a virou.

Bruno cambaleou para trás, horrorizado.

A força aumentada de Magnus — a força que ele adquirira desde que saíra do próprio túmulo — era cortesia da pedra sanguínea.

Uma poderosa magia da morte existia dentro do anel que estava em seu dedo. Mas a magia da morte não podia ajudar Cleo.

— Magnus — ela disse com severidade, tirando-o de seus pensamentos. — Preciso falar com você em particular. Agora.

Magnus sabia que Cleo estava zangada com ele por assustar Bruno, por agir com desrespeito e ingratidão com Ashur. Por querer destruir tudo o que o estava impedindo de encontrar as respostas necessárias para salvar a garota à sua frente.

Que se o resto do mundo explodisse; ele só se importava com Cleo.

Emburrado, ele a seguiu até um quarto da hospedaria que Bruno havia rapidamente disponibilizado para eles.

— O que tem para me dizer em particular? — ele perguntou quando Cleo fechou a porta. — Quer me repreender por meu comportamento lá fora? Quer que eu seja racional e tenha esperança como você? Quer me fazer acreditar que ainda temos chance de consertar as coisas?

— Não — ela respondeu apenas.

Ele franziu a testa.

— Não?

Cleo balançou a cabeça.

— Não é nada disso.

Magnus respirou fundo.

— Eu fui um idiota com Bruno.

— Foi, sim.

— Acho que eu o assustei.

Ela concordou.

— Você pode ser bem assustador.

— Sim. E também posso estar assustado. E estou, neste instante. — Magnus segurou as mãos dela, encarando seus olhos. — Quero ajudar você.

Lágrimas se formaram nos olhos dela.

— Eu sei.

— O que vamos fazer, Cleo? — Ele odiava a fraqueza que transparecia em sua voz. — Como posso salvá-la disso?

Ela franziu a testa.

— Ela está falando comigo agora mesmo, a deusa da água. Quer que eu deixe você e volte para Kyan. Está dizendo que o deixei extremamente zangado ao fugir quando ele estava tentando me ajudar.

Magnus a segurou pelos ombros e encarou seus olhos verde-azulados.

— Escute aqui, demônia, você precisa sair da minha esposa agora mesmo. Saia por vontade própria e encontre outro corpo para sequestrar, não me importa de quem. Mas deixe Cleo em paz, ou juro que vou destruí-la!

Cleo franziu ainda mais a testa.

— Ela está achando engraçado.

Magnus nunca tinha odiado tanto algo em toda a vida, nem se sentido tão impotente.

— Não sei o que fazer.

Cleo segurou as mãos dele.

— Espere... Nic... ele me disse que, quando você encontrou Kyan na floresta, depois que escapou do túmulo, você encostou nele. E isso que você fez foi o que o despertou e permitiu que começasse a lutar com Kyan pelo controle. — Cleo levantou a mão de Magnus. — É por causa desse anel. Só pode ser.

— Sim — ele sussurrou, refletindo. — Eu sei.

— Os *elementia* são a magia da vida — ela disse. — E seja lá o que isso for e de onde vem, é o oposto.

Ele concordou.

— E daí? Vou pedir para Kyan colocar o anel e ver o que acontece?

— Não — ela disse no mesmo instante. — Ele o mataria antes que você se aproximasse.

Magnus a encarou.

— Pode valer o risco.

— Você *não* vai fazer isso — ela disse com firmeza. — Vamos encontrar outra forma.

— Acha que é simples assim?

— Sei que não é. — Ela mordeu o lábio, depois foi até a janela que dava para a rua de Viridy em frente à hospedaria, movimentada com cidadãos que saíam de casa para iniciar o dia. — Magnus, já desejou voltar no tempo, para antes disso tudo acontecer? Para quando a vida era normal?

— Não — ele respondeu.

Ela ficou surpresa.

— Apenas não?

— Apenas não.

— Por quê?

— Porque muitas coisas mudaram para que eu desejasse que tudo fosse exatamente como antes. — Magnus se permitiu refletir um momento na vida antes da guerra, antes da Tétrade e antes de Cleo. Ele não era feliz naquela época. Estava perdido, procurando dar sentido à vida, em parte querendo ser igual ao pai, em parte desejando que o pai estivesse morto. — Além disso, acho que nós dois não teríamos nos dado muito bem antes. — Ele arqueou a sobrancelha e olhou para ela. — Você era uma garota festeira, insuportável e vazia, pelo que ouvi dizer.

— É verdade. — Ela riu. — E você era um idiota frio e ressentido, apaixonado pela própria irmã.

Magnus ficou tenso.

— As coisas mudam.

— Mudam mesmo.

— Eu me lembro de você, sabia? — ele disse calmamente. — Quando éramos apenas crianças. Da visita em que ganhei essa... — Magnus passou os dedos pela cicatriz. — Você era uma luz radiante, mesmo com... o quê? Quatro ou cinco anos? — Ele imaginou a princesinha de cabelo dourado que tinha capturado sua atenção e seu interesse, mesmo quando era um garotinho. — Fantasiei por um tempo que iria viver com você e com sua família, em vez da minha.

Cleo arregalou os olhos.

— Sério?

Ele assentiu, e a lembrança reprimida fazia muito tempo voltou com nitidez.

— Na verdade, uma vez fugi de casa e me meti em uma grande confusão por ter aquele objetivo em mente. Meu pai... — Ele suspirou. — Meu pai não era bom. Nem em seu melhor dia.

— Seu pai o amava. A seu modo. — Cleo sorriu para ele. — E sei que sua mãe o amava muito.

Ele arqueou uma sobrancelha.

— Por que está dizendo isso?

— Ela me disse uma vez que me mataria se eu o magoasse.

Magnus a encarou, depois balançou a cabeça.

— Parece mesmo algo que minha mãe diria.

Uma sombra atravessou o rosto de Cleo, e o sorriso dela desapareceu.

— Acabei magoando bastante você.

— E eu fiz o mesmo, tantas vezes que perdi a conta. — Magnus pegou as mãos dela, puxando-a para perto. — Vamos dar um jeito nisso, Cleo. Eu juro.

Ele se inclinou para beijá-la, precisando sentir seus lábios, mas foi interrompido por um barulho alto do outro lado da taverna.

— Nossa conversa privada acabou — ele comentou, irritado.

Ele atravessou o quarto e abriu a porta, chocado com o que encontrou do outro lado.

Era Enzo, o rosto ensanguentado, metade dos cabelos queimados.

O guarda caiu de joelhos, tentando recuperar o fôlego, e um pedaço de pergaminho enrolado caiu de sua mão.

Cleo ficou ao lado dele em um instante, ajudando-o a se levantar. Magnus abaixou para pegar o pergaminho.

— Enzo! — Cleo exclamou. — O que aconteceu?

— Kyan sabe onde você está — Enzo disse. — Ele consegue sentir porque a deusa da água está dentro de você. Vocês estão todos conectados.

Com o coração disparado, Magnus atravessou o cômodo e olhou pela janela, procurando qualquer sinal do inimigo.

— Onde ele está agora?

— Não está aqui — Enzo respondeu. — Ele me enviou com essa mensagem. É para você, princesa.

Magnus desenrolou o pergaminho com rapidez, segurando-o para que Cleo pudesse ler junto.

Tentei ser paciente e gentil com você, mas não funcionou. Venha até mim imediatamente. Se não vier, todos em sua adorada cidade dourada vão queimar. Não há outra forma disso acabar. Não me obedeça, e prometo um sofrimento interminável para todos que ama.

Ao ouvir o suspiro aflito de Cleo, Magnus jogou o pergaminho longe.

— Ele está blefando — Magnus resmungou.

— Não está — Enzo disse com tensão na voz. — Vi o que ele pode fazer. Seu fogo... não é um fogo normal. É mais intenso, mais doloroso do que qualquer outra coisa que já senti. Nunca pensei que fosse possível.

— Você não está ajudando — Magnus rosnou.

— Magnus, sei que você quer me salvar — Cleo disse, os olhos cheios de lágrimas. — Mas não tem outro jeito. Estou muito perto de perder o controle. Se Taran não conseguiu resistir, não vou conseguir também. E acredito na ameaça de Kyan. Ele vai incendiar a cidade.

— Não, você não vai até ele. Vamos encontrar outra resposta.

— Mas ele vai destruir a cidade.

— Não me importo com a maldita cidade!

— Eu me importo — ela disse com firmeza.

— Droga! — Os olhos aflitos de Magnus encontraram os de Cleo. — Fique aqui. Preciso chamar Ashur. Temos que tentar invocar Valia de novo. — Ele olhou feio para Enzo. — Fique com ela.

Magnus saiu do quarto e desceu correndo as escadas, procurando Ashur. Encontrou o príncipe conversando com Bruno na cozinha.

— O que foi? — Ashur exclamou quando viu a expressão angustiada de Magnus.

— Custe o que custar — Magnus disse. — Precisamos da ajuda daquela bruxa. Kyan está na Cidade de Ouro, ameaçando queimar tudo se Cleo não se juntar a ele.

— Não — Ashur exclamou. — Precisamos de mais tempo.

— Não há tempo. — Ele olhou para as mãos enfaixadas de Ashur. — Vamos usar o meu sangue. Ou vamos encontrar uma dezena de tartarugas para oferecer em sacrifício àquela mulher. Mas precisamos ser rápidos.

— A princesa precisa ir conosco — Ashur disse, meneando a cabeça.

— Concordo. Enzo está aqui, ele entregou a mensagem. Ele tem muito sangue para ajudar. Venha comigo.

Com Ashur logo atrás, Magnus subiu as escadas até o segundo andar, dois degraus por vez, e entrou no quarto onde havia deixado Cleo. Tudo o que havia no cômodo era um bilhete escrito às pressas em um pedaço rasgado de pergaminho deixado sobre a cama.

Sinto muito, mas preciso fazer isso. Amo você.

Magnus amassou o bilhete e o jogou no chão. Ashur o recolheu e leu a mensagem.

— Ela foi para a cidade, não foi? — ele perguntou.

Magnus já tinha saído do quarto, em direção à saída da hospedaria.

Precisava encontrá-la antes que fosse tarde demais.

29
AMARA

KRAESHIA

— Vamos ver se eu entendi — Felix disse quando Amara terminou de explicar tudo para ele e Nerissa. — Sua avó sequestrou Lyssa bem debaixo do nariz de Lucia para usar o sangue da criança em poções mágicas, e Mikah, líder da revolução, vai ser executado em sua cerimônia de Ascensão. E você não concorda com nenhuma dessas coisas.

Como ele podia se manter tão calmo quando Amara tinha acabado de compartilhar tanta coisa que estava exausta com a confissão?

— Isso mesmo.

Felix lançou um olhar para Nerissa.

— Agora vou matá-la.

— Felix — Nerissa rosnou. — Tente pensar. Pode ser?

— Eu *estou* pensando. Ela já provou que é mentirosa e manipuladora, uma pessoa que usa os outros em benefício próprio. — O lábio superior dele se retraiu, mostrando dentes brancos e alinhados enquanto observava Amara. A mente dela foi parar em uma época não muito distante em que Felix a desejava. A julgar pelo seu olhar, nenhum daqueles sentimentos ainda existia. — E no momento em que o jogo termina e ela não tem mais para onde sair mancando, de repente resolve ser uma heroína? Que conveniente.

— Não sou nenhuma heroína — Amara disse, recusando-se a demonstrar mais medo.

Ela estava farta de ter medo e dúvidas. Tinha apenas certezas no momento: de que a bebê deveria ser devolvida a Lucia e de que Mikah não morreria naquele dia.

Ela ficou surpresa com a necessidade que sentia de que Mikah vivesse. Ele era um rebelde que a mataria em um instante se tivesse a oportunidade, assim como Felix.

Mas o que ele tinha dito na sala do esquecimento sobre sua avó, sobre a ideia distorcida de Amara de conquistar um mundo pacífico e benevolente por meio da força de um governo autoritário...

Ele estava totalmente certo.

Um *homem* estava certo ao dizer que Amara estava errada.

Que percepção irritante. Mas não a tornava menos verdadeira.

— Eu sei o que fiz — Amara disse. — Não estou em busca de redenção, sei que é impossível. Mas vocês estão aqui, e são capazes de me ajudar com essas tarefas.

— Tarefas? Você fala como se fosse muito simples. — Nerissa balançou a cabeça ao se mover pelos amplos aposentos de Amara, passando a mão no encosto de uma *chaise* de veludo verde. — Está sugerindo que planejemos o resgate imediato de dois prisioneiros extremamente bem protegidos, mas somos apenas duas pessoas. Foi difícil o bastante chegar a esta ala do palácio.

— Nem tão difícil assim — Felix resmungou.

— Vocês vão ter minha total cooperação. — Mas até Amara precisava concordar que o que estava propondo não seria simples. — Ainda assim, hoje é o dia da minha Ascensão... então, sim, vai ser complicado. A segurança foi reforçada na Lança.

— Ah, sim, excelente plano — Felix disse. — Você vai nos mandar para a morte para não atrapalharmos sua bela cerimônia.

Ele não ia escutar, não importava o que dissesse. E Amara sabia disso. Mas não podia deixar que aquilo a impedisse de tentar.

— Nerissa — Amara pediu. — Você precisa acreditar que eu quero ajudar.

— Eu acredito em você — Nerissa respondeu. — E concordo que garantir a segurança de Lyssa deve ser prioridade. Ela precisa retornar para a mãe imediatamente.

— Ótimo. Então por onde sugere que comecemos? — Amara sentou para aliviar a pressão de sua perna. O sol entrava pela janela do lado oposto do quarto. Pelo vidro, dava para ver as águas cristalinas do Mar Prateado.

— Digamos que eu concorde com isso — Felix disse, andando de um lado para o outro sobre o piso de cerâmica dourada dos aposentos de Amara como uma fera aprisionada. — Posso fazer uma busca na cidade, verificar os antigos esconderijos de Mikah a procura de rebeldes vivos e chamá-los para participar do resgate. Depois disso, tiramos a bebê das garras da vovó malvada. E então? O que acontece com você?

— Então... — Amara considerou cuidadosamente o que ia dizer. — Eu ainda governo como imperatriz.

Felix resmungou.

— Não é muito conveniente?

O coração de Amara disparou.

— Eu sou capaz! Enxerguei os erros em meu modo de pensar, vi que minha avó teve grande participação em minhas decisões mais sombrias. Não coloco a culpa apenas nela, é claro. Eu escolhi fazer o que fiz, assim como meu pai ouvia seletivamente seus conselheiros. — Ela se contorceu ao pensar que tinha se tornado exatamente igual ao homem que odiou durante a vida toda. — Mas eu *posso* mudar, *posso* melhorar. E agora que descobri que minha avó está me manipulando em benefício próprio, ela não vai mais ter tanta influência sobre mim.

Felix arqueou sua única sobrancelha visível.

— Você acredita mesmo em todo esse esterco que está saindo da sua boca, não é?

Ele falou com tanto desrespeito que Amara teve um ímpeto incontrolável de gritar para que seus guardas entrassem e o prendessem.

Então a imperatriz se forçou a lembrar, mais uma vez, tudo o que Felix tinha passado por culpa dela. A maioria dos homens não estaria mais em pé, muito menos respirando.

Ele era forte. Ela precisava daquela força, principalmente naquele momento.

— Não é esterco — Amara insistiu com firmeza. — É a verdade.

Felix lançou um olhar para Nerissa, balançando a cabeça.

— Não consigo ouvir isso por muito mais tempo.

Amara percebeu que Nerissa não tinha desviado a atenção dela em nenhum momento. Sua antiga criada a observava com cuidado, os olhos escuros semicerrados, os braços cruzados diante do peito.

— Não há tempo para debate — Nerissa disse por fim. — Felix e eu vamos procurar os rebeldes locais, e estou rezando para encontrarmos gente suficiente disposta a ajudar.

Felix finalmente guardou a adaga, mas sua expressão não estava mais suave que antes.

— Se os encontrarmos, sei que vão ajudar. Mikah foi um grande líder. — Ele franziu a testa. — *É* um grande líder. Nada mudou.

— Vou com vocês — Amara disse, querendo ajudar de todas as formas.

— Não — Nerissa respondeu. — Você vai ficar aqui e se aprontar para sua Ascensão. Aja como se tudo estivesse normal.

A frustração tomou conta de Amara, que levantou meio sem jeito da *chaise* macia.

— Mas não está tudo normal... longe disso!

— Mais um motivo para fingir que está. Não queremos levantar mais suspeitas para sua avó. Se isso acontecer, ela não vai deixar ninguém chegar perto de Mikah nem Lyssa. E Mikah vai morrer, executado em um quarto escuro sem ninguém para ajudá-lo.

Amara queria discutir mais, mas enxergou sabedoria nas palavras de Nerissa. E finalmente assentiu.

— Muito bem. Por favor, voltem o mais rápido possível.

— Voltaremos. — Nerissa caminhou em direção à porta sem hesitar.

Felix se afastou devagar de Amara, como se esperasse que ela enfiasse uma adaga em suas costas assim que se virasse.

— Se estiver mentindo de novo — ele disse antes de sair do quarto —, vai se arrepender. E muito. Está me ouvindo?

E então eles se foram, e Amara ficou sozinha, perguntando a si mesma se tinha tomado a decisão certa. Até aí, qualquer outra decisão teria terminado com seu corpo sangrando sobre o chão, lutando para dar um último suspiro.

Tinha sido a coisa certa a fazer.

Ainda assim, parecia tão anormal e estranho quanto tentar caminhar com uma perna quebrada.

Amara fez o possível para passar o resto do dia de acordo com o plano original. Ela meditou, tomou banho e fez uma refeição ao meio-dia, composta de frutas e massas leves, nas quais mal tocou.

Ela precisava fazer a prova final de um novo suporte para a perna que lhe permitiria andar sem o auxílio da bengala. Era melhor, mas ainda não conseguiria esconder que mancava.

Então esperou o quanto pôde antes de permitir que uma criada maquiasse seu rosto, contornando os olhos com carvão preto, pintando os lábios com uma tintura que os deixava vermelhos como rubis.

Outra criada fez um penteado em seu longo cabelo preto, criando um labirinto intricado de tranças.

Finalmente, elas ajudaram Amara com o vestido da Ascensão, com a supervisão de Lorenzo, orgulhoso de sua magnífica obra de arte.

— Está bela como uma deusa hoje, vossa majestade — ele disse quando as pesadas asas foram colocadas em seus ombros.

Amara encarou seus olhos exageradamente maquiados no espelho. A cor da íris era do mesmo azul-acinzentado dos olhos de Ashur.

E desejou muito o que Lorenzo dissera. Ser uma deusa. Ter o poder supremo a qualquer custo — absolutamente qualquer custo.

Parte dela ainda desejava aquilo. Ainda desejava aquela bobagem brilhante e sofisticada que agora estava fora de seu alcance.

Posso ter as duas coisas, ela pensou em silêncio admirando o reflexo dourado. *Posso ter poder e tomar as decisões certas. Hoje é o primeiro dia da minha nova vida.*

Depois que deixou Lorenzo, ela se livrou de todos os guardas que queriam escoltá-la até o salão da cerimônia.

— Eu sei o caminho — ela lhes disse. — E quero ficar sozinha e em silêncio para organizar meus pensamentos.

Eles não a questionaram. Os guardas se curvaram, deixaram-na passar e não a seguiram.

É claro que me obedeceram, ela pensou. Eles sabiam que poderiam ser punidos com severidade se não o fizessem.

O medo era um arma poderosa, forjada com o tempo e o exemplo.

Gerações temendo as punições ordenadas pela família Cortas resultaram na obediência total e completa.

Será que as pessoas podiam ser governadas sem o uso do medo? Seria possível?

Ela não tinha certeza, e aquela dúvida a perturbava profundamente.

Amara seguiu o longo caminho para o salão onde, naquele momento, todos os kraeshianos que receberam um convite pessoal para o evento do século estavam enfileirados no cômodo enfeitado onde seu pai e sua mãe tinham se casado. Onde seus três irmãos — mas não ela, a irmã "inferior" — tinham sido oficialmente apresentados para amigos importantes do imperador depois do nascimento.

Onde sua mãe tinha sido exibida após a morte, totalmente maquiada e penteada, usando seu vestido de casamento, para todos verem.

Mil pessoas estariam no salão quando Amara recebesse o cetro com a cabeça de uma fênix dourada esculpida — um símbolo de poder para um governante kraeshiano desde sempre. Um símbolo da vida e do poder eternos.

Dentro do cetro havia uma lâmina afiada.

E com essa lâmina, o governante ascendente faria um sacrifício de sangue para trazer boa sorte ao reino. Nessa ocasião, seria o sangue de Mikah, a menos que Felix e Nerissa tivessem sucesso em sua empreitada.

Amara não se apressou para chegar ao salão da cerimônia. Ela percorreu o palácio e passou pelas grandes janelas que davam para o pátio. Fez uma pausa. Sabendo exatamente o que a acalmaria, ela foi até seu jardim de pedras.

Para sua surpresa, esperando por ela sobre uma mesa, havia uma garrafa de vinho com dois cálices, como no dia de sua chegada.

E uma mensagem:

Dhosha,
Imaginei que visitaria seu local favorito antes de se juntar a mim e aos demais. Por favor, pare um momento para apreciar o quanto conquistou e quanto apreço tenho por você.
Sua Madhosha

Sim. Um gole de um vinho doce podia ser exatamente do que precisava para acalmar os nervos e enfrentar o que estava por vir. Sua avó a conhecia muito bem mesmo. Ela serviu um pouco do líquido dourado em um dos cálices e então o levou aos lábios.

— Imperatriz!

Ela se sobressaltou ao ouvir a voz.

Costas se aproximou dela com uma expressão de desgosto.

— A rainha mandou você vir me buscar? — ela perguntou da

forma mais severa possível. — Ou você resolveu interromper minha privacidade por conta própria?

— A rainha Neela me mandou encontrá-la. A cerimônia já vai começar.

— Sei disso. Também sei que ela não pode começar sem mim.

Ele deu um passo à frente. Parecia aflito.

— Sei que está zangada comigo por tudo o que aconteceu.

— Zangada? — ela disse, inclinando a cabeça. — Que motivos eu teria para ficar zangada com você, Costas? Por me espionar descaradamente para minha avó durante meses? Por sequestrar a filha de uma feiticeira que poderia nos matar com um simples gesto?

— Sim, tudo isso. Mas preciso que saiba... — O guarda olhou para trás como se quisesse ter certeza de que estavam a sós. — Não fiz nada disso com intenção de desrespeitá-la, imperatriz. Sei que conquistei sua confiança, e eu valorizava isso.

— E, mesmo assim, destruiu essa confiança em um instante — Amara afirmou. — O que foi um grande erro, posso lhe garantir.

Ele tentou encará-la nos olhos.

— Preciso explicar por que fiz isso.

— Olhe para o chão — ela ordenou bruscamente. — Não tem mais permissão para olhar para mim de nenhuma outra forma a não ser como um empregado.

Costas seguiu o comando.

— A rainha Neela ameaçou minha família, disse que mataria todos eles se eu não seguisse suas ordens. E disse que, fazendo o que ela estava mandando, eu estaria ajudando você, e não a magoando. Senti que não tinha escolha.

Amara não sabia ao certo por que aquela explicação a surpreendia. É claro, fazia muito sentido.

— Os guardas reais não podem ter famílias por esse motivo, para que não possam ser usadas contra eles.

— Eu sei. Pensei que podia esconder a existência de minha esposa e meu filho, mas não consegui. Quebrei as regras, sei disso, e aceito esse fato. Mas isso explica por que não tive escolha. Tive que fazer o que a rainha Neela mandou.

— Você devia ter me procurado antes. Bem antes.

— Eu sei. Só posso suplicar por seu perdão e garantir que eu morreria para protegê-la, imperatriz. Minha vida pertence a você.

Aquilo explicava tudo. Não justificava o que ele tinha feito, mas Amara entendia os motivos. Não foi porque ele tinha decidido deixar de ser leal a ela e escolhera sua avó.

Costas tinha agido por medo.

— Precisamos levar sua família para um lugar mais seguro. — Amara disse. — Um lugar onde minha avó não consiga encontrá-los.

Costas soltou um suspiro, e Amara viu seus ombros relaxarem um pouco.

— Muito obrigado, imperatriz.

Amara pegou a garrafa de vinho e serviu outro cálice.

— Beba comigo. Rápido, antes de irmos para a cerimônia.

Costas olhou surpreso para o cálice que ela lhe entregava.

— Eu, vossa graça?

Ela assentiu.

— Pode fazer um brinde? Um que me dê forças para continuar esse dia cheio de desafios.

— Claro. — Ele ergueu a taça e franziu a testa, pensativo. — Ao reinado de Amara Cortas, a primeira imperatriz da história. Que seja um reinado de luz, esperança e felicidade para todos os seus súditos.

Ele tomou um grande gole do cálice.

Amara fez uma pausa para refletir sobre aquelas palavras.

Será que de fato podia fazer aquilo? Podia ser a primeira imperatriz do mundo, alguém que governaria com uma mensagem de esperança, e não de medo?

Ela precisava tentar.

Se tivesse sucesso, poderia realmente ser a lendária fênix trazida à vida.

Amara levou o cálice aos lábios justo quando Costas caiu de joelhos.

Seu rosto tinha ficado vermelho-arroxeado, com manchas brancas. Escorria sangue de seu lábio.

— Costas! — ela gritou, soltando o cálice. — O que está acontecendo com você?

Ele não conseguia falar. Levou as mãos à garganta e caiu de lado, os olhos vidrados.

Amara cambaleou para trás, afastando-se do corpo, da garrafa de vinho que tinha caído no chão coberto de musgo do pátio, vertendo seu conteúdo dourado.

No espaço de alguns batimentos cardíacos, algo terrível ficou claro para ela.

O vinho estava envenenado.

Com o mesmo veneno dado por Neela para Amara colocar no vinho que dera a seu pai e seus irmãos. Costas estava morto.

Mas Amara sabia que ele não era a vítima pretendida.

Deixou Costas ali, desviando de seu corpo para não sujar a saia dourada de sangue. Ela reuniu todo o autocontrole que tinha para impedir que lágrimas se derramassem. Não queria estragar a maquiagem dos olhos, a tintura dos lábios. O cabelo perfeito, as asas perfeitas e o dia perfeito.

Ela achou que seu pai ficaria orgulhoso de como tinha conseguido se recompor e seguido para as grandes portas cor de esmeralda do salão de cerimônias, onde um grupo de guardas esperava para escoltá-la.

Ela permitiu.

Amara entrou no salão, e as mil pessoas que tinha deixado esperando se levantaram dos resplandecentes bancos de madeira. Ela caminhou pelo corredor até a frente, onde dez degraus levavam a um palco elevado.

Naquele palco havia três pessoas: o Grande Profeta, vestindo uma magnífica túnica roxa de veludo; sua avó, usando um vestido prateado quase tão belo quanto o de Amara; e Mikah, de joelhos, as mãos amarradas nas costas.

Ela se forçou a não hesitar. A dar cada passo com a confiança esperada por todas as testemunhas. Finalmente, parou ao lado da mulher que tinha acabado de tentar assassiná-la e tomar seu poder.

Depois de Amara, Neela era a primeira na linha de sucessão ao título de imperatriz.

— Está linda — Neela comentou. Se Amara esperava surpresa por parte de sua avó com sua chegada, não viu nenhum indício. — Ainda mais linda do que eu esperava. Devíamos manter Lorenzo em Kraeshia para sempre, não acha?

Amara forçou um sorriso nos lábios.

— Ah, sim. Com certeza.

Como se desvencilharia daquela criatura sombria, enganadora e mentirosa e faria tudo ficar bem de novo?

Agora não, ela pensou. *Depois. Vou pensar nisso depois.*

Tudo o que podia fazer no momento era esperar que Nerissa e Felix tivessem cumprido sua promessa.

Ela mal ouviu uma palavra do que o Grande Profeta disse durante a cerimônia de Ascensão com que sonhara a vida toda. Foi algo sobre história e família e honra e os deveres de um governante.

Tudo o que sabia era que o discurso tinha acabado rápido demais.

Agora Neela segurava o cetro dourado, de frente para Amara no palco.

— Você é digna de empunhar isso, *dhosha* — disse ela, um sorriso fixo em um rosto muito mais jovem do que deveria ser possível. Amara se perguntou se seu misterioso boticário era responsável pelos venenos, além dos elixires rejuvenescedores.

Amara observou a avó com atenção, procurando sinais de culpa, mas não encontrou nenhum. Será que Neela esperava que Amara aparecesse? Era apenas um palpite que ela iria para o pátio e encontraria o vinho?

Quantas outras armadilhas tinham sido tramadas por alguém que ela amava e em quem confiava?

— Agora — disse o Grande Profeta, abrindo bem os braços ao se dirigir ao público silencioso e obediente —, a última parte dessa Ascensão deve acontecer: um sacrifício de sangue. Um rebelde que tentou destituir a família real, que conspirou para o assassinato do ex-imperador e dos príncipes. Hoje seu sangue deve ser derramado para lavar o passado e dar as boas-vindas ao futuro da imperatriz Amara Cortas.

Amara chegou perto de Mikah, separando, sem muita atenção, o cetro que segurava em duas partes: bainha e lâmina.

Mikah não se encolheu, não tentou escapar.

— Faça o que tem que fazer — ele lhe disse com desprezo. — Prove que é tão má quanto seu pai.

Apesar daquela demonstração de valentia, ele respirou fundo quando Amara pressionou a ponta da lâmina em seu pescoço.

Um simples golpe, e ela se tornaria oficialmente imperatriz. Ninguém poderia se opor a ela nem controlá-la.

Era muito tentador. Então ela poderia mandar sua avó para bem longe, onde nunca mais teria notícias dela.

Amara poderia ter todo o poder que sempre desejara e fazer com esse poder tudo o que sempre sonhara.

Mas antes que pudesse decidir que caminho tomar, o salão irrompeu em caos. Um grupo de figuras armadas e mascaradas surgiu, lutando contra os guardas em um emaranhado de braços, pernas e armas. O som das lâminas batendo umas nas outras logo se tornou ensurdecedor.

Com o coração disparado, Amara virou para Mikah bem a tempo de receber um chute forte em sua perna quebrada. A dor chegou à sua coluna. Ela derrubou a arma e caiu no chão. E Mikah se foi, desapareceu. Ela procurou sua avó, mas também não a viu.

Amara virou e viu uma espada apontada para seu rosto, e o olhar sombrio e odioso de um rebelde.

O homem deu um passo à frente, movendo a lâmina para o pescoço dela, mas, no mesmo instante, foi empurrado para o lado. A espada bateu no chão quando o rebelde caiu. Felix apareceu na frente dela, oferecendo-lhe a mão.

— Eu devia ter deixado ele matar você. Mas prefiro guardar essa honra para mim mesmo, um dia.

— Não hoje? — ela perguntou, tensa.

Ele franziu a testa.

— Infelizmente, não.

Nerissa surgiu do lado de Felix enquanto a batalha entre rebeldes e guardas continuava atrás deles. Convidados fugiam para a saída, desesperados e com medo.

— Fizemos nossa parte — Nerissa disse, abrindo caminho com os cotovelos pela multidão. — Vai ser uma excelente distração para chegarmos até Lyssa.

Amara assentiu. Sem tempo para falar nem fazer sugestões ou qualquer outra coisa além de evitar ser derrubada pela lâmina de algum rebelde, ela conduziu Nerissa e Felix para fora do salão, até o quarto de bebê que a avó tinha lhe apresentado.

Cada passo com sua perna recém-ferida doía. Ela esperava que o suporte durasse enquanto mancava o mais rápido possível, corredor após corredor, passando por multidões de guardas que iam na direção oposta.

Claro que Amara seria reconhecida na Lança mesmo sem o vestido dourado. Ela sabia que não podia se esconder dos guardas enquanto se apressava na direção de seu destino, então nem tentou.

— Vamos controlar a situação, imperatriz — um guarda lhe disse.
— Não há o que temer.

Uma promessa adorável, ela pensou. *Mas impossível, a essa altura.*
Ela tinha medo. Tinha muito medo do resultado daquele dia.

Depois de subir as escadas com dificuldade até o andar onde ficava o quarto da bebê, Amara levou sua dupla de rebeldes pelo último corredor até a porta desprotegida.

— Lyssa está lá dentro. — Ela apontou para a porta enquanto observava o entorno. — Os guardas devem ter sido chamados para ajudar na luta, mas a porta deve estar trancada.

— Isso não é problema — Felix disse. Ele deu um chute na porta, que abriu.

Amara entrou no quarto primeiro, esperando encontrar apenas uma ama assustada.

Mas, claro, as coisas não podiam ser tão simples.

Neela já estava no quarto, sozinha, com a bebê nos braços.

— Que bom que vieram se juntar a nós — Neela disse, mal tirando os olhos da menina depois do arrombamento da porta.

Amara sentiu o coração afundar no peito. Ela tentou falar, mas nenhuma palavra saiu.

Nerissa deu um passo para a frente.

— Solte-a agora mesmo — Amara exigiu.

Neela sorriu.

— Eu não conheço você, conheço?

— Não, mas eu conheço a senhora. E vai deixar essa bebê de volta no berço e sair deste quarto agora mesmo.

— Não, na verdade acho que não vou fazer isso.

Felix se aproximou.

— Sabe, eu de fato não costumo mexer com velhinhas, mas algumas merecem. — Ele mostrou a adaga a Neela. — Afaste-se da criança, e ninguém vai se machucar.

Neela o analisou.

— Reconheço você, não? Felix Gaebras, um dos guarda-costas de Gaius Damora. O que minha neta levou para a cama na primeira oportunidade. E que foi preso por envenenar o imperador e meus netos. Estou surpresa em vê-lo de novo.

Felix olhou fixamente para ela.

— E a senhora é a vovó malvada responsável pela dor e pelo sofrimento de todos por aqui. Todo reino tem uma, ao que parece.

Neela continuou sorrindo.

— Aconselho que fique exatamente onde está, Felix. Não queremos que essa adorável criança se machuque, não é?

Lyssa fez um barulho e levantou os bracinhos sobre a cabeça. Amara olhava para ela com desconforto.

— Precisamos devolver a bebê para Lucia Damora, *madhosha* — ela disse em voz alta. — Felix e Nerissa vão levá-la.

Neela não fez nenhuma menção de soltar a bebê.

— *Dhosha*, está sendo obrigada a obedecer esses rebeldes? Seja sincera comigo. Há consequências para mentiras, como você já sabe, sem dúvida.

A boca de Amara ficou seca.

— Por que envenenou o vinho, *madhosha*?

Neela arqueou uma sobrancelha.

— O que está dizendo?

— O vinho que deixou para mim no jardim de pedras do pátio. Você deixou vinho envenenado porque esperava que eu tomasse uma taça antes da cerimônia.

— O quê? Admito que deixei uma garrafa de vinho, mas não estava envenenado! Se estava, a culpa é de outra pessoa. Você é minha joia, *dhosha*. Meu tesouro, acima de todos os outros, desde o dia em que nasceu.

Amara estudou o rosto dela, agora em dúvida. Poderia ser verdade? Que outra pessoa teria encontrado o vinho e o envenenado?

— Sei que chamava minha mãe assim. De *sua joia*. E sei que ela morreu por mim... por causa da poção. Talvez me culpe por isso.

— Não, eu não a culpo. — Neela semicerrou os olhos. — Sua mãe morreu porque seu pai era cruel e sem coração. E agora ele está morto, e posso dançar sobre seu túmulo. E sobre o túmulo de todos os homens como ele. Vou perguntar mais uma vez: esses rebeldes a estão forçando a fazer alguma coisa?

Amara olhou para o rosto tranquilo de Lyssa, aninhado nos braços de Neela. Sem dúvida, sua avó a havia segurado daquela forma, cuidado dela quando era apenas uma bebê — uma bebê cuja mãe tinha sido levada antes da hora.

E então as nuvens se abriram do lado de fora. Um raio de sol brilhou por uma janela do outro lado do quarto. Amara notou algo brilhante na mão de Neela, parcialmente escondido sob o cobertor e pressionado à barriga da criança.

Uma faca.

Amara respirou fundo.

— Sim — ela forçou a palavra a sair. — Estão me ameaçando. Resgataram Mikah e me disseram que se não os trouxesse até aqui, me matariam.

— Eu sabia! — Felix gritou. — Vou matar você antes de sair desse quarto, sua imprestável mentirosa.

— Não vai, não — Neela disse, revelando a faca para que todos vissem.

— Por favor, não! — Nerissa levantou as mãos e balançou a cabeça. — Não machuque a criança!

— Se eu fizer isso, vai ser apenas porque vocês não me deram outra escolha. Será culpa de vocês. — Neela balançou a cabeça. — É um desperdício derramar uma única gota do precioso sangue dessa bebê. Então vou explicar o que vamos fazer. Vocês dois vão sair daqui imediatamente e voltar para seus amigos lá embaixo que, sem dúvida, já devem ter sido capturados como foram da última vez que tentaram fazer um cerco à Lança. Depois todos serão executados. Quanto mais sangue derramado na Ascensão de minha neta, mais memorável será.

Amara não se mexeu, mal respirou, enquanto escutava a avó explicar calmamente tudo aquilo.

— E você... — Neela agora se dirigia a Amara. — Preciso dizer que suas ações de hoje me preocupam.

Amara balançou a cabeça.

— Não deveriam. Ainda estou com a senhora de todas as formas, *madhosha*. Se não fosse pela senhora, eu não teria tudo o que tenho hoje. — Ela precisava fingir, precisava convencer a avó de que era confiável.

E uma parte horrível dela, uma parte assustada e sombria de que não sentia orgulho, queria apagar o acordo que fizera com Felix e Nerissa e fazer tudo voltar a ser como antes, quando o mundo lhe pertencia e ela podia fazer o que quisesse, já que tinha poder suficiente para isso.

— Fui sua melhor conselheira — Neela disse. — Sei que se debateu com algumas decisões que teve que tomar, como o que fez com Ashur. Mas você optou por matá-lo, assim como matou seu pai e seus dois outros irmãos. *Você* fez aquilo, não eu.

— Eu sei — Amara sussurrou.

Neela deu um passo para a frente. Com Lyssa em um braço, estendeu o outro e acariciou o rosto de Amara.

— Você precisa de mim, *dhosha*. Eu lhe dei tudo o que desejou e, ainda assim, me encara com uma dúvida que parte meu coração. Mas as coisas ainda podem ficar bem.

— Não dê ouvidos a ela — Nerissa disse. — Está enchendo sua cabeça com mentiras.

Amara tentou ignorá-la, tentou se concentrar apenas no rosto da avó.

— Podem? — ela sussurrou.

— Sim. No entanto, infelizmente, parece que hoje você perdeu a cabeça, *dhosha*.

Amara negou.

— Eu não perdi a cabeça.

— Perdeu, sim — Neela insistiu. — Vejo essa loucura se aproximar de você desde que perdeu seu adorado pai e seus irmãos. Documentei tudo, mas tinha esperança de que não chegasse a esse ponto.

— Do que está falando? — O coração de Amara começou a bater mais rápido. — Não estou louca!

— Encontrei um lugar para você, um lugar seguro, onde pode recuperar a razão. Vai ser tranquilo, muito tranquilo, e prometo visitá-la sempre. Existem outros como você lá, outros afligidos por essa confusão que a fez machucar tantas pessoas que ama, incluindo eu. Espero que minhas ações a ajudem a se curar, minha amada *dhosha*. E durante sua ausência, pelo tempo que for preciso, vou governar no seu lugar.

Amara ficou encarando a avó enquanto o resto do mundo começava a desabar à sua volta.

— Estava tudo planejado — ela disse, e as palavras foram como pedras ásperas em sua garganta.

As pessoas de classes mais baixas, se perdessem o juízo, podiam partir daquela vida com suavidade, com a esperança de voltarem curadas na próxima. Mas membros da família real tinham a oportunidade de se curar durante a vida presente.

Trancados em uma sala do esquecimento dentro de um hospício, onde se dizia aos prisioneiros que tudo lá era para o próprio bem deles, não por causa de um crime específico que tinham cometido.

Mas Amara sabia que a experiência era a mesma.

A pessoa ficava esquecida durante anos, décadas.

Às vezes até sua morte natural.

Neela olhou feio para Felix e Nerissa, que ainda a observavam em silêncio.

— Soltem as armas e saiam, ou temo que minha neta machuque essa criança. E não posso fazer nada. — Ela moveu a ponta da lâmina para cima, perto do pequeno e vulnerável pescoço de Lyssa.

Nerissa e Felix finalmente fizeram o que Neela mandou, com expressões sombrias e aflitas. Caminharam de costas até chegar ao outro lado da porta.

— Eu venci — Neela disse. — Admita, e tudo vai correr bem, *dhosha*. Prometo que não precisa sentir dor.

Amara sentiu o amargor da tintura vermelha ao passar a língua nos lábios, tentando encontrar forças para responder, para dizer o que sabia que precisava dizer. Sua avó controlava sua vida — sempre tinha controlado. Amara só não tinha se dado conta daquilo até então.

— Você venceu — Amara sussurrou. — Agora, por favor, *por favor*, coloque a bebê de volta no berço.

— Muito bem. — Neela sorriu e soltou Lyssa com gentileza. — Agora quero que me agradeça pelo belo presente que lhe dei.

Amara alisou as laterais da saia dourada.

— Obrigada pelo belo presente que me deu.

— Um presente valioso e precioso.

— Sim, ele é mesmo.

— *Ele*, não, minha querida. *Ela*. E ainda precisamos escolher um novo nome para a criança.

— Ah. — Amara franziu a testa. — Eu não estava falando *desse* presente.

Neela inclinou a cabeça.

— E de que presente estava falando?

— Deste. — Amara tirou sua adaga nupcial debaixo das dobras da saia e puxou a avó em um abraço. — Obrigada, *madhosha*. Muito obrigada.

Ela então cravou a ponta da lâmina no peito de Neela. A velha ficou ofegante, seu corpo, tenso, mas Amara não a soltou.

— A senhora envenenou o vinho — Amara sussurrou em seu ouvido. — Sei que foi você. E mesmo que não tenha sido, isso ainda precisava acontecer.

Ela arrancou a lâmina. A parte da frente do vestido dourado agora estava manchada com o sangue de sua avó.

Neela ficou ali com a mão contra o peito, os olhos arregalados e descrentes.

— Fiz tudo por você — ela disse.

— Então acho que sou uma neta ingrata — Amara respondeu quando Neela caiu de joelhos. — Sempre pensando em mim mesma e em mais ninguém.

— Isso ainda não acabou — Neela disse com dificuldade, mas as palavras ficaram mais fracas enquanto o sangue escorria pelo chão. — A poção... a poção de ressurreição. Eu a tomei. Vou voltar a viver.

— Aquela poção exige que alguém que a ame mais do que qualquer pessoa sacrifique a própria vida em troca da sua. — Amara empinou o queixo. — Seria eu, até ontem. Mas não mais.

Neela caiu de lado, e a vida se esvaiu de seus olhos cinzentos.

Então Amara virou para Felix e Nerissa, parados na porta, olhando fixamente para ela como se a imperatriz tivesse executado o mais incrível truque de mágica que já tinham testemunhado.

— Realmente odeio ter que admitir, mas acho que estou impressionado — Felix disse, balançando a cabeça.

Nerissa não teve essa reação, apenas correu para o berço e pegou Lyssa.

— Pegue-a e vá — Amara disse, surpresa por estar tão calma. A adaga que segurava ainda tinha o sangue de sua avó, que pingava no chão. — Preciso limpar umas coisas por aqui.

Nerissa balançou a cabeça, depois abriu a boca para esboçar uma resposta.

Amara levantou a mão para impedi-la.

— Por favor, não diga mais nada. Apenas vá. Leve Lyssa de volta para Lucia e diga a ela... diga a ela que sinto muito. E, se virem meu irmão, digam que sei que ele me odeia e sempre vai me odiar, mas que eu... eu espero consertar as coisas um dia, mesmo não tendo ideia de como fazer isso. Agora vão embora antes que desperdicemos mais tempo.

Os olhos de Nerissa ficaram molhados. Ela engoliu em seco e assentiu.

— Adeus — ela disse.

Então ela e Felix desapareceram com a bebê.

Sozinha no quarto com o corpo da avó, Amara esperou para ver quem chegaria primeiro.

Um rebelde para matá-la.

Ou um guarda para prendê-la.

Ela sabia que merecia qualquer uma das opções.

30
CLEO

AURANOS

Cleo sabia que Magnus a seguiria, como fez quando ela fora ao festival. E se a encontrasse antes de chegar ao palácio, sabia que tentaria impedi-la.

E a cidade queimaria.

Ela não podia deixar que aquilo acontecesse.

Cleo agarrou-se a Enzo com força enquanto ele cavalgava rápido pelas colinas e vales verdejantes do interior de Auranos, até a bela cidade ser finalmente avistada.

E ficou boquiaberta com o que viu.

A Cidade de Ouro tinha mudado muito desde o dia anterior.

Trepadeiras espessas, assustadoras, cobriam os muros dourados, fazendo-a lembrar das linhas azuis que tinha na pele. As trepadeiras pareciam estar ali havia anos, crescendo de um jardim deserto e abandonado. Mas não estavam lá antes, não mesmo. Os muros nunca tiveram nenhum tipo de sujeira ou detrito.

Aquilo era novo.

— Magia da terra — ela disse em voz alta.

Enzo balançou a cabeça, fazendo uma careta.

— Olivia está modificando a cidade para se divertir.

— A Tétrade tomou conta de tudo em muito pouco tempo.

— Infelizmente sim — ele concordou. — Eles controlam tudo do lado de dentro dos muros. Os cidadãos que não estão presos em fossos criados por Olivia ou em jaulas de fogo, estão escondidos nas casas e lojas, com medo de sair.

Kyan queria que todos soubessem da existência deles, Cleo pensou. E que temessem seu poder.

Até o portão principal estava coberto de chamas. Cleo sentia o calor doloroso e intenso mesmo a trinta passos de distância, como se tivesse se aproximado do próprio sol. O cavalo de Enzo não queria dar nem mais um passo adiante e protestou pinoteando até os dois descerem.

Não havia sentinelas a postos, nem acima nem ao lado do portão flamejante.

— Como entramos? — ela perguntou.

Assim que pronunciou as palavras, o portão abriu sozinho, permitindo a entrada deles na cidade.

Enquanto as chamas se abriam, Cleo viu alguém esperando. O cabelo longo e escuro de Lucia revelou seu rosto.

— Não se preocupem — ela disse a eles. — Não vou deixar o fogo queimar vocês.

— Lucia... — Cleo disse, atordoada.

— Bem-vinda — Lucia disse, abrindo os braços. Ela vestia um manto todo preto, sem nenhum bordado ou ornamento. — Foi gentil da parte de vocês finalmente aparecerem. Estou esperando aqui faz um tempo.

Ela parecia muito calma e controlada, como se aquilo não fosse um pesadelo ganhando vida.

— Você está ajudando ele — Cleo disse. As palavras doeram em sua garganta.

— Ele está com Lyssa — Lucia respondeu apenas. — Não me deixa vê-la, não confirma se está bem. Mas está com ela. Portanto, tem a mim também. Simples assim.

Cleo apertou as mãos ao passar pela entrada e chegar à cidade.

Enzo ficou ao lado dela. Como Lucia tinha prometido, os dois não sentiram mais o calor do fogo, embora o portão aberto ainda ardesse em chamas.

Cleo não tinha visto Lyssa no templo. Talvez devesse ter exigido que Kyan mostrasse a bebê para se certificar de que estava segura. Em vez disso, ficou concentrada demais no próprio bem-estar.

Ela poderia ter evitado tudo isso.

— Você... — Lucia dirigiu-se a Enzo. — Você fez o que Kyan lhe pediu. Agora nos deixe conversar em particular.

— Não vou sair — Enzo respondeu, grosseiro. — Vou proteger a princesa de qualquer um que queira seu mal.

— Com certeza deve ser uma lista longa a esta altura. Vou dizer de novo: saia. — Lucia fez um gesto com a mão, e Enzo cambaleou de volta às chamas.

— Pare! — Cleo vociferou. — Não o machuque!

Lucia arqueou uma sobrancelha.

— Se fizer o que estou mandando, não vai mais se machucar.

— Princesa... — Enzo disse, com aflição na voz.

O coração de Cleo pulava no peito.

— Vá, faça o que ela mandou. Vou ficar bem.

Ambos sabiam que era mentira. Mas Enzo concordou, deu a volta e foi direto até o palácio pela rua principal que dava para a entrada.

— Venha comigo — Lucia disse. — Vamos pelo caminho mais longo.

— Por quê? — Cleo perguntou. — Kyan não quer saber que estou aqui?

— Apenas me siga. — Lucia deu as costas a Cleo e caminhou a passos largos na direção oposta à de Enzo.

Cleo se forçou a andar. Tinha que ser corajosa.

Finalmente, disse a deusa da água dentro dela. *Essa jornada longa e exaustiva está quase terminando.*

Não se eu tiver alguma escolha, Cleo pensou, furiosa.

Ela seguiu Lucia pela praça central da cidade. Ladrilhada com pedras cintilantes, a praça costumava estar cheia de cidadãos cuidando de seus afazeres cotidianos, com carruagens e carroças levando tanto clientes quanto mercadorias às muitas lojas e ao palácio. Aquela desolação era tão assustadora que Cleo sentiu um arrepio na espinha.

— Por favor! Por favor, nos ajude!

Cleo ficou paralisada com o som funesto de gritos que vinham de um fosso profundo no chão a dez passos dali, nos limites de um dos gramados.

Com as pernas tensas, ela foi até a beirada, olhou para baixo e viu trinta rostos olhando para cima. E sentiu um aperto no coração.

— Princesa! — os auranianos aprisionados a chamaram. — Por favor, nos ajude!

— Salve-nos!

Cleo se afastou cambaleando. Sua respiração ficava difícil enquanto ela tentava impedir que o medo e o desespero a dominassem.

— Lucia — Cleo mal conseguiu falar. — Você precisa ajudá-los.

— Não posso.

O choro subia pela garganta de Cleo, mas ela se recusou a deixá-lo sair.

Lucia podia estar ajudando Kyan para salvar a filha, mas a que custo? Milhares de pessoas consideravam aquela cidade seu lar. Incontáveis outras podiam estar ali a passeio naquele dia.

Kyan ia matar todos eles.

— Você pode! — Cleo insistiu.

— Confie em mim, eles estão mais seguros ali do que estariam em qualquer outro lugar. — A expressão de Lucia era melancólica. — Kyan chegou a esta cidade de péssimo humor. Carbonizou cinquenta cidadãos com uma única rajada de seu fogo antes que Olivia criasse fossos como esse.

Cleo reprimiu um suspiro. O mau-humor de Kyan sem dúvida se devia à fuga dela do templo. E agora cinquenta cidadãos estavam mortos.

Ela tentou encontrar a própria voz diante da descoberta.

— Olivia está tentando ajudar?

— Eu não diria isso. — Lucia soltou um suspiro trêmulo. — Acho que ela simplesmente está tentando impedir que Kyan se distraia da tarefa principal.

— Que seria?

— Kyan quer que eu realize o ritual de novo — Lucia respondeu.

— O ritual? — Cleo repetiu. — Não. Lucia, não! Você precisa me escutar. Não pode fazer isso.

— Não tenho escolha.

— Você tem escolha. Posso ajudá-la a derrotá-lo.

Lucia riu.

— Você não conhece Kyan como eu, Cleo. Ele pode ser encantador quando quer. Mas não é alguém com quem se pode argumentar. Ele é fogo, e é da natureza dele queimar. Os outros são iguais.

— Você os viu?

Lucia assentiu.

— Estão todos no palácio esperando por você. Achei que seria capaz de chegar a um acordo com Olivia, que ela teria algum instinto maternal e quisesse proteger Lyssa. É a deusa da terra, essa é a magia que torna possíveis a cura e o crescimento. Mas ela não é assim. É igualzinha a Kyan. Quer usar a magia para o mal. E vai destruir tudo por capricho. Mortais não são importantes para eles, não individualmente. Somos... como insetos, pragas irritantes fáceis de eliminar.

Cleo esperou a deusa da água acrescentar algum comentário, mas ela permaneceu em silêncio.

Talvez isso significasse que concordava com tudo o que Lucia tinha dito.

Cleo não se surpreendeu com nada daquilo. Na noite anterior, Kyan tinha fingido ser gentil quando se oferecera para ajudá-la a superar a, nas palavras tanto de Olivia quanto da deusa da água, "transição".

Mas Kyan não lhe daria nenhuma escolha quanto ao resultado.

Ele ia vencer. Ela ia perder.

— Lyssa está aqui? — Cleo perguntou. — Você a viu?

A expressão de Lucia foi tomada pela dor, e seus olhos azuis se encheram de angústia.

— Ela está aqui, tenho certeza. Mas ainda não a vi.

— Se não a viu, como pode ter tanta certeza de que está aqui?

Lucia lançou um olhar tão intenso para Cleo que a princesa quase se encolheu.

— Onde mais poderia estar? Kyan está com ela e a está usando para me manter sob controle. Está funcionando muito bem.

Cleo sentiu o estômago revirar. Lucia parecia tão desanimada, tão perdida. E, ainda assim, nunca pareceu tão perigosa.

Parte de Cleo começou a duvidar que Kyan tivesse sequestrado Lyssa. Ela teria visto algum sinal da bebê na noite anterior, no templo.

Sem dúvida Nic saberia algo sobre isso.

Mas se Kyan não estava com a menina, quem estaria?

Não fazia nenhum sentido.

— Quando você voltou? — Cleo perguntou, com mais cuidado dessa vez.

— Kyan me convocou hoje mais cedo.

Ela franziu a testa.

— O que quer dizer com "convocou"?

Lucia fez uma pausa quando as duas passaram pelos jardins da cidade. Muitas cercas-vivas estavam dispostas como um labirinto onde as crianças podiam correr, buscando uma saída do outro lado. Cleo sabia que o lugar fazia Lucia se lembrar do labirinto de gelo no palácio limeriano.

Ela viu uma emoção muito familiar passar pelos olhos azuis da feiticeira.

Nostalgia. Era a mesma saudade que Cleo sentia de uma época mais simples, mais feliz.

— Eu estava com Jonas e... senti aqui. — Lucia encostou as mãos nas têmporas. — Minha magia... está totalmente conectada à deles. Em um instante, soube onde ele estava e soube que queria que eu viesse até aqui. Não hesitei.

— Onde está Jonas agora? — Cleo perguntou.

— Não sei.

Havia algo na forma como ela tinha dito aquilo...

— Você o machucou? — Cleo insistiu.

Lucia a encarou com tristeza.

— Ele é forte. Vai sobreviver.

Por um instante, Cleo ficou sem palavras.

— Você pode consertar tudo isso. É uma feiticeira. Pode aprisioná-los.

— Estaria arriscando a vida da minha filha se tentasse.

Cleo agarrou o braço dela, brava.

— Lucia, você não entende? A vida da sua filha já está em perigo. Mas o mundo inteiro estará em perigo se fizer o que Kyan manda! Você já sabe disso e, mesmo assim, está aliada a um monstro. Talvez durante todo esse tempo você só estivesse procurando uma desculpa para se juntar a ele. É isso?

Lucia pareceu se sentir ultrajada.

— Como pode dizer isso?

— Você é igual ao seu pai. Só quer poder, e se esse poder vier de um deus maligno, vai aceitá-lo de bom grado.

— Errado — Lucia resmungou. — Você sempre esteve errada a

meu respeito. É tão rápida para me julgar do alto de sua torre dourada perfeita e de sua vida dourada perfeita.

Então uma raiva fria fluiu por Cleo, e gelo se formou aos pés das duas, se expandindo até cobrir uma carruagem abandonada na rua.

Lucia observou aquilo, franzindo a testa.

— Consegue controlar a magia da água dentro de você?

Cleo cerrou os dois punhos ao lado do corpo.

— Se conseguisse, você seria um bloco de gelo neste momento.

Mas então uma onda de água atingiu Cleo de repente, uma onda invisível que cobriu sua boca e seu nariz. Ela não conseguia respirar. A onda a dominava e a estava afogando.

Não, aquilo não podia acontecer de novo. Ela não sobreviveria de novo.

— *Sim* — a deusa da água sussurrou. — *Deixe-me tomar o controle agora. Não resista. Tudo ficará muito melhor assim que parar de lutar.*

Era difícil demais continuar a batalha quando o inevitável se apresentava diante dela.

A Tétrade ia vencer.

Cleo ia perder.

E tinha que admitir a verdade: seria tão fácil simplesmente parar de lutar...

A sensação de Lucia agarrando sua mão e enfiando alguma coisa em seu dedo arrancou Cleo das águas invisíveis.

Ela tentou desesperadamente recuperar o fôlego.

— O que está fazendo comigo?

— Cleo, está tudo bem — Lucia disse com firmeza. — Você está viva, está bem. Apenas respire.

Ela se forçou a inspirar uma vez, depois outra. Por fim, a sensação de afogamento diminuiu.

Lucia segurou os braços de Cleo.

— Você precisa resistir.

— Pensei que não quisesse que eu fizesse isso.

— Nunca disse isso. Com sorte, isso dará a você um pouco mais de força, como aconteceu comigo no começo. Afinal, é seu por direito. Você apenas me deixou pegá-lo emprestado, na verdade.

Cleo franziu a testa, sem entender nada. Então olhou para a própria mão.

Lucia tinha lhe devolvido o anel de ametista.

— O quê...? — Ela começou a dizer.

Lucia levantou a mão para silenciá-la.

— Não conte a ninguém. Quanto mais você resistir, mais tempo vou ter para fazê-lo acreditar que o ritual precisa ser adiado. Agora venha comigo. Se demorarmos demais, ele vai mandar seu servo pessoal nos procurar.

Cleo ficou desconcertada por ter o anel de volta — o anel que ajudava Lucia a controlar sua magia.

— Quem, Enzo?

— Sei que gosta dele. Também gosto. Mas foi marcado pelo fogo. Não tem escolha senão obedecer a Kyan. Foi por isso que o mandei embora.

Cleo então percebeu que Lucia estava lutando tanto quanto ela, só que de maneira diferente. Elas não eram inimigas, não mais. Talvez nunca tivessem sido.

Eram aliadas. Mas ambas estavam em absoluta desvantagem.

— Lucia — Cleo disse em voz baixa. — Eu sei como derrotá-los.

— Sabe? — Um tom de ironia tomou a voz de Lucia. — Encontrou essa pérola de informação num livro?

— Não. Essa pérola de informação veio noite passada, do próprio Nic.

Lucia franziu a testa.

— Impossível.

Cleo assentiu.

— Kyan não tem tanto controle quanto aparenta ter. Ele está vulnerável agora, e Nic encontrou uma maneira de romper o domínio em alguns momentos.

Lucia observou ao redor quando as duas passaram por um gramado onde um dia tinham se sentado juntas. Cleo se lembrava com muita nitidez daquele dia, no qual passaram parte dele assistindo a um grupo de rapazes atraentes treinando com espadas.

O pátio estava vazio no momento, mais parecido com um cemitério do que com um lugar que já abrigara tanta vida.

— O que ele disse a você? — Lucia perguntou, em voz baixa.

Cleo ainda estava hesitante em contar, mas sabia que uma era a melhor chance da outra.

— As esferas... as esferas de cristal. Elas são a âncora da Tétrade a esse plano de existência. Se forem destruídas, a Tétrade não vai mais conseguir transitar por este mundo.

— Âncoras — Lucia sussurrou, franzindo muito a testa. — Âncoras para este mundo.

— Sim.

— E precisam ser destruídas.

— Sim, mas tem um problema. Magnus tentou destruir a esfera de água-marinha, mas não funcionou, por mais força que tenha colocado ao golpeá-la com uma pedra.

Lucia balançou a cabeça.

— Claro que não. Elas não são de cristal, não de verdade. São mágicas. — Ela se cobriu com o manto como se estivesse com frio.

— Isso faz sentido, tudo isso. Estou tentando entender onde a Tétrade estava esse tempo todo, no último milênio. Os Vigilantes e incontáveis mortais reviraram Mítica de norte a sul em busca desse tesouro.

Cleo passou os olhos pelo pátio e se encolheu ao notar outro fosso de prisioneiros mais à frente.

— Mas foi só quando sua magia veio à tona que eles conseguiram despertar.

— Sim, *despertar*. — Lucia assentiu. — Porque foi exatamente o que aconteceu. Eles estavam dormentes, ou seja, *inconscientes*. Não tinham consciência como têm agora. Estão vinculados: a Tétrade e os cristais. Destruir o cristal significa apenas destruir sua forma física. A magia ainda existiria no ar. Na terra sob nossos pés. Na água do mar. E no fogo das lareiras. Tudo como deveria ser. Como deveria ter sido desde o início.

A cabeça de Cleo se perdeu com tanta informação.

— Fico feliz por você entender tudo isso bem melhor do que eu.

Lucia deu um sorriso nervoso.

— Eu entendo, mas bem menos do que gostaria.

— Então é o que precisamos fazer — Cleo disse, assentindo. — Achar um jeito de destruir as esferas de cristal.

Lucia não respondeu. Seu olhar se tornou distante de novo quando ela parou a poucos passos da entrada do palácio.

Cleo a observou incomodada, sem querer entrar. Lucia pareceu igualmente hesitante.

— Posso tentar encontrar um jeito — Lucia disse. — Mas há um enorme problema em vista.

— O quê?

A expressão dela tornou-se sombria.

— Você. E Nic, e Olivia, e Taran. Seus corpos são mortais e frágeis, carne e osso. Vocês são os atuais veículos da Tétrade, e não tenho como saber se vão sobreviver ao impacto que essa quantidade de magia teria. Vi o que aconteceu com Kyan da última vez que ficou face a face com contramagia. Destruiu o corpo dele. E aquele corpo era imortal.

Cleo piscou.

Claro que Lucia estava certa. Não havia um jeito fácil de pôr um fim naquilo.

Destruir os cristais, transferir a Tétrade para uma forma de vida que não tivesse vínculo consciente com esse mundo...

Mataria a todos.

Mas salvaria a cidade dela. E salvaria seu mundo.

— Não posso falar pelos outros, mas posso falar por mim — Cleo declarou com firmeza. — Faça o que tiver que fazer, Lucia. Não tenho medo de morrer hoje.

Lucia assentiu.

— Vou tentar.

As duas continuaram e entraram no palácio. Como as trepadeiras do lado de fora, as paredes dos corredores estavam revestidas de musgo. Flores cresciam pelas rachaduras no mármore.

Havia pequenas chamas acesas, não nas lamparinas e tochas presas à parede, como de costume, mas em buracos rasos no chão.

Elas passaram por um cômodo com a porta escancarada, onde uma dúzia de guardas levava as mãos à garganta, tentando respirar.

— Taran — Lucia disse. — Ele também gosta de usar magia sempre que possível.

O estômago de Cleo se revirou.

— O Taran de verdade ficaria horrorizado.

— Não tenho dúvidas.

Por fim, chegaram à sala do trono.

Cleo não conseguia acreditar que tinha estado ali pela última vez fazia apenas um dia.

O lugar parecia totalmente diferente. Os tetos altos estavam cobertos por uma rede de trepadeiras e musgo. O piso de mármore parecia o chão de uma floresta; terra, pedras e pequenas plantas surgiam na superfície. Uma série de tornados do tamanho de uma pessoa girava e dançava pela sala, ameaçando tirar seu equilíbrio se Cleo chegasse muito perto.

Magia do ar, ela pensou. O deus do ar brincava com sua magia para criar mais obstáculos.

Ela olhou para a frente e viu que o corredor que levava à plataforma estava rodeado por chamas azuis, cortesia do próprio deus do fogo.

Kyan estava sentado no trono coberto de trepadeiras com Taran à direita e Olivia à esquerda.

A fúria de Cleo chegou ao máximo quando ela viu Kyan usando a coroa dourada de seu pai, assim como o rei Gaius havia feito quando tomara o poder.

— E aqui está ela — Kyan exclamou sem se levantar. — Estava preocupado com você, pequena rainha, fugindo daquele jeito sem avisar. Um tanto grosseiro, na verdade. E eu só queria ajudá-la.

— Acho que sou grosseira. Minhas mais sinceras desculpas por tê-lo ofendido.

— Ah, você diz isso, mas sei que não é o que sente. O que você acha, Taran? Sabe, essa pequena rainha estava muito apaixonada pelo irmão gêmeo de seu veículo. Acho que teria se casado com ele, apesar de sua baixa posição social como um mísero guarda de palácio.

— Estou surpreso — Taran respondeu. — Minhas lembranças de Theon mostram que ele gostava bem mais de morenas altas, não de loiras baixinhas.

— Mas ela é uma *princesa*. Isso compensa inúmeras baixarias. — Kyan mostrou os dentes. — *Baixarias*, porque ela é baixa. Eu sou muito engraçado, mas Nic também era, certo, pequena rainha? Ele sempre a fazia rir.

Mais uma vez, uma camada de gelo se formou sob os pés dela, provocada por sua fúria crescente.

— Que meigo — Olivia disse. — Ela está tentando acessar a magia da água dentro de si.

— Ah, sim — Kyan disse, batendo palmas e gargalhando. — Vamos vê-la tentar. Vá em frente, pequena rainha, estamos assistindo.

E ela o fez. Cleo tentou com muito afinco controlar a magia dentro de si. Congelar toda a sala como tinha congelado o guarda. Fazer os três monstros sobre a plataforma engasgar e babar com os pulmões cheios de água mágica como tinha feito com Amara na noite do primeiro ritual.

Cleo pensou que talvez, com aquele anel no dedo, tivesse uma chance de tomar as rédeas da situação, acabar com aquilo.

Mas não conseguiu. A magia não pertencia a ela, não de alguma forma que pudesse controlá-la.

O som da gargalhada da deusa da água dentro dela a deixou mais nervosa e assustada do que já estava.

— Agora — Kyan disse depois de se acalmar —, pequena feiticeira, podemos começar?

Lucia deu um passo à frente.

— Não estou com a esfera de água-marinha.

— Ela a guarda em um saquinho de veludo no bolso — Taran disse.

Kyan olhou para ele.

— E você só diz isso agora?

Ele deu de ombros.

— Minha memória está melhorando. Ontem tudo não passava de um borrão, para ser sincero. Esse veículo lutou bastante para manter o controle.

— Mas perdeu — Olivia disse. — Assim como a princesa vai perder.

Cleo entrelaçou os dedos à frente do corpo, escondendo o anel.

— Vou mesmo? Tem certeza?

Olivia deu um leve sorriso.

— Sim, tenho.

— Entregue a esfera — Kyan disse. — Ela deve se juntar às outras.

Ele apontou para uma mesa enorme à esquerda. Estava enfeitada com uma toalha de veludo azul — pano de fundo para as três esferas de cristal.

Cleo virou para lançar uma careta para Lucia.

Lucia deu de ombros.

— Ele pediu. Eu entreguei.

Cleo balançou a cabeça.

— Darei a esfera para você, Kyan, mas exijo ver Lyssa primeiro.

— Ah, sim. Lyssa — Kyan disse calmamente. — A bebê meiga e pequenina desaparecida que roubei do quarto meigo e pequenino, transformando a ama-seca meiga e pequenina em cinzas. Foi... indelicado da minha parte, não?

Cleo o observava com cuidado. Cada gesto, cada olhar.

— Incrivelmente indelicado — Olivia concordou.

— Mas uma forma excelente de garantir o compromisso da feiticeira com a causa — disse Taran. — Foi muito esperto ao pensar nisso, Kyan.

— De fato, fui.

Havia algo estranho na maneira como diziam aquelas coisas, como se estivessem zombando dela.

— Você não está com Lyssa — Cleo arriscou. — Está?

O sorriso de Kyan sumiu.

— É claro que estou.

— Então prove.

Ele semicerrou os olhos.

— Ou?

— Ou não vou cooperar. Não vou entregar a esfera, e você não vai conseguir fazer o ritual de modo apropriado mais uma vez.

Kyan suspirou e largou o corpo no trono, passando a mão pelo cabelo alaranjado.

— Taran?

Taran fez um gesto com a mão e uma forte rajada de vento atingiu Cleo, enrolando-se no corpo dela como uma serpente enorme e faminta.

Ela observou horrorizada, incapaz de fazer qualquer coisa para impedir, quando o saquinho de veludo saiu de seu bolso, flutuou pelo ar e aterrissou na mão de Kyan, que esperava por ele.

Ele desamarrou o cordão e checou o conteúdo.

— Excelente. Para você, pequena feiticeira.

Ele jogou o saquinho para Lucia, que tirou a esfera e a deixou ao lado das outras, trocando um olhar breve e aflito com Cleo.

Quatro esferas, todas prontas para serem usadas no ritual que solidificaria a existência da Tétrade naquele mundo e aumentaria seu poder a ponto de serem capazes de destruir o planeta com um pensamento.

Ou quatro esferas prontas para serem destruídas, o que, muito provavelmente, mataria Cleo, Nic, Taran e Olivia.

Por mais que Cleo a invejasse por sua magia, não invejava a escolha que Lucia teria que fazer agora.

— Acho que foi uma boa ideia vir aqui — Kyan disse, observando ao redor da gigantesca sala do trono, que cheirava a vida fresca e fogo cáustico. — Passa uma sensação de história, de eternidade. Talvez seja por causa de todo esse mármore.

— Também gosto — Taran concordou. — Devíamos residir aqui por um tempo indefinido.

Olivia passou a ponta dos dedos pelas bordas do trono.

— Ah, não sei. Acho que prefiro Limeros. Todo aquele gelo e aquela neve deliciosos. Princesa Cleo, você se daria bem lá depois que meus irmãos tomarem controle. Gelo e neve são apenas água, não? Talvez possa conjurar um palácio de gelo.

— Só se puder esmagá-la debaixo dele — Cleo respondeu.

Lucia riu, mas encobriu o som com uma tosse.

— Ah, não sei — outra voz veio da entrada da sala do trono. — A princesa não simpatiza muito com o clima de Limeros. Ela fica inacreditavelmente bela usando mantos de pele, mas é uma garota auraniana da cabeça aos pés.

Cleo virou para ver quem era.

Magnus estava encostado no batente da porta cheia de musgo, como se estivesse o tempo todo ali, sem dar a mínima para o mundo.

Ele se afastou e andou pelo cômodo.

— Vim negociar uma trégua — Magnus disse. — Em que somos deixados em paz, e a Tétrade é mandada direto para as terras sombrias.

31

LUCIA

AURANOS

Estava claro que o irmão dela tinha enlouquecido.

Lucia não precisava de mais uma complicação na situação que já era impossível. Mas, de qualquer forma, Magnus estava ali.

Enquanto Kyan insultava Cleo, Lucia examinava as esferas de cristal, tentando descobrir a melhor forma de destruí-las. Tudo em que pensara — força bruta, derrubá-las em uma área de mármore no chão — parecia óbvio demais, fácil demais. Cleo contou que Magnus já tinha tentado quebrar a esfera de água-marinha e falhado.

Aquilo precisaria de algo especial. Algo poderoso. Mas o quê?

Mesmo que descobrisse a tempo, quanto mais ponderava, mais temia estar certa a respeito das consequências que aquilo teria nos veículos mortais da Tétrade.

Ela tinha visto a forma monstruosa e flamejante de Kyan se estilhaçar como vidro.

Ela ainda não tinha se recuperado daquela visão. Cleo estava certa — o deus do fogo estava vulnerável até Lucia realizar o ritual.

Mas se ela o destruísse, destruiria quatro pessoas por cuja vida tinha muita estima.

E talvez nunca mais encontrasse Lyssa.

Ela poderia tentar aprisioná-los, mas seria lento, doloroso e teria um resultado incerto. E só conseguiria se concentrar em um deus de cada vez.

Os outros a impediriam.

Lucia virou para Magnus quando ele se aproximou.

— O que está fazendo aqui? — gritou.

Ele balançou a cabeça para ela.

— Também é um prazer vê-la. Belo dia, não acha?

— Não devia estar aqui.

Magnus não estava sozinho. O príncipe Ashur entrou na sala do trono logo atrás dele. Ele observou ao redor, vendo a nova decoração.

— Muito bonito — Ashur disse, meneando a cabeça. — Me faz lembrar de casa.

— Adorável Kraeshia — Magnus respondeu. — Pretendo visitar a Joia algum dia.

— Você deveria ir — Ashur disse. — Apesar do atual governo corrupto liderado por minha irmã cruel, é o lugar mais bonito deste mundo.

— Eu argumentaria que Limeros é que é, mas prefiro ver por mim mesmo. — Magnus então virou para Cleo. Apesar do comportamento calmo, uma tempestade se formava em seus olhos castanhos. — Recebi seu bilhete. Espero que não se importe que eu tenha vindo atrás de você mesmo assim.

O rosto de Cleo ficou tenso.

— Eu me importo.

— Imaginei que sim. — Ele olhou para Kyan e para os demais. — E aqui está você, sentado em um trono que homens muito melhores já ocuparam. E, para ser bem sincero, meu pai está incluído nessa lista.

Kyan sorriu para ele.

— Gosto de seu senso de humor.

— É um dos poucos que gostam.

— Kyan — Lucia disse, dando um passo para a frente. Ela tinha que fazer alguma coisa, dizer algo, impedir que aquilo ficasse pior do que já estava. — Poupe meu irmão. Deixe-o sair daqui sem lhe fazer mal. Ele não sabe o que está fazendo.

— Ah, eu discordo. — O sorriso de Kyan apenas se alargou. Uma linha de fogo azul se inflamou à frente dele, correu escada abaixo e formou um círculo baixo ao redor de Magnus e Ashur. — Acho que sabe exatamente o que está fazendo, não é, pequeno príncipe?

Magnus olhou para as chamas azuis incomodado.

— Eu preferia que nunca mais me chamasse assim.

— Mas lhe cai bem — Kyan respondeu. — Pequeno príncipe, aquele que marcha para salvar sua pequena rainha, como o herói que não é e nunca será. Perdeu sua pequena princesa, pequeno príncipe. Ela pertence a nós agora.

As chamas subiram até a altura dos joelhos dos príncipes.

— Pare — Lucia sibilou. — Se machucar meu irmão, juro que não o ajudarei.

— Mas e Lyssa? — Kyan perguntou com tranquilidade.

— Lucia, é um blefe — Cleo disse. — Ele não está com Lyssa, tenho certeza agora. Ela não estava no templo na noite passada, e Nic não a tinha visto. Ele não sabia nada sobre o sequestro.

Lucia ficou sem fôlego ao considerar aquela possibilidade.

Se Kyan não estava com sua filha, quem estava?

Então um pensamento lhe ocorreu, um que não havia passado por sua cabeça até aquele momento. Amara. Podia ter sido Amara, se aproveitando do caos que ocorrera depois do assassinato do rei para sequestrar sua filha.

Ah, deusa, ela não conseguia pensar naquilo agora. Com certeza enlouqueceria.

Não, ela precisava permanecer concentrada ou tudo — tudo mesmo — estaria perdido, inclusive Lyssa.

Kyan levantou do trono e desceu as escadas. Parou na frente de Magnus e o examinou com cuidado.

— Como passou pelos portões? — perguntou.

— Há outras entradas para a cidade — Magnus respondeu. — O quê? Você achava que só tem uma entrada e uma saída? Não é assim que uma cidade dessas funciona. Há livros falando disso na biblioteca. Talvez queira pegar alguns e ler sobre o assunto.

Kyan semicerrou os olhos.

— Veio aqui se sacrificar para salvar a garota que ama?

— Não — Magnus disse. — Na verdade, estou muito confiante de que todos vamos sair daqui andando, vivos e bem. Acredito que ela tenha me prometido outro casamento muito em breve, e pretendo que cumpra a promessa.

Kyan lançou um olhar para Cleo.

— Mas você sabe a dura verdade que seu marido não sabe. Não haverá final feliz para você. Para nenhum dos dois.

Lucia esperava que Cleo surtasse, começasse a chorar e implorasse por sua vida e pela de Magnus, mas, em vez disso, viu a expressão no rosto da princesa endurecer.

— Errado — Cleo disse. — Não haverá final feliz para *você*, Kyan. Hoje é o último dia em que terá o privilégio de pisar neste mundo. Um mundo que poderia ter acolhido, em vez de torturado. Que poderia ter ajudado, em vez de ferido. E aqui estamos.

— Sim, aqui estamos — Kyan repetiu, assentindo. Então lançou um olhar breve para Lucia. — Inicie o ritual *agora*.

— Precisamos esperar até que a deusa da água tenha controle total — Lucia mentiu.

Embora, no fundo, não tivesse certeza se era ou não uma mentira. Nunca tinha executado aquele ritual antes, nunca quisera fazê-lo. Ela só conhecia os passos porque Kyan os tinha descrito.

O ritual precisava do sangue dela e do sangue de um imortal — o sangue de Olivia, que tinha sido utilizado pela avó dela durante o último ritual no complexo de Amara — combinados. As esferas reagiriam àquilo, mesmo sem o filete de magia da Tétrade.

Mais uma prova de que as esferas eram mais do que prisões.

Magia. Magia pura.

— Quanto mais teremos que esperar? — Kyan perguntou entredentes.

— Não sei — Lucia respondeu.

— Talvez isso ajude a acelerar as coisas. — Ele fez um gesto para Taran, que desceu as escadas, agarrou a mão de Cleo e arrancou o anel de ametista de seu dedo.

Cleo suspirou.

Lucia virou para Kyan, cerrando os punhos ao lado do corpo para evitar partir para cima dele.

— Não me provoque, pequena feiticeira — Kyan disse. Os olhos dele brilhavam, uma cor azul viva como a das chamas. — Ou vai se arrepender muito.

O fogo que cercava Magnus subiu mais, até a cintura, e o deus do fogo deu um sorriso frio para o irmão de Lucia.

— Está sentindo? — ele perguntou. — Meu fogo é mais brilhante e quente que qualquer outro.

— Está sentindo? — Magnus perguntou e, então, abriu a mão e pegou Kyan pelo pescoço. — Essa é a pedra sanguínea que meu pai me deu para salvar minha vida. Está cheia de magia da morte, e tem um efeito bem interessante nas pessoas que odeio. Acho que já a sentiu uma vez. Vou mostrar a você o que ela pode fazer.

Kyan arranhou as mãos do príncipe mas não conseguiu se soltar. A pele de seu pescoço, onde Magnus apertava, começou a ganhar uma estranha coloração cinzenta.

Lucia assistia àquilo em choque. Ela sabia que o anel de Magnus continha magia da morte, mas não sabia que era capaz de afetar Kyan.

— Peço desculpas, Nic — Magnus rosnou. — Mas isso precisa acontecer.

Kyan começou a tremer, e seus olhos se reviraram. Olivia tinha descido as escadas para ficar ao lado de Taran, mas nenhum dos dois fez nada para deter Magnus.

Lucia não entendia o motivo. Poderiam impedi-lo com facilidade.

Ela lançou um olhar preocupado para Cleo, que não parecia nem um pouco surpresa com o que Magnus estava fazendo.

Será que o irmão dela já tinha tentado matar alguém com sua magia da morte antes daquele dia?

No momento seguinte, o círculo de fogo ao redor de Magnus e Ashur se extinguiu.

— Não o mate — Ashur pediu, assim que Kyan caiu de joelhos.

Magnus afastou a mão, olhando para o príncipe kraeshiano atrás de si.

— Você atrapalhou minha concentração.

— Tinha prometido que não o mataria.

— Algumas promessas são feitas para serem quebradas — Magnus disse. — Nic entenderia.

Kyan suspirou num sibilo ao tombar no chão.

Magnus o cutucou com o bico da bota.

— Ele não parece tão mal quanto Kurtis. Bem menos morto.

Lucia balançou a cabeça.

— Ah, Magnus, você tem ideia do que fez?

— Sim. Derrotei o vilão. — E então Magnus olhou para os outros dois deuses que observavam em silêncio a uma dúzia de passos de distância. — Não cheguem perto, ou vão receber o mesmo tratamento.

Lucia ficou imóvel ao ver um filete vermelho de magia se erguer do corpo inconsciente de Nic.

Aquele filete de magia rodopiou ao redor de Magnus por um instante, até se metamorfosear em uma bola de fogo e atingi-lo no peito.

Ele pulou como se tivesse sido atingido por um raio, para depois se curvar, apoiando as mãos nos joelhos e tentando respirar.

Em um único movimento, Magnus tirou o anel dourado do dedo e jogou-o no chão coberto de musgo.

Então devagar, bem devagar, ele se endireitou, ajeitou os ombros e observou ao redor da sala do trono.

O coração de Lucia parou ao ver que a marca da magia de fogo estava na palma da mão esquerda de Magnus, já sem o anel.

— Sim... — Kyan falou com a familiar voz grave de Magnus. — Gosto muito desse veículo.

— Não! — Cleo gritou. — Não pode fazer isso!

— Eu não fiz nada. — Kyan se aproximou dela e então se abaixou, para que seus olhos ficassem na mesma altura dos da princesa. — O pequeno príncipe fez isso porque achou que era esperto. Que era um herói. Pensou que salvaria sua bela noiva e todos os seus amigos. Ele devia ter ficado nas sombras, que era seu lugar.

— Saia do corpo dele agora — Cleo rosnou.

Quando Kyan abriu um sorriso afetado, era o sorriso de Magnus. Lucia sentiu um aperto no coração ao ver aquilo.

— Não. Na verdade, acho que vou manter esse veículo por toda a eternidade.

De canto de olho, Lucia viu Ashur se aproximar de Nic e apertar os dedos contra o pescoço do rapaz.

— Ele está morto? — ela perguntou.

— Não. Ainda não, pelo menos. — Ashur olhou para ela com raiva. — A culpa é sua. Você é a responsável por tudo isso.

— Você está certo — ela respondeu. — É minha culpa.

Um ar confuso tomou a expressão de Ashur. Talvez esperasse que Lucia discutisse com ele.

— Kyan — Lucia disse, e o irmão virou para encará-la. Ela engoliu seco. — Vou iniciar o ritual agora.

— Ótimo — ele disse com um meneio de cabeça. — E eu aqui pensando que você talvez me causasse mais problemas do que já causou.

— E por que faria isso? Tem tudo o que me importa à sua mercê. Minha filha, meu irmão, minha... — Ela franziu a testa. — Bem, é só isso na verdade.

Ele arqueou uma das grossas sobrancelhas.

— Sem mais truques?

— Cansei de lutar — ela disse, e pareceu tão sincero quanto todo o resto que tinha dito naquele dia. — Agora só quero que isso acabe.

— É o seu destino — Olivia disse. — Devia se orgulhar disso, Lucia.

— Você será recompensada — Taran acrescentou.

Lucia lançou um olhar furtivo para Cleo, que observava cada passo, cada movimento do deus do fogo.

Ela está procurando qualquer pequeno sinal de que Magnus ainda esteja entre nós, Lucia pensou. *Ela ainda tem esperança.*

Entretanto, Lucia não era tão otimista.

Ela foi até a parte de trás da mesa onde estavam as quatro esferas de cristal: água-marinha, obsidiana, âmbar e selenita.

Olivia deu um passo para a frente e estendeu o antebraço descoberto para Lucia.

Com uma pequena lâmina que guardava no bolso de seu manto, Lucia fez um corte superficial na pele escura e perfeita de Olivia. O sangue escorreu pela superfície e pingou em cada uma das quatro esferas.

Mesmo sem nenhuma palavra dita nem magia específica direcionada a elas, as esferas começaram a brilhar com uma suave luz interior.

Olivia fez um sinal com a cabeça e se afastou.

Todos os olhares estavam voltados para as esferas brilhantes. Lucia ponderou sobre o próximo passo ao apertar a lâmina contra a própria pele.

Continuar o ritual como Kyan havia descrito?

Magnus... Ele havia roubado Magnus. Seu irmão, seu melhor amigo. Ela o havia decepcionado mais uma vez...

Não. Ela se forçou a não se desesperar, não remoer o que já tinha acontecido.

Como poderia fazer aquilo? Dar tanto poder a Kyan, garantir o domínio dele sobre o corpo de seu irmão?

Mas não conseguia descobrir como quebrar as esferas. Podia tentar, mas se falhasse, os desdobramentos seriam catastróficos.

Antes que pudesse decidir entre sangrar ou não sangrar, um braço a envolveu por trás, puxando suas costas contra um peito firme.

A ponta de uma lâmina encostou no pescoço dela.

— Não estou morto, caso estivesse se perguntando — Jonas sussurrou.

— Jonas — ela disse.

Kyan, Taran e Olivia deram um passo para a frente, mas Lucia levantou a mão para impedir que tomassem qualquer decisão precipitada.

Ninguém tinha visto o rebelde entrar na sala coberta de trepadeiras. Estavam todos observando as esferas, a lâmina no braço da feiticeira.

Lucia teria se impressionado com a aproximação furtiva do rebelde se não fosse o pior momento possível para sua chegada.

— Me solte — ela insistiu.

— Acreditei em você, e você me traiu — Jonas sibilou. — Teria lhe dado toda minha magia se tivesse pedido. Droga, eu teria oferecido a você se tivesse me dado uma chance. Agora estou em uma posição complicada, princesa.

Lucia não se mexeu, mal respirou.

— É mesmo?

Ela queria achar uma razão para atrasar o inevitável, e parecia que tinha uma muito boa.

— Ora, ora — Kyan disse. — Gostaria muito que se afastasse da minha feiticeira antes que eu o forçasse.

Jonas hesitou por um instante.

— Magnus?

— Não exatamente — Kyan respondeu, com um sorriso roubado. — Acho que me lembro de você... Sim, um belo dia, em um mercado paelsiano. Uma adorável garota ficou no caminho entre meu fogo e seu corpo.

Jonas ficou tenso.

— Kyan.

O deus do fogo assentiu.

— Aí está. Tenho certeza de que mais lembranças desse veículo virão a mim. Nós nos encontramos antes, muitas vezes.

— Vou matar você — Jonas disse.

— Duvido muito.

— *Pare* — Lucia pensou, torcendo muito para aquela estranha telepatia entre eles ainda funcionar. — *Pare de provocá-lo ou vai morrer. É isso o que quer?*

Jonas ficou paralisado.

— *Ainda posso ouvir você. Eu me perguntei se seria possível depois de toda a magia que roubou de mim.*

— Pequena feiticeira — Kyan disse com calma. — Devo cuidar disso para você?

— Não — ela disse em voz alta. — Posso resolver sozinha.

O deus do fogo semicerrou os olhos.

— Então resolva.

Jonas segurou-a com mais força.

— *Timotheus me deu essa adaga, disse que podia destruir magia. Não achei que precisasse usá-la em você. E mesmo assim, aqui estamos nós.*

Lucia ficou quieta.

Uma adaga capaz de destruir magia.

Bem ali, naquela sala.

E, no momento, pressionada ameaçadoramente perto de seu pescoço por alguém que tinha todo o direito de desejar sua morte.

32
NIC

AURANOS

Quando Magnus chegou, uma parte de Nic se agarrou à esperança de que aquele príncipe, outrora seu inimigo, teria uma forma secreta de derrotar Kyan e seus irmãos.

Ele tinha. Nic só não imaginava o quanto ia doer.

Nic se lembrava da mão de Magnus apertando seu pescoço enquanto Kyan gritava dentro dele por causa da onda gélida de dor que se abatia sobre ambos.

E então tudo voltou a ficar escuro por um tempo.

Quando voltou a si, estava abrindo os olhos e encarando o rosto do príncipe Ashur Cortas.

Os olhos azul-acinzentados do príncipe se encheram de alívio.

— O que aconteceu? — Nic perguntou.

— Você está vivo. Foi isso que aconteceu — Ashur sussurrou.

— Não é um sonho?

— Não. Nem perto disso. Mas não se mexa, ainda não.

Nic ouviu vozes exaltadas vindo de perto. Lucia, Magnus... Jonas. Estavam discutindo.

Espere.

Como tinha dito aquelas palavras? Como teria uma conversa real com o príncipe Ashur se não fosse um sonho incrivelmente vívido?

Então percebeu o que havia acontecido.

Em parte, pelo menos.

Kyan tinha escolhido um novo veículo — o príncipe Magnus Damora em pessoa.

Por olhos semicerrados, encostado em Ashur para se apoiar, Nic observou os demais. Não prestaram nenhuma atenção nele, de tão absortos que estavam na discussão.

Jonas tinha uma faca dourada contra o pescoço de Lucia.

E então, diante dos olhos de Nic, aquela faca foi tirada da mão de Jonas por algo invisível. Ela flutuou no ar, onde Lucia a apanhou.

— Obrigada por trazer isso para mim — Lucia disse, olhando para a lâmina afiada. — Será muito útil, espero.

— Quer matá-lo, pequena feiticeira? — Magnus... não, *Kyan* perguntou. — Ou devo fazê-lo?

— O que prefere, Jonas? — Lucia perguntou, deslizando a adaga dourada para baixo das dobras de seu manto negro. — Quero dizer, você aparece aqui e ameaça a vida de uma feiticeira, sob os olhares de três deuses elementares. Com certeza sabia que isso resultaria em sua morte.

— Faça o que tiver que fazer — ele rosnou.

— É o meu plano — ela disse. Então lançou um olhar para Kyan. — Eu mesmo o mato mais tarde.

— Muito bem. — Kyan gesticulou para Olivia. A deusa da terra agitou a mão, e grossas trepadeiras se enrolaram nas pernas e no torso de Jonas, mantendo-o preso.

— O que vamos fazer? — Nic sussurrou. — Como podemos ajudar?

— Não sei — Ashur respondeu com um tom frustrantemente calmo. — Receio que não haja nada que possamos fazer. Podemos muito bem morrer aqui. E é uma pena, de verdade. Tinha planos para nós dois, sabe.

— Planos? Para nós?

— Sim.

De repente, algo próximo chamou a atenção de Nic. Um pequeno brilho dourado.

Era o anel que Magnus usara quando havia apertado o pescoço de Nic.

Kyan o tinha descartado no momento em que possuíra o corpo. Agora, estava a dez passos do deus, que, no momento, felizmente, ignorava a conversa sussurrada entre Nic e Ashur.

— O que é aquele anel? — Nic perguntou. — O anel que Magnus estava usando.

— É o anel de pedra sanguínea — Ashur murmurou. — É magia... magia da morte. Foi o que expulsou Kyan do seu corpo.

Magia da morte.

Nic observava Kyan andar a esmo, abrindo os braços longos e musculosos, passando os dedos pelo cabelo grosso e escuro de Magnus.

Era óbvio que Kyan estava feliz com a mudança. Confiante. Esperançoso. Pronto para declarar vitória sobre aquele bando de reles mortais.

— Preciso saber uma coisa — Nic disse em voz baixa.

— O quê? — Ashur perguntou.

— No navio, quando viajávamos para Limeros, você me disse que tinha uma pergunta para mim, que a faria quando tudo acabasse. Lembra?

Ashur ficou em silêncio por um instante.

— Lembro.

— Qual era?

Ashur expirou lentamente.

— Não tenho certeza se ainda é apropriado.

— Pergunte mesmo assim.

— Eu... eu queria perguntar se me daria a chance de roubá-lo da costa de Mítica, de mostrar mais do mundo a você.

Nic franziu as sobrancelhas.

— Sério?

O rosto de Ashur se entristeceu.

— Bobo, não é?

— Sim, muito bobo. — Nic sentou e virou para poder encarar o príncipe nos olhos. — Minha resposta teria sido sim, por sinal.

Ashur franziu a testa.

— *Teria sido?*

Nic segurou o rosto de Ashur e o beijou de leve nos lábios.

— Desculpe, mas preciso fazer isso.

Então estendeu o braço e pegou o anel.

Ashur arregalou os olhos.

— Nicolo, não...

Com as pernas bambas, Nic levantou e percorreu o mais rápido que conseguiu a distância até Kyan.

Kyan virou para ele, surpreso.

— Ora, vejam quem já se recuperou bem — o deus do fogo disse com desdém. — Vai causar mais problemas para mim?

— Espero que sim — Nic disse. Então agarrou a mão de Kyan e enfiou o anel de volta em seu dedo médio.

E segurou com força enquanto Kyan explodiu em chamas.

33
MAGNUS

AURANOS

Magnus não gostava de admitir seus erros. Nunca.

Mas tinha cometido um erro terrível.

Foi seu último pensamento antes que o deus do fogo tomasse seu corpo. E então só houve escuridão — uma escuridão ainda mais intensa, mais vazia e mais inesgotável do que a que tinha sentido no túmulo.

Saber que Kyan tinha vencido era a pior sensação que já tinha conhecido. Pior do que ter seus ossos quebrados a mando de Kurtis. Pior do que receber a notícia do assassinato de sua mãe. Pior do que ver a irmã se distanciando dele, pouco a pouco, quanto mais tentava se aproximar dela. Pior do que seu pai morrendo logo quando começaram a reconstruir sua relação difícil.

Mas então foi como se alguém tivesse estendido um braço na escuridão para segurar e puxar Magnus de volta à superfície

A pedra sanguínea estava de novo em seu dedo.

A fria magia da morte se misturava com fogo e vida, entrando em combustão, criando algo novo.

Doía como ser arrastado sobre carvão em brasa. Mas ele podia pensar de novo. E se mover. Parecia que subia à tona para respirar.

Seus braços pegavam fogo, mas, assim que percebeu, as chamas se apagaram.

Nic olhou fixamente para ele. Sua mão estava vermelha e cheia de bolhas por causa do fogo, mas a pele de Magnus estava imaculada.

— Afaste-se — Magnus rosnou.

Nic fez o que ele mandou e voltou para o lado de Ashur, que logo envolveu a mão queimada de Nic em uma pedaço rasgado de sua camisa.

— *Tire o anel do dedo. Faça isso agora, ou eu o destruirei.*

Magnus demorou um pouco para perceber que era Kyan quem berrava aquilo. A voz de Kyan estava dentro de sua cabeça.

Magnus fez uma careta enquanto observava ao redor da sala do trono. Todos o encaravam com diferentes expressões no rosto.

Lucia, com apreensão. Jonas, que devia ter cometido a besteira de aparecer alguns minutos antes, com desprezo, preso por trepadeiras.

O olhar de Cleo quase o destruiu: dor misturada com raiva. Seu cabelo loiro estava desgrenhado, livre e solto. As linhas azuis no rosto e nos braços dela ainda estavam lá, perturbadoras como sempre.

Mas Cleo nunca tinha lhe parecido mais bela.

— Odeio você — Cleo disse enquanto se encaravam nos olhos.

Magnus se aproximou dela. Ela ficou tensa, mas não se afastou.

— Sinto por ouvir isso, Cleiona — ele disse com delicadeza. — Já que o que sinto em relação a você é bem diferente.

Aqueles olhos verde-azulados se arregalaram um pouco quando ele proferiu seu nome inteiro, e Cleo respirou aliviada.

Tinha virado um sinal entre os dois, quando ele usava o nome inteiro dela.

Cleo agora sabia uma verdade que ninguém mais conhecia. Magnus estava no comando de seu corpo. Mas não sabia quanto tempo aquilo ia durar.

Taran e Olivia examinaram Magnus com cautela.

— Você está bem? — Olivia perguntou.

— Estou muito bem — Magnus disse tranquilamente, sabendo

que seria melhor os dois não entenderem o que acontecera. — Está tudo sob controle.

Nunca uma mentira maior foi contada na história, ele pensou.

— Vou matar sua sobrinha! — Kyan gritou de dentro dele. — Vou queimá-la até só sobrarem cinzas.

Magnus encarou Olivia nos olhos.

— Pegue a criança.

Ela inclinou a cabeça.

— Criança?

— Lyssa. Traga-a aqui imediatamente.

Olivia trocou olhares com Taran.

— Não será possível.

— O quê? — Lucia exclamou. — Do que estão falando? Por que não será possível?

— Princesa! — Nic gritou para Lucia — Cleo está certa, Kyan não sequestrou Lyssa. Eles nunca planejaram isso, eu nunca a vi. Não sei onde está sua filha, mas não está com eles.

Taran gesticulou, e Nic saiu voando para trás, atingindo uma coluna com tanta força que Magnus ouviu o som, familiar demais, de ossos quebrando.

Mas quando Ashur correu para o lado dele, Magnus viu que Nic ainda se mexia.

Aquele rapaz definitivamente era resistente. Magnus precisava admirá-lo por isso.

A pedra sanguínea não tinha parado de machucá-lo um instante sequer. Era como se sua mão pegasse fogo, a dor abrasadora chegando até seus ossos.

Mas ele não ousou tirar o anel.

Lucia tinha algo nas mãos, uma adaga dourada que Magnus não tinha visto antes. Ela a levantou.

— Sabe o que é isso? — ela perguntou.

Magnus negou.

Olivia e Taran ficaram ao lado dele, mas ambos tinham o olhar fixo em Lucia.

— Feiticeira — Olivia disse, suavemente. — Acho que precisa usar uma lâmina diferente. Essa pode ser problemática.

Lucia levantou o queixo, com um olhar carregado de pura maldade.

— Torço para que seja, na verdade. Torço para que seja incrivelmente problemática para vocês.

— *Impeça sua irmã estúpida de fazer o que quer que esteja pensando* — Kyan rosnou. — *Ou vou queimar tudo o que já amou na vida!*

— Silêncio — Magnus balbuciou. — Lucia está falando.

— O que disse? — Taran perguntou.

— Nada, nada. Estou apenas apreciando o espetáculo. — Magnus apontou para a irmã. — Lucia, não vai prosseguir com o ritual? O tempo está acabando.

O olhar sombrio de Lucia cruzou o dele, mas não o reconheceu. Ela ainda não o enxergava além da ameaça que era Kyan.

— Eu queria encontrar outra maneira — ela disse ao passar o fio da lâmina dourada pela palma da mão, e depois pingar seu sangue em cada uma das esferas de cristal. — Mas não há outra escolha. Não sei se isso vai funcionar ou se vai matar você... — A voz dela falhou. — Magnus, sinto muito. Se eu nunca tivesse nascido, nada disso estaria acontecendo.

— Não diga isso — Magnus disse, com firmeza. — Você foi um presente desde o momento em que surgiu na minha vida. Nunca se esqueça disso.

Seus olhares se encontraram e se fixaram. E... sim. Lá estava.

Lágrimas correram pelas bochechas dela.

Lucia sabia que era ele.

— *Impeça-a!* — Kyan gritava dentro de Magnus. — *Exijo que a detenha! Eu deveria ficar livre, livre com meus irmãos. Eu deveria governar este mundo! Redesenhá-lo como me conviesse! Não pode evitar isso! Eu sou fogo. Eu sou magia. E você vai arder!*

As esferas começaram a brilhar com mais intensidade, como pequenos sóis.

— Vá em frente, minha irmã — Magnus disse, tenso, já sabendo como aquilo poderia terminar mal para ele. — O que quer que sinta que precisa fazer para acabar com isso, faça agora mesmo.

— O que está acontecendo? — Taran perguntou, dando um passo à frente. — Isso não está certo. Esse não é o ritual.

— Não — Lucia disse, balançando a cabeça. — Com certeza não é.

Lucia levantou a adaga bem alto e a cravou com força na esfera de obsidiana.

Taran se aproximava de Lucia rápido como um furacão, mas não antes que ela estraçalhasse a selenita com a ponta da adaga. Ele ficou paralisado, como se tivesse atingido uma barreira invisível, e seus joelhos cederam.

Magnus segurou a mão de Cleo, puxando-a para si.

— Faça! — Cleo gritou.

Lucia destruiu a esfera de água-marinha, e Cleo começou a apertar a mão de Magnus mais forte, a ponto de machucar, enquanto gritava.

— O que está esperando? — Magnus rugiu. — Acabe com isso!

A esfera de âmbar se estilhaçou ao entrar em contato com a adaga. Magnus sentiu um golpe. Sólido, afiado e doloroso. Parecia que sua carne estava sendo arrancada dos ossos.

Ele tentou enxergar, apesar da dor, Lucia junto à mesa. Ela olhava para os pedaços quebrados das esferas da Tétrade. Ainda brilhavam, cada vez mais forte, até que sua luz começou ofuscar a irmã de seu campo de visão.

Mexa-se, Lucia, ele pensou, desesperado. *Afaste-se delas.*

Mas ela ficou parada no lugar, como se fosse incapaz de se afastar da magia que explodiria e com certeza destruiria a todos no processo.

Um instante antes de sua visão ficar totalmente branca, ele viu uma sombra — Jonas, livre das trepadeiras, pulando na direção de Lucia e tirando-a do caminho assim que uma enorme coluna de luz se ergueu das esferas despedaçadas.

A luz também jorrou dos olhos, da boca e das mãos de Magnus. Ele não conseguia enxergar, não conseguia pensar. Mas conseguia sentir.

A mão de Cleo ainda segurava a dele.

— Não ouse me soltar — Magnus gritou para ela em meio ao ensurdecedor sibilo que tomava conta da sala do trono. Uma tempestade de vento os envolveu, ameaçando levá-los para longe. Um violento terremoto fez o chão sob seus pés tremer.

— Os outros! — Cleo gritou.

Sim, os outros. Magnus esquadrinhou o caos que os cercava até ver Olivia. Ela se agarrava a Taran como ele se agarrava a Cleo.

Ele foi até Olivia, que pegou sua mão. Cleo fez o mesmo com Taran, cujo nariz sangrava e o rosto estava ferido e ensanguentado. O olhar de Olivia era arredio, apreensivo, mas, ainda assim, ardoroso, de alguém pronto para lutar.

Blocos de mármore caíam do teto destruído, quase os atingindo enquanto o vento girava e o chão se abria.

— Sinto muito! — Olivia berrou, mas mal se ouvia com o som da tempestade elementar que se formava ao redor deles.

— Nada disso é culpa sua! — Cleo respondeu.

Magnus gostaria de argumentar que era, sim, em parte, culpa de Olivia, mas não havia tempo.

— Fracote maldito — Taran rosnou. — Eu devia ter lutado com mais afinco.

— Devia mesmo — Magnus respondeu. — Mas ainda está aqui.

— Bem a tempo de todos morrermos.

Uma monstruosa rajada de fogo irrompeu diante de Magnus. Ele deu um salto para trás enquanto o fogo aumentava. Dava para sentir o calor queimando sua pele.

— Não — Magnus rosnou. — Não sobrevivi por tanto tempo para desistir agora.

— Sua irmã está ajudando eles — Taran berrou em resposta, e suas palavras quase foram levadas pela série de tornados que os cercava. Magnus olhou para eles incomodado, sabendo que cada um poderia parti-los ao meio se chegassem muito perto.

Eles já deviam ter sido partidos ao meio àquela altura, levando em conta tudo aquilo. Mas não tinham sido. Ainda não.

— Minha irmã, caso seja incapaz de compreender — Magnus comentou sem nenhuma sombra de dúvida —, está *nos* ajudando.

Lucia salvaria o mundo. Por que tinha duvidado dela, por um instante que fosse?

Ele era tão tolo.

Magnus não conseguiu mais segurar a mão de Olivia, que voou para trás.

— Não! — Ele gritou.

Cleo apertou a mão dele com força, e o príncipe olhou para ela, quase cego por causa do feixe de luz destruidora que havia demolido a sala do trono.

Taran não estava em lugar nenhum.

— Para sempre — ela disse, lágrimas escorrendo pelo rosto. — O que quer que aconteça, você e eu estamos juntos para sempre. Certo?

— Você e eu — ele concordou. — Até a eternidade. Amo você, Cleo.

— Eu amo você, Magnus.

Ele nunca tinha ouvido palavras mais bonitas que aquelas em toda sua vida.

Cleo encostou o rosto no peito dele, e Magnus a abraçou forte, recusando-se a soltá-la, não importava o que acontecesse.

A luz brilhava cada vez mais forte.

O vento uivava. O fogo queimava. A própria terra tremia e se despedaçava sob os pés deles.

E então...

Então acabou.

34

JONAS

AURANOS

Era como se as próprias Montanhas Proibidas tivessem desabado sobre ele.

A sala do trono estava em ruínas. A luz do céu recaía sobre Jonas, iluminando os destroços do que antes tinha sido o palácio dourado. Ele tentou virar a cabeça para ver quem estava ali, quem estava ferido ou morto, mas a dor o fez gritar.

— Fique parado, seu imbecil — Lucia disse. — Seu pescoço está quebrado.

— Pescoço quebrado? — ele perguntou. — Nic... Nic está ferido. Pior do que eu. Ajude-o primeiro.

— Já ajudei — Lucia disse a ele. — Ashur insistiu. Ele vai ficar bem. Agora pare de se mexer e fique quieto para eu poder curar você. — Ela encostou as mãos sobre o pescoço dele, e uma ardência o fez uivar quando chegou até a garganta, a coluna, com tanta intensidade que ele pensou que fosse desmaiar.

Então a dor desapareceu.

Lucia olhou para ele.

— Você me curou — Jonas disse com a voz fraca.

— É claro que sim. Quer dizer, foram os seus *elementia*, que estou utilizando no momento.

Ele piscou.

— Eu estava morto.

— Ouvi dizer que você costuma morrer bastante.

— Acho que foi a terceira vez. Ou segunda e meia, talvez.

— Era o mínimo que eu podia fazer depois... — Lucia respirou fundo. — Sinto muito pelo que fiz. Na hora eu achei que não tinha escolha.

Jonas tocou o rosto dela, afastando o cabelo preto de sua testa.

— Claro que está perdoada.

Lucia o encarou, surpresa.

— Tão facilmente?

Ele sorriu.

— Claro. Nem tudo precisa ser tão difícil. Pelo menos hoje, não.

— Ainda não sei onde está minha filha — Lucia disse com a voz falha.

Jonas segurou as mãos dela.

— Vamos encontrá-la. Onde quer que esteja, leve o tempo que levar, vamos encontrá-la juntos.

Ela assentiu.

— Obrigada.

— Você acabou de salvar a pele de todos nós com aquela magia roubada... e aquela adaga... — Jonas se mexeu para ver o altar onde estavam as esferas, mas não restava mais nada, apenas uma marca preta de queimado.

Lucia balançou a cabeça.

— A adaga desapareceu junto com todos os pedaços das esferas de cristal.

— Já foi tarde. — Jonas a puxou com cuidado para perto, e ela soltou um suspiro trêmulo de alívio.

— Fico feliz que Kyan tenha ido embora — ela sussurrou. — Mas parte de mim gostava dele de verdade no início.

— Tenho certeza de que havia uma parte dele digna de apreço.

Uma parte bem pequena. — Finalmente, porém relutante, Jonas a soltou. Ele passou a mão pelo pescoço, que parecia novo, e depois observou ao redor, os destroços da sala do trono.

Então apareceu uma mão diante dele. Uma mão presa ao braço de Magnus Damora.

Jonas a segurou, e Magnus o ajudou a levantar.

Ele tinha visto uma explosão de luz sair de Magnus, Cleo, Taran e Olivia, bem como das esferas da Tétrade. Qualquer coisa com a força para abrir um buraco em um teto de mármore poderia destruir um corpo mortal com facilidade. Mas não havia destruído.

— Você está vivo — Jonas exclamou.

— Estou.

Jonas piscou.

— Ótimo. Quero dizer... Estou feliz por não ter morrido e tudo o mais.

— Igualmente. — Magnus hesitou. — Vi que você protegeu minha irmã. Tem minha eterna gratidão por isso.

Tudo estava borrado em sua mente. As trepadeiras que o imobilizavam tinham caído assim que Lucia destruíra as esferas. Jonas se lembrava de vê-la parada diante delas, com a adaga dourada na mão.

Paralisada.

Se Lucia tivesse ficado ali, ele duvidava que teria sobrevivido à explosão.

Jonas olhou para Magnus.

— Parece que sua irmã precisa de proteção às vezes.

— Ela discordaria disso — Magnus respondeu.

— Estou bem aqui — Lucia disse, levantando e abraçando o irmão com força. — Posso ouvir o que estão dizendo.

Cleo se aproximou de Magnus, acompanhada de Taran e Olivia.

Ver todos ali, livres dos monstros que tinham usado seus corpos, deixou a garganta de Jonas apertada.

— Vocês estão bem. Todos vocês.

Olivia assentiu.

— Não me lembro de muita coisa, para falar a verdade. — Ela observou ao redor, o musgo e as trepadeiras. — Mas parece que andei bem ocupada.

— Eu me esforcei muito para não deixar o deus do ar assumir o comando — Taran disse. — Ter perdido o controle foi pior do que a morte para mim. Mas estou de volta. E minha vida... vai ser diferente agora.

— Como? — Jonas perguntou.

Taran franziu a testa.

— Ainda não sei. Estou pensando.

Lucia deu um abraço apertado em Cleo.

— Se você não tivesse me contado sobre as esferas...

Cleo retribuiu o abraço.

— Precisamos agradecer a Nic por isso.

Jonas olhou para o outro lado da sala do trono, onde Nic e Ashur conversavam em voz baixa.

— Nós sobrevivemos — ele disse, aturdido. — Todos nós sobrevivemos.

Os olhos de Lucia estavam molhados.

— Eu magoei você, Jonas. Menti para você, manipulei você e... quase matei você. E ainda está disposto a me perdoar? Não consigo entender.

Jonas sorriu.

— Acho que você tem sorte de eu gostar de mulheres complicadas.

Magnus tossiu alto.

— De todo modo, vamos iniciar imediatamente uma busca em todo o reino por minha sobrinha, incluindo uma recompensa irresistível.

— Obrigada, Magnus — Lucia sussurrou.

Ela não tinha soltado a mão de Jonas.
Essa garota vai acabar me matando, ele pensou com ironia.
Mas não hoje.

35

AMARA

KRAESHIA
Um mês depois

Amara resistiu à viagem desconfortável em uma carroça fechada que a levaria a uma sala trancada, onde passaria grande parte da vida, longe de todos os que ela pudesse tentar ferir.

Sua avó tinha documentado tudo o que ela havia feito. Com o mesmo Grande Profeta que quase concluíra a cerimônia de Ascensão como testemunha, ela havia acabado com a vida de Amara. Os relatos de Neela sobre o enlouquecimento da neta tirariam tudo dela.

Ela tinha passado a ser conhecida como uma garota que matara sua amada família em uma busca implacável por poder.

A parte mais irônica era que Amara não podia contestar nada do que a avó dissera, pois era tudo verdade.

Mas ainda estava viva. Os rebeldes que atacaram o salão de cerimônia tinham resgatado seu líder com sucesso, mas eram muito poucos numerosos para tomar o controle da Lança de Esmeralda ou da cidade.

Por enquanto, o Grande Profeta governaria. O que, francamente, a deixava irritada, porque o homem não tinha um único pensamento original dentro daquela cabeça idiota.

Mas, naquele momento, ela não podia se preocupar com poder.

Estava mais preocupada em escapar.

Infelizmente, com os tornozelos e punhos acorrentados e a parte de trás da carroça trancada depois de sua última tentativa de fuga, aquilo não parecia remotamente possível.

Muito bem. Ela iria para o hospício. Fingiria e se comportaria e... bem, muito provavelmente seduziria um guarda, que acabaria lhe ajudando a fugir. Só que, no momento, precisava ser paciente.

Mas paciência nunca tinha sido um atributo de Amara Cortas.

Quando o movimento incessante da carroça tinha se tornado tão insuportável que ela teve vontade de gritar, o veículo parou de repente. Ela ouviu uma gritaria indiscernível, sons de metal e, finalmente, um silêncio assustador.

Amara não conseguia ver nada, apenas imaginar milhares de possibilidades do que poderia ter acabado de acontecer. Nenhuma acabava bem para ela.

Ela esperou, tensa, com um filete de suor escorrendo pelas costas ao ouvir o som de passos dando a volta na carroça. A tranca foi aberta e a porta se escancarou.

A luz do sol entrou na escuridão da prisão temporária de Amara. Ela bloqueou a claridade ofuscante com a mão até conseguir registrar quem estava bem à sua frente.

— Nerissa... — ela sussurrou.

O cabelo escuro da garota tinha crescido um pouco desde a última vez que Amara a vira. Estava comprido o bastante para ficar preso atrás das orelhas. Ela vestia calça preta e uma túnica verde-escura. E carregava uma espada.

— Bem? — Nerissa disse ao embainhar a arma na cintura. — Vai ficar me olhando com cara de boba ou vai sair daí antes que seus guardas acordem dos golpes na cabeça que acabaram de levar?

Amara encarava a garota, sem acreditar.

— Está aqui para me matar?

Nerissa arqueou uma sobrancelha.

— Se fosse isso, você já estaria morta.

Talvez não passasse de um sonho. Só podia ser um sonho. Ou algum tipo de alucinação provocada pelo calor e pela claustrofobia.

— Você devia ter retornado a Mítica semanas atrás, com Felix e Lyssa.

— De fato voltei. Acha mesmo que eu deixaria Felix Gaebras sozinho com a bebê? Ele não teria a mínima ideia do que fazer com ela, mesmo sem o enjoo do mar.

Aquilo estava acontecendo, Amara percebeu. Não era apenas um sonho.

— Você voltou para casa... e agora está de volta?

— Mítica nunca foi meu lar, apenas uma breve parada em minha jornada. Que eu com certeza apreciei por um tempo. — Ela subiu na carroça e, com a chave na mão, soltou as correntes de Amara. — Caso ainda esteja confusa com tudo isso, estou resgatando você.

Amara balançou a cabeça.

— Não mereço ser regatada.

Mereço fugir, ela pensou. *E sobreviver. Mas certamente não ser resgatada por outra pessoa.*

Nerissa apoiou o ombro na lateral da carroça enquanto Amara esfregava os punhos doloridos e tentava se levantar. Sua perna já estava quase curada, mas ela ainda mancava. Talvez mancasse para sempre.

— Todos merecemos ser resgatados — Nerissa disse apenas. — Alguns demoram mais para perceber do que outros.

Amara saiu para a luz do dia, protegendo os olhos do sol de novo. A carroça não tinha ido muito longe, estavam quase no cais, bem perto do Mar Prateado. Ela olhou para os guardas inconscientes, percebendo que Nerissa não estava sozinha.

Mais três rebeldes estavam com ela, incluindo Mikah.

Amara perdeu o ar ao vê-lo.

Mikah apontou para ela com a ponta da adaga.

— Sei que contou a Nerissa e Felix sobre mim. E, se não tivesse feito isso, eu estaria morto. Mas saiba de uma coisa: se aparecer em Joia a partir de hoje, acabou. Você não é mais bem-vinda aqui.

Amara franziu os lábios e assentiu, resistindo ao ímpeto de falar. Ela só pioraria as coisas se tentasse se justificar.

Mikah não esperou. Ele e os outros dois rebeldes saíram andando sem olhar para trás.

— Acho que organizar meu resgate não ajudou você a fazer amizades — Amara afirmou.

Nerissa deu de ombros.

— Por mim, tudo bem. Venha, vamos caminhar pela praia. Tenho um navio esperando por nós no cais, assim podemos deixar esse lugar para trás.

Amara a seguiu, mancando mais enquanto caminhavam pela praia de areia.

— Por que fez isso por mim?

— Porque todo mundo merece uma segunda chance. — Nerissa observou a areia branca e o mar azul que se estendiam diante delas. — Além disso, a poeira baixou em Mítica. Kyan e seus irmãos foram derrotados, a magia retornou para… — Ela balançou a cabeça, franzindo a testa. — Lucia me explicou, mas ainda não consigo compreender. A magia está em todos os lugares agora. Está espalhada, em todos e em tudo, onde sempre foi seu lugar, e onde não pode fazer mais mal.

Amara sentiu um nó se desfazer no estômago.

Kyan não existia mais. O mundo estava em segurança de novo.

— Fico feliz — ela disse em voz baixa.

— Fiquei feliz em poder ajudar ali por um tempo, fazer o que podia. — Um sorriso apareceu nos lábios de Nerissa. — Você não é a única que recebeu uma segunda chance. Estou fazendo o melhor uso possível da minha.

— Que curioso. Eu gostaria de saber mais sobre isso um dia.

— Um dia — Nerissa concordou.

Um pensamento surgiu na cabeça de Amara.

— Você viu meu irmão?

— Brevemente. Contei a ele o que você pediu e que nos ajudou a salvar Lyssa.

— E o que ele disse?

— Não muito. — Nerissa fez uma careta. — Você estava certa: ele vai precisar de um tempo para perdoá-la de coração.

O mesmo coração que eu esfaqueei, Amara pensou.

— Acho que a eternidade não será tempo suficiente — ela comentou.

— Talvez. Mas todos nós fazemos nossas escolhas e depois precisamos lidar com as consequências, sejam quais forem.

Sim, era verdade.

Tantas escolhas e tantas consequências...

— Diga, você já sonhou com alguma coisa na vida, além de ser imperatriz? — Nerissa questionou depois de caminharem em silêncio por um tempo.

Amara parou para refletir.

— Para ser sincera, não. A única verdadeira opção para mim era o casamento, mas descartei a ideia assim que pude. Acho que, antes de me tornar imperatriz, estava esperando o homem certo, alguém poderoso que eu soubesse que poderia controlar e manipular.

Nerissa refletiu.

— E agora?

— Agora não tenho ideia do que fazer com o resto da minha vida. — O ar marítimo era quente e tinha cheiro de sal. Ela respirou a liberdade inesperada que sabia que não merecia de verdade. — Por que deixou Cleo e voltou para cá? Sei que ela contava com você e a considerava uma verdadeira amiga.

— A princesa não precisa mais de mim — Nerissa respondeu apenas.

Amara não conseguiu conter uma gargalhada.

— E eu preciso?

Nerissa segurou a mão de Amara e a apertou.

— Sim, na verdade, acho que precisa.

Amara olhou para a mão de Nerissa, que não tentou se afastar.

— Então — Nerissa perguntou quando o cais surgiu à frente —, aonde quer ir agora?

Amara sorriu diante das possibilidades que se apresentavam, oportunidades que nunca tinha imaginado serem possíveis. Mas, talvez, em algum lugar pelo caminho, de alguma forma, mesmo que pequena, ela pudesse encontrar um meio de se redimir.

— Para todos os lugares — ela respondeu.

36

CLEO

LIMEROS

— Ai!

— Peço desculpas, vossa alteza. — Lorenzo Tavera finalmente terminou de amarrar os laços nas costas do vestido de Cleo, tão apertados que ela mal conseguia respirar.

— Não me lembro de estar tão desconfortável na última prova — ela disse com uma careta.

— O desconforto é temporário — ele respondeu. — A beleza da seda e da renda é para sempre.

— Se está dizendo...

O costureiro deu um passo para trás, entrelaçando as mãos com alegria.

— Simplesmente deslumbrante! Minha melhor criação até agora!

Ela admirou o vestido no espelho. A saia tinha várias camadas de uma delicada seda e de cetim violeta, como as pétalas de uma rosa. Fios dourados se entremeavam pelo tecido, criando um brilho quase mágico sempre que o vestido refletia a luz. Várias costureiras — e o próprio Lorenzo — tinham passado semanas bordando graciosos pássaros voando no corpete.

Eram falcões, o que Cleo apreciou. Falcões eram o símbolo de Auranos, o símbolo dos Vigilantes e da imortalidade. Tinham o mesmo significado para Cleo que a fênix tinha para os kraeshianos.

A vida, os auranianos aprenderam nos dias que sucederam o cerco mortal da Tétrade sobre a cidade, consistia em amor, amigos e família, e em não colocar os próprios desejos acima do bem-estar de outras pessoas, não importava quem fossem.

Cleo gentilmente interrompeu uma das duas criadas que puxava seu cabelo na impossível tarefa de deixá-lo perfeito. Parecia que seu couro cabeludo estava em chamas. Metade dos cachos dourados tinha sido penteada em uma série intricada de tranças, e a outra metade estava solta, caindo pelos ombros e pelas costas. Lorenzo tinha solicitado que todo seu cabelo ficasse preso, para que a multidão que aguardava do lado de fora do palácio pudesse apreciar a beleza do vestido que ele tinha feito à mão, mas Cleo preferia daquele jeito.

— Acho que terminamos — Cleo disse ao olhar o próprio reflexo. Ela já estava praticamente recuperada do martírio de ter sido possuída pela deusa da água. O único sinal remanescente era um leve filete azul na têmpora. Uma de suas criadas, uma garota de Terrea, comentara que parecia um enfeite usado por suas ancestrais durante as celebrações da meia-lua.

Ela dissera aquilo com tanto entusiasmo que Cleo tinha considerado um grande elogio.

Lorenzo sorriu quando a princesa foi na direção da porta.

— Está ainda mais lindo que seu vestido de casamento, na minha opinião.

— Acho que sim, por pouco, devo concordar. Você é um gênio. — O outro vestido era incrível, mas ela nunca tinha parado para apreciá-lo de verdade.

Hoje seria bem diferente.

— Eu *sou* um gênio — Lorenzo concordou com alegria. — Esse vestido de coroação será lembrado por toda a história.

— Sem dúvida — ela assentiu, contendo um sorriso.

Nic esperava por ela do lado de fora, impaciente.

— Você demorou uma eternidade para se arrumar. É assim que as rainhas fazem? Espere, agora que parei para pensar, você sempre demorou uma eternidade para se arrumar, mesmo quando era apenas uma princesa.

— Você não precisava me esperar, sabia? — Cleo perguntou.

— Mas como poderia perder um único instante do dia de hoje? — Ele caminhou ao lado dela pelo corredor. Jonas estava esperando do outro lado, também pronto para acompanhá-la até a sacada, onde Cleo faria seu primeiro discurso como rainha de Mítica.

— Tem certeza de que não mudou de ideia? — Jonas perguntou de braços cruzados.

— Poupe sua saliva — Nic lhe disse. — Tentei convencê-la do contrário durante a viagem toda até aqui, mas ela se recusa. Se quer a minha opinião, essa é a pior ideia de todas.

— Então ainda bem que não pedi sua opinião, não é? — Cleo sorriu para ele pacientemente. — Quando pretende partir em sua jornada para explorar o mundo com Ashur?

— Só na semana que vem. — Ele arqueou as sobrancelhas. — Não tente se livrar de mim tão rápido, Cleo.

— Eu nem sonharia com isso. — Cleo olhou para Jonas. — Você também quer protestar?

— É que parece... — Jonas estendeu as mãos. — Problemático. No mínimo. Mas também não sou a favor de governante nenhum, quanto mais dois que optaram por dividir o trono em pé de igualdade.

Nic soltou um gemido de frustração.

— Reinar com *ele*. Tem ideia de quantos problemas vai ter? Já leu algum livro de história? Isso nunca deu certo antes. Muitas discussões, brigas... até mesmo guerras! Morte, desordem, sangue e dor estão praticamente garantidos! E isso na melhor das hipóteses!

— E é por isso — Cleo disse com paciência — que vou viver um dia de cada vez. E também foi por isso que reuni um conselho de confiança que não vai ter medo de interferir, se for necessário.

Até então, esse conselho incluía Jonas, como representante de Paelsia, Nic, representando Auranos, e Lucia, representando Limeros. O conselho aumentaria com o tempo, mas Cleo achou que era um excelente começo.

Enquanto caminhavam, os três passaram por Olivia e Felix, que tinham ido viver no palácio limeriano.

Felix tinha ficado a pedido de Magnus, como guarda-costas pessoal dele e de Cleo — e para qualquer outro "problema" para o qual pudessem precisar dele. Ele concordara com entusiasmo. E, claro, realmente desejava que tais problemas fossem poucos e esparsos dali em diante.

Quanto a Olivia, Lucia tinha lhe contado o que acontecera com o Santuário. Que Timotheus estava morto, e o Santuário, destruído. Que todos os seus iguais não tinham mais lembranças da vida pregressa como imortais.

Depois do choque inicial e de um profundo luto, Olivia se consolou com a ideia de ser quem manteria a memória e a história dos Vigilantes viva.

Taran já tinha partido da costa de Mítica e dito a Cleo e Magnus que gostaria de voltar para a luta em Kraeshia. A revolução tinha acabado de começar por lá, e ele sabia que podia ajudar a derrubar um governo temporário já abalado.

E então havia Enzo.

Bonito em seu uniforme vermelho de guarda, ele meneou a cabeça para Cleo quando ela passou por ele no corredor. A marca do fogo tinha desaparecido imediatamente de seu peito depois que a Tétrade foi banida deste plano de existência. Enzo tinha se juntado a eles na viagem a Limeros para a coroação, mas insistira em voltar a Auranos logo depois para ajudar na reconstrução do palácio.

Cleo intuiu que aquilo tinha alguma relação com seu desejo de voltar para uma bela criada da cozinha do palácio, que achava que Enzo era o homem mais maravilhoso do mundo.

— Eles estão tentando convencer você a não fazer isso? — Magnus saudou Cleo quando o trio apareceu no corredor seguinte. — Estou chocado.

Ela se sobressaltou.

— Você me assustou.

— Você ainda precisa se acostumar com os labirintos deste palácio — ele comentou. — Lembre-se, você concordou em viver aqui metade do ano.

— É um dos motivos pelo qual esse vestido tem forro de pele.

O olhar apreciativo de Magnus percorreu o corpo dela, até concentrar-se nos olhos da princesa.

— Roxo.

— É violeta, na verdade.

Ele arqueou uma sobrancelha.

— É uma cor kraeshiana.

— É uma cor comum que, sim, é usada por kraeshianos.

— Me faz lembrar de Amara.

Ah, sim. *Amara*. Ela tinha recebido uma mensagem da ex-imperatriz, de um local não revelado, parabenizando Cleo e Magnus pela vitória contra Kyan. Amara também dissera que esperava revê-los um dia.

Nerissa dizia que Amara tinha seu valor e merecia uma segunda chance. Ela tinha até decidido acompanhá-la por lugares desconhecidos.

Cleo tinha optado por não nutrir sentimentos ruins em relação a Amara, mas não tinha nenhum interesse em vê-la de novo.

No entanto, era impossível saber o que futuro lhe reservava.

Ela olhou para Magnus.

— Esse tom de violeta é a mistura perfeita do azul auraniano e do vermelho limeriano, Lorenzo me disse.

Um sorriso apareceu nos lábios dele.

— Você é tão inteligente quanto bela.

Nic resmungou.

— Acho que vou embora agora. Por que esperar uma semana?

— Já que insiste... — Magnus disse. — Eu com certeza não vou tentar impedi-lo. — E olhou para Jonas. — Minha irmã está procurando você.

— Está? — Jonas perguntou.

Magnus torceu os lábios em reprovação.

— Sim.

Jonas deu um sorriso irônico.

— Bem, então preciso ver o que ela quer, não é? — Jonas se aproximou de Cleo e lhe deu um beijo no rosto. — Por sinal, esse tom de violeta é o meu preferido. E você está linda, como sempre.

Cleo não pôde deixar de notar que Magnus franzia as sobrancelhas quando Jonas a elogiava.

Talvez ele sempre tivesse feito isso.

— E você... — Magnus olhou para Nic.

— Eu o quê? — Nic perguntou.

Um sorriso apareceu no canto de sua boca.

— Ainda posso surpreendê-lo.

— Ah, você me surpreende — Nic afirmou. — Constantemente. Seja bom para ela ou vai se ver comigo, *vossa majestade*.

— Certo — Magnus respondeu.

Então Nic e Jonas os deixaram percorrer o resto do caminho até a sacada a sós.

— Ainda odeio aqueles dois — Magnus disse a ela. — Só para avisar.

— Não odeia, não — Cleo respondeu, achando graça.

Magnus balançou a cabeça.

— O que minha irmã vê naquela rebelde?

Ela conteve um sorriso.

— Se eu tiver que explicar, vou gastar saliva à toa.

Sempre que não estava com a filha, Lucia estava com Jonas. O único que parecia ter algum problema com aquilo era Magnus.

Ele vai superar, Cleo pensou. *Provavelmente.*

Um dia depois que a Tétrade tinha sido derrotada, eles receberam uma mensagem de Nerissa explicando o que tinha acontecido em Kraeshia.

Ela contara que a avó de Amara tinha ordenado o assassinato do rei Gaius. E que tinha planejado o sequestro de Lyssa, fazendo parecer obra do deus do fogo.

Uma semana depois, Nerissa e Felix voltaram de viagem e entregaram Lyssa nos braços de sua grata e jovem mãe.

— Gosto muito de seu cabelo assim. — Magnus torceu uma longa mecha dourada em volta do dedo enquanto pressionava Cleo contra a parede do corredor. Eles estavam a poucos centímetros da sacada onde apareceriam diante de uma multidão vibrante de limerianos e fariam seu primeiro discurso como rei e rainha.

— Eu sei — Cleo respondeu com um sorriso.

Ele passou os dedos sobre o filete que emoldurava sua têmpora. Ela tocou de leve a cicatriz dele.

— Podemos fazer isso? — ela perguntou com uma leve dúvida. — De verdade? Ou vamos brigar todos os dias sobre tudo? Temos visões bem diferentes sobre um milhão de assuntos.

— É verdade — ele disse. — Já estou antecipando inúmeras discussões acaloradas que vão se estender até bem, *bem* tarde da noite. — Magnus abriu um sorriso. — É errado eu estar ansioso por todas elas?

Então ele a beijou com intensidade, roubando tanto seu fôlego quanto seus pensamentos.

Os dois fariam aquilo dar certo.

Mítica — Limeros, Paelsia e Auranos — era importante para ambos. Seu povo era importante. E o futuro se desenrolava diante deles, ao mesmo tempo e em muitos sentidos assustador e atraente.

Magnus pegou a mão dela, passando o polegar pela aliança dourada que Cleo usava agora, quase igual à dele. Quando ela o questionara sobre os anéis, ele insistira que não era a pedra sanguínea fundida e transformada em duas peças.

Cleo não tinha acreditado, pois não havia visto o grosso anel dourado desde aquela noite fatídica.

Se estivesse certa, Magnus tinha criado o mais poderoso par de alianças de casamento da história.

— Peço desculpas por interromper — uma voz surgiu entre o casal, deixando Cleo boquiaberta.

— Valia — Magnus disse, surpreso. — Você está aqui.

— Estou. — O longo cabelo preto da bruxa estava solto. Ele caía atrás de seu vestido cor de vinho.

Nenhum guarda se moveu na direção dela.

— Você não atendeu às invocações do príncipe Ashur quando precisamos de você — ele disse tenso.

Ela sorriu.

— Talvez eu tenha atendido. Talvez esteja atendendo agora. Mas que diferença faz? Vocês sobreviveram. E estão prontos para o resto da vida juntos.

É verdade, Cleo pensou. *Mas ter uma ajudinha extra teria sido ótimo.*

— Por que está aqui? — ela perguntou.

— Vim lhes entregar um presente. Um símbolo de sorte e prosperidade para o futuro de Mítica sob o novo reinado de seus jovens rei e rainha. — Valia entregou uma pequena planta com as raízes protegidas por um saco de tecido.

— O que é isso? — Magnus perguntou, olhando para a planta.

— Uma muda de videira — ela respondeu. — Que vai produzir uvas perfeitas ano após ano, como aquelas produzidas pelos melhores vinhedos de Paelsia.

— Muito obrigada — Cleo agradeceu, pegando a planta das mãos da mulher. — Infelizmente, não vai durar muito se não a plantarmos logo em solo paelsiano.

— Ela vai crescer bem onde quer que vocês a plantem, até mesmo em Limeros — Valia respondeu com confiança. — Eu prometo.

— Magia da terra. — Cleo supôs.

Valia assentiu.

— Sim. Ela com certeza ajuda. E desde que a Tétrade foi derrotada, sinto que minha magia aumentou. Fico grata por isso.

Não era a primeira vez que Cleo ouvia aquilo. Lucia também tinha dito que sua magia estava mais forte, que a influência que Lyssa tinha sobre ela não a incomodava mais.

— Vai ficar para o nosso discurso? — Magnus perguntou.

Valia assentiu.

— Pretendo me juntar ao povo na praça do palácio agora mesmo.

— Excelente — ele disse. — Muito obrigado pelo presente, Valia.

Cleo ficou paralisada quando a bruxa encostou a mão em sua barriga.

— O que está fazendo? — ela perguntou, dando um passo para trás.

— O filho de vocês vai ser muito forte e muito bonito — Valia disse. — E, no futuro, vai descobrir um grande tesouro que vai beneficiar o mundo todo.

— Nosso filho? — Cleo trocou um olhar chocado com Magnus.

Valia abaixou a cabeça.

— Desejo tudo de melhor para vocês, rainha Cleiona, rei Magnus.

Quando a bruxa se afastou, Cleo teve certeza de ter visto de relance uma adaga dourada muito parecida com aquela que Lucia tinha usado para destruir as esferas da Tétrade na bainha do cinto de couro de Valia.

Que estranho, ela pensou.

Mas o pensamento logo fugiu de sua mente. Ela estava concentrada em outra coisa que Valia tinha dito.

O filho deles.

O vestido estava mesmo muito mais apertado. E ela não conseguia manter o café da manhã no estômago ultimamente, mas tinha concluído que era por causa do nervosismo de iniciar a excursão de coroação com Magnus.

— Um filho? — Magnus perguntou, sem fôlego. — Ela acabou de dizer algo sobre nosso filho?

Cleo tentou encontrar a própria voz.

— Disse, sim.

Magnus encarou o rosto dela com olhos arregalados.

— Tem alguma coisa que ainda não me contou?

Ela soltou uma risada nervosa.

— Talvez possamos discutir isso com mais calma *depois* do discurso?

Um pequeno sorriso surgiu no rosto de Magnus.

— Sim — ele disse. — Logo depois.

Cleo concordou, esforçando-se para conter as lágrimas de felicidade.

De mãos dadas, eles se aproximaram das portas que levavam à sacada.

— Ver Valia de novo... — Cleo disse. — O rosto dela me pareceu tão familiar, como se eu já a tivesse visto em algum lugar antes.

— Onde? — Magnus perguntou.

Então ela se lembrou.

— Aquele livro sobre sua deusa que eu tinha começado a ler. Continha as ilustrações mais incríveis que já vi. Tão detalhadas...

— E com quem a bruxa se parecia? — ele perguntou.

— Com a própria Valoria — Cleo respondeu, incapaz de esconder o sorriso. Acha que é possível que tenhamos acabado de receber um presente e uma profecia de sua deusa da terra e da água?

— Imagine se fosse mesmo verdade? Se Valia de fato fosse Valoria? — Ele riu. Como Cleo adorava o som raro da risada de Magnus Damora.

— Você tem razão — ela concordou. — É ridículo, mas ambas são muito bonitas.

— Não tanto quanto você, minha adorável rainha. — Magnus se aproximou e juntou os lábios aos dela. — Agora... está pronta?

Cleo observou o rosto do marido — o rosto de alguém que tinha passado a amar mais do que qualquer um ou qualquer coisa no mundo todo, em toda a vida.

Seu amigo. Seu marido. Seu rei.

— Estou pronta — ela disse.

AGRADECIMENTOS

A série A Queda dos Reinos foi uma experiência incrível, desafiadora, maravilhosa e eu fiquei muito, muito feliz em compartilhar esses livros com o mundo. Mas certamente não percorri essa estrada sozinha durante os últimos seis anos.

Obrigada à minha editora, a infinitamente paciente e verdadeiramente adorável Jessica Harriton. Obrigada às fabulosas Liz Tingue e Laura Arnold, que iniciaram essa sinuosa e empolgante jornada por Mítica comigo. Obrigada ao meu *publisher*, Ben Schrank, por me dar a melhor experiência de minha carreira como escritora. Obrigada à minha incrível assessora de imprensa, Casey McIntyre, e a todos da Razorbill Books e da Penguin Teen que me ajudaram a fazer A Queda dos Reinos acontecer. Obrigada Vikki VanSickle e todos da Razorbill Canadá. Vocês são os melhores!

Um milhão de obrigadas a Jim McCarthy, meu agente há treze anos. Não sei como passaria pelo mundo da escrita sem sua experiência, orientação e senso de humor sagaz.

Obrigada a meus amigos e familiares, que adoro, valorizo e estimo. Amo vocês mais do que podem imaginar.

E obrigada a você, obrigada, OBRIGADA aos leitores de A Queda dos Reinos. Vocês são feitos de magia, todos vocês!